TESS GERRITSEN

Docteur en médecine, Tess Gerritsen a longtemps exercé dans ce domaine avant de commencer à écrire lors d'un congé maternité. À partir de 1987, elle publie des livres romantiques à suspense avant de mettre à profit son expérience professionnelle et de se lancer dans les thrillers médicaux qui vont marquer ses débuts sur la liste des best-sellers du *New York Times*, avec, notamment, *Chimère* (2000), *Le Chirurgien* (2004), *L'Apprenti* (2005), *Mauvais sang* (2006), *La Reine des morts* (2007), *Lien fatal* (2008), *Au bout de la nuit* (2009), *En compagnie du diable* (2010), *L'Embaumeur de Boston* (2011) ou encore *Le Voleur de morts* (2012), *La Disparition de Maura* (2013) et *Les Oubliées* (2014). Tous ont paru aux Presses de la Cité. Les livres de Tess Gerritsen ont inspiré la série télévisée *Rizzoli & Isles*, diffusée sur France 2 depuis février 2013. Tess Gerritsen vit actuellement dans le Maine avec sa famille.

**Retrouvez toute l'actualité de l'auteur sur :
www.tessgerritsen.com**

LA REINE DES MORTS

TESS GERRITSEN

LA REINE DES MORTS

Traduit de l'anglais (Etats-Unis)
par Dominique Haas et Denis Bouchain

PRESSES DE LA CITÉ

Titre original :
The Sinner

ISBN 978-2-266-18120-4

A ma mère, Ruby J. C. Tom, avec tout mon amour

PROLOGUE

Andhra Pradesh, Inde

Le chauffeur refusa de l'emmener plus loin.

Depuis déjà deux kilomètres, juste après l'usine chimique abandonnée d'Octagon, la route goudronnée avait fait place à une piste de terre battue envahie de mauvaises herbes. Le chauffeur pestait : les broussailles allaient rayer sa carrosserie, et puis, avec toute la pluie qui était tombée, ils allaient à tous les coups s'embourber. Et ils seraient bien avancés, quand ils se retrouveraient bloqués, à cent cinquante kilomètres d'Hyderabad... Howard Redfield avait écouté les jérémiades de l'Indien, bien conscient que ce n'étaient que des dérobades. Il y avait une autre raison pour laquelle le chauffeur ne voulait pas aller plus loin. Mais les gens n'aiment pas reconnaître qu'ils ont peur.

Bon, Redfield n'avait pas le choix : il allait devoir continuer à pied.

Il se pencha vers le chauffeur, fut assailli par une odeur de transpiration renversante. Le rétroviseur, où était accroché un chapelet de grosses perles, encadrait le regard noir de l'Indien. Si ses yeux avaient pu lancer des éclairs, Redfield serait tombé raide, foudroyé.

— Attendez-moi ici, d'accord ? demanda-t-il. Vous ne partez pas, hein, vous m'attendez.

— Combien de temps ?

— Disons une heure environ. Ça ne devrait pas prendre plus longtemps.

— Je vous le dis, il n'y a rien à voir, là-bas. Il n'y a plus personne.

— Attendez-moi ici et c'est tout, d'accord ? Vous m'attendez. Je vous donnerai le double quand on sera revenus en ville.

Redfield attrapa son sac à dos, sortit de la voiture climatisée et se retrouva aussitôt plongé dans un véritable bain de vapeur. Il n'avait pas porté de sac à dos depuis ses années de fac, quand il arpentait l'Europe avec trois sous en poche, et il se sentait un rien croulant, à cinquante et un ans, avec ces courroies sur ses épaules fatiguées. Mais il aurait préféré s'arracher un bras plutôt que d'aller où que ce soit dans cette étuve sans sa bouteille d'eau minérale, sa crème antimoustique, son écran total et ses comprimés contre la tourista. Et son appareil photo. Surtout l'appareil.

Il était donc là, à transpirer dans la chaleur étouffante de cette fin d'après-midi.

Il leva les yeux vers le ciel et se dit : Génial, le soleil va se coucher, et tous les moustiques vont rappliquer. Voilà votre dîner, putain de vermine !

La piste s'évanouissait maintenant sous de grandes herbes, et il trébucha dans une ornière, ses chaussures de marche s'enfonçant jusqu'aux chevilles dans la boue. Il était clair qu'aucun véhicule n'était passé par là depuis des mois, et Mère Nature avait eu tôt fait de reprendre son territoire.

Il s'arrêta, haletant, se flanqua des claques pour écraser le maximum d'insectes. Il jeta un coup d'œil derrière lui, ne vit pas la voiture, ce qui le mit mal à l'aise. Avait-il eu raison de faire confiance au chauffeur ? Celui-ci l'avait accompagné à son corps défendant, et sa répugnance n'avait fait qu'augmenter tandis qu'ils rebondissaient sur la route de plus en plus défoncée. « Il y avait de mauvaises gens, par là », répétait-il. A l'en croire, il se passait des choses terribles dans le coin. Ils pouvaient disparaître tous les deux, et qui prendrait la peine de venir les chercher ?

Redfield repartit en pressant le pas.

L'air humide semblait l'envelopper comme un cocon. Il sentait la bouteille d'eau clapoter dans son dos, et il avait déjà soif, mais il ne s'arrêta pas pour boire. Il n'avait plus qu'une heure de jour devant lui, et donc plus de temps à perdre. Les insectes bourdonnaient dans les herbes, il entendait ce qu'il pensait être des oiseaux dans les arbres tout autour de lui, mais leurs cris ne lui rappelaient rien de connu. Tout, ici, était étrange, irréel, il avançait comme dans une transe onirique, la sueur ruisselant sur sa poitrine, le rythme de sa respiration s'accélérant à chaque pas. Il ne devait pas en être à plus de deux kilomètres, d'après la carte, mais il avait l'impression de marcher depuis une éternité, et même une nouvelle application de crème antimoustique ne découragea pas les amateurs. Il avait les oreilles pleines de leur vrombissement affolant, et son visage le démangeait comme si on l'avait aspergé de poil à gratter.

Son pied se prit dans une autre ornière, plus profonde encore, et il se retrouva à genoux dans les mauvaises herbes. Il recracha, écœuré, des particules hétéroclites de végétation et d'insectes mêlés, resta un instant accroupi, pestant et ahanant, tellement découragé et épuisé que la pensée lui vint que le moment était venu de faire demi-tour. De reprendre l'avion pour Cincinnati, la queue entre les jambes. La lâcheté serait toujours moins pénible que ça. Et plus sûre.

Il laissa échapper un profond soupir, posa les mains par terre pour se relever... et se figea en regardant l'herbe. Quelque chose brillait dans la verdure. Ce n'était qu'un vulgaire bouton de métal, mais, sur le coup, il lui fit l'impression d'un signe du destin. Un talisman. Il le glissa dans sa poche, se releva et repartit.

Quelques centaines de pas plus loin, la piste débouchait soudain sur une vaste clairière cernée de grands arbres. Tout au bout se dressait un bâtiment solitaire, un cube de mâchefer au toit de tôle rouillée. Une brise fit frémir les herbes et il entendit les branches frotter les unes contre les autres.

C'est là, se dit-il. C'est là que ça s'est passé.

Sa respiration lui parut tout à coup assourdissante. Le cœur battant, il ôta son sac à dos, tira la fermeture Eclair, prit son appareil photo.

Réunir le maximum de preuves, pensa-t-il. Les gars d'Octagon vont essayer de te faire passer pour un mythomane. Ils feront tout ce qui sera en leur pouvoir pour te discréditer, alors prépare tes arrières. Tu as intérêt à avoir un dossier en béton. Il faudra que tu puisses prouver ce que tu racontes.

Il s'avança dans la clairière, vers un amas de branches noircies. En les écartant du bout du pied, il réveilla une odeur de bois brûlé. Un frisson lui parcourut la colonne vertébrale. Il recula.

Les restes d'un bûcher funéraire.

Les mains moites, il enleva le cache de son appareil et commença à mitrailler. L'œil collé au viseur, il multiplia les clichés. Les vestiges d'une cabane calcinée. Une sandale d'enfant, abandonnée dans l'herbe. La couleur vive d'un lambeau de sari. Partout où tombait son regard, c'était la mort qu'il voyait.

Il se tourna sur le côté. Un mur de verdure défila dans l'image, et il s'apprêtait à prendre une nouvelle photo quand son doigt se figea sur le déclencheur.

Une silhouette était passée, fugitive, devant son objectif.

Il abaissa son appareil, se redressa, regarda les arbres. D'abord, il ne vit rien que le balancement des branches.

Et puis… là… un mouvement furtif, à la limite de son champ de vision… Il avait cru entrevoir quelque chose de sombre, entre les arbres. Un singe ?

Il devait continuer à photographier. Le jour déclinait rapidement.

Il contourna un puits de pierre et, tout en regardant à droite et à gauche, s'approcha du bâtiment au toit de tôle ondulée, le bas de son pantalon faisant crisser les herbes. Les arbres paraissaient avoir des yeux, et l'observer. En arrivant près de la construction en mâchefer, il vit que les murs avaient été léchés par les flammes. Devant la porte, il y avait un monticule de cendres et de branchages calcinés. Un autre bûcher funéraire.

Il le contourna, alla jeter un coup d'œil dans l'embrasure de la porte.

D'abord, il ne vit pas grand-chose dans la pénombre. La nuit tombait très vite, et il faisait encore plus sombre à l'intérieur. C'était un camaïeu de noirs et de gris. Il s'arrêta un moment, le temps que sa vue s'adapte à l'obscurité. Avec un étonnement croissant, il nota un reflet d'eau fraîche dans une jarre de terre cuite, perçut une odeur d'épices. Comment était-ce possible ?

Derrière lui, une brindille craqua.

Il se retourna d'un bloc.

Une forme isolée était debout dans la clairière. Tout

autour, les arbres s'étaient figés. Même les oiseaux s'étaient tus. La silhouette s'approcha de lui, d'une démarche étrange, saccadée, et s'arrêta à quelques pas de lui.

L'appareil photo lui échappa des mains. Redfield recula, les yeux écarquillés d'horreur.

C'était une femme. Et elle n'avait pas de visage.

1

On l'appelait la Reine des Morts.

En réalité, personne n'osait le lui dire en face, mais elle savait qu'on marmonnait ce surnom dans son dos alors qu'elle arpentait le sinistre triangle de sa vie professionnelle, un triangle perpétuellement recommencé, dont les sommets étaient une scène de crime, la morgue et le tribunal. Elle détectait parfois une pointe de sarcasme – « Ha ! Voilà notre déesse gothique en chasse de cadavres tout frais ! » – ou une vibration inquiète, comme les marmottements des bigots au passage d'un étranger aux croyances obscures. Toutes choses qui traduisaient le malaise de ceux qui n'arrivaient pas à comprendre que le docteur Maura Isles puisse choisir de marcher dans le sillage de la mort. Est-ce qu'elle aime ça ? se demandaient-ils. Le contact de la chair glacée, l'odeur de la charogne avaient-ils tellement d'attraits pour elle qu'elle en avait tourné le dos aux vivants ? Pour eux, ça ne pouvait pas être normal, et ils lui jetaient des coups d'œil en dessous, notant des détails qui venaient renforcer leur conviction qu'elle était un drôle d'animal. La peau d'albâtre, les cheveux noirs coupés au carré comme une reine d'Egypte, la blessure écarlate du rouge à lèvres. Qui, à part elle, pouvait mettre du rouge à lèvres pour se rendre sur une scène de crime ? Surtout, c'est son calme qui les dérangeait, le regard impérial, glacé, de cette femme qui faisait son pain quotidien d'horreurs qu'ils avaient du mal à encaisser. Contrairement à eux, qui détournaient le regard avec dégoût, elle se penchait sur les cadavres, les reniflait, les regardait dans le blanc des yeux... les *touchait*.

Ensuite, à la lumière blafarde de son laboratoire, elle les disséquait.

En cet instant même, par exemple : son scalpel tranchait la peau glacée, entamait la graisse sous-cutanée d'un jaune huileux, luisant.

Un homme qui aimait les hamburgers et les frites, se dit-elle en prenant les cisailles pour sectionner les côtes.

Elle souleva le bouclier triangulaire du sternum comme on ouvrirait la porte d'un placard, révélant son précieux contenu.

Pendant cinquante-neuf ans, le cœur niché dans le lit spongieux de ses poumons avait pompé le sang dans les veines de M. Maurice Knight. Il avait grossi, vieilli et s'était transformé, comme le restant de sa carcasse, ses muscles s'enrobant de graisse, année après année. Toutes les pompes finissent par lâcher, un jour ou l'autre, comme M. Knight l'avait appris à ses dépens, allongé sur le lit de sa chambre d'hôtel de Boston, la télé allumée, un verre du whisky de son minibar posé sur la table de nuit, à côté de lui.

Elle ne s'arrêta pas pour se demander quelles avaient pu être ses dernières pensées, ou s'il avait eu peur, ou mal. Elle explorerait ses replis les plus intimes, elle ouvrirait ses chairs, tiendrait son cœur entre ses mains, mais M. Maurice Knight resterait pour elle un étranger, un gars on ne peut plus silencieux et accommodant, qui lui livrerait ses secrets sans rechigner. Les morts ont tout leur temps. Ils ne se plaignent pas, ils ne vous menacent pas, ils n'essaient pas de vous manipuler.

Les morts sont inoffensifs ; le mal est l'apanage des vivants.

Elle procédait avec une calme efficacité, réséquant les viscères de la cage thoracique, posant le cœur prélevé dans une cuvette de métal. Dehors, les premiers flocons de décembre tournoyaient, blancs cristaux qui venaient murmurer contre les vitres, gommant le monde extérieur. Mais là, dans le labo, on n'entendait que l'eau qui coulait et le ventilateur qui brassait l'air. Son assistant, Yoshima, allait et venait dans un silence spectral, anticipant chacun de ses besoins, se matérialisant toujours à l'endroit voulu. Ils ne travaillaient ensemble que depuis un an et demi, et fonctionnaient déjà comme un organisme unique, soudé par la télépathie de deux esprits unis par une même logique. Elle n'avait pas besoin de lui demander de réorienter la lampe, c'était déjà fait : la lumière se déversait sur le cœur ruisselant, les ciseaux se tendaient vers sa main ; elle n'avait plus qu'à les prendre.

La paroi sombre, jaspée, du ventricule droit et la cicatrice apicale blanche racontaient la triste histoire de ce cœur. Des mois, voire des années auparavant, un premier infarctus du myocarde avait détruit une partie de la paroi ventriculaire gauche. Et puis, au cours des dernières vingt-quatre heures, un nouvel infarctus s'était produit. Un thrombus avait obstrué l'artère coronaire droite, empêchant le flux sanguin d'irriguer le muscle du ventricule droit.

Elle procéda à l'exérèse du tissu pour l'analyse histologique, sachant déjà ce qu'elle verrait au microscope. La coagulation intravasculaire et la nécrose. L'invasion de globules blancs, affluant comme de vaillants petits soldats. D'abord, M. Maurice Knight avait dû croire que cette douleur dans la poitrine n'était qu'une indigestion. Un déjeuner trop copieux ; il n'aurait pas dû manger tous ces oignons. Un peu d'Alka-Seltzer, et ça irait mieux. Mais il y avait peut-être eu des signes plus inquiétants, qu'il avait probablement préféré ignorer : le poids sur la poitrine, la respiration pénible… Avait-il imaginé un seul instant qu'il était en train de faire un infarctus ? Que, vingt-quatre heures plus tard, il serait mort d'arythmie cardiaque ?

Le cœur gisait maintenant, ouvert en deux, sur la planche. Elle regarda le thorax, d'où venaient tous ces organes.

Et voilà comment se termine un voyage d'affaires à Boston. Il fallait s'y attendre. Rien d'étonnant à ça, après les excès que vous avez imposés à votre corps, monsieur Knight.

L'Interphone bourdonna. C'était Louise, sa secrétaire.

— Docteur Isles ? L'inspecteur Rizzoli sur la 2, pour vous. Vous pouvez la prendre ?

— D'accord.

Maura enleva ses gants et alla décrocher le téléphone mural. Yoshima, qui nettoyait les instruments dans l'évier, ferma le robinet. Il se tourna pour la regarder avec ses yeux de félin, sachant déjà ce que voulait dire le coup de fil de Rizzoli.

Quand Maura raccrocha enfin, elle répondit à sa question muette.

— Ça démarre sur les chapeaux de roues, ce matin, dit-elle en enlevant sa blouse.

Elle s'en allait quérir un nouveau sujet pour son royaume.

La neige qui était tombée ce matin-là s'était muée en une sorte de bouillasse traîtresse, et il n'y avait pas un chasse-neige en vue. Elle remonta Jamaica Riverway en conduisant prudemment, des gerbes de gadoue giclant sous les pneus de sa voiture, ses essuie-glaces allant et venant inutilement sur le pare-brise envahi par le givre. C'était la première tempête de neige de l'hiver, et, les conducteurs n'étant pas encore habitués aux caprices de la météo, il y avait déjà eu plusieurs accidents.

Maura doubla une voiture de police au gyrophare aveuglant. Le flic et le chauffeur d'un camion, qui avait arrêté son bahut sur le bas-côté, étaient plongés dans la contemplation d'une voiture qui avait basculé dans le fossé.

Soudain, les pneus de sa Lexus commencèrent à déraper, et l'avant se braqua droit vers la circulation venant d'en face. Elle paniqua, freina brusquement, sentit intervenir le système ABS. Elle ramena la voiture dans sa file.

Et merde ! se dit-elle, le cœur battant à se rompre. Ce coup-là, c'est sûr, je retourne en Californie…

Elle continua à une allure de tortue, se moquant pas mal des coups de Klaxon des véhicules qu'elle ralentissait.

Allez-y, doublez-moi, bande de crétins ! J'ai vu trop de chauffards comme vous finir sur ma table d'autopsie.

Elle arriva à Jamaica Plain, un quartier de la partie ouest de Boston. Des parcs paisibles, des promenades le long du fleuve, des demeures vénérables entourées de belles pelouses. L'été, c'était une oasis de verdure, loin du bruit et de la chaleur du centre-ville, mais aujourd'hui, sous ce ciel gris, les pelouses pelées, labourées par le vent, offraient un spectacle peu engageant.

L'adresse qu'on lui avait indiquée semblait être la plus lugubre de toutes : un bâtiment enfermé derrière un haut mur de pierre, étouffé sous une masse de lierre.

Une barricade pour tenir le monde à l'écart, se dit-elle.

De la rue, elle ne voyait que les flèches gothiques d'un toit d'ardoise et un pignon impressionnant, avec une fenêtre qui la regardait, tel un œil noir. La voiture de police garée devant la grille lui confirma qu'elle était arrivée à destination. Quelques véhicules se trouvaient déjà là : l'avant-garde, avant la troupe plus vaste des experts de la police scientifique.

Elle se gara de l'autre côté de la rue et s'apprêta à affronter les premières bourrasques de vent. Quand elle sortit de sa voiture, sa semelle dérapa, se dérobant sous son poids, et elle n'eut que le temps de se cramponner à sa portière. Se redressant à la force des poignets, elle sentit un filet d'eau glacée couler le long de ses mollets depuis l'ourlet trempé de son manteau, qui avait plongé dans la gadoue. Pendant quelques secondes, elle resta là, sous la morsure du grésil, saisie par la soudaineté de l'incident.

Elle jeta un coup d'œil de l'autre côté de la rue au flic assis dans sa voiture de patrouille. Il la regardait, et avait dû la voir glisser. Mortifiée, elle prit sa trousse sur le siège avant, claqua la portière, traversa la route glissante avec toute la dignité dont elle était capable.

— Ça va, toubib ? appela le flic par la vitre ouverte de sa bagnole, avec une sollicitude exaspérante.

— Ça va.

— Faites attention, avec ces chaussures. C'est encore plus casse-gueule dans la cour.

— Où est l'inspecteur Rizzoli ?

— Tout le monde est dans la chapelle.

— Qui se trouve… ?

— C'est la porte, là-bas, avec la grande croix dessus. Vous ne pouvez pas la rater.

La grille d'entrée ne voulut pas s'ouvrir. Une cloche de fer était fixée au mur ; elle tira sur la chaîne et un tintement médiéval mourut lentement dans le *tic, tic, tic* plus doux de la grêle. Juste en dessous de la cloche se trouvait une plaque de bronze, dont l'inscription disparaissait à moitié derrière les tiges de lierre bruni :

ABBAYE DE GRAYSTONES
Congrégation de Notre-Dame de la Divine Lumière
« La moisson certes est abondante,
mais les ouvriers sont rares.
Demandez donc au maître d'envoyer
des ouvriers à la moisson. »

Derrière le portail, une femme vêtue de noir apparut tout à coup, si discrètement que Maura sursauta en voyant qu'on la regardait à travers la grille. Un visage austère, strié de rides comme une vieille pomme ratatinée, avec les yeux brillants et pénétrants d'un oiseau. La religieuse ne dit rien, l'interrogeant de son seul regard.

— Je suis le docteur Isles, du bureau du légiste, annonça Maura. C'est la police qui m'a appelée.

La porte s'ouvrit en grinçant. Maura entra dans une cour.

— Je cherche l'inspecteur Rizzoli. On m'a dit qu'elle était dans la chapelle.

La religieuse lui indiqua du doigt un point situé du côté opposé de la cour. Puis elle se retourna et disparut sans bruit derrière une porte, laissant Maura se débrouiller seule.

Les flocons de neige tourbillonnaient parmi les aiguilles de grêle, tels des papillons blancs dansant autour de leurs congénères durs comme des plombs de chasse. Le chemin le plus direct consistait à traverser la cour en diagonale, mais les pavés étaient luisants de verglas, et les légers chaussures de Maura n'étaient pas adaptées à la situation. Elle préféra s'engouffrer sous la colonnade qui faisait le tour de la cour. Bien que protégée du grésil, elle n'y était guère abritée du vent, qui s'acharnait sur son manteau. Le froid mordant lui rappela aussitôt combien décembre pouvait être cruel à Boston. Elle avait passé la majeure partie de sa vie à San Francisco, où la vision de quelques flocons était aussi rare que délectable, et en aucun cas une torture, comme celle infligée par ces aiguilles acérées qui s'infiltraient jusque sous le cloître pour lui mordiller le visage.

Elle rasa le mur du bâtiment, passa devant les vitres assombries en resserrant le col de son manteau autour de son cou. Le léger bruit de succion des voitures qui passaient sur Jamaica Riverway s'estompa bientôt, laissant place au silence. En dehors de la bonne sœur qui l'avait fait entrer, l'endroit semblait abandonné.

Elle eut donc un choc quand elle vit trois visages qui la scrutaient derrière l'une des vitres. Trois religieuses pareilles à des fantômes vêtus de noir regardaient cette intruse pénétrer dans leur sanctuaire. Les yeux de ce tableau silencieux, encadré par la fenêtre, la suivirent d'un même mouvement alors qu'elle passait devant elles.

L'entrée de la chapelle était barrée par le ruban jaune rituel, qui fléchissait sous le poids du grésil. Elle le souleva, passa dessous, poussa la porte.

Un flash d'appareil photo l'éblouit, et elle se figea tandis que la porte se refermait lentement derrière elle,

avec une sorte de chuintement, chassant l'image rési-
duelle qui s'était formée sur sa rétine. Quand sa vision
s'éclaircit, elle vit des rangées de bancs, des murs badi-
geonnés à la chaux et, sur le devant de la chapelle, un
énorme crucifix accroché au-dessus de l'autel. C'était
un volume glacé, sinistre, dont la sévérité était encore
accentuée par les vitraux qui ne laissaient filtrer qu'une
maigre lueur crépusculaire.

— Ne bougez pas, dit le photographe. Et faites attention où vous mettez les pieds.

Maura regarda le sol de pierre et vit le sang. Et les
traces de pas – un magma confus d'empreintes qui
serpentaient entre les débris : des embouts de seringue,
des emballages de compresses déchirés. Les vestiges de
l'intervention d'une équipe de premiers secours. Mais
pas de corps.

Son regard décrivit un cercle plus large, englobant un
bout de chiffon blanc, piétiné, abandonné dans l'allée,
des éclaboussures rouges sur les bancs. Elle voyait son
propre souffle se condenser dans l'air glacial, dont la
température semblait chuter un peu plus à chaque
instant, au fur et à mesure qu'elle découvrait les taches
de sang qui maculaient même les rangées de bancs, et
qu'elle commençait à se faire une idée de ce qui s'était
passé là.

Le photographe se remit à mitrailler, dans une succession d'éclairs aveuglants.

— Salut, toubib !

Sur le devant de la chapelle, une tête aux cheveux
sombres apparut : l'inspecteur Jane Rizzoli, qui se levait
et lui faisait signe.

— La victime est ici !

— Et c'est quoi, tout ce sang, à côté de la porte ?

— C'est celui de l'autre victime, sœur Ursula. Les

gars de Med-Q l'ont emmenée à Saint-Francis. Il y a encore du sang le long de l'allée centrale, et des empreintes qu'on essaie de protéger, alors il vaudrait mieux que tu fasses le tour par la gauche. Reste aussi près du mur que tu pourras.

Maura s'arrêta pour enfiler des couvre-chaussures en papier et s'orienta vers le mur de la salle, qu'elle longea au plus près. Ce n'est qu'après avoir dépassé la première rangée de bancs qu'elle vit le corps de la religieuse, allongée sur le dos, la flaque noire de sa robe étalée dans une mare rouge, plus vaste. On lui avait enveloppé les mains dans des sachets de plastique, pour préserver les indices. Maura fut surprise par la jeunesse de la victime. La religieuse qui l'avait fait entrer et celles qu'elle avait vues derrière la fenêtre étaient toutes âgées. Cette femme, beaucoup plus jeune, avait un visage éthéré, des yeux bleu pâle figés dans une expression de sérénité venue d'ailleurs. Elle était tête nue, et ses cheveux blonds, courts, laissaient paraître chacune des lésions provoquées par les coups qui avaient réduit son crâne en une masse informe.

— Camille Maginnes. Sœur Camille. Née à Hyannisport, dit Rizzoli, avec la froideur et le professionnalisme d'un flic de série télévisée. C'est la première novice qui est venue ici depuis quinze ans. Elle devait prononcer ses vœux en mai… Elle n'avait que vingt ans, ajouta-t-elle après une pause, la colère transparaissant sous son calme apparent.

— Elle est tellement jeune…

— Ouais. Il semble qu'on l'ait battue à mort.

Maura mit des gants et s'accroupit pour examiner les dégâts. L'instrument mortel avait provoqué des lacérations linéaires, déchiquetées, sur le cuir chevelu. Des fragments d'os transperçaient la peau arrachée, et une masse de matière grise avait suinté au-dehors. La peau du visage était presque intacte, mais boursouflée et d'un violet foncé.

— Elle est morte face contre terre. Qui l'a retournée ?

— Les sœurs qui l'ont trouvée, répondit Rizzoli. Elles ont voulu la secourir...

— A quelle heure les victimes ont-elles été découvertes ?

— Vers huit heures, ce matin. Il y a près de deux heures, ajouta Rizzoli en jetant un coup d'œil à sa montre.

— On sait ce qui s'est passé ? Que disent les sœurs ?

— On a du mal à en tirer quelque chose d'utile. Il n'y a plus que quatorze religieuses, maintenant, et elles sont dans tous leurs états, tu penses. Elles se croyaient en sûreté, ici. Sous la protection de Dieu. Et voilà qu'un dingue s'introduit chez elles...

— Il y a des signes d'effraction ?

— Non, mais il ne devait pas être tellement difficile de s'introduire dans le cloître. Il y a du lierre qui pousse sur tous les murs – n'importe qui aurait pu passer par-dessus sans trop de mal. Et puis il y a une porte, derrière, qui donne sur un champ où elles font pousser leurs légumes. Le meurtrier a pu entrer par là aussi.

— Des empreintes ?

— Quelques-unes ici. Dehors, elles ont probablement été recouvertes par la neige.

— Alors on ne sait pas s'il est vraiment entré par effraction... Quelqu'un aurait pu lui ouvrir la porte de devant...

— C'est un ordre monastique, toubib. Personne ne franchit les portes en dehors du prêtre de la paroisse, quand il vient dire la messe et les écouter en confession.

Il y a aussi une femme qui travaille au presbytère. Elles la laissent amener sa petite fille quand elle ne peut pas la faire garder. Mais c'est tout. Personne d'autre n'entre sans l'accord de l'abbesse. Et les sœurs ne sortent jamais. Sauf pour aller chez le médecin, et en cas de grave problème familial.

— Tu as déjà parlé à quelqu'un ?

— A l'abbesse, mère Mary Clement. Et aux deux religieuses qui ont trouvé les victimes.

— Elles ont dit quelque chose d'intéressant ?

Rizzoli secoua la tête.

— Elles n'ont rien vu, rien entendu. Je ne pense pas que les autres soient en mesure de nous en dire beaucoup plus.

— Pourquoi ça ?

— T'as vu l'âge qu'elles ont ?

— Ça ne veut pas dire qu'elles n'ont plus toute leur tête.

— Ouais… En tout cas, il y en a une qui a fait un accident vasculaire cérébral, et on a deux Alzheimer. Elles dorment pour la plupart dans des chambres qui donnent de l'autre côté de la cour, et elles n'ont rien pu voir.

Maura s'accroupit à côté du corps de Camille, sans le toucher. Accordant à la victime un dernier moment de dignité.

Rien ne peut plus t'atteindre, pensa-t-elle.

Elle commença à palper le cuir chevelu, sentit bouger des fragments d'os sous la peau.

— Fractures multiples. Tous les coups ont été portés sur le haut et à l'arrière du crâne…

— Et les tuméfactions du visage ? Ce n'est que la lividité cadavérique ?

— Oui. Et elle est stabilisée.

— Alors les coups ont été portés par-derrière. Et par-dessus.

— L'agresseur était probablement plus grand qu'elle.

— Ou bien elle était à genoux. Et il était debout au-dessus d'elle.

Maura se figea, les mains posées sur la chair froide, pétrifiée par l'image atterrante d'une jeune religieuse à genoux devant son meurtrier, les coups pleuvant sur sa tête inclinée.

— Quel genre de salaud faut-il être pour tabasser des bonnes sœurs ? grogna Rizzoli. Quel putain de monde ! C'est vraiment n'importe quoi !

Maura tiqua, choquée par le langage de Rizzoli. Elle n'aurait su dire depuis combien de temps elle n'avait pas mis les pieds dans une église, et il y avait des années qu'elle avait perdu la foi, mais entendre proférer des jurons dans un lieu consacré la dérangeait. Difficile de faire table rase de l'endoctrinement imposé dans l'enfance. Aujourd'hui, les saints et les miracles n'étaient plus pour elle que des chimères, mais elle n'aurait jamais osé proférer un gros mot au pied de la Croix.

En attendant, endroit sacré ou non, Rizzoli était trop énervée pour modérer ses paroles. Ses cheveux étaient plus ébouriffés que jamais ; c'était une crinière noire, sauvage, luisante de grésil fondu. L'ossature de son visage formait des angles saillants, aigus, sous la peau diaphane. Dans la lumière crépusculaire de la chapelle, ses yeux étaient des braises ardentes, enflammées par la rage. La juste colère qui avait toujours animé Jane Rizzoli, qui l'incitait à pourchasser les monstres. Aujourd'hui, elle en paraissait comme embrasée, et son visage crispé semblait consumé par un feu intérieur.

Maura n'avait aucune envie d'alimenter cette flamme. Elle s'efforçait toujours de conserver un ton dépassionné, elle posait ses questions d'une voix platement professionnelle. Une scientifique s'intéresse aux faits, pas aux émotions.

Elle tendit la main vers le bras de sœur Camille, fit jouer le coude.

— L'articulation est souple. Pas de rigidité cadavérique.

— Moins de cinq ou six heures, alors ?

— Sauf qu'il fait drôlement froid, ici.

Rizzoli laissa échapper un reniflement, exhalant un nuage de buée dans l'air glacial.

— Tu m'étonnes !

— Juste au-dessus de zéro, je dirais. Ce qui a retardé la rigidité cadavérique. Ça aurait pu la retarder presque indéfiniment, d'ailleurs.

— Et son visage ? Il présente pourtant des traces de lividité ?

— La lividité cadavérique peut apparaître en une demi-heure. Ça ne nous dit absolument rien sur l'heure de la mort.

Maura ouvrit sa trousse et mesura la température ambiante à l'aide du thermomètre à mercure. Elle jeta un coup d'œil aux couches de vêtements de la victime, décida d'attendre, pour prendre la température rectale, que le cadavre ait été transporté à la morgue. La chapelle était si mal éclairée qu'elle ne pouvait exclure totalement l'éventualité de violences sexuelles. En écartant les vêtements, elle risquait d'éliminer des indices. Elle se contenta donc de prendre des seringues pour prélever l'humeur vitrée de l'œil afin de mesurer le taux de potassium post mortem. Ce qui donnerait une estimation plus précise de l'heure de la mort.

— Parle-moi de l'autre victime, demanda-t-elle en enfonçant l'aiguille dans l'œil gauche et en tirant lentement sur le piston pour aspirer le corps vitré.

Rizzoli poussa un gémissement de dégoût et se détourna.

— La victime trouvée près de la porte est sœur Ursula, Ursula Rowland, soixante-huit ans. Elle doit être du genre coriace. Il paraît qu'elle bougeait les bras quand ils l'ont embarquée dans l'ambulance. C'est à ce moment-là qu'on est arrivés ici, Frost et moi.

— Elle est gravement blessée ?

— Je ne l'ai pas vue. Aux dernières nouvelles, elle était encore au bloc, à l'hôpital Saint-Francis. Multiples fractures du crâne, ayant entraîné une hémorragie cérébrale.

— Comme celle-ci…

— Ouais. Comme Camille, répondit Jane, dont la voix trahissait à nouveau la colère.

Maura se releva en frissonnant. Son pantalon lui parut lourd, à cause de l'ourlet trempé de son manteau, et elle avait les mollets pris dans un étau de glace. On lui avait dit, au téléphone, que la scène de crime se trouvait à l'intérieur, et elle avait laissé son écharpe et ses gants en laine dans la voiture. La chapelle n'était pas chauffée, et il y faisait à peine moins froid qu'à l'extérieur. Elle enfonça ses mains dans les poches de son manteau et se demanda comment Rizzoli, qui n'était pas plus couverte qu'elle, pouvait s'attarder aussi longtemps dans cette véritable glacière. Rizzoli semblait transporter sa propre source de chaleur avec elle. A croire que la colère lui brûlait le sang. Elle avait les lèvres violettes, mais elle n'avait pas l'air pressée de chercher un refuge dans une autre pièce.

— Pourquoi fait-il si froid ici ? s'étonna Maura. C'est impossible de dire la messe dans cet igloo !

— Ce n'est pas là qu'on dit la messe. Cette partie du bâtiment ne sert pas en hiver – trop chère à chauffer. Et elles sont tellement peu nombreuses, ici, de toute façon… L'office a lieu dans une petite chapelle, à côté du presbytère.

Maura pensa aux trois religieuses décaties qu'elle avait vues par la vitre. Des flammes mourantes, qui s'éteignaient les unes après les autres.

— Si cette chapelle est désaffectée, dit-elle, qu'y faisaient les victimes ?

Rizzoli poussa un soupir, laissant échapper un nuage de vapeur, et Maura pensa fugitivement au souffle d'un dragon.

— Personne ne le sait. L'abbesse dit que la dernière fois qu'elle a vu Ursula et Camille, c'était à la prière, hier soir, vers neuf heures. Ne les voyant pas venir à la prière du matin, les sœurs sont allées les chercher. Elles ne s'attendaient pas à les trouver là.

— Tous ces coups sur la tête… C'est de la folie furieuse.

— Oui, mais regarde son visage, dit Rizzoli en indiquant Camille. Il ne l'a pas frappée au visage. Il l'a épargné. Ça donne à l'agression un caractère beaucoup moins personnel. Comme s'il ne voulait pas l'atteindre, elle spécialement, mais ce qu'elle était. Ce qu'elle représentait.

— L'autorité ? avança Maura. Le pouvoir ?

— Eh bien, j'aurais plutôt pensé à la foi, l'espoir, la charité…

— C'est drôle, je suis allée dans une école catholique…

— Toi ? fit Rizzoli avec un reniflement. Ah, je ne savais pas…

Maura inspira profondément l'air glacé et leva les yeux vers la croix, repensant à ses années à la pension des Saints-Innocents. Aux tortures raffinées mises au point par sœur Magdalene, la prof d'histoire. Des tortures non pas physiques mais mentales, infligées par une femme qui avait le chic pour repérer au premier coup d'œil les filles un peu trop sûres d'elles. A l'âge de quatorze ans, les meilleurs amis de Maura n'étaient pas des êtres humains, mais des livres. Elle venait facilement à bout de ses devoirs, et elle en était fière. C'était ce qui avait attiré sur ses frêles épaules les foudres de sœur Magdalene. Cet orgueil démoniaque devait être ramené de force à l'humilité, dans l'intérêt même de la jeune fille. Sœur Magdalene s'était investie dans cette croisade avec un zèle malsain. Elle s'était ingéniée à rabaisser Maura, de préférence devant toute la classe, à écrire des commentaires blessants dans les marges de ses devoirs impeccables, et elle poussait des soupirs exaspérés chaque fois que la jeune fille levait la main pour poser une question. Maura, vaincue, avait fini par se murer dans le silence.

— Elles m'intimidaient, répondit Maura. Les religieuses.

— Eh bien, doc, je ne pensais pas que quelque chose pouvait te faire peur…

— Beaucoup de choses me font peur.

— Mais pas les cadavres, hein ? s'esclaffa Rizzoli.

— Il y a en ce bas monde des choses bien plus terrifiantes que des cadavres.

Elles laissèrent le corps de Camille sur son lit de pierre froide et revinrent sur leurs pas, vers les taches de sang qui indiquaient l'endroit où on avait trouvé Ursula, encore en vie. Le photographe, son travail fini, avait abandonné les lieux. Maura et Rizzoli restèrent seules dans la chapelle, deux femmes solitaires, dont les voix se répercutaient sur les murs nus. Maura avait toujours pensé que les chapelles étaient des sanctuaires où tout le monde, croyant ou non, pouvait venir chercher du réconfort. Mais on aurait eu bien du mal à en trouver dans cet endroit sinistre, et ce même avant que la Mort vienne y faire son marché.

— C'est là, exactement là, qu'ils ont trouvé sœur Ursula, dit Rizzoli. Elle avait la tête vers l'autel, les pieds vers la porte.

Comme prosternée devant le crucifix.

— Ce type est un putain d'enfoiré, ajouta l'inspecteur entre ses dents, en proie à une nouvelle bouffée de rage. C'est à ça que nous avons affaire. A un dingue, ou à un fils de pute qui cherchait quelque chose à voler.

— Fils de, fils de… On ne sait même pas s'il s'agit d'un homme.

Rizzoli indiqua d'un geste le corps de sœur Camille.

— Tu penses qu'une femme aurait pu faire ça ?

— N'importe quelle femme peut te flanquer un coup de marteau. Te fracasser le crâne.

— On a trouvé une empreinte. Là, au milieu de l'allée. Pour moi, on dirait une chaussure taille 46.

— Ça ne pourrait pas être un des gars des urgences ?

— Non, leurs empreintes sont par ici, près de la porte. Celle-là, dans l'allée, est différente. C'est l'une des siennes, à tous les coups.

Le vent soufflait, ébranlant les fenêtres, la porte grinçait comme si des mains invisibles, avides, tiraient dessus. Rizzoli avait les lèvres cyanosées, son visage n'était plus pâle, mais carrément bleuâtre, et pourtant elle ne manifestait aucune intention de chercher une pièce plus chaude. C'était bien Rizzoli, ça : trop obstinée pour être la première à capituler. Pour admettre qu'elle avait atteint sa limite.

Maura baissa les yeux sur le sol de pierre, là où était tombée sœur Ursula, et elle ne put contredire ce que l'instinct de Rizzoli lui disait : cette agression était l'acte d'un dément. Car c'était bien de la démence qu'elle voyait là, dans ces taches de sang. Dans les coups qui avaient défoncé le crâne de sœur Camille. Soit la folie, soit le mal à l'état pur.

Un coup de vent glacé sembla lui remonter le long de la colonne vertébrale. Elle se raidit, frissonna, le regard rivé sur le crucifix.

— Ecoute, je gèle, dit-elle. On ne pourrait pas aller se mettre au chaud quelque part ? Un endroit où il y aurait du café, par exemple…

— T'as fini, ici ?

— J'ai vu ce que j'avais besoin de voir. Pour le reste, il faut attendre l'autopsie.

2

Elles sortirent de la chapelle, passèrent au-dessus du ruban jaune de la police, qui avait cédé sous les intempéries et était déjà à moitié recouvert par la neige. Le vent faisait claquer les pans de leurs manteaux et leur fouettait le visage tandis qu'elles longeaient le cloître, les yeux plissés pour se protéger des rafales. Lorsqu'elles pénétrèrent dans les ténèbres de l'entrée, Maura sentit un léger souffle de chaleur sur son visage engourdi et fut assaillie par des relents d'œuf et de vieille peinture, et par l'odeur de moisissure d'un système de chauffage vétuste qui crachait de la poussière.

Des bruits d'assiettes entrechoquées les attirèrent dans un couloir obscur, jusqu'à une pièce dont l'éclairage au néon paraissait d'une modernité incongrue dans cet environnement d'un autre temps. La lumière tombait du plafond, crue et peu flatteuse, soulignant implacablement les visages ridés des religieuses assises autour de la vieille table fatiguée du réfectoire. Elles étaient treize – un chiffre de mauvais augure. Les deux femmes remarquèrent avec étonnement les plateaux posés devant les sœurs, sur lesquels chantaient les couleurs éclatantes de bouquets de lavande, de pétales de rose, de carrés de tissu à fleurs et de rubans de soie.

C'est l'heure des travaux manuels, pensa Maura, regardant les mains tremblantes, déformées par l'arthrose, enfourner les plantes dans les sachets et les lier avec les rubans.

L'une des religieuses était affaissée de guingois dans un fauteuil roulant, sa main gauche crispée comme une griffe sur l'accoudoir, son visage flasque évoquant un masque de cire à moitié fondu. Les cruelles séquelles d'une attaque. Elle fut la première à remarquer les intruses et exhala un soupir. Les autres religieuses levèrent la tête et se tournèrent vers Maura et Rizzoli.

En découvrant les visages parcheminés, Maura fut frappée par leur fragilité. Rien à voir avec l'image sévère, autoritaire, qu'elle avait gardée de sa jeunesse ; c'étaient des regards hagards, en quête de réponses à la tragédie qui venait de s'abattre sur elles. Ce changement de perception la troublait, comme une enfant qui, un jour, s'aperçoit qu'elle est devenue grande et que les rôles se sont intervertis, entre ses parents et elle.

Rizzoli demanda :

— Quelqu'un pourrait me dire où se trouve l'inspecteur Frost ?

La réponse vint d'une femme à l'air épuisé qui sortait de la cuisine attenante avec un plateau de tasses à café et de soucoupes. Elle portait un bleu de travail délavé, maculé de taches de graisse, et à sa main gauche, humide comme si elle venait de faire la vaisselle, brillait un petit diamant.

Ce n'est pas une religieuse, se dit Maura, mais une employée, chargée de s'occuper de cette communauté d'infirmes à cornettes.

— Il est en train de parler à l'abbesse, dit la femme.

Elle lança un regard vers la porte, et une touffe de cheveux bruns s'échappa de sa coiffe, bouclant au-dessus de son front barré de profondes rides.

— Son bureau est au fond du couloir. Je peux…

— Je connais le chemin, coupa Rizzoli.

Elles quittèrent la lumière blafarde de la pièce et s'enfoncèrent dans le couloir. Maura sentit un courant d'air, un murmure d'air glacial, comme si un fantôme venait de se glisser à ses côtés. Elle ne croyait pas à la vie après la mort, mais, à marcher si souvent dans les traces de gens qui venaient juste de mourir, il lui arrivait de se demander si, lors de leur passage sur terre, ils ne laissaient pas des empreintes derrière eux, des sortes de perturbations énergétiques que pouvaient ressentir ceux qui les suivaient.

Rizzoli toqua à la porte de l'abbesse, et une voix chevrotante l'invita à entrer.

En pénétrant dans la pièce, Maura sentit une délicieuse odeur de café. Son regard embrassa des boiseries sombres, un crucifix austère fixé au mur, et tomba sur un bureau de chêne derrière lequel était assise une religieuse voûtée qui braquait sur elle des yeux pareils à de grosses billes bleues encadrées par des lunettes aux verres épais. Elle semblait largement aussi âgée que les sœurs ratatinées qui tremblotaient autour de la table du réfectoire, et ses lunettes paraissaient lourdes au point de la faire tomber le nez sur son buvard. Mais les yeux derrière ces verres épais étaient vifs et brillants d'intelligence.

L'équipier de Rizzoli, Barry Frost, reposa aussitôt son café et se leva précipitamment. Frost était un peu l'archétype du petit frère sympa, le seul flic de la Criminelle capable d'entrer dans la salle d'interrogatoire et de persuader le suspect qu'ils étaient copains comme cochons. Il était aussi le seul flic de l'unité qui semblait s'accommoder de faire tandem avec la lunatique Rizzoli. Celle-ci rivait justement un regard noir sur son café : il ne faisait aucun doute qu'elle bouillait intérieurement, à l'idée que, tout le temps où elles s'étaient gelé les miches dans la chapelle, son équipier était resté tranquillement assis au chaud.

— Ma mère, bredouilla Frost, je vous présente le docteur Isles, du bureau du médecin légiste... Doc, voici la mère supérieure Mary Clement.

Maura tendit la main à l'abbesse. Laquelle, en retour, se fendit d'une petite patte sèche, aux os saillants sous la peau tavelée de taches de vieillesse. En la serrant, Maura vit une manchette beige dépasser de la robe noire. C'était comme ça que les religieuses supportaient le froid qui régnait dans la bâtisse. Sous l'habit de laine, l'abbesse portait des sous-vêtements longs en pilou.

Une paire d'yeux bleus torves la fixait de derrière les verres à double foyer.

— Vous travaillez au bureau du médecin légiste ? Ça veut dire que vous êtes docteur ?

— Oui. Plus précisément pathologiste.

— Vous étudiez donc les causes de décès ?

— C'est cela.

L'abbesse marqua un silence, comme si elle rassemblait son courage pour poser la question suivante. Puis :

— Vous êtes déjà allées dans la chapelle ? Vous avez vu...

Pour couper court à la question qui ne pouvait manquer de venir, mais incapable de faire preuve d'irrespect envers une religieuse, Maura s'empressa d'acquiescer. A quarante ans, la vue de l'habit lui faisait encore perdre tous ses moyens.

— Est-ce qu'elle a… ? reprit la mère supérieure dans un murmure. Sœur Camille a-t-elle beaucoup souffert ?

— J'ai bien peur de ne pas pouvoir encore vous répondre. Pas avant d'avoir terminé… l'examen.

« Autopsie » était le mot auquel elle pensait, mais il semblait trop froid, trop clinique, pour les chastes oreilles de mère Mary Clement. Elle ne voulait pas non plus révéler la terrible vérité. Qu'elle avait en fait une très bonne idée de ce qu'avait probablement enduré Camille. Quelqu'un l'avait coincée dans l'église, poursuivie tandis qu'elle remontait l'allée centrale en proie à une terreur abjecte, et lui avait arraché son voile blanc de novice. Les coups avaient commencé à pleuvoir sur son crâne, son sang avait jailli, éclaboussant les prie-Dieu, et pourtant elle avait continué à tituber aveuglément jusqu'à ce qu'elle tombe à genoux, vaincue, aux pieds de son meurtrier. Mais celui-ci ne s'était pas arrêté pour autant. Il avait continué son pilonnage, lui broyant le crâne comme un œuf.

Evitant les yeux de l'abbesse, le regard de Maura se coula vers l'imposant crucifix accroché au mur derrière le bureau, mais Jésus sur sa croix ne lui fut d'aucun secours. Rizzoli mit fin au silence :

— Nous n'avons pas encore vu les chambres.

Egale à elle-même, elle ne pensait qu'au travail, exclusivement concentrée sur la prochaine étape des tâches qui leur restaient à accomplir.

Mère Mary Clement ravala ses larmes.

— Oui. J'étais sur le point d'emmener l'inspecteur Frost à l'étage des chambres.

L'abbesse les conduisit jusqu'en haut d'un escalier qu'éclairait à peine la terne lueur filtrant à travers les vitraux. Par beau temps, le soleil devait iriser les murs d'une riche palette de couleurs, mais, en cette matinée d'hiver, la cage d'escalier était un théâtre d'ombres grises.

— Les chambres de l'étage sont presque toutes vides, maintenant. Au fil du temps, nous avons dû reloger les sœurs en bas, au rez-de-chaussée, les unes après les autres.

Elle montait lentement, tout oscillante, s'accrochant à la rampe comme pour se hisser, marche après marche. Maura s'attendait presque à la voir tomber à la renverse, et elle se tenait juste derrière elle, contractée, prête à intervenir chaque fois que l'abbesse faisait une pause.

— Sœur Jacinta a des problèmes de genoux, ces temps-ci. Elle a dû prendre une chambre en bas, elle aussi. Et il y a sœur Helen, qui se fatigue vite. Nous ne sommes plus très nombreuses…

— Ça fait quand même un grand bâtiment à entretenir, remarqua Maura.

— Et bien vieux, renchérit l'abbesse.

Elle marqua une pause pour reprendre son souffle, avant d'ajouter, avec un rire triste :

— Aussi vieux que nous. Et aussi coûteux à entretenir. Nous avons craint un moment d'être obligées de vendre, mais, grâce à Dieu, nous avons trouvé le moyen de tenir le coup.

— Comment ?

— Un généreux donateur s'est présenté l'an dernier, et nous avons pu entreprendre des rénovations. Les ardoises du toit sont neuves, et nous avons même fait isoler le grenier. Nous prévoyons maintenant de remplacer la chaudière. Croyez-le ou non, mais ce bâtiment semble presque douillet à côté de ce qu'il était avant, termina-t-elle.

Elle se retourna pour jeter un regard à Maura, inspira profondément et reprit l'ascension, les grains de son rosaire s'entrechoquant à chaque marche.

— Nous avons été jusqu'à quarante-cinq, ici. La première fois que je suis venue à Graystones, toutes les chambres étaient occupées. Dans les deux ailes. Mais aujourd'hui nous sommes une communauté vieillissante.

— Quand êtes-vous arrivée, ma mère ? demanda Maura.

— Je suis entrée comme novice à dix-huit ans. Je fréquentais un jeune homme qui voulait m'épouser. Lorsque je l'ai laissé tomber pour Dieu, je crains que son orgueil n'en ait été quelque peu meurtri.

Elle s'arrêta sur une marche et tourna la tête. Pour la première fois, Maura remarqua le renflement d'un Sonotone sous sa guimpe.

— Vous ne pouvez sûrement pas vous imaginer ça, n'est-ce pas, docteur Isles ? Qu'un jour j'ai été jeune ?

Non, Maura ne pouvait pas. Elle n'arrivait pas à imaginer mère Mary Clement autrement que comme une relique branlante d'une époque révolue. Certainement pas comme une femme désirable, qu'un homme au moins avait poursuivie de ses assiduités.

Ils atteignirent le haut de l'escalier, et un long couloir apparut devant eux. Il faisait moins froid ici, le plafond noir, bas, retenait une tiédeur presque agréable. Les poutres apparentes semblaient avoir au moins un siècle. L'abbesse alla jusqu'à la deuxième porte, hésita, la main sur la poignée. Enfin, elle la tourna et la porte s'ouvrit. Une lumière venue de l'intérieur éclaboussa son visage.

— La chambre de sœur Ursula, dit-elle doucement.

La pièce était à peine assez grande pour les contenir tous les quatre. Frost et Rizzoli entrèrent, Maura resta sur le seuil, parcourant du regard les étagères où s'alignaient les livres et quelques pots de saintpaulias florissants. Avec sa fenêtre à meneaux et ses poutres basses, la pièce avait des allures médiévales. Une mansarde bien propre d'escholière, avec pour tout mobilier un lit, une commode, un bureau et une chaise.

— Son lit a été fait, dit Rizzoli en baissant les yeux sur les couvertures soigneusement bordées.

— C'est comme ça qu'on l'a trouvé ce matin, dit l'abbesse.

— Elle n'est pas montée se coucher, hier soir ?

— Il semblerait plutôt qu'elle se soit levée de bonne heure. C'est dans ses habitudes.

— De bonne heure... c'est-à-dire ?

— Souvent bien avant laudes.

— « Laudes » ?

— Ce sont nos prières du matin, à sept heures. L'été dernier, elle sortait souvent très tôt dans le jardin. Elle adore travailler au jardin.

— Et en hiver ? demanda Rizzoli. Qu'est-ce qu'elle fait, si tôt le matin ?

— Quelle que soit la saison, il y a toujours du travail, pour celles d'entre nous qui en sont encore capables. Il y a tellement de sœurs qui sont diminuées, maintenant... Cette année, nous avons dû engager Mme Otis pour nous aider aux cuisines. Même avec son aide, c'est tout juste si nous arrivons à bout des tâches ménagères.

Rizzoli ouvrit la porte du placard. A l'intérieur pendait un alignement de noirs et de bruns. Pas une touche de couleur, pas la moindre fantaisie. C'était la garde-robe d'une femme pour qui seul comptait le service de Dieu, sa vêture n'était que l'expression d'une vie consacrée au Seigneur.

— Ce sont les seuls vêtements qu'elle portait ? Ceux qu'il y a dans cette penderie ? demanda Rizzoli.

— Nous faisons vœu de pauvreté lorsque nous entrons dans l'ordre.

— Ça veut dire que vous abandonnez toutes vos possessions personnelles ?

Mère Mary Clement répondit avec un sourire patient, comme à un enfant qui aurait posé une question absurde :

— Ce n'est pas aussi strict, inspecteur. Nous gardons nos livres, quelques objets qui nous tiennent à cœur. Comme vous le voyez, sœur Ursula aimait les saint-paulias. Mais, c'est vrai, nous laissons presque tout derrière nous lorsque nous entrons ici. Nous sommes un ordre contemplatif, et nous n'aimons pas trop les distractions du monde extérieur.

— Excusez-moi, ma mère…, s'empressa Frost. Je ne suis pas catholique, et j'ai du mal à comprendre… Qu'est-ce qu'un ordre contemplatif ?

Il avait posé sa question sur un ton très respectueux, et la mère supérieure le gratifia d'un sourire plus chaleureux que celui qu'elle avait accordé à Rizzoli.

— Les contemplatives mènent une vie recluse. Une vie de prière, de dévotion et de méditation. Nous nous réfugions derrière ces murs. Nous refusons les visites. Nous vivons cet enfermement comme un confort.

— Et si l'une d'entre vous enfreint les règles ? demanda Rizzoli. Vous la jetez dehors ?

Maura vit Frost grimacer en entendant la question abrupte de son équipière.

— Nos règles sont librement consenties, répondit mère Mary Clement. Nous nous y conformons parce que nous le souhaitons.

— Bon, mais de temps à autre, il doit bien y avoir une

sœur qui se lève un matin et qui dit : « Aujourd'hui, j'en ai ma claque, j'irais bien à la plage. »

— Non, jamais.

— Ce sont des êtres humains, tout de même. Ça doit bien arriver.

— Non, jamais.

— Personne n'enfreint la règle ? Personne ne fait le mur ?

— Nous n'avons aucune raison de quitter l'abbaye. Mme Otis achète ce qu'il faut à manger. Le père Brophy s'occupe de la nourriture spirituelle.

— Et pour le courrier ? Le téléphone ? Même dans les quartiers de haute sécurité, on peut passer un coup de fil, de temps à autre…

Frost secoua la tête, l'air vraiment consterné.

— Nous avons le téléphone, pour les urgences, dit l'abbesse.

— Et tout le monde y a accès ?

— Pour quoi faire ?

— D'accord… Et le courrier ? Vous pouvez recevoir des lettres ?

— Certaines font le choix de ne plus recevoir de courrier.

— Et si vous voulez envoyer une lettre ?

— A qui ?

— A qui ?! Comment je le saurais ? A n'importe qui !

Le visage de l'abbesse s'était figé dans un sourire pincé, comme si elle implorait Dieu de lui donner de la patience.

— Je ne peux que me répéter, inspecteur. Nous ne sommes pas prisonnières. C'est nous qui choisissons cette façon de vivre. Celles qui refusent ces règles sont toujours libres de partir.

— Et que feraient-elles une fois dehors ?

— Vous me donnez l'impression de penser que nous ignorons tout de ce monde. Mais certaines sœurs ont travaillé dans des écoles ou des hôpitaux.

— Je pensais qu'être cloîtrée voulait dire qu'il était impossible de quitter le couvent…

— Parfois, Dieu nous appelle pour des travaux hors les murs. Il y a quelques années, sœur Ursula a senti qu'elle était appelée pour servir au loin, et on lui a accordé l'exclaustration, c'est-à-dire la permission de vivre à l'extérieur sans rompre ses vœux.

— Mais elle est revenue…

— L'an dernier.

— Elle n'a pas apprécié de vivre au-dehors, dans le monde ?

— Sa mission en Inde n'était pas facile. Et il y avait cette violence… Il y a eu une attaque terroriste sur le village où elle vivait. Elle est donc revenue chez nous, où elle se sentait plus en sécurité.

— Elle n'avait aucune famille chez qui aller ?

— Son plus proche parent était un frère, qui est mort il y a deux ans. Nous sommes sa famille, maintenant, et Graystones est sa maison. Lorsque vous êtes lassée du monde et que vous avez besoin de réconfort, ne rentrez-vous pas chez vous, inspecteur ? demanda gentiment l'abbesse.

La réponse sembla laisser Rizzoli perplexe. Son regard dériva vers le mur, y rencontra le crucifix. Elle détourna aussitôt les yeux.

— Ma mère ?

Debout dans le couloir, la femme en bleu de travail crasseux les regardait avec des yeux bovins et atones. Les mèches de cheveux bruns échappées de sa coiffe pendaient mollement autour de son visage hâve.

— Le père Brophy dit qu'il va s'occuper des journalistes. Ils sont tellement nombreux à appeler que sœur Isabel a décroché le téléphone. Elle ne sait pas quoi leur dire.

— J'arrive, madame Otis, fit la mère supérieure en se tournant vers Rizzoli. Vous voyez, nous sommes débordées. Restez aussi longtemps que nécessaire. Je serai en bas.

— Avant de partir, pourriez-vous me dire où se trouve la chambre de sœur Camille ?

— C'est la quatrième porte.

— Elle n'est pas fermée à clé ?

— Il n'y a pas de verrou sur nos portes, répondit mère Mary Clement. Il n'y en a jamais eu.

Une odeur d'eau de Javel et d'encaustique. Ce fut la première chose qui frappa Maura en entrant dans la cellule de sœur Camille. Comme celle d'Ursula, elle avait des fenêtres à meneaux qui donnaient sur le cloître, et le même plafond bas, aux poutres apparentes. Mais, alors que la chambre d'Ursula était un endroit vivant, celle de Camille avait été tellement récurée et désinfectée qu'on aurait dit une chambre stérile. Les murs blanchis à la chaux étaient nus à part un crucifix de bois accroché en face du lit. C'était le premier objet que Camille voyait lorsqu'elle se réveillait le matin, un symbole qui résumait l'existence qu'elle avait choisie. C'était une chambre de pénitente.

Maura regarda par terre et vit les zones où un récurage intensif avait usé le parquet, y laissant des traces plus claires. Elle imagina la fragile petite Camille à genoux, cramponnée à sa laine de verre, essayant de poncer... de poncer quoi ? Des taches vieilles d'un siècle ? Les salissures de toutes celles qui l'avaient précédée ici ?

— La vache ! dit Rizzoli. Si la propreté du corps reflète la propreté de l'âme, cette femme était une sainte !

Maura s'approcha du bureau, à côté de la fenêtre, où un livre était ouvert. *La Vie édifiante de sainte Brigitte d'Irlande*. Elle imagina Camille en train de le lire sur son bureau impeccable, la lumière de la fenêtre jouant sur ses traits délicats. Elle se demanda si, quand il faisait chaud, Camille enlevait son voile blanc de novice et restait ainsi, tête nue, laissant la brise qui passait par la fenêtre jouer dans ses cheveux blonds coupés à la garçonne.

— Il y a du sang ici, dit Frost.

Maura se retourna. Frost se tenait à côté du lit, les yeux baissés sur les draps froissés.

Rizzoli souleva les couvertures, révélant des traces rouge vif sur le bas du drap.

— Du sang menstruel, dit Maura.

Elle vit Frost rosir et se détourner. Même les hommes mariés étaient embarrassés lorsqu'on entrait dans les détails intimes des fonctions féminines.

Un bruit de cloche attira le regard de Maura vers la fenêtre. Une religieuse sortit du bâtiment et alla ouvrir le portail. Chaussés de bottes jaunes en caoutchouc, quatre visiteurs entrèrent dans la cour.

— Voilà la police scientifique, annonça Maura.

— Je descends les voir, dit Frost en s'empressant de quitter la pièce.

Un mélange de pluie et de neige fondue continuait de tomber, battant contre le carreau déjà couvert de givre,

46

et Maura avait du mal à distinguer le cloître en contrebas. Elle vit, comme à travers un aquarium, Frost aller à la rencontre des experts de la brigade scientifique. D'autres intrus, venus violer le caractère sacré de l'abbaye. Et, derrière ces murs, d'autres attendaient pour l'envahir à leur tour. Elle vit une camionnette de la télévision longer le portail, sans aucun doute en train de filmer. Comment avaient-ils fait pour arriver si vite ? Le parfum de la mort était-il si puissant ?

Elle se tourna vers Rizzoli.

— Tu es catholique, Jane ?

Rizzoli grogna tout en fouillant dans le placard de Camille.

— Quand as-tu cessé de croire en Dieu ?

— A peu près au moment où j'ai cessé de croire au Père Noël. Je n'y ai jamais cru, même pour ma confirmation. Mon père ne s'en est pas encore remis. Quelle penderie de merde ! « Voyons, que vais-je mettre aujourd'hui ? La robe noire ou la robe de bure ? » Comment une jeune fille saine d'esprit peut-elle vouloir être bonne sœur ?

— Toutes les religieuses ne portent pas l'habit. Pas depuis Vatican II, en tout cas.

— D'accord, mais cette histoire de chasteté n'a pas changé. T'imagines, pas de sexe jusqu'à la fin de tes jours ?

— Je ne sais pas, dit Maura. Ce doit être un soulagement de ne plus penser aux hommes.

— A mon avis, c'est surtout impossible.

L'inspecteur ferma la porte du placard et scruta lentement la pièce, à la recherche de... de quoi ? Maura se le demandait. La clé qui lui ouvrirait la personnalité de Camille ? Ce qui expliquerait pourquoi sa vie s'était terminée si brutalement, alors qu'elle était si jeune ?

Maura avait beau chercher, elle ne voyait rien. C'était une pièce vierge de toute trace de son occupante. Et c'était peut-être la clé la plus parlante de la personnalité de Camille. Une jeune femme qui récurait, qui traquait perpétuellement la crasse. Et le péché.

D'un pas, Rizzoli s'approcha du lit et se laissa tomber à genoux pour regarder dessous.

— Purée ! C'est tellement propre qu'on pourrait y bouffer, sur ce putain de plancher !

Le vent secouait la fenêtre et la neige fondue cliquetait contre la vitre. Maura se tourna et regarda Frost cornaquer les experts de la police scientifique à travers la cour en direction de la chapelle. L'un des techniciens dérapa brusquement sur les pierres, agitant les bras comme un patineur qui aurait perdu l'équilibre.

Nous nous débattons tous pour rester debout, pensa Maura. Nous résistons à la tentation comme nous résistons à la force de gravité. Et, lorsque nous tombons, c'est toujours une énorme surprise.

L'équipe entrait dans la chapelle, et Maura les imagina, en cercle silencieux, autour du sang de sœur Ursula, leur souffle projetant des bouffées de buée.

Derrière elle, il y eut un choc sourd.

Elle se retourna, alarmée, vit Rizzoli assise par terre à côté de la chaise renversée. Elle avait la tête entre les genoux.

— Jane ! s'exclama Maura en s'agenouillant à côté d'elle. Jane ?

Rizzoli tourna le visage vers elle.

— Ça va. Ça va...

— Qu'est-ce qui s'est passé ?

— C'est juste que... J'ai dû me lever trop vite. J'ai eu un vertige, c'est tout...

Rizzoli essaya de se redresser, puis laissa rapidement retomber sa tête.

— Tu ne veux pas t'allonger ?

— Pas besoin. Laisse-moi une minute, le temps de retrouver mes esprits.

Maura se souvint que Rizzoli n'avait pas l'air bien dans la chapelle, avec son visage trop pâle, ses lèvres cendrées. Sur le moment, elle avait cru qu'elle était frigorifiée. Maintenant elles étaient dans une pièce chauffée, et Rizzoli semblait aussi lessivée que le parquet.

— Tu as bien pris ton petit déjeuner ce matin ? lui demanda Maura.

— Mon petit déjeuner…

— Quoi, tu ne te souviens pas ?

— Ouais, j'ai bien dû avaler quelque chose. Enfin, je pense.

— C'est-à-dire ?

— Une tranche de pain grillé. Ça te va comme réponse ? Je dois couver une bonne grippe…

Elle fit un signe de la main à Maura, comme pour lui faire sentir que son aide n'était pas la bienvenue. Sa fierté farouche ne facilitait pas les choses lorsqu'on travaillait avec elle.

— Tu es sûre qu'il n'y a rien d'autre ?

Rizzoli repoussa une mèche de cheveux et se redressa lentement.

— Ouais. Et j'aurais pas dû prendre tout ce café ce matin.

— Combien ?

— Trois, euh, quatre.

— Tu n'exagères pas un peu ?

— J'avais vraiment besoin de caféine. Mais là, maintenant, j'ai l'estomac en vrac. J'ai envie de gerber.

— Je t'accompagne aux toilettes…

— Non, fit Rizzoli en refaisant le geste de la congédier. Je vais me débrouiller…

Elle se releva doucement et resta un instant debout, comme si elle n'était pas sûre de tenir sur ses pieds. Puis elle carra les épaules et, retrouvant sa dégaine d'Invincible Rizzoli, quitta la pièce.

La cloche du portail retentit à nouveau et Maura se tourna vers la fenêtre. Elle vit la vieille religieuse ressortir du bâtiment et traverser la cour pavée à pas traînants. Le nouveau visiteur n'eut pas à montrer patte blanche ; elle lui ouvrit immédiatement. Un homme drapé d'un long manteau noir s'avança dans la cour et posa une main sur l'épaule de la religieuse, dans un geste à la fois familier et plein de compassion. Ils revinrent ensemble vers le bâtiment, l'homme avançant d'un pas lent, calqué sur la démarche arthritique de la religieuse, la tête penchée vers elle, l'air de ne pas vouloir perdre un mot de son récit.

Au beau milieu de la cour, il s'arrêta soudain et leva les yeux comme s'il avait senti le regard de Maura posé sur lui.

Un instant, leurs regards se rencontrèrent à travers la vitre. Elle vit un visage mince et singulier, couronné d'une chevelure noire que le vent ébouriffait. Et elle aperçut un éclair de blanc sous le grand col noir relevé.

Un prêtre.

Lorsque Mme Otis avait annoncé que le père Brophy était en route pour l'abbaye, Maura s'était imaginé un vieil homme aux cheveux gris. Celui qui la fixait en cet instant était jeune – la quarantaine tout au plus.

La religieuse appuyée sur son bras, il reprit sa marche vers le bâtiment, où Maura les perdit de vue. La cour était à nouveau déserte, mais la neige avait conservé les empreintes de tous ceux qui l'avaient foulée ce matin-là. L'équipe mobile de la morgue ne tarderait pas à arriver avec la civière, ajoutant encore d'autres traces de pas sur le manteau de neige.

Maura prit une profonde inspiration, appréhendant de regagner la chapelle glaciale et la sombre tâche qui l'attendait.

Elle quitta la pièce et descendit accueillir son équipe.

3

Debout devant le lavabo des toilettes, Jane Rizzoli se regardait dans le miroir, et elle n'aimait pas ce qu'elle voyait. Elle ne pouvait s'empêcher de se comparer à l'élégante Maura Isles, qui semblait toujours royalement sereine et maîtresse d'elle-même, chacun de ses cheveux noirs bien en place, son rouge à lèvres dessinant une balafre vermeille, brillante, sur sa peau sans défaut. La Jane que Rizzoli voyait dans le miroir n'était ni sereine ni sans défaut, avec sa tignasse noire, hirsute, qui lui mangeait le visage. Une vieille sorcière à la mine de papier mâché.

Je ne suis pas moi-même, pensa-t-elle. Je ne reconnais pas cette femme-là. Comment ai-je pu devenir cette étrangère ?

Elle fut à nouveau prise de nausée et ferma les yeux, résistant aussi farouchement que si sa vie en dépendait. Mais, même avec la meilleure volonté du monde, il est des choses contre lesquelles on ne peut lutter. Elle plaqua une main sur sa bouche et se rua vers la plus proche cabine de toilettes, l'atteignit juste à temps. L'estomac vidangé, elle s'attarda un instant, la tête penchée au-dessus de la cuvette, n'osant pas encore quitter l'abri de la cabine.

Y a intérêt à ce que ce soit la grippe. Pitié, faites que ce soit la grippe.

Quand enfin son malaise fut passé, elle se sentit tellement vidée qu'elle s'assit sur le siège des toilettes et se laissa aller sur le côté, s'appuyant contre le mur. Elle pensa à tout le travail qui l'attendait, à tous les interrogatoires qu'elle avait encore à mener. Elle était fatiguée d'avance à l'idée de se démener pour extorquer des bribes d'informations utilisables à cette communauté de femmes sous le choc, désespérément silencieuses. Et, pire que tout, la fatigue de devoir simplement rester debout, à attendre que la police scientifique ait achevé sa chasse aux trésors microscopiques. D'habitude, c'était elle la pro incontestée de la traque aux indices, elle qui explorait implacablement la moindre piste, qui tirait le maximum de chaque scène de crime. Et voilà qu'elle était là, recroquevillée dans une cabine de chiottes, appréhendant de retourner dans la mêlée qui, d'habitude, faisait son régal. Regrettant de ne pas pouvoir rester terrée ici, dans cet endroit merveilleusement silencieux, où personne ne pouvait surprendre la tempête qui faisait rage sous son crâne. Elle avait trouvé les questions de Maura bien insidieuses. Le docteur Isles semblait toujours plus intéressée par les morts que par les vivants, et lorsqu'elle avait un cadavre à se mettre sous la dent, elle n'avait d'yeux que pour lui.

Enfin, Rizzoli se releva et sortit de la cabine. Elle se sentait la tête et l'estomac libérés. Au lavabo, elle prit de l'eau glacée dans le creux de sa main et se rinça la bouche pour chasser le mauvais goût. Puis elle s'aspergea le visage.

Allez, espèce de poule mouillée, redresse-toi. Tu connais les hommes, si tu baisses un instant ta garde, tu es morte.

Elle attrapa une serviette en papier, se tamponna le visage et s'apprêtait à la laisser tomber dans la poubelle lorsqu'elle se figea, revoyant le lit de sœur Camille. Le sang sur les draps.

La poubelle était presque à moitié pleine. Au milieu du tas de serviettes en papier froissées, il y avait un petit paquet de papier hygiénique. Surmontant son dégoût, elle l'ouvrit. Elle savait déjà ce qu'il contenait, mais ça lui fit quand même un choc. Elle était tout le temps confrontée au sang, elle venait d'en voir toute une mare à côté du corps de Camille. Et, pourtant, elle était beaucoup plus frappée par la vue de cette serviette périodique trempée, lourde.

C'est pour ça que tu t'es levée, pensa-t-elle. La chaleur suintant entre tes cuisses, l'humidité des draps... Tu es sortie de ton lit, tu es venue dans la salle de bains pour changer de serviette, et tu l'as laissée dans la poubelle.

Et puis après... qu'est-ce que tu as fait après ?

Rizzoli quitta les toilettes, retourna dans la chambre de Camille. Maura était partie, et Rizzoli se retrouva seule dans la pièce. Elle fronça le sourcil devant les draps maculés de sang, la seule touche de couleur dans ce décor austère. Elle s'approcha de la fenêtre et regarda en bas, vers la cour.

De nombreuses traces de pas se mêlaient maintenant sur le sol couvert de neige fondue. Derrière le portail, le long du mur, un autre véhicule de la télévision s'était garé, et les gars installaient l'antenne satellite. L'histoire de la nonne sanglante allait faire irruption directement dans tous les salons.

Sûr que ça va faire l'ouverture du journal, pensa-t-elle.

Dès qu'il y avait des bonnes sœurs quelque part, le

public en redemandait. Vœu de chasteté, vie cloîtrée, et tout le monde d'imaginer ce qui se passait sous les chasubles. C'était la chasteté qui fascinait les foules ; comment ne pas s'interroger sur des créatures humaines qui se blindaient contre la plus puissante des pulsions, qui tournaient le dos à ce pour quoi la Nature les avait conçues ? C'était leur pureté qui les rendait excitantes.

Le regard de Rizzoli retourna de l'autre côté de la cour, vers la chapelle.

C'est là que je devrais être, pensa-t-elle, en train de me les peler avec l'équipe de la police scientifique. Et pas terrée dans cette piaule qui pue le désinfectant.

Mais c'est là, dans cette pièce, qu'il lui fut donné de comprendre ce que Camille avait dû voir, en revenant de son équipée nocturne vers les toilettes, dans les heures sombres d'un petit matin d'hiver. La lumière qui brillait à travers les vitraux de la chapelle.

Une lumière qui n'aurait pas dû être là.

Maura Isles regarda les deux brancardiers étendre un drap propre et y déposer précautionneusement sœur Camille. Elle avait vu des légions d'ambulanciers enlever des cadavres aux quatre coins de l'Etat. Parfois, ils faisaient leur travail avec une froide efficacité, parfois avec un dégoût évident. De temps à autre, elle voyait déplacer une victime avec une véritable tendresse. Les jeunes enfants avaient droit à ce genre d'égards. Les ambulanciers leur soutenaient la tête avec une attention bouleversante lorsqu'ils transportaient la housse mortuaire où reposait leur petit corps inerte. Sœur Camille fut traitée avec cette même douceur, cette même compassion.

Elle tint la porte latérale de la chapelle ouverte tandis

qu'ils faisaient rouler le chariot au-dehors et elle suivit la lente procession qui s'avançait vers le portail. Derrière les murs, les équipes de télé vibrionnaient, les caméras à l'affût, prêtes à saisir l'image classique du drame : le corps sur le chariot, le linceul de plastique avec sa forme manifestement humaine. Même si le public ne pouvait pas voir la victime, il saurait qu'il s'agissait d'une jeune femme. Il regarderait le sac, et mentalement il en disséquerait le contenu. L'imagination populaire violerait l'intimité de Camille, plus impitoyablement que le scalpel de Maura ne le ferait jamais.

Tandis que le chariot franchissait le portail de l'abbaye, reporters et cameramen se précipitèrent, ignorant le flic qui leur hurlait de reculer.

C'est le prêtre qui parvint finalement à tenir la meute à distance. Imposante silhouette vêtue de noir, il passa le portail à grandes enjambées et plongea dans la foule, sa voix furieuse surmontant le tumulte :

— Cette pauvre sœur mérite notre respect ! Je vous demande de reculer ! Laissez-la passer !

Parfois les journalistes peuvent éprouver de la honte, et une poignée d'entre eux s'écarta devant l'équipe de brancardiers, mais les caméras de télévision continuèrent à filmer tandis qu'on chargeait le chariot dans le véhicule. Puis ces gloutons optiques tournèrent d'un bloc leur infâme museau vers leur prochaine proie : Maura, qui venait de sortir furtivement par le portail et qui se dirigeait vers sa voiture, serrant son manteau autour d'elle comme s'il avait le pouvoir de la rendre invisible.

— Docteur Isles ! Vous avez une déclaration à faire ?

— Quelle est la cause de la mort ?

— Y a-t-il des indices d'agression sexuelle ?

Jouant des coudes dans la horde de reporters qui se collait à elle, elle pêcha ses clés dans son sac à main et appuya sur la commande de déverrouillage de sa voiture. Elle venait d'ouvrir la portière lorsqu'elle entendit quelqu'un crier son nom. D'un ton paniqué, cette fois.

Elle se retourna : un homme était affalé sur le trottoir, plusieurs personnes penchées au-dessus de lui.

— Un cameraman s'est écroulé ! hurla quelqu'un. Une ambulance, vite !

Maura claqua la portière de sa voiture et se précipita vers l'homme à terre.

— Que s'est-il passé ? demanda-t-elle. Il a glissé ?

— Non, il courait, et il est tombé à la renverse...

Elle s'accroupit à côté de lui. Des gens l'avaient retourné sur le dos, et elle vit un homme corpulent d'une cinquantaine d'années dont le visage, déjà cyanosé, reposait dans la neige, à côté d'une caméra de TV frappée du logo WVSU.

Il ne respirait pas.

Elle lui fit basculer la tête en arrière, dégageant son cou de taureau pour libérer les voies aériennes, se pencha pour commencer le bouche-à-bouche. Des relents de café froid et de tabac la firent hoqueter. Elle pensa à l'hépatite, au sida et à toutes les horreurs microscopiques que charriaient les fluides corporels, et elle dut se forcer pour plaquer ses lèvres sur celles de l'homme. Elle lui insuffla de l'air dans les poumons, vit sa poitrine se soulever. Elle recommença une fois, deux fois, et palpa le pouls carotidien.

Rien.

Elle tendit la main pour baisser la fermeture Eclair du blouson, mais quelqu'un le faisait déjà. Elle leva les yeux et vit le prêtre à genoux en face d'elle, ses larges mains posées sur la poitrine de l'homme à terre. Il appuya les paumes sur le sternum et la regarda, guettant son accord pour commencer le massage cardiaque. Elle vit ses yeux d'un bleu saisissant. Une expression sombrement déterminée.

— Commencez les compressions, dit-elle. Allez !

Il obtempéra, comptant tout haut pour qu'elle puisse chronométrer les insufflations.

— Un-un-mille, deux-un-mille…

Il n'y avait aucune panique dans sa voix, juste le décompte régulier d'un homme qui sait ce qu'il fait. Elle n'avait pas besoin de le diriger ; ils s'affairaient tous les deux comme s'ils avaient toujours fait équipe, se relayant lorsque l'un d'eux fatiguait.

Le temps que l'ambulance arrive, le pantalon de Maura était trempé de neige fondue, et elle était en sueur malgré le froid. Elle se releva avec raideur, et regarda, épuisée, l'équipe d'urgentistes placer une voie d'abord, intuber le patient et charger le brancard dans l'ambulance.

Un technicien de la WVSU avait récupéré la caméra que l'homme avait laissée tomber.

The show must go on, se dit-elle en regardant les journalistes fourmiller autour de l'ambulance.

L'actu s'était déplacée, ils s'apprêtaient à faire leurs choux gras des malheurs d'un collègue.

Elle se tourna vers le prêtre debout à côté d'elle. Son pantalon détrempé pesait une tonne.

— Merci pour votre aide, dit-elle. Vous avez déjà fait des massages cardiaques, apparemment.

Il eut un sourire, un haussement d'épaules.

— Seulement sur un mannequin en plastique. Je ne pensais pas que ça me servirait un jour, poursuivit-il en lui tendant la main. Je suis Daniel Brophy. Vous êtes le médecin légiste ?

— Maura Isles. C'est votre paroisse, père Brophy ?

Il acquiesça.

— Mon église est à trois rues d'ici.

— Oui, je l'ai vue.

— Vous croyez qu'il va s'en sortir ?

Elle secoua la tête.

— Quand le massage cardiaque se prolonge aussi longtemps sans que le cœur reparte, le pronostic est plutôt réservé.

— Il a tout de même une chance d'en réchapper ?

— Je ne suis pas optimiste.

— Quand même, j'aimerais pouvoir penser que nous avons changé quelque chose. Laissez-moi vous raccompagner à votre voiture, comme ça vous pourrez partir d'ici sans qu'on vous braque une caméra dans la figure.

Il jeta un regard aux équipes de reporters massées autour de l'ambulance.

— Quand je serai partie, ils vont se rabattre sur vous. J'espère que vous êtes prêt à les accueillir.

— Je leur ai déjà promis une déclaration. Même si je ne sais pas vraiment ce qu'ils veulent entendre.

— Ce sont des cannibales, père Brophy. Ce qu'ils veulent, c'est du saignant. Voire du vraiment gore, si vous avez ça en magasin…

Il rit.

— Alors, ils vont me trouver franchement décevant !

Il l'accompagna jusqu'à sa voiture. Elle avait l'impression que le vent glacial lui mordait les mollets sous son pantalon qui clapotait à chaque pas. En arrivant à la morgue, elle devrait se changer, le mettre à sécher et enfiler une tenue de service.

— Si je dois faire une déclaration, dit le père Brophy,

il y a peut-être quelque chose que je devrais savoir ? Une information que vous pourriez me communiquer ?

— Il faudrait que vous voyiez ça avec l'inspecteur Rizzoli. C'est elle qui dirige l'enquête.

— Vous pensez que c'était une attaque isolée ? Ou que d'autres paroisses pourraient être touchées ?

— Je n'examine que les victimes, pas leurs agresseurs. J'ignore leurs motivations.

— Ce sont des femmes âgées, vulnérables…

— Je sais.

— Alors, qu'est-ce qu'on leur dit, à toutes ces sœurs sans défense ? Qu'elles ne sont pas en sécurité, même derrière leurs murs ?

— Personne n'est jamais complètement en sécurité.

— Je ne peux pas leur dire ça !

— C'est pourtant ce qu'elles doivent entendre, dit-elle en rouvrant la portière de sa voiture. Mon père, j'ai eu une éducation catholique. Je pensais que les religieuses étaient intouchables. Et je viens de voir ce qu'on a fait à sœur Camille. Si ça peut arriver à une religieuse, alors personne n'est à l'abri. Bonne chance avec les médias. Tous mes vœux vous accompagnent, fit-elle en s'asseyant dans sa voiture.

Il referma sa portière et se tint debout, à la regarder à travers la vitre. Si frappant que soit son visage, c'était son col romain qui retenait l'attention de Maura, ce petit rectangle blanc qui le plaçait à part parmi les vivants. Hors de portée.

Il leva la main pour lui dire au revoir, puis se tourna vers l'essaim de reporters qui fondait vers lui. Elle le vit se redresser, prendre une profonde inspiration, s'avancer à leur rencontre.

« D'après les premières constatations, et au vu du passé médical du sujet, qui était notoirement atteint d'hypertension, il s'agit d'une mort naturelle. La succession des événements la plus probable est un infarctus du myocarde aigu qui s'est produit dans les vingt-quatre heures précédant la mort, suivi d'une arythmie ventriculaire, qui a été l'événement fatal. En conclusion, cause probable du décès : arythmie fatale consécutive à un infarctus du myocarde aigu. Dicté par Maura Isles, docteur en médecine, bureau du médecin légiste, Etat du Massachusetts. »

Maura éteignit le Dictaphone et vérifia le tirage papier des constatations effectuées sur le corps de Maurice Knight. La vieille cicatrice d'appendicectomie. Les marques de lividité sur les fesses et le dessous des cuisses, là où le sang s'était accumulé pendant tout le temps où il était resté inerte sur son lit. Il n'y avait aucun témoin des derniers moments de son existence dans sa chambre d'hôtel, mais elle pouvait imaginer ce qui lui était passé par l'esprit à ce moment-là. Un soudain papillonnement dans la poitrine. Peut-être quelques secondes de panique, s'il avait compris que son cœur était en train de le lâcher. Et puis, progressivement, fondu au noir.

Vous faites partie des cas faciles, monsieur Knight, se dit Maura. Un rapide compte rendu, et votre dossier est déjà bouclé.

Cette brève rencontre se solderait par sa signature sur son rapport d'autopsie.

Dans son casier s'empilaient des transcriptions qu'elle n'avait plus qu'à relire et parapher. Mais, tout près, dans la chambre froide, une autre connaissance l'attendait : Camille Maginnes, dont l'autopsie était programmée pour neuf heures, le lendemain matin, lorsque Rizzoli et Frost pourraient tous les deux y assister. Tout en feuilletant les rapports, en griffonnant des notes dans les marges, Maura ne pouvait s'empêcher de penser à Camille. Elle éprouvait encore dans ses os le froid mortel ressenti ce matin-là dans la chapelle ; elle avait même gardé son pull pour travailler, comme pour se protéger de cette impression.

Elle se leva pour aller voir si son pantalon de laine, qu'elle avait pendu au-dessus du radiateur, était sec. Presque, constata-t-elle. Elle dénoua le cordon de sa ceinture et enleva le pantalon de la tenue de service qu'elle avait portée tout l'après-midi.

Se laissant retomber dans son fauteuil, elle resta un moment assise, à regarder les gravures de fleurs accrochées au mur : un bouquet de pivoines blanches et d'iris bleus. Un vase de roses de mai, si chargées de pétales qu'elles faisaient ployer leurs tiges. Pour conjurer le côté sinistre de son travail, elle avait délibérément décoré son bureau d'une façon qui évoquait la vie : un ficus en pot prospérait dans un coin de la pièce, grâce aux soins méticuleux, attentifs, de Maura et de Louise. Lorsque les piles de dossiers devenaient trop envahissantes, quand le poids de la mort semblait se faire plus tangible, elle regardait ces gravures et pensait à son jardin, à l'odeur lourde du terreau, au vert éclatant de l'herbe au printemps. Elle pensait à ce qui grandissait, poussait, pas à ce qui mourait et pourrissait.

Mais là, en ce jour de décembre, le printemps ne lui avait jamais semblé si loin. Une pluie verglaçante crépitait contre les vitres, et elle appréhendait le trajet de retour chez elle. Elle se demandait si la municipalité avait salé les routes, ou si dehors c'était encore une patinoire, où les voitures glissaient comme des palets de hockey...

— Docteur Isles ?

Louise, par l'Interphone.

— Un certain docteur Banks voudrait vous parler. Il est sur la 1.

Maura se figea.

— Est-ce que c'est... le docteur Victor Banks ? demanda-t-elle d'une voix étouffée.

— Oui. Il dit qu'il est d'une organisation humanitaire... One Earth International.

Maura ne répondit pas, le regard braqué sur le téléphone, les mains crispées sur son bureau. Elle avait à peine conscience de la neige fondue qui claquait sur les fenêtres ; elle n'entendait que les pulsations de son cœur cognant contre ses côtes.

— Docteur Isles ?

— Est-ce que c'est un appel de l'international ?

— Non, non. Il est à l'hôtel Colonnade. Il a déjà appelé.

Maura sentit sa gorge se serrer.

— Je n'ai pas le temps de lui parler pour l'instant.

— C'est la deuxième fois qu'il essaie de vous joindre. Il dit qu'il vous connaît.

Ça, je te crois...

— Quand a-t-il appelé ?

— Cet après-midi. Vous étiez encore sur la scène de crime. J'ai même laissé son message sur votre bureau.

Maura trouva le Post-it rose « En votre absence » sous une montagne de dossiers. Eh oui. *Docteur Victor Banks. 12 h 45.* Elle regardait fixement le petit rectangle rose, incapable d'en détacher son regard, avec une drôle d'impression au creux de l'estomac.

Pourquoi maintenant ? se demanda-t-elle. Après tous

ces mois, pourquoi est-ce que tu m'appelles, là, subitement ? Qu'est-ce qui te permet de penser que tu peux revenir comme ça dans ma vie ?

— Alors, qu'est-ce que je lui dis ? insista Louise.

Maura reprit sa respiration.

— Dites-lui que je le rappellerai.

Quand je serai prête, merde !

Elle chiffonna le Post-it et le jeta dans la corbeille. Au bout d'un moment, incapable de se concentrer sur la paperasse, elle se leva et enfila son manteau.

Louise, qui était juste en train d'éteindre son ordinateur, sembla très surprise de la voir sortir de son bureau tout habillée, prête à affronter la tourmente. D'habitude, Maura était la dernière à partir, et rarement avant cinq heures et demie. Or il était à peine cinq heures.

— J'aimerais bien éviter les embouteillages…, dit Maura.

— Je pense que c'est déjà trop tard. Vous avez vu le temps ? La plupart des bureaux de la ville ont fermé depuis une bonne heure.

— Et qu'est-ce que vous faites encore là ? Vous devriez déjà être rentrée…

— Mon mari doit venir me chercher. Ma voiture est au garage, vous vous rappelez ?

Maura tiqua. En effet, Louise lui avait parlé de sa voiture, ce matin, mais elle avait oublié, évidemment. Comme d'habitude, l'esprit obnubilé par la mort, elle n'avait pas pris garde à ce que lui disaient les vivants.

Elle regarda Louise s'enrouler une écharpe autour du cou puis mettre son manteau, et pensa : Je ne suis pas assez attentive. Je ne prends pas le temps de nouer des relations avec les gens lorsqu'ils sont en vie.

Il y avait plus d'un an qu'elle travaillait dans ce bureau, et elle ne connaissait presque rien de la vie de sa secrétaire. Elle n'avait jamais rencontré son mari, elle savait seulement qu'il s'appelait… Vernon ? Elle n'arrivait pas à se rappeler où il travaillait, ni ce qu'il faisait. Il est vrai que Louise parlait peu d'elle.

Est-ce ma faute ? se demanda Maura. Est-ce qu'elle pense que je ne l'écouterai même pas, que je suis plus intéressée par mes scalpels et mon Dictaphone que par les gens qui m'entourent et ce qu'ils ressentent ?

Elles prirent le couloir ensemble, vers la sortie qui donnait sur le parking du personnel. Elles ne se dirent pas grand-chose, se contentant de marcher côte à côte dans le silence seulement troublé par le bruit de leurs pas.

Le mari de Louise l'attendait dans sa voiture, les essuie-glaces balayant furieusement la neige fondue. Maura lança un geste d'au revoir alors que Louise et son mari s'éloignaient, et reçut en retour un regard intrigué de Vernon. Il devait se demander ce qui pouvait bien lui passer par la tête, pour les saluer ainsi comme de vieilles connaissances.

Comme si elle connaissait qui que ce soit !

Elle traversa le parking en dérapant sur le goudron noir verglacé, faisant le dos rond sous la morsure de la pluie implacable. Elle avait encore un arrêt à faire. Une dernière tâche avant la fin de la journée. Prendre des nouvelles de sœur Ursula.

Elle trouva sans trop de problèmes une place sur le parking de l'hôpital Saint-Francis.

Elle n'avait pas travaillé dans un hôpital depuis son internat, bien des années auparavant, mais son dernier stage en réa lui restait désagréablement présent à l'esprit. Elle se souvenait de moments de panique, de ses efforts pour essayer de réfléchir, abrutie par le manque de sommeil. Elle se rappelait cette nuit où, alors qu'elle était de service, tout s'était emballé soudainement, trois de ses patients mourant coup sur coup. Elle ne pouvait plus entrer dans une unité de soins intensifs sans retrouver le stress de ses anciennes responsabilités et les fantômes de ses échecs passés.

L'unité de soins intensifs de l'hôpital Saint-Francis se présentait sous la forme d'un poste d'infirmières entouré de douze box pour les malades. Maura s'arrêta à l'accueil pour montrer patte blanche.

— Je suis le docteur Isles, du bureau du médecin légiste. Je voudrais jeter un coup d'œil au dossier d'une de vos patientes, sœur Ursula Rowland…

L'employée lui jeta un regard étonné.

— Mais la patiente n'est pas décédée…

— C'est l'inspecteur Rizzoli qui m'a demandé de me renseigner.

— Ah bon. Le dossier est dans la case numéro 10.

Maura s'approcha de la rangée de casiers et ouvrit le couvercle d'aluminium contenant les informations médicales concernant l'occupante du lit numéro 10. Elle l'ouvrit à la page du compte rendu postopératoire, écrit à la main par le neurochirurgien immédiatement après l'intervention :

Important hématome extradural identifié et drainé. Fracture du pariétal droit comminutive débridée, intervention pratiquée pour lever l'embarrure, brèche sousdurale refermée. Compte rendu opératoire dicté par James Yuen, docteur en médecine.

Elle jeta ensuite un coup d'œil aux notes des infirmières. Depuis l'opération, les pressions intracrâniennes étaient stabilisées, grâce aux perfusions de mannitol et de lasilix, et à l'assistance respiratoire. Tout ce qu'il était possible de faire avait été fait. Maintenant, il n'y avait plus qu'à attendre pour pouvoir estimer les séquelles neurologiques.

Le dossier sous le bras, Maura se rendit au box numéro 10. Le policier assis à côté du rideau la salua d'un hochement de tête.

— Hé, docteur Isles !

— Bonjour. Comment va la patiente ?

— Toujours pareil, je crois. Je ne pense pas qu'elle se soit réveillée.

Maura regarda le rideau tiré.

— Quelqu'un est avec elle ?

— Les médecins.

Elle tapota sur l'encadrement de la porte et entrouvrit le rideau. Deux hommes étaient debout à côté du lit. L'un était un grand Asiatique au regard noir, perçant, à la toison grisonnante. Le neurochirurgien, pensa Maura en voyant son badge : *Docteur Yuen*. L'homme qui se tenait à côté de lui était plus jeune, dans les trente ans, un costaud au visage tanné et aux yeux gris, ses longs cheveux blonds retenus en une queue-de-cheval impeccable.

Le Fabio en blouse blanche de la série *Les Soprano*, pensa Maura.

— Excusez-moi, dit-elle. Je suis le docteur Isles, du bureau du légiste.

— Quoi, le légiste ? Comment, déjà ? releva le docteur Yuen, l'air interloqué. Votre visite n'est pas un peu prématurée ?

— L'inspecteur en charge de l'enquête m'a demandé de venir aux nouvelles. Il y a une autre victime, on a dû vous le dire.

— Oui, j'en ai entendu parler.

— Je m'occuperai de l'examen post mortem demain.

Je voudrais comparer les schémas des blessures des deux victimes…

— Je crains que vous ne voyiez plus grand-chose ici. Plus maintenant, après l'opération. Vous en apprendrez davantage sur les radios et les scans crâniens qu'on lui a fait passer à son arrivée.

Elle baissa les yeux sur la patiente. Yuen avait dit vrai : la tête d'Ursula disparaissait sous les bandages. Elle était plongée dans un coma profond, son visage était masqué par un gros embout respiratoire. A la différence de la mince Camille, Ursula était une bonne grosse fermière, robuste et bien charpentée, au visage rond. Des tuyaux reliés à des cathéters serpentaient sur ses bras charnus. Au poignet gauche, on voyait un bracelet portant l'inscription ALLERGIE À LA PÉNICILLINE. Une horrible cicatrice blanche, épaisse, barrait son coude droit – souvenir d'une vieille blessure salement ravaudée.

Une blessure de guerre, rapportée de l'étranger ? se demanda Maura.

— J'ai fait ce que j'ai pu au bloc, déclara Yuen. Maintenant, il n'y a plus qu'à espérer que le docteur Sutcliffe pourra anticiper les éventuelles complications postop, dit-il en se tournant vers son collègue.

Maura regarda le docteur à la queue-de-cheval, qui la gratifia d'un hochement de tête et d'un sourire.

— Je suis Matthew Sutcliffe, le médecin interniste. Elle n'était pas venue me voir depuis plusieurs mois. Je ne savais même pas qu'on nous l'avait amenée. Je viens juste de l'apprendre.

— Vous avez le numéro de téléphone de son neveu ? demanda Yuen. Quand il m'a appelé, j'ai oublié de le lui demander. Il m'a dit qu'il allait prendre contact avec vous.

Sutcliffe acquiesça.

— Je l'ai. Je pense que ce serait plus simple que ce soit moi qui reste en contact avec la famille. Je les tiendrai informés de son état.

— Et dans quel état est-elle, justement ? demanda Maura.

— Stationnaire, répondit Sutcliffe.

— Et sur le plan neurologique ?

Yuen secoua la tête.

— Trop tôt pour le dire. L'opération s'est bien passée. Mais j'étais justement en train de dire au docteur Sutcliffe que, même si elle se réveillait – ce qui n'est pas prouvé –, je serais étonné qu'elle se souvienne de son agression. Les amnésies rétrogrades sont fréquentes dans les cas de blessure à la tête…

Il fut interrompu par la sonnerie de son bipeur, y jeta un coup d'œil.

— Excusez-moi, il faut que je réponde. Je laisse le docteur Sutcliffe vous parler de son dossier médical.

En deux enjambées rapides, il quitta le box.

Sutcliffe tendit son stéthoscope à Maura.

— Vous pouvez l'ausculter, si vous voulez.

Elle prit le stéthoscope et s'approcha du lit. Durant un moment, elle se contenta de regarder la poitrine d'Ursula se soulever et retomber. Elle n'avait plus eu l'occasion d'examiner des vivants depuis bien longtemps et dut faire un effort pour retrouver les mécanismes de l'examen clinique. Et ce n'était pas évident, avec le regard de Sutcliffe qui pesait sur elle. Il devait voir à quel point elle manquait de pratique avec les corps dont le cœur palpitait encore. Elle s'occupait depuis si longtemps des morts qu'elle ne savait plus par quel bout prendre les vivants. Sutcliffe était planté à la tête du lit, présence imposante, les épaules trop larges pour sa blouse. Sous son regard pénétrant, elle braqua le pinceau de son stylo lumineux dans l'œil de la patiente, puis lui palpa le cou, ses doigts parcourant la peau tiède. Si différente des chairs glacées sortant du frigo…

Elle marqua un instant d'hésitation. Puis :

— Il n'y a pas de pouls carotidien du côté droit.

— Pardon ?

— Le pouls est fort à gauche, mais il n'y a rien à droite.

Elle attrapa le dossier et jeta un coup d'œil au compte rendu opératoire.

— Voyons… Ah, voilà, l'anesthésiste l'a mentionné ici : « Absence d'artère carotide droite commune. » Très probablement une anomalie anatomique bénigne.

Il fronça les sourcils, et son visage buriné s'empourpra.

— J'avais oublié ça.

— Alors, ce n'est pas dû à l'agression, l'absence de pouls de ce côté ?

— C'est congénital, acquiesça-t-il.

Maura mit le stéthoscope sur ses oreilles, souleva la chemise de nuit d'hôpital, dénudant les larges seins d'Ursula. Malgré ses soixante-huit ans, sa peau était encore laiteuse et fraîche. Les décennies passées sous l'habit de religieuse l'avaient protégée du soleil et de ses ultraviolets. Appliquant le diaphragme du stéthoscope sur la poitrine d'Ursula, Maura entendit un battement de cœur régulier, puissant. Le cœur d'une dure à cuire, qui pompait, pompait, increvable.

Une infirmière passa la tête dans le box.

— Docteur Sutcliffe ? La radiologie a appelé pour dire que les clichés thoraciques sont prêts. Si vous voulez descendre les voir…

— Merci. On pourrait en profiter pour jeter un coup

d'œil aux radios du crâne, si ça vous dit ? proposa-t-il à Maura.

Ils prirent l'ascenseur en compagnie de six jeunes filles en blouse rayée rose et blanc, façon marshmallows : des volontaires en milieu hospitalier, au visage frais et aux cheveux brillants, qui gloussaient en jetant des petits regards en coin au docteur Sutcliffe. Si séduisant qu'il fût, il semblait complètement les ignorer, le regard obstinément rivé sur l'affichage des étages. La séduction de la blouse blanche, se dit Maura en repensant à sa propre adolescence alors qu'elle était visiteuse de malades à l'hôpital Saint-Luc de San Francisco. Les médecins lui paraissaient inaccessibles. Au-dessus du commun des mortels. Aujourd'hui qu'elle était elle-même docteur, elle ne savait que trop bien que la blouse blanche ne la mettait pas à l'abri des erreurs. Qu'elle ne la rendait pas infaillible.

Elle regarda les jeunes volontaires dans leurs tenues impeccables et repensa à ses seize ans : elle n'aurait jamais gloussé comme ces filles ; elle était silencieuse et sérieuse. Déjà consciente, à cette époque, des zones sombres de la vie. Instinctivement attirée par les tonalités en mineur.

Les portes de l'ascenseur s'ouvrirent et les filles en jaillirent, essaim ensoleillé de rose et de blanc, laissant Maura et Sutcliffe seuls dans la cabine.

— Elles me fatiguent, dit-il. Toute cette énergie… J'aimerais en avoir le dixième, surtout après une nuit de garde. Vous en faites beaucoup, vous ? fit-il en lui jetant un regard complice.

— Des nuits de garde ? Par roulement.

— J'imagine qu'il n'y a pas d'urgences dans votre métier…

— Ah, c'est sûr, ce n'est pas comme ici, où vous êtes en première ligne.

Il s'esclaffa, et soudain il se métamorphosa en un surfeur blond avec du rire plein les yeux.

— La vie en première ligne… C'est parfois l'impression qu'on a. D'être au front.

Ils s'arrêtèrent à l'accueil de la radiologie, où les attendaient les radios. Sutcliffe emporta la grande enveloppe vers la salle de radiodiagnostic. Il glissa le jeu de clichés sous des clips, actionna l'interrupteur.

La lumière clignota, révélant les images d'un crâne. Les lignes de fracture s'entrelaçaient comme des éclairs sur la masse osseuse. Maura vit deux points d'impact distincts. Le premier coup avait été porté sur le temporal droit, provoquant une fissure qui descendait vers l'oreille. Le second, plus puissant, porté en arrière du premier, avait comprimé le plateau crânien, l'enfonçant vers l'intérieur.

— Il l'a d'abord frappée sur le côté de la tête, dit-elle.

— Comment pouvez-vous dire qu'il s'agit du premier coup ?

— Parce que la propagation de la fracture du second coup est interceptée par la première ligne de fracture, répondit-elle en désignant les lignes entrelacées sur la radio. Vous voyez comment cette ligne s'arrête ici, pile à l'endroit où elle atteint la première fracture ? Quelle que soit la force de l'impact, elle ne peut franchir la faille. Le coup sur la tempe a donc été porté en premier. Peut-être qu'elle lui tournait le dos. Ou qu'elle ne l'a pas vu alors qu'il venait sur le côté…

— Il l'a attaquée par surprise, conclut Sutcliffe.

— Le premier coup a suffi à la faire partir à la renverse. Et le suivant est tombé, plus en arrière, sur la tête, ici, dit-elle en désignant la seconde ligne de fracture.

— Un coup plus puissant, acquiesça-t-il. Il a comprimé le plateau crânien.

Il décrocha les radios du crâne et installa à la place les scans crâniens. La tomographie axiale assistée par ordinateur permettait de plonger dans le crâne humain, révélant le cerveau tranche par tranche. Elle vit la poche que formait l'accumulation de sang provoquée par la lésion des vaisseaux déchirés. L'augmentation de pression avait comprimé le cerveau. Les conséquences de cette blessure pouvaient être aussi fatales que pour Camille.

Mais l'anatomie et l'endurance variaient d'un individu à l'autre. Tandis que la religieuse la plus jeune avait succombé à ses blessures, le cœur d'Ursula continuait de battre ; son corps n'était pas prêt à rendre l'âme. Ce n'était pas un miracle, tout juste un caprice du destin, comme l'enfant qui survit à une chute du sixième étage et s'en tire sans une égratignure.

— Je suis étonnée qu'elle soit encore en vie, murmura-t-elle.

— Pas autant que moi. Ces coups étaient faits pour tuer.

Elle le regarda. La lueur du négatoscope éclairait la moitié de son visage, soulignant ses pommettes saillantes.

4

Camille Maginnes avait les os jeunes, songea Maura en regardant les radios fixées au négatoscope de la morgue. Les années n'avaient pas encore rongé ses ligaments, affaissé ses vertèbres, calcifié le cartilage de ses côtes. Camille ne saurait jamais ce que c'était que vieillir, elle n'éprouverait jamais dans sa chair les attaques du temps, les atteintes de l'âge. Elle serait portée en terre, figée pour toujours dans une éternelle jeunesse.

Yoshima avait passé le corps aux rayons X alors qu'il était encore tout habillé, précaution habituelle pour localiser les éventuels éclats de balle ou les fragments métalliques qui auraient pu se loger dans les vêtements. Mis à part le crucifix, et ce qui était clairement des épingles de nourrice au niveau de la poitrine, aucun autre élément métallique n'était décelable à la radio.

Maura retira les clichés du thorax, qui produisirent un *shboiiing* musical en s'enroulant dans ses mains. Elle attrapa les vues du crâne et les glissa dans les clips du négatoscope.

— Nom de Dieu…, murmura l'inspecteur Frost.

Les dégâts étaient monstrueux. L'un des coups avait été suffisamment violent pour enfoncer des fragments

74

d'os dans la boîte crânienne. Avant même d'avoir pratiqué la moindre incision, Maura évaluait déjà les lésions à l'intérieur du crâne. Les vaisseaux rompus, les poches gonflées de sang. Et le cerveau comprimé sous la pression croissante de l'hémorragie.

— Quoi de neuf, doc ? lança vivement Rizzoli.

Elle avait meilleure mine, ce matin : la guerrière était de retour et elle avait investi la morgue de son pas habituel, rapide et décidé.

— Alors, qu'est-ce que t'as trouvé ?

— Trois coups distincts. Le premier ici, au sommet du crâne, répondit Maura en pointant une nette ligne de fracture qui courait en diagonale vers le front. Les deux autres coups à l'arrière de la tête. D'après moi, elle était face contre terre à ce moment-là. Couchée, à plat ventre, impuissante. Le dernier coup lui a défoncé le crâne.

Cette conclusion était si brutale qu'ils restèrent tous un moment silencieux, à imaginer la pauvre religieuse à terre, le visage écrasé contre le sol de pierre. L'agresseur levant le bras, la main crispée sur son engin de mort. Le craquement des os brisant le silence de la chapelle.

— Assommée, comme un bébé phoque, dit Rizzoli. Elle n'avait aucune chance.

Maura se tourna vers la table d'autopsie où était étendue Camille Maginnes, toujours vêtue de son habit poisseux de sang.

— Déshabillons-la.

Yoshima attendait avec ses gants et sa blouse, fantôme familier de la salle d'autopsie. Avec une efficacité silencieuse, il avait organisé le plateau d'instruments, disposé les lumières et préparé les cuvettes qui recevraient les organes prélevés. C'est à peine si Maura avait besoin de parler ; d'un seul coup d'œil, il déchiffrait ses pensées. Les devançait, peut-être ?

D'abord, ils retirèrent les vilaines chaussures de cuir noir, fonctionnelles. Puis ils passèrent un moment à détailler les nombreuses couches de vêtements de la victime, se préparant à une tâche qu'ils n'avaient jamais effectuée auparavant : défroquer une religieuse.

— Il faut retirer la guimpe en premier, fit Maura.

— La quoi ? demanda Frost.

— Le vêtement de toile blanche qu'elle a sur la tête et qui retombe sur les épaules. L'ennui, c'est que je ne vois pas d'attaches sur le devant. Et je n'ai vu aucune fermeture éclair à la radio... Retournons-la sur le côté, que je puisse vérifier le dos.

Léger comme celui d'un enfant, le corps en était au stade de la *rigor mortis*. Ils le firent rouler sur le côté, détachèrent les deux extrémités de la guimpe.

— C'est du Velcro, commenta Maura.

Frost eut un petit rire étonné.

— Vous plaisantez ?

— Quand le Moyen Age rencontre les temps modernes...

Maura fit glisser la guimpe, la plia et la déposa sur une feuille de plastique.

— Je ne sais pas pourquoi, poursuivit Frost, je trouve ça un peu décevant, des bonnes sœurs qui utilisent du Velcro...

— Quoi, tu préférerais qu'elles s'habillent comme au Moyen Age ? demanda Rizzoli.

— Je les voyais s'en tenir davantage à la tradition...

— Navrée de briser vos illusions, inspecteur Frost, ironisa Maura tout en retirant la chaîne et le crucifix. Il y a même des couvents qui ont leur propre site Internet...

— La vache ! Des cybernonnes. Hallucinant, commenta Rizzoli.

— On va maintenant enlever le scapulaire,

poursuivit Maura en montrant le vêtement sans manches qui tombait des épaules aux mollets.

Elle fit doucement passer le vêtement par-dessus la tête de la victime. Le tissu, gorgé de sang, était lourd et rigide. Elle le déposa sur une nouvelle feuille de plastique, avec sa ceinture de cuir.

Ne restait plus que la dernière couche de laine – une tunique noire, qui masquait les formes graciles de Camille. Un dernier rempart de pudeur.

Maura, qui déshabillait des cadavres depuis des années, n'avait jamais ressenti une telle répugnance à dénuder le corps d'une victime : cette femme qui avait choisi de vivre cachée au regard des hommes allait à présent être cruellement exposée, son corps sondé, palpé, chacun de ses orifices inspecté. La perspective d'une telle intrusion nouait la gorge de Maura, lui laissait un mauvais goût dans la bouche, et elle s'arrêta le temps de se redonner une contenance. Elle vit que Yoshima lui lançait un regard interrogateur. S'il était troublé, il ne le montrait pas. Son visage impassible avait une influence apaisante, la tension qui régnait dans la pièce sembla se dissiper.

Elle se concentra à nouveau sur sa tâche. Yoshima l'aida à soulever la tunique, la faisant glisser par-dessus les cuisses puis les hanches. Elle était suffisamment large pour qu'ils puissent la retirer malgré la rigidité cadavérique des bras. En dessous, il y avait encore des vêtements – un capuchon de coton blanc qui avait glissé autour du cou, et dont les rabats étaient accrochés à un tee-shirt maculé de sang par une des épingles de nourrice qui étaient apparues à la radio. Elle portait un collant noir. Ils l'ôtèrent, découvrant une culotte de coton blanc. C'était un sous-vêtement ridiculement grossier, conçu pour cacher le plus de chair possible, une véritable gaine de vieille dame et non la lingerie d'une fraîche jeune fille. On devinait la forme d'une serviette hygiénique sous le coton. Comme Maura l'avait soupçonné en voyant les draps tachés de sang, Camille avait ses règles.

Maura s'attaqua ensuite au tee-shirt. Elle défit une première épingle de nourrice, détacha encore quelques Velcro et dégrafa le capuchon. Le tee-shirt n'allait pas être aussi simple à enlever, à cause de la rigidité cadavérique. Elle attrapa les ciseaux et le coupa en deux, au milieu. Les pans du vêtement s'écartèrent, dévoilant une nouvelle couche de tissu.

Prise de court, Maura regarda la bande d'étoffe qui enserrait fermement la poitrine, fermée sur le devant par deux épingles de nourrice.

— A quoi ça sert ? marmonna Frost.

— On dirait qu'elle s'était bandé la poitrine, dit Maura.

— Pourquoi ?

— Je n'en sais rien.

— Une sorte de soutien-gorge ? avança Rizzoli.

— Je ne vois pas pourquoi elle aurait préféré faire ça plutôt que de mettre un soutien-gorge. Regarde comme c'est serré. Ça ne devait vraiment pas être confortable.

— Ouais, renifla Rizzoli. Comme si les soutiens-gorge étaient confortables...

— Ce n'est pas un truc religieux ? demanda Frost. Ça ne fait pas partie de leurs rites, quand même ?

— Non, c'est juste une bande Velpeau. Le même type de bande qu'on peut acheter au drugstore quand on a une entorse.

— Comment savoir ce que les religieuses portent d'habitude ? Je veux dire, pour ce qu'on en sait, sous toutes ces robes, elles pourraient porter de la dentelle noire et des bas résille…

La boutade tomba à plat.

En regardant Camille, Maura fut tout à coup frappée par le symbolisme de la poitrine bandée. Les formes féminines gommées, effacées. Ecrasées à mort, comme sous le joug de la soumission. Qu'est-ce qui avait pu lui passer par la tête quand elle s'était enroulé cette bande autour de la poitrine, tendant l'élastique à fond sur sa peau ? Avait-elle du dégoût pour tout ce qui lui rappelait sa féminité ? S'était-elle sentie plus propre, plus pure, tandis que les couches de bandage faisaient disparaître ses seins, aplatissant ses courbes, niant sa sexualité ?

Maura ouvrit les deux épingles de nourrice et les posa sur le plateau. Ensuite, toujours aidée de Yoshima, elle commença à dérouler le bandage, découvrant peu à peu un paysage de peau. Mais même la pression de l'élastique n'avait pas réussi à ratatiner les tissus. La dernière bande ôtée révéla de jeunes seins épanouis, dont la peau conservait l'empreinte du bandage. Là où une autre aurait été fière d'une telle poitrine, Camille Maginnes l'avait dissimulée, comme un objet de honte.

Il n'y avait plus qu'un bout de vêtement à retirer. La culotte en coton.

Maura fit glisser l'élastique de la taille sur les hanches et le long des cuisses. La serviette périodique fixée à la culotte était tachée d'un peu de sang.

— C'est tout frais, commenta Rizzoli. Elle l'avait changée depuis peu.

Maura ne regardait pas la serviette. Son regard était focalisé sur le ventre sans tonus, flasque, détendu entre les os saillants des hanches. Des traces argentées se dessinaient sur la peau claire. L'espace d'un instant, elle ne dit rien, encaissant en silence la signification de ces marques. Elle repensa aux seins étroitement bandés.

Maura se tourna vers le plateau où elle avait déposé en tas la bande Velpeau et la déroula lentement, inspectant le tissu.

— Qu'est-ce que tu cherches ? demanda Rizzoli.

— Des taches, répondit Maura.

— Du sang ? Il y en a déjà plein sa robe…

— Pas du sang, non…

Maura s'interrompit. La bande Velpeau étalée sur le plateau révélait des auréoles sombres à l'endroit où un liquide avait séché.

Mon Dieu, pensa-t-elle. Comment est-ce possible ?

Elle se tourna vers Yoshima.

— Disposons-la pour un examen pelvien.

Il fronça les sourcils.

— Il va falloir rompre la rigidité cadavérique…

— Elle n'a pas une grosse masse musculaire.

La minceur de Camille leur faciliterait la tâche.

Yoshima se dirigea vers le bout de la table. Pendant que Maura maintenait le bassin, il glissa ses mains sous la cuisse gauche et appliqua une pression pour faire fléchir la hanche. Comme le terme le suggérait, rompre la rigidité cadavérique était une manœuvre brutale : il s'agissait de déchirer de force des fibres musculaires pétrifiées par la mort. Ce n'était jamais un moment agréable, et Frost, horrifié d'avance, le visage blême, s'éloigna un peu de la table. Yoshima appliqua une pression brutale et Maura sentit, transmise par les os du bassin, la rupture des muscles qui cédaient.

— Oh putain ! fit Frost en se détournant.

Mais ce fut Rizzoli qui s'avança en titubant vers la chaise, à côté du lavabo, et se laissa tomber dessus, le visage enfoui dans les mains. Rizzoli, la stoïque, qui jamais ne se plaignait de ce qu'elle voyait ou de ce qu'elle sentait dans la salle d'autopsie, semblait tout à coup incapable de supporter ces simples préliminaires.

Tandis que Yoshima s'occupait de la cuisse droite, Maura passa de l'autre côté de la table et maintint à nouveau le bassin. Elle eut un haut-le-cœur alors qu'ils se démenaient pour rompre la *rigor mortis*. Elle en avait bavé, comme tous les étudiants en médecine, mais c'était le stage en chirurgie orthopédique qui l'avait le plus rebutée. Les bruits de perceuse et de scie électrique attaquant l'os, la force brutale nécessaire pour désarticuler les hanches... Elle retrouvait cette répugnance en sentant le claquement des muscles. La hanche droite céda d'un coup, et même le visage ordinairement atone de Yoshima laissa transparaître un éclair de dégoût. Mais il n'y avait pas d'autre façon d'examiner correctement les parties génitales, et Maura tenait à confirmer son intuition au plus vite.

Ils firent pivoter les deux cuisses vers l'extérieur et Yoshima braqua la lampe directement sur le périnée. Du sang s'était accumulé dans le canal vaginal – le flux menstruel normal, aurait pensé Maura, cinq minutes plus tôt.

A présent, ce qu'elle voyait la laissait sans voix. Elle prit un paquet de gaze et essuya doucement le sang pour révéler la muqueuse.

— Il y a une déchirure vaginale du second degré à six heures, dit-elle.

— Vous voulez effectuer des prélèvements ?

— Oui. Et il faudra procéder à l'extraction en bloc des organes génitaux.

— Que se passe-t-il ? fit la voix de Frost, de très loin. Maura se tourna vers lui.

— Je n'ai pas souvent l'occasion de faire ça, mais je

vais être obligée de prélever les organes génitaux externes et internes d'un bloc. Scier l'os pubien et retirer l'ensemble.

— V… Vous pensez qu'il y a eu viol ?

Maura ne répondit pas. Elle se tourna vers le plateau d'instruments, prit un scalpel et se pencha sur le torse pour commencer la traditionnelle incision en Y.

C'est alors que l'Interphone sonna.

— Docteur Isles ? appela Louise par le haut-parleur. Il y a un appel pour vous sur la 1. C'est encore le docteur Victor Banks, celui de cette organisation, One Earth International…

Maura se figea, la main crispée sur le scalpel, la lame effleurant la peau de Camille.

— Docteur Isles ? insista Louise.

— Je ne peux pas le prendre tout de suite.

— Je lui dis que vous allez le rappeler ?

— Non.

— C'est la troisième fois qu'il téléphone, aujourd'hui. Il demande s'il peut vous appeler chez vous…

— Ah, vous ne lui donnez pas mon numéro de téléphone personnel, hein !

La réponse avait fusé plus brutalement qu'elle ne l'avait voulu, et elle vit que Yoshima relevait la tête. Elle sentait aussi les regards de Frost et Rizzoli peser sur elle. Elle inspira profondément et reprit, plus calmement :

— Dites-lui que je suis occupée. Et répétez-le-lui jusqu'à ce qu'il cesse d'appeler.

Il y eut un silence.

— Entendu, docteur Isles, déclara finalement Louise d'un ton légèrement froissé.

C'était la première fois que Maura lui parlait avec

cette sécheresse, et il faudrait qu'elle trouve une façon de rattraper le coup et de recoller les morceaux. Cet échange l'avait déstabilisée. Elle regarda à nouveau le torse de Camille Maginnes, en essayant de se reconcentrer sur son travail, mais elle avait la tête ailleurs, et c'est d'une main fébrile qu'elle tenait son scalpel.

Et les autres s'en rendaient compte aussi.

— Pourquoi un gars de One Earth te harcèle-t-il ? demanda Rizzoli. Pour que tu fasses un don ?

— Ce n'est pas One Earth le problème.

— Alors, qu'est-ce que c'est ? insista Rizzoli. Encore un type qui te court après, c'est ça, hein ?

— C'est juste quelqu'un que j'essaie d'éviter.

— On dirait qu'il a de la suite dans les idées…

— Ça, tu peux le dire !

— Tu veux que je t'en débarrasse ? Que je lui dise d'aller se faire voir ? proposa Rizzoli.

Ce n'était pas seulement la fliquette qui parlait, c'était aussi la femme ; Rizzoli ne supportait pas les hommes trop collants.

— C'est… personnel, dit Maura.

— Si tu as besoin d'aide, tu sais où me trouver.

— Merci, mais je suis assez grande.

Maura incisa la peau avec son scalpel. Elle n'avait qu'une envie : changer de sujet. Elle inspira profondément. Il était quand même paradoxal qu'elle soit moins dérangée par l'odeur de la viande froide que par le seul fait d'entendre le nom de Victor Banks. Que les vivants la tourmentent infiniment plus que les morts ne le feraient jamais. A la morgue, personne ne la faisait souffrir, personne ne souhaitait la trahir. A la morgue, elle était toujours maîtresse de la situation.

— Alors, c'est qui, ce type ? insista Rizzoli.

C'était la question qu'ils brûlaient tous de lui poser,

naturellement. La question à laquelle Maura serait bien obligée de répondre, tôt ou tard.

Elle enfonça la lame dans la chair, regarda la peau s'ouvrir comme un rideau blanc.

— Mon ex-mari, répondit-elle.

Elle acheva l'incision en Y et écarta les lambeaux de peau livide. Yoshima utilisa un banal sécateur de jardinier pour découper les côtes, souleva le sternum, révélant un cœur et des poumons sains, un foie, une vésicule biliaire et un pancréas impeccables. Les organes normaux d'une jeune femme qui ne buvait pas, ne fumait pas et n'avait pas vécu assez longtemps pour que ses artères aient eu le temps de s'encrasser. Maura fit peu de commentaires en enlevant les organes, qu'elle plaça dans des cuvettes métalliques, progressant rapidement vers le but ultime : l'examen de l'appareil génital.

L'excision du bloc pelvien était une procédure généralement réservée aux affaires d'assassinats précédés d'un viol, parce qu'elle permettait une dissection beaucoup plus détaillée que l'autopsie normale. Cette ablation du contenu du bassin n'était pas un examen agréable. Lorsqu'ils scièrent la branche ischio-pubienne, Maura ne fut pas étonnée de voir Frost se détourner à nouveau. Rizzoli sembla avoir du mal à encaisser, elle aussi. Soudain, plus personne ne parlait des coups de fil de l'ex-mari de Maura, plus personne ne songeait à la cuisiner. L'autopsie leur avait coupé à tous l'envie de faire la conversation, et elle en fut perversement soulagée.

Elle souleva le bloc entier des organes pelviens, l'appareil génital externe et l'os pubien, et déposa le tout sur une planche à disséquer. Avant même de réséquer l'utérus, elle sut, rien qu'à son aspect, que ses soupçons étaient confirmés. L'organe était hypertrophié, le fond bien au-dessus du niveau de l'os pubien, les parois spongieuses. Elle l'ouvrit en deux, pour révéler l'endomètre, la muqueuse encore collante et luisante de sang.

Elle leva les yeux sur Rizzoli et demanda d'un ton sec :

— On sait si la victime a quitté l'abbaye à un moment ou à un autre, la semaine dernière ?

— La dernière fois, c'était en mars dernier, pour rendre visite à sa famille à Cape Cod. C'est ce que m'a dit mère Mary Clement.

— Alors il faut faire fouiller le couvent, et tout de suite.

— Pourquoi ? Qu'est-ce qu'on cherche ?

— Un nouveau-né.

A cette réponse, Rizzoli sembla comme frappée par la foudre. Elle regarda Maura. Puis le cadavre de Camille Maginnes gisant sur la table.

— Mais… C'était une religieuse…

— Oui, répondit Maura. Une religieuse enceinte. Et elle a accouché récemment.

5

Il neigeait à nouveau lorsque Maura ressortit du bâtiment, dans l'après-midi. Des flocons duveteux dansaient en tous sens comme des papillons et venaient se poser doucement sur les voitures. Elle s'était équipée en prévision du mauvais temps et avait chaussé des boots à semelle antidérapante. Pourtant, elle dut traverser le parking à petits pas, ses bottes glissant sur la couche de verglas recouverte de neige, tous les muscles contractés pour prévenir une chute éventuelle. Lorsqu'elle arriva enfin à sa voiture, elle poussa un soupir de soulagement et se mit à fouiller dans son sac à la recherche de ses clés. Elle était tellement concentrée qu'elle ne remarqua même pas le claquement sourd d'une portière, non loin de là. Elle se retourna enfin en entendant un bruit de pas : un homme s'approchait. Il s'arrêta sans rien dire, et se tint là, à la regarder, les mains enfoncées dans les poches de sa veste de cuir. Des flocons s'accrochaient à ses cheveux blonds et à sa barbe soigneusement taillée.

Il regarda la voiture de Maura et dit :

— Je pensais bien que la Lexus noire serait la tienne. Tu es toujours en noir. Tu marches toujours du côté obscur. Et qui d'autre que toi pourrait entretenir sa voiture aussi soigneusement ?

Quand elle retrouva enfin la parole, sa voix lui parut rauque. La voix d'une étrangère.

— Qu'est-ce que tu fais ici, Victor ?

— A ton avis ? J'ai pensé que c'était la seule façon de réussir enfin à te voir.

— En me coinçant sur un parking ?

— C'est comme ça que tu le prends ?

— M'attendre en embuscade dans ta voiture, j'appelle ça me coincer sur un parking.

— Tu ne me laisses pas le choix. Tu ne me rappelles jamais.

— Je n'en ai pas eu le temps.

— Tu ne m'as même pas donné ton nouveau numéro.

— Tu ne me l'as jamais demandé.

Il regarda la valse des flocons qui tourbillonnaient autour d'eux et soupira.

— Ouais. C'est comme au bon vieux temps, alors ?

— Exactement comme au bon vieux temps.

Maura se tourna vers sa voiture et déverrouilla les portières à distance. Les serrures claquèrent.

— Tu ne me demandes même pas ce que je fais ici ?

— Ecoute, il faut que j'y aille…

— Je prends l'avion pour venir à Boston, et tu ne me demandes pas pourquoi.

Elle se tourna vers lui.

— Très bien. Pourquoi ?

— Ça fait trois ans, Maura…

Il se rapprocha, et elle reconnut son odeur. Une odeur de cuir et d'after-shave mêlés.

Ça fait trois ans, pensa-t-elle, et il a à peine changé.

La même façon, un peu boudeuse, de pencher la tête,

les mêmes pattes-d'oie au coin des yeux quand il souriait. Et les reflets dorés dans ces cheveux, qui, même en décembre, donnaient l'impression d'avoir blondi au soleil. Victor Banks irradiait un puissant magnétisme, et Maura se sentit irrésistiblement attirée vers lui, comme par le passé.

— Jamais, pas une seule fois, tu ne t'es demandé si on n'avait pas fait une erreur ? demanda-t-il.

— Tu parles de notre divorce, ou de notre mariage, là ?

— Tu sais très bien ce que je veux dire. Puisque je suis ici, devant toi, à te parler.

— Et il t'aura fallu tout ce temps pour me dire ça ?

Elle lui tourna le dos.

— Tu ne t'es pas remariée.

Elle se figea puis fit volte-face.

— Et toi ?

— Non.

— Ça doit vouloir dire qu'on est aussi difficiles à vivre l'un que l'autre.

— Je ne pense pas que tu sois restée assez longtemps pour t'en rendre compte.

Elle eut un rire. Un rire amer qui résonna désagréablement dans le grand silence blanc.

— C'est toi qui étais toujours par monts et par vaux. En croisade pour sauver le monde.

— Ce n'est pas moi qui ai demandé le divorce.

— Non, mais, moi, je ne t'ai pas trompé.

Elle se retourna et ouvrit brutalement la portière de sa voiture.

— Et merde ! Tu ne peux pas rester une minute ? Ecoute-moi !

Il lui agrippa le bras et Maura tressaillit : il y avait de

la colère dans sa poigne. Elle le dévisagea d'un œil glacial qui lui disait qu'il était allé trop loin.

Il la lâcha.

— Pardon. Je suis désolé. Ce n'est pas du tout comme ça que je voulais que ça se passe.

— Et tu attendais quoi ?

— Qu'il y ait encore quelque chose entre nous.

Oh, il y a bien quelque chose, se dit-elle.

Il y en avait même suffisamment pour qu'elle n'ait aucune envie que cette conversation s'éternise. Il ne manquerait plus qu'elle succombe à nouveau. Elle se sentait déjà faiblir.

— Ecoute, dit-il. Je ne suis ici que pour quelques jours. J'ai quelqu'un à voir, demain, à l'école de santé publique de Harvard, mais ensuite je n'ai rien de prévu. C'est bientôt Noël, Maura. Je me disais qu'on pourrait peut-être passer les fêtes ensemble, si tu es libre…

— Et, après, tu reprendras ton avion, et bye-bye.

— Tu ne crois pas qu'on pourrait essayer de recoller les morceaux ? Tu ne voudrais pas prendre quelques jours de congé ?

— Je travaille, Victor, je ne peux pas me libérer comme ça.

Il jeta un coup d'œil au bâtiment et partit d'un rire sarcastique.

— J'ai jamais compris le plaisir que tu trouvais à faire ce boulot.

— Le côté obscur, tu te souviens. Je suis comme ça.

Il la dévisagea, et sa voix s'adoucit.

— Tu n'as pas changé. Pas d'un iota.

— Toi non plus, et c'est bien le problème.

Elle se glissa dans sa voiture et claqua la portière.

Il toqua sur la vitre. Elle leva les yeux : il la regardait, des flocons perlant sur ses cils. Elle ne put faire autrement que de baisser la vitre.

— Quand est-ce qu'on pourrait discuter ? demanda-t-il.

— Il faut vraiment que j'y aille.

— Plus tard, alors. Ce soir.

— Je ne sais pas à quelle heure je serai chez moi.

— Allez, Maura, insista-t-il en se penchant vers elle avant d'ajouter doucement : Laisse-nous encore une chance. Je suis à l'hôtel Colonnade. Appelle-moi.

Elle soupira.

— Je verrai.

Il tendit la main et lui reprit le bras. Son odeur raviva encore des souvenirs brûlants. Le souvenir de ces nuits où ils dormaient dans des draps frais, les jambes enlacées. Le souvenir de leurs longs baisers passionnés, parfumés à la vodka citron. Deux années de mariage laissaient des souvenirs impérissables, bons et mauvais, mais à cet instant, alors que sa main était posée sur son bras, Maura n'avait plus que la mémoire des jours heureux.

— J'attends ton appel, dit-il enfin.

Comme s'il avait senti qu'il avait déjà remporté la victoire.

Parce qu'il croit que c'est aussi facile ? marmonnat-elle tandis qu'elle sortait du parking et prenait la route de Jamaica Plain. Un sourire, une caresse, et l'affaire est dans le sac ?

Soudain, ses pneus dérapèrent sur la chaussée verglacée. Elle se cramponna au volant, toute son attention concentrée sur le contrôle de sa voiture. Dans son trouble, elle avait roulé bien trop vite. La Lexus fit un tête-à-queue, les pneus tournant follement sur le macadam lisse comme un miroir. Elle retint son souffle le temps de ramener sa voiture dans l'axe de la route et, lorsqu'elle reprit sa respiration, elle sentit à nouveau la moutarde lui monter au nez.

D'abord, tu m'as brisé le cœur. Et maintenant tu as failli me tuer.

C'était absurde, mais de toute façon, Victor lui inspirait toujours des pensées déraisonnables.

Parvenue devant l'abbaye de Graystones, elle resta un moment assise dans sa voiture, épuisée par le trajet. Elle devait reprendre le contrôle de ses émotions. « Contrôle », tel était le mot d'ordre de toute son existence. Lorsqu'elle sortirait de la voiture et ferait face aux forces de l'ordre et aux médias, il faudrait qu'elle endosse le rôle que tous s'attendaient à la voir jouer, celui d'une femme opérationnelle, sans états d'âme. De toute façon, l'essentiel de son travail consistait à se mettre dans la peau de son personnage.

Elle descendit de voiture et traversa la route d'un pas décidé, ses semelles parfaitement assurées sur le bitume. Des voitures de police stationnaient le long de la rue ; au repos dans leurs vans, deux équipes de télé attendaient, à l'affût de nouveaux rebondissements. La lumière d'hiver se perdait déjà dans le soir tombant.

Elle sonna au portail, et une religieuse s'approcha, ses vêtements noirs flottant parmi les ombres. Elle reconnut Maura, la laissa entrer sans un mot.

Dans la cour, des dizaines d'empreintes avaient mâchuré la neige. L'endroit avait bien changé depuis le matin où Maura y était venue pour la première fois. Le climat de quiétude s'était évanoui, foulé aux pieds par le travail des enquêteurs. Des lumières brillaient aux fenêtres, et des voix d'hommes résonnaient dans le cloître, étranges, incongrues dans cette communauté de femmes. Elle s'avança dans le hall d'entrée, sentit une forte odeur de sauce tomate et de fromage, des effluves désagréables qui ravivèrent le souvenir des lasagnes fades et caoutchouteuses qu'on servait si souvent à la cafétéria de l'hôpital où elle avait fait ses études de médecine.

Elle jeta un coup d'œil au réfectoire et aperçut les sœurs assises à table, pâturant leur dîner en silence. Elle vit des mains décharnées porter maladroitement des fourchettes tremblantes vers des bouches édentées, des filets de lait dégouliner sur des mentons flétris. Ces femmes avaient passé l'essentiel de leur vie à vieillir, recluses, derrière ces murs. Etait-il bien sûr qu'aucune d'elles ne regrettait ce qu'elle avait manqué, cette autre vie qu'elle aurait pu avoir, si elle avait seulement passé le portail pour ne jamais se retourner ?

Tandis qu'elle avançait dans le couloir, les voix d'hommes se précisèrent. Deux flics venaient vers elle. Ils la saluèrent.

— Salut, doc !

— Bonsoir. Vous avez du nouveau ?

— Pas encore. On va en rester là pour ce soir.

— L'inspecteur Rizzoli est là ?

— En haut, dans les chambres.

En montant à l'étage, Maura croisa deux autres flics qui redescendaient l'escalier – deux jeunes recrues fraîchement émoulues de l'école de police : un jeune homme, le visage encore couvert d'acné, et une femme qui arborait l'expression distante que tant de femmes flics adoptent par mesure de protection. Ils baissèrent tous deux respectueusement les yeux en reconnaissant Maura. Elle eut l'impression de prendre un coup de vieux lorsque les deux jeunes gens s'effacèrent pour la laisser passer. Etait-elle si intimidante qu'ils ne voyaient pas ce qu'elle était en vérité, une femme avec son fardeau d'incertitudes ? Elle avait mis au point un numéro de superwoman, qui fonctionnait bien au-delà de ses espérances. Elle inclina la tête en un salut poli, les dévisagea rapidement, tout en poursuivant son chemin.

Elle trouva Rizzoli dans la chambre de sœur Camille, assise sur son lit, le dos rond, l'air vannée.

— On dirait que tout le monde est rentré chez soi sauf toi, dit Maura.

Rizzoli leva la tête. Elle avait de vilains cernes noirs sous les yeux et son visage était creusé de rides de fatigue. Des rides que Maura ne lui avait encore jamais vues.

— On n'a rien trouvé, et pourtant on cherche depuis midi. Faut dire que ça prend du temps, de fouiller tous ces placards et ces tiroirs. Et puis il reste encore le champ et les jardins. Qui sait ce qui peut se cacher sous cette neige ? Elle a aussi pu l'emballer et le balancer dans une poubelle il y a belle lurette. Ou le refiler à quelqu'un par la grille. Si ça se trouve, on va perdre des jours à chercher un truc qui n'est même plus ici.

— Qu'en pense la mère supérieure ?

— Je ne lui ai pas dit ce qu'on cherchait.

— Et pourquoi ?

— Parce que je ne veux pas qu'elle le sache.

— Elle pourrait peut-être nous aider ?

— Ou faire en sorte que nous ne trouvions rien. Tu penses qu'elle apprécierait que le monde, là, à l'extérieur, sache qu'une de ses ouailles a eu un enfant et qu'elle l'a tué ? Tu crois que l'archevêché a besoin d'un scandale de plus ?

— On n'a aucune certitude que l'enfant soit mort. On sait seulement qu'il a disparu.

— Es-tu absolument certaine de ce que tu as découvert à l'autopsie ?

— Malheureusement, oui. Camille a accouché récemment. Et, non, je ne crois pas à l'immaculée conception, poursuivit Maura en s'asseyant sur le lit, à côté de Rizzoli. Il se peut que le père ait joué un rôle clé dans l'agression. Nous devons l'identifier, tu ne crois pas ?

— Si. Et c'est exactement le mot que j'avais en tête : le *père*. Comme pour un prêtre…

— Attends… Tu penses au père Brophy ?

— Faut dire qu'il est plutôt pas mal. Tu l'as vu, non ?

Maura se souvint de ses yeux bleus, pénétrants, qui l'avaient dévisagée par-dessus le cameraman tombé à terre. Elle se rappela comment il avait franchi le portail de l'abbaye, d'un pas déterminé, guerrier en robe noire se dressant devant la meute des reporters.

— Il venait très souvent ici, reprit Rizzoli. Il disait la messe. Il entendait les religieuses en confession. Quoi de plus intime que de partager ses secrets dans un confessionnal ?

— Tu crois que Camille aurait eu une relation sexuelle librement consentie ?

— Tout ce que je dis, c'est qu'il est plutôt beau mec…

— On ne sait pas si le bébé a été conçu dans l'abbaye. Camille n'est-elle pas retournée dans sa famille, en mars dernier ?

— Oui. Pour le décès de sa grand-mère.

— Ça pourrait coller. Imagine, si elle était tombée enceinte en mars, elle en serait au neuvième mois, aujourd'hui. Ça a pu se produire quand elle a rendu visite à sa famille.

— Ouais. Ou bien ici même. A l'intérieur de ces

murs. Bonjour le vœu de chasteté ! conclut Rizzoli avec un reniflement cynique.

Elles restèrent un moment assises sans rien dire, chacune fixant le crucifix sur le mur.

Que la perfection est dure à atteindre pour un être humain ! pensa Maura. Si Dieu existe, pourquoi exige-t-il tant de nous ? Pourquoi nous fixe-t-il des buts inaccessibles ?

— J'ai pensé entrer dans les ordres, jadis.

— Je croyais que tu étais athée…

— Oh, j'avais neuf ans, reprit Maura. Je venais d'apprendre que j'avais été adoptée. C'est mon cousin qui a vendu la mèche, une de ces sales révélations qui soudain expliquent tout. Pourquoi je ne ressemblais pas à mes parents. Pourquoi il n'y avait pas de photos de moi bébé. J'ai passé tout le week-end à pleurer dans ma chambre, poursuivit-elle en secouant la tête. Mes pauvres parents. Ils ne savaient pas quoi faire, alors ils m'ont emmenée au cinéma pour me remonter le moral. On a vu *La Mélodie du bonheur*. Pour soixante-quinze *cents* seulement, parce que c'était un vieux film… Je trouvais Julie Andrews magnifique. Je voulais ressembler à Maria, quand elle est au couvent…

— Ben, tu veux que je te dise un secret ?

— Vas-y.

— Moi aussi !

Maura la dévisagea.

— Tu me fais marcher.

— J'étais nulle en catéchisme, mais comment résister au charme de Julie Andrews ?

Elles éclatèrent de rire. Mais c'était un rire un peu forcé, qui mourut dans le silence.

— Alors, qu'est-ce qui t'a fait changer d'avis ?

demanda soudain Rizzoli. Pourquoi n'es-tu pas entrée au couvent, finalement ?

Maura se leva, s'approcha de la fenêtre et regarda la cour où s'allongeaient les ombres.

— Ça m'a passé, en grandissant. J'ai arrêté de croire aux choses que je ne pouvais ni voir, ni sentir, ni toucher. A ce qu'on ne pouvait pas prouver scientifiquement. Et, ajouta-t-elle après un silence, j'ai surtout découvert les garçons.

— Ah ouais, les mecs, toujours les mecs…, fit Rizzoli en riant.

— C'est ça, le vrai sens de la vie, tu sais. D'un point de vue biologique.

— Le sexe ?

— La procréation. C'est chromosomique. L'exigence de croître et de se multiplier. On croit contrôler sa vie, mais on est esclave de l'ADN qui nous demande de faire des bébés.

Maura se retourna et vit avec surprise que des larmes brillaient au bout des cils de Rizzoli. Laquelle les chassa aussitôt, d'un rapide revers de main.

— Oh, Jane, ça ne va pas ?

— Un petit coup de fatigue. J'ai mal dormi.

— Ça va, sinon ?

— Bah, que veux-tu qu'il y ait ?

Sa réponse, trop rapide, était la réaction d'une femme sur la défensive. Rizzoli s'en rendit compte et rougit.

— Il faut que j'aille aux toilettes, dit-elle en se levant comme pour s'échapper.

Au moment de franchir la porte, elle se retourna.

— Au fait, tu sais, le livre qui est sur le bureau, là ? Celui que Camille lisait. La biographie de sainte Brigitte d'Irlande. Je me suis renseignée.

— C'était qui ?

— Eh bien, c'est marrant, il y a un saint patron pour tout, pour toutes les occasions. Pour tout le monde, les chapeliers, les toxicos. Putain, y en a même un pour les clés perdues !

— Alors ? Sainte Brigitte, c'est la patronne de quoi ?

— Des nouveau-nés, répondit doucement Rizzoli. Sainte Brigitte est la patronne des nouveau-nés.

Elle quitta la pièce.

Maura regarda le bureau, où le livre était posé. La veille encore, elle avait imaginé Camille assise à ce bureau, en train de tourner silencieusement les pages, s'inspirant de la vie d'une jeune Irlandaise destinée à la sainteté. Et voilà qu'aujourd'hui une image différente se présentait à elle : ce n'était pas Camille la sereine, mais Camille la tourmentée, qui priait sainte Brigitte pour le salut de son enfant. *Je vous en prie, recevez-le dans vos bras miséricordieux. Conduisez-le dans votre lumière, bien qu'il n'ait pas été baptisé. C'est un innocent, vierge de tout péché.*

Elle parcourut la pièce austère avec un regard neuf. Le plancher impeccable, l'odeur d'eau de Javel et de cire – tout prenait un autre sens. La propreté devenait une métaphore de l'innocence. Camille la pécheresse avait désespérément tenté de nettoyer ses péchés, sa faute. Pendant des mois, elle avait dû sentir qu'elle portait un enfant, un enfant caché sous les amples replis de sa robe. Au début, peut-être avait-elle nié l'évidence. Peut-être l'avait-elle refusée, comme ces adolescentes qui n'acceptent pas de voir que leur ventre s'arrondit.

Et qu'as-tu fait, lorsque ton enfant est né ? Est-ce que tu as paniqué ? Ou bien t'es-tu froidement, calmement, débarrassée de la preuve de ta faute ?

Dehors, dans la cour, les voix d'hommes résonnèrent à nouveau. Par la fenêtre, elle vit les silhouettes de deux policiers sortir du bâtiment. Ils s'arrêtèrent pour resserrer le col de leur veste et levèrent les yeux vers les paillettes de neige qui tombaient en tournoyant de la voûte étoilée. Puis ils quittèrent la cour, le portail grinça en se refermant derrière eux. Maura tendit l'oreille, mais on n'entendait plus rien, ni bruits ni voix. Seulement le bruissement ouaté de la nuit enneigée.

C'est si calme, pensa-t-elle. Comme si j'étais toute seule dans le bâtiment. Seule et oubliée…

Elle entendit un craquement, sentit le souffle d'un mouvement, d'une autre présence dans la pièce. Elle en eut la chair de poule, se retourna en riant.

— Bon Dieu, Jane ! Arrête de te glisser en tapinois comme…

Ses paroles s'étranglèrent dans sa gorge.

Il n'y avait personne.

Un instant, elle resta immobile, le souffle coupé, à regarder la pièce déserte, l'espace vide, le parquet brillant comme un miroir.

Cette chambre était hantée.

Rapidement, son esprit cartésien reprit le dessus. Il n'était pas rare que les vieux parquets craquent, que les tuyauteries gémissent. Ce qu'elle avait entendu n'était pas un bruit de pas, simplement les lattes de plancher qui se contractaient sous l'effet du froid. Cette impression qu'il y avait quelqu'un dans la pièce pouvait s'expliquer de façon parfaitement logique.

Mais elle avait encore l'impression d'une présence, d'être observée.

Elle se redressa, glacée de terreur. Il y eut un frôlement dans le plafond, comme un bruit de griffes crissant furtivement sur un plancher. Elle leva instinctivement les yeux.

Un animal ? Une bestiole qui détalait ?

Elle sortit de la pièce. Les battements de son cœur paniqué couvraient presque les sons qui se poursuivaient au-dessus de sa tête. C'était là... et ça s'éloignait vers le bout du couloir !

Tompf-tompf-tompf...

Elle suivit la direction du bruit, les yeux rivés au plafond. Elle marchait si vite qu'elle manqua heurter Rizzoli qui revenait des toilettes.

— Hé ! s'exclama Rizzoli. Qu'est-ce qui t'arrive ?

— Chut ! fit Maura en pointant le doigt vers les poutres sombres. Ecoute !

Elles attendirent, tous leurs sens aux aguets. En dehors des battements de son cœur, Maura n'entendait plus que le silence.

— Tu as dû entendre l'eau couler dans les tuyaux quand j'ai tiré la chasse, dit Rizzoli.

— Ce n'était pas un bruit de tuyauterie.

— C'était quoi, alors ?

Le regard de Maura se braqua sur les vieilles poutres qui barraient le plafond sur toute sa longueur.

— Là !

Un nouveau bruissement, tout au bout du couloir.

Rizzoli leva les yeux à son tour.

— C'est quoi ? Des rats ?

— Non, souffla Maura. C'est plus gros qu'un rat...

Rizzoli lui emboîtant le pas, elle courut sur la pointe des pieds vers l'endroit où elles avaient entendu le bruit.

Soudain, une succession de chocs sourds martelèrent le plafond, revenant vers leur point de départ.

— Ça repart vers l'autre aile ! murmura Rizzoli.

Elles atteignirent une porte. Rizzoli, qui ouvrait la marche, appuya sur un interrupteur. Le couloir était désert. Par la porte ouverte, elles virent des chambres à l'abandon où se détachaient des formes fantomatiques :

des meubles recouverts de draps. Il faisait un froid de canard, l'air sentait le renfermé et le moisi.

Ce qui avait fui dans cette aile du bâtiment restait maintenant silencieux. Impossible de deviner où *ça* se cachait.

— Ton équipe a fouillé ce côté du bâtiment ? demanda Maura.

— On a passé toutes les pièces au peigne fin.

— Qu'est-ce qu'il y a, à l'étage du dessus ? Au-dessus de ce plafond ?

— Un grenier.

— Eh bien, il y a quelque chose qui se promène là-haut, dit Maura, tout bas. Et quelque chose d'assez intelligent pour savoir qu'on le suit à la trace.

Maura et Rizzoli s'accroupirent dans la galerie supérieure de la chapelle et examinèrent le panneau d'acajou qui, selon la mère supérieure, menait aux combles de l'abbaye. Rizzoli appuya doucement dessus et il s'ouvrit sans bruit. Un souffle chaud leur effleura le visage : libérée, la chaleur qui montait du bâtiment s'échappait par l'ouverture. Un instant, elles scrutèrent l'obscurité qui s'étendait devant elles, guettant le moindre bruit, le moindre mouvement.

Rizzoli braqua le faisceau de sa lampe dans les ténèbres. Elles distinguèrent de grosses poutres et un revêtement isolant rose, apparemment récent. Des câbles électriques serpentaient par terre.

Rizzoli s'engouffra la première dans le passage. Maura alluma sa lampe à son tour et la suivit. Elles n'avaient pas la place de se tenir debout et devaient marcher pliées en deux pour éviter de se cogner à la charpente. Les poutres craquaient sous leur poids tandis qu'elles avançaient dans l'obscurité, Rizzoli en tête. Leurs lumières décrivaient de larges arcs, ouvraient des cercles dans le noir. Au-delà, c'était une terra incognita ; Maura se rendit compte qu'elles respiraient très fort toutes les deux. Le plafond bas, l'air confiné… il leur semblait être emmurées vivantes.

Elle sentit une main se poser sur son bras et retint un sursaut. Sans un mot, Rizzoli tendit le doigt vers la droite.

— Attends, murmura Maura. On ne devrait pas appeler des renforts ?

— Pourquoi ?

— A cause de ce qu'il y a là, dans le noir.

— Je ne vais pas appeler la cavalerie si tout ce après quoi on court n'est qu'un stupide raton laveur !

Elle s'arrêta, le pinceau de sa lampe décrivant une courbe vers la gauche, puis vers la droite.

— On doit être au-dessus de l'aile ouest, maintenant. Il fait bien chaud, ici… Eteins ta lampe, fit-elle soudain tout en masquant le faisceau de sa propre torche.

— Pourquoi ?

— Fais ce que je te dis. Je voudrais vérifier quelque chose…

La mort dans l'âme, Maura éteignit sa lampe.

Dans la soudaine obscurité, elle sentit son pouls s'accélérer.

On n'y voyait vraiment rien. Qui sait ce qui s'approchait peut-être d'elles en ce moment…

Elle cligna des paupières, essayant d'accoutumer ses yeux à la nuit. Puis elle vit la lumière, de minces rais qui filtraient à travers les interstices du parquet, avec, çà et là, un rayon plus large, lorsque les lattes étaient disjointes, ou quand des nœuds du bois s'étaient rétractés dans l'air sec de l'hiver.

Maura entendit les pas de Rizzoli s'éloigner. Sa silhouette fantomatique s'accroupit tout à coup, la tête penchée vers le parquet. Elle resta un moment dans cette position, puis elle eut un petit rire.

— Hé, c'est comme quand on jetait un coup d'œil dans le vestiaire des garçons, à Revere High !

— Qu'est-ce que tu vois ?

— La chambre de Camille. On est juste au-dessus. Il y a un trou dans une latte de parquet.

Maura se faufila vers elle, dans le noir, s'agenouilla, scruta par le trou.

Son regard tomba droit sur le bureau de Camille.

Elle se redressa, un frisson glacé parcourant sa colonne vertébrale.

Quoi qu'il y ait eu ici, ça pouvait la voir, dans cette pièce. C'était en train de la regar…

Tompf-tompf-tompf.

Rizzoli se releva si brusquement qu'elle heurta Maura du coude.

Maura ralluma frénétiquement sa lampe, le faisceau partant dans toutes les directions tandis qu'elle cherchait à le braquer sur celui – sur *ce* qui se trouvait là avec elles. Elle entrevit des toiles d'araignée duveteuses, un entrelacs de grosses poutres à la hauteur de leur tête. La chaleur était vraiment suffocante, dans cet endroit exigu. Elle allait étouffer. Elle lutta contre une vague de panique.

Elles avaient instinctivement adopté une position défensive, dos à dos, et Maura sentait la tension des muscles de Rizzoli, elle entendait son souffle court tandis qu'elles scrutaient les ténèbres. A la recherche d'un reflet dans un œil, du mufle féroce d'une bête…

Maura le rata au premier balayage. C'est seulement lorsqu'elle ramena sa lampe dessus qu'à la limite de portée du rayon lumineux elle surprit une forme inattendue sur le plancher grossier. Elle ouvrit de grands yeux, comme si elle n'arrivait pas à croire ce qu'elle voyait.

Elle fit un pas en avant, sentant monter l'horreur en elle tandis qu'elle se rapprochait, et que le faisceau de sa lampe commençait à révéler d'autres formes semblables, alignées les unes à côté des autres. Il y en avait tellement...

Mon Dieu ! Un cimetière. Un cimetière de nouveau-nés.

Le faisceau de sa lampe se mit à décrire de folles arabesques. Elle qui avait toujours tenu le scalpel d'une main ferme à la table d'autopsie, elle tremblait maintenant comme une feuille dans le vent. Elle se figea : sa lampe venait de tomber sur un visage. Des yeux bleus brillants comme des saphirs lui rendirent son regard. Elle les observa fixement, saisissant lentement la réalité de ce qui gisait devant elle.

Elle ne put retenir un rire convulsif, qui retentit comme un aboiement.

Rizzoli était juste derrière elle, le faisceau de sa lampe jouant sur la peau rose, la petite bouche de chérubin, le regard vitreux.

— Putain de merde ! dit-elle. Une foutue poupée !

Maura parcourut avec sa lampe les autres objets disposés à côté. Elle balaya des peaux satinées, des petits membres potelés en plastique. Des yeux de verre qui lui renvoyaient le reflet de sa lampe.

— Des poupées, dit-elle. Il y en a toute une collection.

— T'as vu comme elles sont bien rangées ? On dirait une espèce de nursery de dingue.

— Ou un rituel, chuchota Maura. Un rituel païen

dans la maison de Dieu. Crois-moi si tu veux, l'espace d'un instant j'ai cru qu'on était tombées sur un cimetière de bébés…

— Ouaouh, mon vieux. J'ai eu une de ces trouilles…

Tompf-tompf-tompf.

Elle se retournèrent toutes les deux, leurs lumières trouant les ténèbres, en vain. Le bruit était plus léger. Ce qui se trouvait avec elles dans les combles s'éloignait, hors de portée de leurs lampes. Maura s'aperçut avec surprise que Rizzoli avait sorti son arme ; si vite qu'elle ne l'avait même pas remarqué.

— Je ne pense pas que ce soit un animal, bégaya Maura.

Après un silence, Rizzoli souffla :

— Moi non plus.

— Fichons le camp d'ici. S'il te plaît…

— D'a… d'accord.

Maura aurait juré avoir entendu un trémolo de crainte dans sa voix.

— Ouais, d'accord. Repli en bon ordre. Interdiction de courir, hein ?

Elles restèrent collées l'une à l'autre tandis qu'elles rebroussaient chemin. L'air se fit plus froid, plus humide ; ou bien c'était la peur qui glaçait la peau de Maura. Lorsqu'elle aperçut l'ouverture par laquelle elles étaient entrées, elle dut prendre sur elle-même pour ne pas se propulser au-dehors.

Dans la galerie de la chapelle, les premières bouffées d'air froid dissipèrent sa peur. Là, dans la lumière, elle reprit son empire sur elle-même. Et retrouva son bon vieil esprit cartésien. Qu'avait-elle vu, vraiment, dans le noir ? Un alignement de poupées, rien de plus. De la peau de plastique, des yeux de verre et des perruques de Nylon…

— Ce n'était pas un animal, lâcha Rizzoli.

Elle était accroupie et regardait le sol de la galerie.

— Comment ça ? fit Maura.

— Il y a une empreinte de pied, ici, fit-elle en désignant du doigt une trace poussiéreuse sur le parquet.

L'empreinte d'une chaussure de sport.

Maura leva le pied et regarda la semelle de sa propre chaussure. Elle avait, elle aussi, ramené de la poussière sur la galerie. Celui qui avait laissé cette trace avait fui les combles juste devant elles.

— Eh bien, la voilà, notre créature, dit Rizzoli en secouant la tête. Bon Dieu, je suis bien contente de ne pas lui avoir tiré dessus. Imagine…

Maura regarda plus attentivement l'empreinte et réprima un frémissement. C'était celle d'un enfant.

6

Grace Otis était assise à la table du réfectoire, et elle secouait la tête.

— Elle a que sept ans. Surtout, la croyez pas. Elle fait rien qu'à me mentir tout le temps.

— On voudrait quand même lui parler, dit Rizzoli. Avec votre permission, bien sûr.

— Lui parler de quoi ?

— De ce qu'elle faisait là-haut, dans les combles.

— Elle a encore cassé quelque chose, c'est ça ? avança Mme Otis en coulant un regard anxieux vers la mère supérieure, qui l'avait fait venir de la cuisine. Elle sera punie, ma mère. J'essaie toujours de la garder à l'œil, mais elle fait ses bêtises en douce. Je sais jamais où elle est fourrée…

Mère Mary Clement posa une vieille main déformée par l'arthrite sur l'épaule de la femme.

— S'il vous plaît. Laissez simplement la police lui parler.

Grace Otis resta assise un instant, l'air indécise. Elle avait fait la vaisselle du dîner : son tablier était maculé de graisse et de sauce tomate, et des mèches de cheveux d'un châtain fané libérées de sa queue-de-cheval pendaient mollement sur son visage ruisselant de sueur.

C'était une femme aux traits grossiers, usés, qui n'avait sûrement jamais été belle, même lorsque son visage n'était pas encore marqué, creusé par des rides d'amertume.

— De quoi avez-vous peur, madame Otis ? demanda doucement Maura.

La question sembla la contrarier.

— J'ai peur de rien.

— Alors, pourquoi ne voulez-vous pas qu'on parle à votre fille ?

— Parce qu'on peut pas lui faire confiance, je vous l'ai déjà dit.

— Oui, nous sommes bien conscientes qu'elle n'a que sept ans…

— C'est une menteuse !

Les mots cinglèrent comme un coup de fouet. Son visage disgracieux se tordit dans une expression plus laide encore.

— Elle ment pour tout. Même pour les choses pas importantes. On peut rien croire de ce qu'elle dit. Rien !

Maura jeta un coup d'œil à l'abbesse, qui secoua la tête, l'air franchement navrée.

— Cette petite fille est plutôt calme et discrète. C'est d'ailleurs pourquoi nous laissons Grace l'amener à l'abbaye pendant son travail…

— Je peux pas me payer une baby-sitter, coupa Mme Otis. Je peux rien me payer du tout, de toute manière. La garder ici après l'école, c'est ma seule façon de pouvoir travailler.

— Et elle se contente de vous attendre ici ? demanda Maura. Jusqu'à ce que vous ayez terminé votre journée de travail ?

— Et qu'est-ce que vous voulez que j'en fasse ? Faut que je travaille, moi. Ils gardent pas mon mari pour des clopinettes, là-bas. De nos jours, même pour mourir, y faut de l'argent.

— Pardon ?

— Mon mari. Il est à l'hôpital Sainte-Catherine. Dieu sait pour combien de temps il en a encore. Si je travaille ici, c'est qu'on a conclu un marché, poursuivit-elle en jetant à l'abbesse un regard aussi venimeux qu'une flèche empoisonnée.

Un marché dont elle n'était visiblement pas satisfaite, pensa Maura. Mme Otis n'avait sûrement pas beaucoup plus de trente-cinq ans, mais elle devait avoir la sensation que sa vie était déjà derrière elle. Coincée entre une fillette pour qui elle avait clairement peu d'affection et un mari qui n'en finissait pas de mourir, elle devait avoir l'impression de traîner un boulet à chaque pied. Plutôt qu'un havre de paix, l'abbaye de Graystones devait lui sembler une prison.

— Pourquoi votre mari est-il à Sainte-Catherine ? demanda gentiment Maura.

— Je vous l'ai dit. Il va mourir.

— Qu'est-ce qu'il a ?

— La SLA. La maladie de Lou Gehrig [1], répondit Mme Otis sans émotion.

Maura connaissait la terrible réalité dissimulée derrière ces mots.

Lorsqu'elle était étudiante en médecine, elle avait examiné un patient atteint de sclérose latérale amyotrophique. Bien que parfaitement réveillé, conscient et capable de sentir la douleur, il était incapable de

1. Légendaire joueur américain de base-ball, mort à trente-huit ans, en 1941, d'une maladie dégénérative connue à l'époque sous l'appellation « maladie de Charcot », du nom de son « découvreur », le docteur Jean Martin Charcot. (N.d.T.)

bouger : tous ses muscles avaient fondu, le réduisant à un cerveau captif d'un corps inutile. Tandis qu'elle auscultait son cœur et ses poumons et lui palpait l'abdomen, elle avait senti les yeux du malade posés sur elle, et elle n'avait eu aucune envie de croiser son regard, parce qu'elle devinait le désespoir qu'elle y lirait. Lorsqu'elle avait finalement quitté la chambre, elle avait ressenti à la fois du soulagement et un pincement de culpabilité – juste un pincement. Cette tragédie n'était pas la sienne. Elle n'était qu'une étudiante, qui aurait effectué un rapide passage dans la vie de ce malheureux, sans avoir à partager le fardeau de son malheur. Elle était libre de s'en aller, et c'est ce qu'elle avait fait.

Grace Otis, elle, ne bénéficiait pas d'une telle option. Et cette évidence était gravée dans les plis amers de son visage, dans ses cheveux prématurément sillonnés de gris.

— Enfin, je vous aurai prévenus, dit-elle. Faut pas l'écouter. Elle raconte des histoires. Des histoires sans queue ni tête.

— Nous savons ce que c'est, dit Maura. Tous les enfants font ça.

— Si vous voulez lui parler, je préfère rester. Histoire de m'assurer qu'elle se tient bien.

— Evidemment. C'est votre droit, de toute façon, en tant que parent.

Mme Otis se leva.

— Noni se cache dans la cuisine. Je m'en vais la chercher.

Plusieurs minutes passèrent avant qu'elle ne revienne, une petite fille aux cheveux noirs à la remorque. Il était évident que Noni n'avait aucune envie d'être là, et elle résistait de toutes ses forces, chaque fibre de son petit corps luttant contre la poigne ferme de sa mère. Pour finir, Mme Otis prit sa fille sous les bras et l'assit de force sur une chaise. La petite fille resta tranquille un instant, l'air abasourdie d'avoir rendu les armes aussi vite. C'était un petit diablotin aux cheveux bouclés, à la mâchoire carrée et aux prunelles noires, éveillées, qui eut vite fait de jauger l'ambiance. Elle ne lança qu'un coup d'œil à mère Mary Clement, son regard s'attardant un peu plus longtemps sur Maura avant de se poser finalement sur Rizzoli. Là, il se figea, comme si Rizzoli était la seule personne qui méritât qu'on lui prête une quelconque attention. Tel un chien qui jette son dévolu sur le seul asthmatique de la pièce, Noni avait décidé d'accorder son attention à la personne de la bande qui aimait le moins les enfants.

Grace Otis poussa sa fille du coude.

— Tu vas répondre à leurs questions.

Noni plissa les yeux, marmonna deux, trois mots, aussi rauques qu'un coassement de grenouille :

— J'veux pas.

— On s'en fiche que tu veuilles pas. C'est la police.

Noni n'avait pas quitté Rizzoli du regard.

— Y z'ont pas l'air d'êt' de la police.

— Eh ben, pourtant, si, répondit sa mère. Et, si tu leur dis pas la vérité, ils vont te coller en prison.

C'était la chose à ne pas dire, celle que les parents disent pourtant chaque fois à leurs enfants.

Rizzoli fit signe à Mme Otis qu'elle prenait le relais. Elle s'accroupit devant la chaise de Noni, afin de se retrouver à sa hauteur. Leur ressemblance était frappante, cheveux noirs bouclés et yeux de braise, au point qu'on aurait pu croire Rizzoli face à une jeune clone d'elle-même. Si cette ressemblance ne se cantonnait pas à l'aspect physique, autrement dit si Noni était aussi cabocharde que Rizzoli, ça allait faire des étincelles.

— Que les choses soient bien claires tout de suite, d'accord ? dit Rizzoli à la fillette, fermement, sans ambages, comme si elle ne parlait pas à une enfant, mais à une adulte en miniature. Je ne vais pas te mettre en prison. Je ne mets *jamais* les enfants en prison.

La petite fille la regarda d'un air dubitatif.

— Même les enfants pas sages ? risqua-t-elle.

— Même les enfants pas sages.

— Même les enfants vraiment, vraiment pas sages ?

Rizzoli hésita, une lueur d'agacement dans les yeux. Noni n'avait pas l'air disposée à lâcher le morceau.

— Bon, d'accord, concéda-t-elle. Les enfants vraiment, *vraiment* pas sages, je les envoie en maison de correction.

— C'est la prison pour enfants.

— Exact.

— Donc, vous envoyez les enfants en prison.

Rizzoli esquissa à l'intention de Maura un haussement de sourcil qui voulait dire : « Tu le crois, ça ? »

— Très bien, soupira-t-elle. Tu m'as eue. Mais, toi, je ne vais pas te mettre en prison. Je veux juste qu'on parle.

— Comment ça se fait que vous êtes pas en uniforme ?

— Parce que je suis inspecteur. Les inspecteurs ne se promènent pas en tenue. Mais je suis vraiment de la police.

— Mais vous êtes une femme.

— Ouais. Une femme policier. Bon, alors, maintenant, tu veux bien me dire ce que tu faisais là-haut, dans le grenier ?

Noni se tassa sur sa chaise et se contenta de toiser son

inquisitrice comme l'eût fait une gargouille. Pendant une longue minute, elles se regardèrent en chiens de faïence, chacune attendant que l'autre cède.

Mme Otis finit par perdre patience et flanqua à sa fille une bourrade sur l'épaule.

— Allez ! Raconte-lui !

— S'il vous plaît, madame Otis, dit Rizzoli. Ce n'est pas la peine…

— Vous voyez comment elle est ? Elle est pas facile, je vous jure. Faut toujours se bagarrer.

— Calmez-vous, d'accord ? On est pas aux pièces.

« Je peux attendre aussi longtemps que toi, ma petite », disaient les sourcils froncés de Rizzoli.

— Allez, Noni, vas-y. Dis-moi où tu as trouvé ces poupées. Celles avec lesquelles tu jouais là-haut.

— Je les ai pas volées.

— Je n'ai jamais dit ça.

— Je les ai trouvées. Tout un carton.

— Où ça ?

— Dans le grenier. Y en a encore plein d'autres, là-haut…

— T'avais pas le droit de monter dans les étages ! glapit Mme Otis. Tu dois rester près de la cuisine et déranger personne !

— Je dérangeais personne. De toute façon, même si j'en avais envie, y aurait personne à déranger dans toute cette baraque !

— Donc, tu as trouvé les poupées dans le grenier…, reprit Rizzoli, remettant la conversation sur les rails.

— Ouais, un plein carton.

Rizzoli haussa un sourcil interrogateur, et la mère abbesse intervint :

— Elles faisaient partie d'un projet caritatif qu'on devait monter il y a quelques années. On cousait des vêtements de poupée, pour faire un don à un orphelinat au Mexique.

— Alors, Noni, tu as trouvé des poupées, reprit Rizzoli. Et tu jouais avec, là-haut ?

— Ben, personne n'en faisait rien.

— Et comment tu as trouvé le moyen de monter dans le grenier ?

— J'ai vu le monsieur qui y allait.

— « Le monsieur ? »

Rizzoli lança une œillade à Maura, se pencha vers Noni.

— Quel monsieur ?

— Il avait des trucs à sa ceinture.

— Des trucs ?

— Un marteau et des outils. Elle l'a vu, elle aussi, dit-elle en désignant l'abbesse. Même qu'elle lui a *parlé* !

Mère Mary Clement eut un petit rire surpris. Puis :

— Oh ! Je vois de qui elle parle. On a fait faire des travaux de rénovation, ces derniers mois. Il y a eu des ouvriers dans le grenier, pour installer une nouvelle isolation.

— C'était quand ? demanda Rizzoli.

— En octobre.

— Vous avez les noms des ouvriers ?

— Je vais consulter nos registres. Nous conservons les factures de tous nos fournisseurs.

Ce n'était donc pas une grande révélation, en fin de compte. La petite fille avait espionné les ouvriers tandis qu'ils grimpaient dans un passage qu'elle ne connaissait pas. Un endroit mystérieux, qu'on ne pouvait atteindre que par une porte secrète. Une petite fille aussi curieuse que celle-ci ne pouvait pas s'empêcher bien longtemps d'aller voir ça de plus près.

— Il fait tout noir, là-haut. Ça devait être effrayant, non ? demanda Rizzoli.

— Ben non, j'ai une lampe de poche.

Quelle question débile ! suggérait la voix de Noni.

— Tu n'as pas eu peur, toute seule, là-haut ?

— Pourquoi ?

Oui, pourquoi, en effet ? pensa Maura. Cette petite fille n'avait peur de rien, ni du noir ni de la police. Elle était assise là, le regard inflexible braqué sur son interrogatrice, comme si c'était elle et non pas Rizzoli qui menait la conversation. Pourtant, aussi sûre d'elle qu'elle puisse paraître, elle n'était qu'une enfant. Une petite sauterelle dépenaillée, aux cheveux en bataille, pleins de poussière et de toiles d'araignée ramassées dans le grenier. Son sweat-shirt rose avait l'air d'une vieille fripe cent fois portée. Il était trop grand de plusieurs tailles, et les manches relevées étaient crasseuses. Seules ses chaussures avaient l'air neuves – des Footlocker à scratch. Ses pieds touchaient à peine par terre, et elle les balançait d'avant en arrière avec la régularité d'un métronome. Une petite fille remontée comme un ressort.

— Croyez-moi, disait Mme Otis, je savais pas qu'elle allait là-haut. Je peux pas passer mon temps à lui courir après, avec tout ce que j'ai à faire : préparer les repas, servir à table, et faire la vaisselle après. On est ici jusqu'à neuf heures, et je ne peux pas la mettre au lit avant dix heures. Ça fait partie du problème, vous comprenez, ajouta-t-elle en lorgnant la gamine. Elle est fatiguée et tout le temps sur les nerfs, et, avec elle, ça se termine toujours en dispute. L'année dernière, elle m'a filé un ulcère, tellement elle m'a stressée. J'étais pliée en deux de douleur, et elle s'en foutait. C'est chaque fois une histoire pour l'envoyer se coucher ou prendre son bain. Elle s'en fout, des autres. Elle se croit le centre du monde. Enfin, tous les enfants sont comme ça, complètement égoïstes…

Pendant que Mme Otis ronchonnait, Maura observait les réactions de Noni. La fillette s'était figée, elle avait cessé de balancer les jambes, sa mâchoire crispée était plus carrée que jamais. Des larmes firent rapidement briller ses yeux noirs, tout aussi rapidement balayées, effacées par un revers de manche sale.

Elle n'est ni sourde ni idiote, pensa Maura. Elle ressent la colère de sa mère.

Chaque jour, de maintes façons différentes, celle-ci devait déverser sur sa fille la hargne qu'elle lui inspirait. Et l'enfant comprenait. Pas étonnant que Noni soit une gamine difficile ; pas étonnant qu'elle mette sa mère en colère. C'était la seule émotion qu'elle arrivait à susciter chez elle. La hargne, le seul sentiment qui passait entre elles.

Elle n'a que sept ans, et elle sait déjà qu'elle a épuisé son pauvre capital d'amour. Elle en sait plus que ne croient les adultes, et ce qu'elle voit et entend est sûrement très douloureux à vivre.

Rizzoli était restée accroupie trop longtemps au niveau de l'enfant. Elle avait des fourmis dans les jambes. Elle se leva. Il était déjà huit heures, elles avaient loupé le dîner, et elle commençait à être sérieusement vannée. Elle resta debout à toiser la fillette, toutes les deux pareillement échevelées, la mine aussi butée l'une que l'autre.

— Alors, Noni, tu es souvent montée dans le grenier ? demanda Rizzoli avec une patience forcée.

La tignasse poussiéreuse rebondit une fois : oui.

— Qu'est-ce que tu fais là-haut ?

— Rien.

— Tu viens de dire que tu jouais avec tes poupées.

— Je vous l'ai *déjà* dit.

— Et tu fais quoi d'autre ?

La fillette eut un haussement d'épaules.

Rizzoli insista :

— Allez, ça doit être un peu ennuyeux, dans le grenier. Je ne vois pas pourquoi tu traînerais tout le temps là-haut s'il n'y avait rien d'intéressant à voir…

Le regard de Noni tomba sur ses genoux.

— Tu n'as jamais observé les sœurs ? Tu sais, juste pour voir ce qu'elles font ?

— Je les vois tout le temps.

— Et quand elles sont dans leurs chambres ?

— Je n'ai pas le droit de monter là-haut.

— Mais tu ne les observes pas en douce ? Sans qu'elles le sachent ?

Noni faisait toujours le dos rond. Elle marmonna dans son sweat-shirt :

— Ça se fait pas.

— Tu sais qu'on a pas le droit de faire ça, dit Mme Otis. De faire intrusion dans la vie privée des gens. Je te l'ai déjà dit.

Noni croisa les bras.

— Un trusion dans la vie privée ! lança-t-elle, singeant sa mère d'une voix de stentor.

Mme Otis s'empourpra et leva la main vers sa fille avec l'air de vouloir lui mettre une beigne.

Rizzoli arrêta vivement son geste.

— Madame Otis, est-ce que ça vous dérangerait de sortir une minute, avec mère Mary Clement ?

— Vous aviez dit que je pourrais rester, protesta Mme Otis.

— Je pense que Noni a besoin d'un peu de

116

persuasion policière. Ça marchera mieux si vous n'êtes pas dans la pièce…

— Ah, acquiesça Mme Otis avec un éclair mauvais dans le regard. Je vois. Absolument.

Rizzoli avait vu clair en elle. Mme Otis se moquait pas mal de protéger sa fille ; au contraire, elle jubilait à l'idée qu'elle allait se faire tirer les oreilles. En baver. Elle jeta à Noni un coup d'œil qui voulait dire : « Tu vas en prendre pour ton grade », et quitta la pièce, l'abbesse sur les talons.

L'espace d'un instant, personne ne dit rien. Noni était assise, la tête rentrée dans les épaules, les mains sur les cuisses. L'image même de la petite fille modèle. Quel numéro !

Rizzoli tira une chaise et s'assit en face d'elle. Elle attendit, sans rien dire. Un ange passa.

Enfin, de sous une bouclette vagabonde, Noni darda un œil sur Rizzoli.

— Vous attendez quoi ? demanda-t-elle.

— Que tu me dises ce que tu as vu dans la chambre de Camille. Parce que je sais que tu l'espionnais. Je faisais pareil quand j'étais petite. Je regardais les adultes, en cachette. Pour voir les vilaines choses qu'ils faisaient.

— C'est un trusion dans la vie privée. C'est ma mère qui le dit.

— D'accord, mais c'est marrant quand même, non ?

Noni releva la tête, ses yeux se rivant avec une sombre intensité à ceux de Rizzoli.

— C'est un piège.

— Je ne te tends pas de pièges, d'accord ? Faut que tu m'aides, là. Je pense que tu es une petite fille très futée. Je parie que tu vois des choses que les grandes personnes ne voient même pas. T'en penses quoi ?

Noni haussa une épaule.

— Peut-être.

— Alors dis-moi des choses que font les religieuses.

— Comme… des vilaines choses ?

— Ouais.

Noni se pencha vers Rizzoli et murmura :

— Sœur Abigail met une couche. Elle pisse dans sa culotte parce qu'elle est vraiment, vraiment vieille.

— Quel âge, tu crois ?

— Environ cinquante.

— Waouh, alors ça, c'est vieux !

— Sœur Cornelia se fourre les doigts dans le nez.

— Beurk !

— Et elle roule ses crottes de nez et elle les jette par terre quand elle pense que personne ne regarde !

— Double beurk !

— Et après elle me dit de me laver les mains parce que je suis une Mimi Cracra ! Mais elle, elle se lave pas les mains, et elle a de la morve plein les siennes !

— Ecoute, là, tu m'as coupé l'appétit !

— Alors, je lui ai dit de se laver les mains parce qu'elle avait des crottes de nez dessus, et elle s'est fâchée après moi. Elle m'a dit que j'étais une petite bavarde. Comme sœur Ursula. Elle m'a dit pareil, parce que je lui avais demandé pourquoi l'autre dame avait plus de doigts, et elle m'a dit de me taire. Et ma maman arrête pas de me dire de faire des excuses. Elle dit qu'elle a honte de moi. Tout ça parce que je suis toujours là où il faut pas…

— D'accord, d'accord, coupa Rizzoli. Ça fait beaucoup de choses très intéressantes. Mais tu sais de quoi je voudrais que tu parles ?

— De quoi ?

118

— De ce que tu as vu dans la chambre de Camille. Par le trou dans le plancher. Tu l'observais, hein ?

Le regard de Noni replongea vers ses genoux.

— Peut-être.

— Allez, raconte.

Cette fois, Noni eut un hochement de tête soumis.

— Je voulais juste voir…

— Voir quoi ?

— Ce qu'elles portent sous leurs vêtements.

Maura retint un éclat de rire. Elle se souvint de ses années aux Saints-Innocents. Elle aussi, elle s'était demandé ce que les sœurs cachaient sous leurs habits. Elle voyait en elles des créatures tellement mystérieuses, avec leurs corps déguisés et informes, les robes noires dissimulant les silhouettes… Qu'est-ce qu'une fiancée du Christ pouvait bien porter contre sa peau nue ? Elle les voyait avec d'horribles culottes remontées jusque sous les bras, des soutiens-gorge de gros coton conçus pour cacher et aplatir, des bas épais qui faisaient comme des peaux de saucisson sur des jambes parcourues d'affreuses varices bleues turgescentes. Elle imaginait des corps momifiés sous des couches et des couches de toile écrue. Et puis, un jour, elle avait vu cette cul-cousu de sœur Lawrencia relever sa jupe, les lèvres pincées, pour monter l'escalier, et elle avait surpris un éclair inattendu de dessous écarlates sous l'ourlet retroussé de tissu noir. Et ce n'était pas seulement une combinaison rouge, mais une combinaison de *satin* rouge. Elle n'avait plus jamais considéré sœur Lawrencia, ni aucune autre religieuse, de la même façon.

— Tu sais, fit Rizzoli d'un ton de confidence, moi aussi, je me suis toujours demandé ce qu'elles portaient sous leurs vêtements. Et toi, tu as vu quelque chose ?

Noni secoua la tête d'un air grave.

— Elle n'a jamais retiré ses vêtements.

— Même pour aller au lit ?

— Je rentre à la maison avant qu'elles aillent se coucher. J'ai jamais rien vu.

— Bon, alors, qu'est-ce que tu as vu ? Qu'est-ce qu'elle faisait, Camille, quand elle était toute seule dans sa chambre ?

Noni leva les yeux au ciel comme si la réponse était trop ennuyeuse pour être mentionnée.

— Elle se lavait. Tout le temps. J'ai jamais vu quelqu'un d'aussi propre.

Maura se souvint du sol récuré, du parquet blanchi à force d'avoir été frotté.

— Et qu'est-ce qu'elle faisait d'autre ? demanda Rizzoli.

— Elle lisait son livre.

— Et quoi encore ?

Noni marqua une pause. Puis :

— Elle pleurait beaucoup.

— Tu sais pourquoi elle pleurait ?

La fillette se mordilla la lèvre comme si elle réfléchissait. Tout à coup, elle s'illumina : la réponse venait de lui apparaître.

— Parce qu'elle était malheureuse pour le petit Jésus.

— Pourquoi tu penses ça ?

La fillette laissa échapper un soupir exaspéré.

— Vous savez pas ? Il est mort sur la croix.

— Peut-être qu'elle pleurait pour autre chose ?

— Mais elle n'arrêtait pas de le regarder. Il est accroché à son mur.

Maura repensa au crucifix fixé juste en face du lit de Camille. Et elle imagina la jeune novice, prostrée devant cette croix, priant pour… Pour quoi ? Pour le pardon de ses péchés ? Pour être délivrée du mal ? Jour après jour, l'enfant grandissait dans ses entrailles, et elle devait commencer à le sentir bouger. Donner des coups de pied. Elle pouvait prier et frotter aussi frénétiquement qu'elle voulait, rien n'effacerait son péché.

— Bon, c'est fini ? demanda Noni.

Rizzoli s'affaissa sur sa chaise avec un soupir.

— Ouais, ma petite. On a fini. Tu peux aller retrouver ta mère.

D'un bond, la fillette descendit de son siège, atterrissant avec un bruit mat et un soubresaut de boucles noires.

— Ah oui, et puis elle était triste à cause des canards…

— Pourtant, c'est pas mauvais, le canard rôti, au dîner, fit Rizzoli distraitement.

— Elle leur donnait à manger. Mais ils étaient tous partis pour l'hiver. Ma maman, elle dit qu'il y en a qui ne reviendront pas, parce qu'ils vont se faire manger en descendant vers le sud.

— Ouais, c'est la vie. Allez, vas-y, ta maman t'attend, fit Rizzoli en lui faisant signe qu'elle pouvait partir.

La petite fille était presque à la porte de la cuisine lorsque Maura la rappela :

— Noni ? Camille donnait à manger à des canards ?

— Oui. Ceux de la mare.

— Quelle mare ?

— Vous savez, derrière. Même quand ils sont partis, elle a continué à aller les chercher, mais ma maman a dit qu'elle perdait son temps, parce qu'ils étaient probablement déjà en Floride. C'est là qu'il y a Disneyworld, ajouta-t-elle.

Et elle détala hors de la pièce.

Il y eut un grand silence.

Doucement, Rizzoli se retourna et regarda Maura.

— Tu as entendu ce que j'ai entendu ?

— Oui.

— Et tu penses la même chose que moi… ?

Maura acquiesça.

— Il va falloir s'occuper de cette mare aux canards.

Il était presque vingt-deux heures lorsque Maura s'engagea dans l'allée devant chez elle. La lumière était allumée dans le salon, comme si quelqu'un l'attendait à la maison, mais elle savait qu'il n'y avait personne. Elle rentrait toujours dans une maison vide, dont les lumières étaient allumées par un trio de minuteries automatiques achetées 5,99 dollars au Wal-Mart du coin. Durant les courtes journées d'hiver, elle les réglait sur cinq heures de l'après-midi, pour être sûre de ne pas rentrer dans une maison noire comme un caveau.

Elle avait choisi cette banlieue de Brookline, juste à l'ouest de Boston, à cause du calme et de la sécurité qui régnaient sur ses rues bordées d'arbres. Beaucoup de ses voisins étaient des cadres travaillant en ville, comme elle, et qui rentraient se réfugier tous les soirs dans ce havre de verdure, loin de la frénésie urbaine. Son voisin, M. Telushkin, était un ingénieur en robotique originaire d'Israël. Ses voisines de l'autre côté, Lily et Susan, étaient des avocates spécialisées dans la défense des droits civiques. L'été, tout le monde soignait son jardin et briquait sa voiture, en une version réactualisée du rêve américain, où les lesbiennes et les immigrés qui avaient réussi échangeaient de joyeux bonjours par-dessus des haies tirées au cordeau. C'était un voisinage aussi sûr qu'on pouvait l'espérer, si près de la ville, mais Maura savait à quel point les notions de sécurité sont illusoires. Les rues, même dans les banlieues résidentielles, pouvaient drainer leur lot de victimes et de prédateurs. Sa table d'autopsie était une destination de voyage parfaitement démocratique. Tout le monde y avait droit, tout un chacun pouvait très bien se retrouver étalé dessus, une ménagère de moins de cinquante ans renversée par une voiture aussi bien qu'un dealer de crack abattu par un concurrent soupe au lait.

Malgré la lumière accueillante des lampes de son salon, la maison semblait glaciale. A moins qu'elle n'y ait simplement rapporté l'hiver avec elle, comme un de ces personnages de dessins animés qui se promènent toujours avec un petit nuage noir au-dessus de la tête. Elle remonta le thermostat, alluma le gaz de la fausse cheminée – un système qui lui paraissait naguère terriblement toc, mais qu'elle avait fini par apprécier. Un feu est un feu, qu'on l'allume en appuyant sur un interrupteur ou en fourgonnant avec des bûches et du papier journal. Ce soir, elle avait désespérément envie de sa chaleur, de sa lumière, et elle était heureuse d'être aussi rapidement exaucée.

Elle se versa un verre de sherry et se cala dans un fauteuil à côté de la cheminée. Derrière la fenêtre, les guirlandes de Noël clignotaient le long du toit de la maison d'en face, chapelets de stalactites lumineux qui venaient lui rappeler cruellement combien l'esprit de Noël lui était devenu étranger. Elle n'avait pas encore acheté de sapin, ni fait les courses de cadeaux. Elle n'avait même pas investi dans la traditionnelle boîte de cartes de vœux. C'était la deuxième année qu'elle jouait les vieilles filles aigries. L'hiver dernier, elle venait tout juste d'arriver à Boston, et, entre le déménagement et sa prise de fonctions au bureau du légiste, c'est à peine si elle avait remarqué le passage de Noël.

Et quelle sera ton excuse cette année ? pensa-t-elle.

Elle n'avait plus qu'une semaine pour acheter ce fichu sapin, y pendre des guirlandes et se dégoter une bûche surgelée. Elle pourrait au moins jouer quelques airs de Noël au piano, comme quand elle était petite. Le livret de chants devait toujours être dans le tabouret de piano, là où elle l'avait rangé depuis...

Depuis mon dernier Noël avec Victor.

Elle regarda le téléphone, au bout de la table. Elle sentait déjà l'effet du sherry, et elle savait que, quelle que soit la décision qu'elle allait prendre, elle serait inspirée par les vapeurs de l'alcool. Et peu avisée.

Elle décrocha quand même le téléphone. Tandis que le standardiste de l'hôtel transférait son appel, elle s'absorba dans la contemplation de la cheminée en se disant : C'est une connerie. Je ne vais réussir qu'à me briser le cœur.

Il répondit :

— Maura ?

Elle n'avait pas encore dit un mot. Il savait que c'était elle qui appelait.

— Je sais qu'il est tard, dit-elle.

— Il n'est que dix heures et demie.

— Quand même, je n'aurais pas dû t'appeler.

— Alors, pourquoi tu l'as fait ? demanda-t-il gentiment.

Elle ne répondit pas tout de suite. Elle ferma les yeux. Même comme ça, elle voyait la lueur des flammes. Tu as beau éviter de les regarder, tu as beau te dire qu'elles ne sont pas là, les flammes continuent de brûler. Que tu les voies ou non, que tu le veuilles ou non, elles sont toujours en train de brûler.

— Je me suis dit qu'il était temps que j'arrête de te fuir, dit-elle. Ou alors, je ne pourrai jamais tourner définitivement la page.

— Ouais, eh bien, je suis très flatté que tu m'appelles pour ça !

Elle soupira.

— Désolée, ce n'est pas ce que je voulais dire.

— Pour ce que tu as à me dire, ce n'est pas la peine de prendre des gants. La moindre des choses, c'est que tu me le dises en face, et pas par téléphone.

— Est-ce que ce serait moins dur ?

— Ce serait beaucoup plus honnête.

Un défi. Un coup bas porté à sa détermination.

Elle se redressa, rouvrit les yeux, regarda le feu.

— Ça changerait quelque chose ?

— En tout cas, il faut voir la situation en face. On a tous les deux besoin d'aller de l'avant. On est dans une impasse, alors qu'on ne comprend ni l'un ni l'autre ce qui a merdé. Je t'aimais, et je pense que tu m'aimais, et tu vois où on en est. On n'arrive même pas à être amis. Explique-moi pourquoi. Pourquoi deux personnes qui ont été mariées ne peuvent-elles pas avoir une conversation normale ? Comme avec n'importe qui ?

— Parce que tu n'es pas n'importe qui.

Parce que je t'aimais, aussi.

— On pourrait faire ça, non ? Juste parler, tous les deux. Enterrer les fantômes. Je ne reste pas longtemps à Boston. C'est maintenant ou jamais. Soit on continue à s'éviter, soit on crève l'abcès, et on parle de ce qui s'est passé. Tu peux tout me mettre sur le dos, si tu veux. J'admets que j'ai ma part de responsabilité. Mais arrêtons de faire comme si l'autre n'existait pas.

Elle constata que son verre de sherry était vide.

— Quand est-ce que tu veux qu'on se voie ?

— Je pourrais venir tout de suite.

Par la fenêtre, elle vit les guirlandes lumineuses, de l'autre côté de la rue, s'éteindre brutalement, les stalactites clignotantes s'évanouissant dans la nuit enneigée. On était une semaine avant Noël, et jamais dans toute sa vie elle ne s'était sentie aussi seule.

— J'habite à Brookline, dit-elle.

7

Elle aperçut les phares de sa voiture à travers le rideau de neige. Il conduisait lentement, cherchant sa maison, et s'arrêta à l'entrée de son allée.

Aurais-tu des doutes, toi aussi, Victor ? pensa-t-elle. Est-ce que tu te demandes si ce n'est pas une erreur, si tu ne devrais pas faire demi-tour et retourner à ton hôtel ?

La voiture se gara le long du trottoir.

Elle s'écarta de la fenêtre et resta plantée au milieu du salon, le cœur battant la chamade, les mains moites. La sonnerie de la porte lui arracha un hoquet de surprise. Elle ne se sentait pas prête à se retrouver devant lui, et pourtant il était là, et elle pouvait difficilement le laisser dehors, dans le froid.

La sonnette retentit à nouveau.

Elle ouvrit la porte, des flocons de neige s'engouffrèrent dans l'entrée. Ils étoilaient les épaules de sa veste, brillaient dans ses cheveux et dans sa barbe. C'était une image classique de carte de Noël, le retour de l'être aimé debout sur le seuil de la porte, son regard embrasé scrutant son visage, et elle, tout ce qu'elle trouva à dire, ce fut :

— Bon, ben, entre.

Pas de baiser, pas d'étreinte, pas le moindre contact.

Il entra, enleva sa veste d'un mouvement d'épaules. Tandis qu'elle l'accrochait, l'odeur familière du cuir, de Victor, lui noua la gorge. Elle ferma la penderie et se tourna vers lui.

— Tu veux boire quelque chose ?

— Tu as du café ?

— Du *vrai* café ?

— Ça ne fait que trois ans, Maura. Tu es vraiment obligée de me le demander ?

Non. Bien sûr. Noir, sans sucre, et si corsé qu'une enclume aurait flotté dessus. Elle eut une impression troublante de déjà-vu tandis qu'elle le conduisait dans la cuisine, prenait le sachet de café en grains dans le freezer, du Blue Mountain de la Jamaïque. C'était leur préféré, à San Francisco, et elle s'en faisait envoyer un paquet tous les quinze jours, directement du producteur. On pouvait tirer un trait sur des années de vie commune et des promesses d'amour éternel, mais il y avait des choses auxquelles on ne renonçait pas. Elle moulut le café et le mit dans le filtre, bien consciente qu'il inspectait lentement sa cuisine, s'arrêtant sur le réfrigérateur superluxe avec façade en miroir, la cuisinière Viking, les plans de travail en granit noir. Elle avait refait la cuisine après avoir acheté la maison, et elle éprouvait une certaine fierté à le voir chez elle, sur son territoire, admirer tout ce qu'elle avait gagné à la sueur de son front. A cet égard, leur divorce avait été relativement simple ; ils s'étaient quittés sans chamailleries. Après deux années de mariage, chacun avait simplement repris ce qui était à lui et sa route. Cette maison était à elle, rien qu'à elle, et chaque soir, lorsqu'elle poussait la porte, elle savait que tout serait impeccable. Que chaque meuble avait été son achat, son choix.

— J'ai l'impression que tu as enfin la cuisine de tes rêves, dit-il.

— J'en suis contente.

— Alors, dis-moi, est-ce que la bouffe est vraiment meilleure quand elle a été cuisinée sur une supergazinière à six brûleurs ?

Elle ne releva pas le sarcasme et rétorqua :

— Eh bien, oui, figure-toi. Et un repas est encore meilleur dans de la porcelaine signée Hilton McConnico.

— Et qu'est-il arrivé à notre bon vieux service, celui qu'on avait acheté au Wal-Mart ?

— J'ai décidé de me faire plaisir, Victor. J'ai cessé de me sentir coupable d'avoir de l'argent et de le dépenser. Je n'ai pas envie de vivre comme une hippie ; la vie est trop courte pour ça.

— Oh, je t'en prie, Maura. C'est l'impression que tu avais quand on vivait ensemble ?

— Tu me donnais l'impression que profiter du moindre luxe était trahir la cause.

— Quelle cause ?

— Pour toi, tout était une cause. Il y a des gens qui crèvent de faim en Angola, donc c'est un péché d'acheter un beau service de table. Ou de manger un T-bone steak. Ou d'avoir une Mercedes.

— Je croyais qu'on était raccord là-dessus.

— Tu veux que je te dise, Victor ? Il y a des moments où l'idéalisme, ça fatigue. Je viens de te le dire, je n'ai pas honte de gagner de l'argent, et je ne me sens pas coupable de le dépenser.

Elle versa le café dans sa tasse, se demandant si l'accro au Blue Mountain de la Jamaïque assis en face d'elle avait jamais réfléchi au fait qu'il dégustait un nectar préparé avec des grains qui avaient traversé l'océan puis la moitié du pays (bonjour, le gâchis de kérosène !), s'il allait tiquer devant sa tasse estampillée du logo d'un groupe pharmaceutique (et un grand bravo pour l'abus de bien social !). L'addict resta coi. Etrangement accommodant, pour un idéaliste qui avait toujours eu la passion de la justice pour guide.

C'était cette passion qui l'avait d'abord attirée vers lui. Ils s'étaient rencontrés à San Francisco, lors d'une conférence sur la médecine dans le tiers-monde. Elle avait fait un topo consacré aux autopsies sur les autres continents après qu'il les avait gratifiés d'un discours d'ouverture sur les tragédies humaines auxquelles les équipes médicales de One Earth étaient confrontées à l'étranger. Face à ces femmes en robe du soir et ces hommes en tenue de pingouin, le Victor fatigué et hirsute qui avait traversé la salle avec une boîte de diapos avait davantage l'allure d'un routard que d'un médecin. De fait, il descendait juste de son avion en provenance de Guatemala City, et il n'avait même pas eu le temps de changer de chemise. Il était arrivé les mains dans les poches, sans notes, juste cette précieuse collection de clichés tragiques, qu'il avait fait défiler sur l'écran : la jeune mère éthiopienne qui mourait du tétanos, le bébé péruvien malformé abandonné sur une route, la fille kazakhe morte de pneumonie, enveloppée dans un linceul… Que des morts évitables, avait-il martelé. Les victimes innocentes de la guerre, de la pauvreté et de l'ignorance, que son organisation, One Earth, aurait pu sauver. Mais il n'y aurait jamais assez d'argent, ni de volontaires, pour faire face à toutes les crises humanitaires.

Au fond de cette salle obscure, Maura avait été secouée par ses paroles, par la passion avec laquelle il parlait d'hôpitaux de campagne, de distribution de rations, de ces damnés de la terre qui mouraient, ignorés, chaque jour.

Lorsque les lumières s'étaient rallumées, ce n'était plus le docteur dépenaillé, mal rasé, qu'elle voyait derrière son pupitre. C'était un homme que sa vocation magnifiait. Elle qui attachait tant d'importance à l'ordre et à la raison dans sa propre vie, elle s'était sentie attirée par cet homme d'une intensité presque effrayante, que son travail conduisait dans les endroits les plus sinistrés de la planète.

Et lui, qu'avait-il vu en elle ? Certainement pas une compagne de croisade ; au contraire, elle avait amené le calme et la stabilité dans son existence. C'était elle qui tenait les comptes, gérait le quotidien. Elle qui attendait à la maison tandis qu'il volait de crise en crise, de continent en continent. Sa vie tenait dans une malle, mais c'était une vie dopée à l'adrénaline.

Etait-il tellement plus heureux sans moi ? se demandait-elle. Il n'avait pas l'air particulièrement épanoui, assis là, à la table de sa cuisine, à boire son café à petites gorgées. A bien des égards, c'était toujours le même Victor avec ses cheveux en bataille. Sa chemise aurait eu bien besoin d'un coup de fer, le col en était élimé – autant de preuves de son désintérêt pour des détails jugés superflus. Et, pourtant, il avait changé. C'était un autre Victor, plus vieux, plus usé, qui semblait las, presque triste, comme si l'âge avait étouffé sa flamme intérieure.

Elle s'assit en face de lui avec sa tasse de café, et ils se regardèrent.

— Nous aurions dû avoir cette conversation il y a trois ans, dit-il.

— Il y a trois ans, tu ne m'aurais pas écoutée.

— As-tu seulement essayé de m'en parler ? As-tu

seulement pris la peine de me dire que tu en avais marre d'être la femme d'un activiste ?

Elle baissa les yeux sur sa tasse. Non, elle ne lui en avait jamais parlé. Elle avait gardé tout ça pour elle, comme elle gardait toujours en elle les émotions qui la troublaient. La colère, la rancœur, le désespoir – tous ces sentiments lui donnaient une impression d'impuissance, de ne plus faire face à la situation. Lorsqu'elle avait enfin signé les papiers du divorce, elle s'était sentie bizarrement distante, étrangère à ce qui lui arrivait.

— Je n'avais jamais compris à quel point c'était dur pour toi, reprit-il.

— Est-ce que ça aurait changé quelque chose si je te l'avais dit ?

— On aurait pu essayer d'en discuter.

— Et qu'est-ce que tu aurais fait ? Tu aurais démissionné de One Earth ? Il n'y avait pas de compromis possible. Ça t'excitait trop de jouer à saint Victor. Tous ces lauriers, tous ces éloges… Personne ne fait la une de *People* parce qu'il est un bon mari.

— Tu crois que c'est pour ça que je me démène ? Pour attirer l'attention sur moi, pour la pub ? Enfin, Maura ! Tu sais à quel point c'est important. Accorde-moi au moins ça.

— Tu as raison, dit-elle dans un soupir. J'ai été injuste avec toi. Mais on sait bien tous les deux que ça te manquerait.

— Ça oui, admit-il, avant d'ajouter doucement : Mais je ne savais pas combien *toi* tu me manquerais.

Elle ne releva pas. Laissa le silence s'installer entre eux. En réalité, elle ne savait que dire. Cet aveu l'avait prise au dépourvu.

— Tu es superbe, dit-il. Ça a l'air d'aller, hein ?

— Oui, ça va.

Elle avait répondu trop vite, trop machinalement. Elle se sentit rougir.

— Tu es contente de ton nouveau boulot ?

— C'est un défi de tous les jours.

— C'est plus rigolo que de terroriser les étudiants en médecine à l'université Columbia ?

Elle eut un petit rire.

— Je ne terrorisais personne…

— Tes étudiants n'auraient peut-être pas dit la même chose.

— Je les poussais à se surpasser, c'est tout. Et ils y arrivaient presque toujours.

— Tu étais une bonne prof, Maura. Je suis sûr que l'université adorerait te voir revenir.

— Enfin, on ne peut pas vivre sa vie en boucle, hein ?

Elle sentit qu'il cherchait à déchiffrer son expression, et elle s'attacha à conserver son air de sphinx.

— Je t'ai vue à la télé, hier, dit-il. Au journal du soir. A propos de cette agression, dans ce couvent.

— Moi qui espérais échapper aux caméras…

— Je t'ai tout de suite repérée. Ils te filmaient alors que tu sortais par le portail.

— Les aléas du métier. On est toujours sous les feux des projecteurs.

— Surtout dans un cas pareil, j'imagine. C'est passé sur toutes les chaînes.

— Et qu'est-ce qu'on en dit ?

— Que la police n'a pas de suspect. Que le mobile reste inconnu. Voilà qu'on s'en prend à des religieuses, maintenant, dit-il en secouant la tête. C'est complètement surréaliste. A moins que ce ne soit un psychopathe qui ait fait le coup.

— Parce que pour toi ça rendrait les choses moins surréalistes ?

— Tu sais bien ce que je veux dire.

Oui, elle comprenait, et elle connaissait suffisamment Victor pour ne pas s'offusquer. En effet, il y avait une différence entre le psychotique qui n'avait aucune prise sur la réalité et le prédateur sexuel, froidement calculateur.

— J'ai fait l'autopsie ce matin, dit-elle. Il y a de nombreuses fractures du crâne. L'artère méningée médiane est déchiquetée ; il l'a frappée à coups redoublés, sûrement avec un marteau. Je pense que, s'il y a quelque chose de surréaliste, c'est bien ça.

Il secoua la tête.

— Comment tu gères tout ça, Maura ? Comment tu es passée des autopsies sur des patients morts bien proprement à l'hôpital à ce genre d'horreurs ?

— Quand on meurt à l'hôpital, ce n'est pas forcément propre et net.

— Quand même, autopsier des victimes d'homicide… Et elle était jeune, non ?

— Vingt ans, à peine.

Elle s'arrêta, sur le point de lui dire l'autre chose qu'avait révélée l'autopsie. Lorsqu'ils étaient mariés, il n'y avait pas de secret médical entre eux. Elle lui faisait confiance : ses confidences n'iraient pas plus loin. Mais cette affaire était trop sordide, et Maura ne voulait pas inviter la Mort plus avant dans cette conversation.

Elle se leva pour refaire le plein de café et revint vers la table avec la cafetière.

— Maintenant, dis-moi, et toi ? Que fait saint Victor, en ce moment ?

— Pitié ! Ne m'appelle pas comme ça.

— Avant, tu trouvais ça rigolo.

134

— Maintenant, je trouve ça sinistre. Quand les médias commencent à te traiter de saint, tu sais qu'ils n'attendent que l'occasion de te jeter à bas de ton piédestal.

— J'ai remarqué qu'on parlait souvent de vous, de One Earth et de toi, aux informations…

— Malheureusement, soupira-t-il.

— Pourquoi « malheureusement » ?

— Ça a été une mauvaise année pour les associations caritatives internationales. Il y a tellement de nouveaux conflits qui éclatent tous les jours, avec leur lot de réfugiés jetés sur les routes… Si on parle de nous aux nouvelles, c'est pour ça. Parce que c'est à nous d'intervenir. On a juste eu la chance de recevoir une énorme donation cette année.

— Grâce à toute cette bonne presse ?

Il haussa les épaules.

— De temps à autre, une multinationale fait une crise de conscience et décide de nous signer un chèque.

— Oh, je suis sûre qu'ils ne crachent pas sur la déduction fiscale, non plus.

— Mais l'argent file à toute vitesse. Il suffit qu'un dictateur fou déclenche une guerre, et brutalement on se retrouve avec un million de réfugiés sur les bras. Cent mille gamins de plus qui meurent de la typhoïde ou du choléra. Ça m'empêche de dormir la nuit, Maura, l'idée de tous ces enfants…

Il prit une gorgée de café et reposa sa tasse, comme s'il n'en supportait plus l'amertume.

Elle le regardait assis là, si calme, et elle remarqua les nouveaux fils argentés dans ses cheveux châtains.

Il a pris un coup de vieux, se dit-elle, mais son incurable idéalisme est toujours là, finalement.

L'idéalisme qui l'avait conduite vers lui, et qui avait

fini par les séparer. Elle n'était pas de taille à lutter contre les plaies du monde qui réclamaient l'attention de Victor, et elle n'aurait même pas essayé. Son aventure avec l'infirmière française n'avait rien de surprenant, dans le fond. C'était un sursaut de défi, sa façon d'affirmer son indépendance par rapport à elle.

Il y eut un silence, leurs regards s'évitant, deux personnes qui s'étaient jadis aimées, et qui ne trouvaient plus rien à se dire. Elle l'entendit se lever, le regarda aller vers l'évier pour rincer sa tasse.

— Alors, comment va Dominique, ces derniers temps ? demanda-t-elle.

— Aucune idée.

— Elle travaille toujours pour One Earth ?

— Non. Elle est partie. C'était devenu pénible pour tout le monde, à partir du moment où…

Il haussa les épaules.

— Vous n'êtes pas restés en contact, tous les deux ?

— C'était juste une passade, pour moi, Maura. Tu le sais bien.

— C'est marrant. Parce que pour moi elle était devenue très importante.

Il se tourna vers elle.

— Est-ce qu'un jour tu crois que tu arriveras à ne plus lui en vouloir ?

— Ça fait déjà trois ans. Je devrais finir par y arriver.

— Ça ne répond pas à ma question.

Elle baissa les yeux.

— Tu avais une aventure. Comment tu voulais que je le prenne ? J'étais hors de moi. C'était la seule façon…

— La seule façon de quoi ?

— D'arriver à te quitter. D'arriver à me passer de toi.

Il s'approcha d'elle, mit ses mains sur ses épaules, un contact chaud et intime.

— Je ne veux pas que tu arrives à te passer de moi, dit-il. Je préférerais que tu me haïsses. Au moins, tu éprouverais encore quelque chose. C'est ce qui m'était le plus pénible, de voir que tu pouvais t'en aller, comme ça. Tu avais l'air si détachée, vis-à-vis de tout ça.

Je n'avais pas d'autre moyen de m'en sortir, pensa-t-elle tandis qu'il l'enlaçait.

Son souffle réchauffait ses cheveux. Il y avait long-temps qu'elle avait appris à tordre le cou à toutes ces émotions embarrassantes. Ils étaient si mal assortis, tous les deux ! Victor le flamboyant, marié à la Reine des Morts. Comment avaient-ils seulement pensé que ça pourrait marcher ?

Parce que je voulais sa chaleur, sa passion. Je voulais ce que moi-même je ne pouvais pas donner.

La sonnerie du téléphone figea les mains de Victor sur ses épaules. Il recula d'un pas et, d'un coup, sa chaleur lui manqua. Elle se leva, alla prendre la communication sur le poste de la cuisine. L'identité de l'importun s'afficha et elle sut que l'appel allait la renvoyer dans la nuit et dans la neige. Tout en parlant à l'inspecteur, elle vit Victor esquisser un hochement de tête résigné. Ce soir, c'était elle que le devoir appelait, et lui qui restait en plan.

Elle raccrocha.

— Désolée, mais je dois y aller.

— Encore un coup de Jack l'Eventreur, c'est ça ?

— Il y a eu un crime à Roxbury. On m'attend.

Il la suivit dans l'entrée, vers la porte.

— Tu veux que je t'accompagne ?

— Pour quoi faire ?

— Pour te tenir compagnie.

— Crois-moi, de la compagnie, ce n'est pas ce qui manque sur les scènes de crime.

Il jeta un coup d'œil par la fenêtre du salon, vers la neige qui tombait à gros flocons.

— C'est une sale nuit pour conduire.

— Ça vaut pour toi aussi.

Elle se pencha pour enfiler ses bottes et fut heureuse qu'il ne puisse pas voir son visage lorsqu'elle dit :

— Ecoute, tu n'es pas obligé de rentrer à l'hôtel. Pourquoi tu ne resterais pas ici ?

— Cette nuit, tu veux dire ?

— Ça vaudrait peut-être mieux. Tu pourrais faire ton lit dans la chambre d'amis. Je ne rentrerai sûrement pas avant plusieurs heures.

Son silence la fit rougir. Les yeux obstinément baissés, elle boutonna son manteau. Soudain, pressée de fuir, elle ouvrit la porte de devant.

Et l'entendit dire :

— Je vais t'attendre.

Des lumières bleues lançaient des éclairs à travers le rideau de neige. Elle se gara juste derrière une voiture de patrouille et un flic s'approcha, le visage à moitié caché derrière son col relevé, comme une tortue recroque-villée dans sa carapace. Elle baissa sa vitre et plissa les paupières, aveuglée par la lumière de sa torche. Des flocons s'engouffrèrent dans la voiture, émaillèrent le tableau de bord.

— Docteur Isles, bureau du médecin légiste, annonça-t-elle.

— D'accord. Vous pouvez laisser votre voiture là, madame.

— Où est le corps ?

— A l'intérieur.

Il agita sa torche vers un immeuble, de l'autre côté de la rue.

— La porte d'entrée est fermée avec un cadenas ; il va falloir que vous passiez par-derrière. L'électricité est coupée, alors faites attention où vous mettez les pieds. Vous devriez prendre votre torche. Il y a tout un tas de cartons et de fourbi empilés dans le passage.

Elle sortit de la voiture, dans la nuée de papillons blancs, ouatés. Cette nuit-là, elle était parée pour le mauvais temps et se félicitait d'avoir les pieds bien au chaud et au sec dans ses bottes fourrées. Il y avait au moins quinze centimètres de neige sur la route, les flocons étaient doux et soyeux, la semelle de ses bottes s'enfonçait comme dans un rêve dans le tapis de poudreuse blanc.

A l'arrière, elle alluma sa torche et vit le traditionnel ruban jaune de la police. Il disparaissait presque sous la neige. Elle l'enjamba, provoquant une averse de flocons. Le passage était obstrué par un entassement chaotique d'objets indéfinissables. Sa botte heurta quelque chose de dur, elle entendit un bruit de verre entrechoqué : des casiers à bouteilles. La ruelle servait de débarras, et elle se demanda quels objets peu ragoûtants dissimulait le manteau glacé, immaculé.

Elle frappa à la porte et appela :

— Il y a quelqu'un ? C'est le médecin légiste !

La porte s'ouvrit à la volée, et le faisceau d'une torche se braqua vers son visage. Elle ne voyait pas l'homme qui la tenait, mais elle reconnut la voix de l'inspecteur Darren Crowe :

— Salut, doc. Bienvenue au royaume des cafards.

— Ça vous embêterait de braquer votre lampe d'un autre côté ?

Le rayon s'écarta de son visage, et elle vit sa

silhouette, large d'épaules, vaguement menaçante. C'était l'un des plus jeunes inspecteurs de la brigade criminelle, et, chaque fois qu'elle travaillait sur une affaire avec lui, elle avait l'impression de pénétrer sur le plateau d'une série télé dont il serait la vedette, un flic de feuilleton au brushing impeccable et à l'attitude qui allait avec : l'air crâne de celui à qui on ne la fait pas. Pour ce qu'elle en savait, la seule chose susceptible d'en imposer aux hommes comme Crowe chez une femme, c'était un professionnalisme glacé. Eh bien, il n'allait pas être déçu. Les médecins légistes hommes avaient toujours la possibilité de se la jouer grande gueule avec Crowe, mais, elle, elle ne le pouvait pas. Et elle devait absolument maintenir les barrières, garder ses distances, sans quoi il trouverait une façon d'entamer son autorité.

Elle enfila ses gants, les surbottes en papier, entra dans la place. Le pinceau de sa torche arracha des reflets à des surfaces métalliques. Un immense réfrigérateur et des comptoirs en métal. Le dessus d'une cuisinière et d'un four de restaurant.

— C'était le restaurant italien de Mama Cortina, commenta Crowe. Jusqu'à ce que Mama ferme boutique et déménage à la cloche de bois. La baraque a été condamnée il y a deux ans, et on a mis les scellés sur les deux entrées. Apparemment, la porte de derrière a été fracturée il y a déjà quelque temps. Tout le matériel de cuisine devait être vendu aux enchères, mais je ne vois pas qui pourrait en vouloir. C'est vraiment trop crade…

Il promena sa lampe sur les brûleurs à gaz, où des années de graisse accumulée avaient formé une épaisse croûte noirâtre. Des cafards détalèrent, fuyant la lumière.

— Ça grouille de ces saloperies… Toute cette bonne graisse à bouffer !

— Qui a trouvé le corps ?

— Un gars des Stups. Ils étaient sur une affaire de drogue, à deux rues d'ici. Le suspect a filé comme un éclair et ils ont pensé qu'il s'était réfugié dans cette ruelle. Ils ont remarqué que la porte avait été forcée. Ils sont entrés à la recherche du type, et ils ont eu une sacrée surprise… Vous voyez les traînées dans la poussière, ici ? fit-il en braquant le faisceau de sa torche vers le sol. Comme si le meurtrier avait tiré sa victime à travers la pièce. Le macchabée est par là, ajouta-t-il en indiquant l'autre bout de la cuisine avec sa lampe. Il faut traverser la salle de restaurant.

— Vous avez déjà tout sur vidéo, là ?

— Ouais. On a dû trimbaler deux batteries pour avoir assez de lumière. Elles sont déjà à plat, alors on n'y voit plus grand-chose, maintenant.

Elle le suivit vers la porte de la cuisine, les bras plaqués le long du corps, une précaution pour ne rien toucher – comme si elle en avait la moindre envie, de toute façon. Elle entendait des bruits furtifs, précipités, dans le noir, autour d'elle, et pensa aux milliers de petites pattes d'insectes fuyant le long des murs ou accrochés au plafond, au-dessus de sa tête. Elle arrivait peut-être à conserver son calme face au sang et à l'horreur, mais, avec la vermine, elle avait vraiment du mal.

Entrant dans la salle de restaurant, elle reconnut l'odeur rance qui stagne toujours dans les courettes derrière ce genre de gargotes : effluves d'ordures et parfum vinaigré de la mauvaise bière. Mais, là, il y avait autre chose, une odeur familière, de mauvais augure, qui accéléra le battement de son cœur. L'objet de sa visite était par là, et il éveillait en elle l'habituel cocktail de crainte et de curiosité.

— On dirait que des squatters se sont installés ici, dit Crowe en éclairant avec sa lampe une vieille couverture et des paquets de journaux. Et il y a aussi des bougies, par là. Un coup de bol qu'ils aient pas foutu le feu à la baraque, avec tout ce merdier...

Son rayon balaya un monticule d'emballages alimentaires et de boîtes de conserve vides. Deux yeux jaunes les regardaient du haut de la pile – un rat, même pas effrayé, presque effronté, les mettant au défi de s'approcher.

Des rats et des cafards. Avec tous ces parasites, que pouvait-il bien rester du corps ? se demanda-t-elle.

— Il est derrière ce bout de mur.

Crowe traçait la route avec une confiance d'athlète, entre les tables et les chaises empilées.

— Restez de ce côté-ci. Il y a des empreintes de pieds dans le sang de la victime et on essaie de les préserver. Elles s'estompent à partir d'ici.

Il la conduisit dans un petit couloir. Une maigre lueur suintait par la porte, au bout. Ça venait des toilettes pour hommes.

— La toubib est arrivée ! claironna Crowe.

Un autre faisceau de lumière brilla dans l'ouverture de la porte. Le coéquipier de Crowe, Jerry Sleeper, sortit des toilettes et adressa à Maura un geste las de sa main gantée. Sleeper était le plus ancien inspecteur de la brigade criminelle, et chaque fois qu'elle le voyait il lui semblait que ses épaules s'étaient un peu plus affaissées. Elle se demandait quelle part de son vague à l'âme était due à son association avec Crowe. Aucune sagesse, aucun vécu ne pouvait quoi que ce soit contre les jeunes cons, et Sleeper avait depuis longtemps abandonné le terrain à ce partenaire sûr de lui et dominateur.

— C'est pas beau à voir, dit Sleeper. Heureusement

qu'on n'est pas en juillet. J'ose pas imaginer l'odeur s'il ne faisait pas aussi froid…

Crowe ricana.

— On dirait qu'il y en a un qui est prêt à partir pour la Floride…

— Exact, et j'ai déjà trouvé un joli petit appart, à seulement une rue de la plage. Je serai en maillot de bain toute l'année. Je vais tout plaquer, et dans pas long-temps, ça, c'est garanti !

Des plages ensoleillées, pensa Maura. Du sable bril-lant comme du sucre cristallisé. Est-ce que ce n'était pas là où ils auraient tous aimé être, en cet instant, plutôt que dans ce sinistre petit couloir, qu'éclairaient seulement leurs trois lampes torches ?

— Il est tout à vous, doc, dit Sleeper.

Elle s'approcha de la porte. Le pinceau de sa torche tomba sur un carrelage noir et blanc crasseux, maculé de traces de pas et de sang noirâtre.

— Restez près du mur, intima Crowe.

Elle entra dans la pièce et eut aussitôt un réflexe de recul, surprise par un mouvement furtif à ses pieds.

— Bon Dieu ! s'exclama-t-elle, dans un petit rire nerveux.

— Ouais, c'est pas des rats, c'est des veaux ! fit Crowe. Faut dire qu'ils avaient de quoi se remplir la panse, ici, les gaspards…

Maura aperçut une queue qui glissait prestement derrière la porte d'une cabine de WC, et se souvint de la vieille légende urbaine des rats qui nageaient dans les canalisations et remontaient par les toilettes.

Lentement, elle promena sa lampe sur deux lavabos aux robinets manquants, puis devant un urinoir dont la bonde était bouchée par des détritus et des mégots de cigarettes. La lumière tomba sur un corps dénudé couché sur le côté. Les os du visage, mis à nu, luisaient sous des touffes de cheveux noirs. La vermine avait déjà fait un festin de cette manne de viande fraîche, et le torse était grêlé de morsures de rats. Mais ce n'étaient pas les dégâts provoqués par les dents avides qui l'horrifièrent ; c'était la petitesse de la victime.

Un enfant ?

Maura s'accroupit à côté du corps. Il était allongé, la joue droite contre le sol. Lorsqu'elle se pencha pour l'examiner de plus près, elle vit une poitrine complètement développée.

En aucun cas un enfant, pensa-t-elle, mais une femme adulte, de petite taille, dont les traits ont été ravagés.

Des charognards s'étaient régalés et avaient rongé avidement le côté gauche, accessible, du visage, dévorant la peau et le cartilage du nez. Les lambeaux de peau qui restaient sur son ventre étaient très pigmentés.

Une Latino ?

Le faisceau de sa lampe passa sur les épaules osseuses et l'épine dorsale noueuse. Des nodules sombres, presque violacés, étaient disséminés sur tout le corps. Elle braqua sa lampe sur la hanche gauche et les fesses, vit d'autres lésions. L'éruption virulente courait tout le long de la cuisse et du mollet jusqu'au...

La flaque de lumière se figea sur la cheville.

— Mon Dieu ! s'exclama-t-elle.

Le pied gauche avait été tranché. La cheville se terminait par un moignon dont le bout tailladé était noir de putréfaction.

Elle chercha l'autre cheville avec sa lampe. Là aussi, un moignon. Pas de pied droit non plus.

— Maintenant, regardez les mains, dit Crowe, qui s'était rapproché d'elle.

Les faisceaux de leurs torches se rejoignirent sur les bras, dissimulés dans l'ombre du buste.

A la place des mains, elle vit deux moignons aux extrémités déchiquetées par les dents des rongeurs.

Elle eut un mouvement de recul.

— Ce ne sont pas les rats qui ont fait ça, supputa Crowe.

Elle déglutit.

— Non. Non, ce sont des amputations.

— Vous pensez que ça a été fait alors qu'elle était encore en vie ?

Elle regarda le carrelage infâme, ne vit que de petites mares noires de sang séché près des moignons.

— Il n'y avait pas de pression artérielle quand ces amputations ont été pratiquées. Les membres ont été sectionnés post mortem.

Elle dévisagea Crowe.

— Vous les avez retrouvés ?

— Non. Il les a embarqués. Allez savoir pourquoi.

— Moi je vois une raison logique à ça, intervint Sleeper. Pour les mains, en tout cas : pas de mains, pas d'empreintes. Impossible de l'identifier.

— S'il voulait vraiment dissimuler son identité…, dit Maura.

Elle regarda plus attentivement le visage, le rouge tranchant sur l'ivoire de l'os, et fut parcourue par un frisson d'horreur à l'idée de ce qui les attendait.

— Il faut la retourner, dit-elle.

Elle prit une bâche jetable dans sa mallette, l'étendit à côté du corps. Sleeper et Crowe unirent leurs efforts pour rouler le cadavre sur le drap, comme une bûche.

Sleeper étouffa un hoquet et ne put réprimer un mouvement de recul. Le côté droit du visage, qui reposait sur le sol, venait d'apparaître. Ainsi qu'un impact de balle dans le sein gauche.

Mais ce n'était pas la blessure par balle qui avait horrifié Sleeper. C'était le visage de la victime, l'œil sans paupière qui les regardait. Les dents des rongeurs n'avaient pu attaquer le côté droit du visage, appuyé sur le carrelage des toilettes, et pourtant il n'y avait plus de peau. Les muscles mis à nu, desséchés, formaient des bandes pareilles à du cuir, et l'os de la pommette saillait, comme un trognon nacré.

— C'est pas non plus les rats qui ont fait ça, dit Sleeper.

— Non, répondit Maura. Ce n'est pas du travail de rongeur.

— Bordel, il l'a écorchée ? Comme ça ? Comme on enlève un…

Un masque. Sauf que ce masque n'était pas en caoutchouc ou en plastique, mais en peau humaine.

— Il a découpé le visage. Les mains. Il ne nous a laissé aucun moyen de l'identifier, conclut Sleeper.

— Mais pourquoi les pieds, alors ? dit Crowe. Ça n'a pas de sens. On n'identifie personne avec ses empreintes de doigts de pied. Et puis, ça n'a pas l'air d'être le genre de victime qui figure au fichier des personnes disparues. C'est quoi ? Une Noire ? Une Latino ?

— Qu'est-ce que la couleur de sa peau a à voir avec le fait qu'on la recherche ou non ? riposta Maura.

— Ce que je veux dire, c'est que ce n'est pas une bonne bourgeoise bien de chez nous. Ou alors, pourquoi elle aurait fini dans ce trou à rats ?

Maura se releva. Crowe l'horripilait tellement qu'elle avait du mal à supporter sa présence. Elle balaya la pièce avec le faisceau de sa torche, faisant défiler une tache d'un jaune lugubre sur les lavabos et les urinoirs.

— Il y a du sang ici, sur le mur.

— Je dirais que c'est là qu'il lui a fait son affaire, commenta Crowe. Il l'a traînée ici, plaquée contre le mur et il a appuyé sur la détente. Après, il l'a amputée, à l'endroit même où elle était tombée.

Maura ne pouvait détacher son regard du sang sur le carrelage.

Juste quelques traînées, parce que la victime est déjà morte. Son cœur a cessé de battre, de pomper le sang. Elle ne sent rien tandis que le tueur s'accroupit à côté d'elle, et que sa lame pénètre profondément dans son poignet, disloquant l'articulation. Tandis qu'il tranche dans la chair, pelant son visage comme s'il dépiautait un lapin. Et, quand il a fini de récupérer ses trophées, il la laisse ici, comme une carcasse abandonnée, une offrande à la vermine qui infeste ce bâtiment désaffecté…

Et, comme rien ne venait faire obstacle à leurs petites dents tranchantes, encore quelques jours et les rats seraient arrivés aux muscles.

Un mois plus tard, il ne serait plus resté que des os.

Elle releva les yeux vers Crowe.

— Où sont ses vêtements ?

— Nous avons trouvé une chaussure. Une tennis, taille 35. Je pense qu'il l'a laissée tomber en repartant. Elle était dans la cuisine.

— Il y a du sang, dessus ?

— Ouais. Plein, étalé partout.

Elle regarda le moignon au bout duquel aurait dû se trouver le pied droit.

— Donc, il l'a déshabillée ici, dans cette pièce…

— Des traces d'abus sexuel post mortem ? demanda Sleeper.

Crowe eut un reniflement.

— Qui voudrait baiser une femme avec ces pustules sur la peau ? Et c'est quoi, ces bubons, d'ailleurs ? C'est pas contagieux, j'espère ? Comme la variole, ou un truc dans ce goût-là ?

— Non, ces lésions ont l'air chroniques, pas aiguës. Regardez, certaines d'entre elles forment une croûte qui…

— Ben, moi, je vois pas qui voudrait la toucher. Alors je vous parle pas de la baiser !

— Quand même, c'est pas exclu, murmura Sleeper.

— Il l'a peut-être déshabillée simplement pour que son corps soit plus rapidement éliminé par la vermine, suggéra Maura.

— Mais pourquoi embarquer ses vêtements ?

— C'était peut-être un moyen de plus d'empêcher son identification.

— Je crois qu'il avait simplement envie de les prendre, dit Crowe.

Maura le regarda.

— Et pourquoi ?

Crowe lui rendit son regard. Là, dans les ombres obliques, il semblait plus grand. Menaçant.

— Pour la même raison qu'il a embarqué les mains, les pieds et le visage. Il voulait des souvenirs. Je pense que notre homme est un cinglé de collectionneur.

Chez elle, la lumière du porche était allumée. Elle voyait le reflet jaune à travers la dentelle de neige. Sa maison était la seule de la rue à être éclairée.

Cette nuit, pensa-t-elle, il y a vraiment quelqu'un qui m'attend.

Puis elle vit que la voiture de Victor n'était plus garée devant sa maison.

Il est parti. Comme d'habitude, je rentre chez moi et je trouve une maison vide.

La lumière du porche, si accueillante quelques instants auparavant, lui donnait maintenant une pénible impression d'anonymat, d'abandon.

Ce qui la dérangeait le plus, ce n'était pas qu'il était parti ; c'était ce qu'elle ressentait.

Juste une soirée avec lui, pensa-t-elle, et me voilà revenue au point où j'en étais il y a trois ans, résolution ébranlée, indépendance fissurée...

Elle appuya sur le bouton de la télécommande du garage. La porte s'ouvrit dans un grondement et elle eut un rire surpris en apercevant la voiture bleue garée sur la place de gauche. La Toyota de location de Victor.

Elle se gara à côté et, tandis que la porte basculante se refermait derrière elle, resta un moment assise au volant, sentant son cœur battre de plus en plus vite, l'anticipation rugir dans ses veines comme une drogue. Elle était passée du désespoir à la jubilation en dix secondes chrono. Elle devait absolument garder à l'esprit que rien n'avait changé entre eux. Que rien ne *pouvait* changer entre eux.

Elle sortit de la voiture, prit une profonde inspiration, entra dans la maison.

— Victor ?

Pas de réponse.

Elle jeta un coup d'œil dans le salon, passa dans le couloir qui menait à la cuisine. Les tasses de café avaient été lavées et rangées, abolissant toute trace de sa

visite. Elle inspecta les chambres et son bureau
– toujours pas de Victor.

Alors elle retourna dans le salon et repéra ses pieds,
douillettement enveloppés de sages chaussettes
blanches, qui dépassaient à un bout du canapé. Elle resta
là, debout, à le regarder dormir, son bras pendant mollement vers le sol, le visage détendu. Ce n'était pas le
Victor dont elle se souvenait, l'homme aux passions
volcaniques qui l'avait d'abord attirée, puis poussée à
partir. De leur mariage, elle gardait le souvenir des
disputes, des blessures profondes que seul l'être aimé
peut vous infliger. Le divorce avait voilé les images
qu'elle avait de lui, en avait fait quelqu'un de plus téné-
breux, de plus emporté. C'était le souvenir qu'elle avait
conservé de lui, il l'avait habitée si longtemps que, à le
voir maintenant, la garde baissée, elle se surprenait à le
reconnaître tel qu'elle l'avait connu.

J'avais l'habitude de te regarder dormir. J'avais
l'habitude de t'aimer.

Elle alla chercher une couverture dans le placard et la
déposa sur lui. Elle tendit la main pour lui caresser les
cheveux, puis s'arrêta, à quelques centimètres de sa tête.

Il avait les yeux ouverts et la regardait.

— Je t'ai réveillé, dit-elle.

— Je ne voulais pas m'endormir. Quelle heure
est-il ?

— Deux heures et demie.

Il eut un gémissement.

— J'allais partir…

— Tu ferais mieux de rester. Il neige comme jamais.

— J'ai mis la voiture au garage. J'espère que ça
t'embête pas. Le chasse-neige allait passer…

— Pas de problème. Rendors-toi, va, dit-elle doucement avec un sourire.

Ils se regardèrent un instant. Prise entre l'attente et le doute, elle ne dit rien, bien consciente des éventuelles conséquences d'un mauvais choix. Ils pensaient sûrement tous les deux la même chose : que sa chambre se trouvait au bout du couloir. Quelques pas à peine, une étreinte, et elle serait revenue à la case départ. Une case qu'elle avait eu tellement de mal à quitter.

Elle se redressa, et ce mouvement lui coûta autant d'efforts que si elle avait dû s'extirper des sables mouvants.

— On se voit demain matin, dit-elle.

Etait-ce de la déception qu'elle lisait dans ses yeux ? Elle se le demandait. Elle ne put s'empêcher d'éprouver une petite pointe de contentement.

Une fois dans son lit, l'idée qu'il était là, sous le même toit – son refuge, son territoire –, l'empêcha de trouver le sommeil. A San Francisco, ils avaient habité dans la maison qu'il possédait avant leur mariage, et elle ne s'y était jamais sentie vraiment chez elle. Cette nuit, les circonstances étaient inversées, et elle était la maîtresse des lieux. Ce qui se passerait ensuite serait sa décision.

Et les possibilités la tourmentaient.

Elle ouvrit brusquement les yeux, constata qu'elle s'était endormie. La lumière du jour filtrait déjà par la fenêtre. Elle resta allongée un instant, se demandant ce qui l'avait réveillée. Se demandant ce qu'elle allait lui dire. Alors, elle entendit le grondement de la porte du garage qui s'ouvrait, et le bruit d'une voiture qui reculait dans l'allée.

Elle se leva et regarda par la fenêtre, juste à temps pour voir la voiture de Victor s'éloigner et disparaître au coin de la rue.

8

Jane Rizzoli se réveilla dans l'aube naissante. Pas un bruit dans la rue ; la migration automobile n'avait pas encore vraiment commencé. Elle leva les yeux vers un ciel de plomb.

Vas-y, tu dois le faire. Arrête de faire l'autruche.

Elle alluma la lumière, s'assit au bord du lit, l'estomac retourné comme un gant par une nausée. Malgré le froid, elle transpirait, son tee-shirt collait à ses aisselles moites.

Il était temps de saisir le taureau par les cornes.

Pieds nus, elle alla dans la salle de bains. La boîte était posée à côté du lavabo, là où elle l'avait laissée avant d'aller se coucher, afin de ne pas l'oublier en se réveillant. Comme si elle avait besoin d'un pense-bête ! Elle ouvrit la boîte, déchira l'emballage intérieur, en sortit la languette. Elle avait lu plusieurs fois les instructions en se brossant les dents, et elle les connaissait presque par cœur, mais elle prit quand même la peine de les relire, histoire de gagner un peu de temps.

Elle s'assit enfin sur les toilettes. Présentant la languette entre ses cuisses, elle l'humecta du jet de son urine matinale.

« Attendez deux minutes », disait la notice.

Elle reposa le bâtonnet à côté du lavabo, alla à la cuisine. Elle se servit un verre de jus d'orange. Cette main qui pouvait brandir fermement une arme et presser la détente plusieurs fois de suite, faisant mouche à chaque coup, cette main, donc, tremblait tandis qu'elle portait le verre de jus de fruit à ses lèvres. Elle regarda la pendule de la cuisine, regarda l'aiguille des secondes effectuer sa révolution saccadée. Sentit son cœur accélérer ses battements tandis que le compte à rebours des deux minutes se traînait à une allure d'escargot vers le zéro. Personne ne se serait avisé de la traiter de dégonflée, elle n'avait jamais frémi devant l'ennemi, mais, là, la peur qu'elle affrontait était d'une autre nature, intime, mordante. La peur de prendre la mauvaise décision et de passer le restant de sa vie à en souffrir.

Allez, Jane. Finissons-en.

Brutalement en colère contre elle-même, écœurée par sa propre lâcheté, elle reposa le verre et retourna dans la salle de bains. Elle ne s'arrêta même pas devant la porte pour bander ses forces, elle alla droit au lavabo et prit la languette.

Elle n'eut pas besoin de relire la notice pour savoir ce que signifiait la ligne rouge qui barrait le voyant.

Elle ne devait garder aucun souvenir du trajet jusqu'à sa chambre. Elle se retrouva assise sur son lit, le test sur ses genoux. Elle n'avait jamais aimé le rouge ; trop féminin, trop flamboyant. Mais, là, la seule vue de cette petite ligne pourpre la rendait malade. Elle se croyait préparée à ce résultat ; elle ne l'était absolument pas. Elle était restée assise si longtemps dans la même position qu'elle commençait à avoir des fourmis dans les jambes. Pourtant, elle n'arrivait pas à se décider à bouger. Même son cerveau avait tiré le rideau, tous ses neurones tétanisés par le choc et l'indécision. Elle n'arrivait pas à penser à ce qu'elle allait faire. La première idée qui lui vint à l'esprit était enfantine et désespérément irrationnelle.

Je veux ma môman.

Elle avait quarante-quatre ans. Elle était indépendante. Elle avait enfoncé des portes à coups de pied, traqué des psychopathes plus souvent qu'à son tour. Elle avait tué un homme. Et voilà qu'elle mourait d'envie de se blottir dans les bras de sa mère.

Le téléphone sonna.

Elle regarda l'appareil, stupéfaite, comme si elle ne reconnaissait pas l'objet. A la quatrième sonnerie, elle décrocha enfin.

— Ben alors, t'es encore chez toi ? demanda Frost. Toute l'équipe est là, prête à draguer la mare…

Elle s'efforça de se concentrer sur ses paroles. L'équipe. La mare. Elle se tourna vers son réveil, constata avec surprise qu'il était déjà huit heures et quart.

— Rizzoli ? Ils sont prêts à commencer. On peut y aller ?

— Oui, oui. J'arrive tout de suite.

Elle raccrocha. Le bruit du combiné retombant sur l'appareil agit comme le claquement de doigts d'un hypnotiseur. Elle sortit de sa transe, se leva. Son boulot requérait toute son attention.

Elle jeta le bâtonnet de plastique dans la poubelle. Puis elle s'habilla. Le devoir l'appelait.

Ratwoman.

Et voilà. Tout ce qu'il reste d'une vie, pensa Maura en regardant le corps allongé sur la table, l'horreur que dissimulait le drap. Pas de nom, pas de visage, ton existence ramenée à un mot de trois syllabes qui ne fait que résumer la façon indigne dont ta vie s'est terminée. En nourriture pour rats.

C'était Darren Crowe qui avait baptisé le corps comme ça, la nuit précédente, tandis qu'ils se tenaient au milieu de la vermine qui se carapatait à la limite du faisceau de leurs lampes. Il avait lancé ce surnom avec désinvolture à l'équipe de la morgue venue récupérer le corps. Et le lendemain matin, quand Maura était retournée au bureau, tout le monde, dans son équipe, n'appelait plus la victime que Ratwoman. Elle savait que c'était un sobriquet pratique pour désigner une femme qui, autrement, aurait été simplement étiquetée Jane Doe [1], mais Maura n'avait pu s'empêcher de tiquer lorsqu'elle avait entendu l'inspecteur Sleeper l'utiliser, lui aussi.

C'est comme ça qu'on surmonte l'horreur, se dit-elle. Comme ça qu'on tient la mort à distance. On donne un surnom aux victimes, on les désigne par leur maladie, ou leur numéro de dossier. Ensuite, elles deviennent moins humaines, et leur histoire nous brise moins le cœur.

Elle regarda Crowe et Sleeper entrer dans le laboratoire. Sleeper semblait épuisé par l'équipée de la nuit, la lumière crue de la salle d'autopsie accentuait cruellement ses bajoues et les poches qu'il avait sous les yeux. A côté de lui, Crowe se pavanait tel un jeune lion, plein d'assurance. Il pétait le feu. C'était le genre de type qu'on n'avait pas envie d'asticoter. Sous l'arrogance pointe souvent la cruauté. Il regarda le corps avec une moue dégoûtée. L'autopsie n'allait pas être une partie de plaisir, et même Crowe semblait considérer la

---

1. Nom générique que l'on donne aux inconnues qui arrivent à la morgue. (*N.d.T.*)

perspective de l'examen post mortem avec une pointe d'appréhension.

— Les radios sont sur le négatoscope, dit Maura. On va les regarder avant de commencer.

Elle alla vers le mur du fond, appuya sur l'interrupteur. Les néons de la boîte à lumière clignotèrent et éclairèrent des images blafardes de côtes, d'une colonne vertébrale et d'un bassin, fantômes blancs se détachant sur le fond d'un noir d'encre. Eparpillés dans le thorax, telle une galaxie d'étoiles éclaboussant les poumons et le cœur, brillaient des éclats métalliques.

— On dirait du petit plomb, commenta Sleeper.

— C'est ce que j'ai d'abord pensé, dit Maura. Mais si on regarde ici, au niveau de la côte… Vous voyez cette ombre grisâtre qui se confond presque avec le dessin de l'os ?

— Une balle chemisée ? avança Crowe.

— Ça m'en a tout l'air.

— Alors ce ne sont pas des chevrotines ?

— Non. On dirait plutôt une balle Glaser. Et, à en juger par le nombre de fragments, probablement une blue-tip. Chemisée en cuivre, calibre douze.

Conçues pour provoquer beaucoup plus de dégâts qu'une balle conventionnelle, les Glaser touchaient leur cible et se fragmentaient après l'impact. Maura n'avait pas besoin d'ouvrir le torse pour savoir que cet unique projectile avait eu un effet dévastateur.

Elle décrocha les radios du thorax et en mit deux autres à la place. Des clichés plus dérangeants, quelque part, à cause de ce qu'ils auraient dû y voir et qui ne s'y trouvait pas. Ils regardaient les bras gauche et droit. Le radius et le cubitus, les deux os longs de l'avant-bras, allaient du coude au poignet, où ils rejoignaient

156

normalement les petits os du carpe, opaques, pareils à du gravier. Là, chaque bras se terminait abruptement.

— La main gauche a été désarticulée, ici, juste à la jointure entre le processus styloïde du radius et l'os scaphoïde, dit-elle. L'assassin n'a pas fait de détail : il a retiré tous les os du carpe en même temps que la main. Et là, sur les autres clichés, on voit des entailles, à l'endroit où il a raclé le bord du processus styloïde. Il a sectionné juste à l'endroit où les os du bras s'articulent aux os du poignet. Maintenant, la main droite, dit-elle en désignant l'autre radio. Pour celle-ci, il a saboté le boulot. Il n'a pas coupé droit à travers la jointure du poignet, et, quand il a tranché la main, il a laissé l'os hamate… vous voyez, l'os crochu, là. Regardez comment la lame l'a sectionné, ici. On dirait qu'il a eu vraiment du mal à trouver la jointure, et qu'il a fini par charcuter à l'aveuglette jusqu'à ce qu'il y arrive.

— Donc, ces mains n'ont pas été sectionnées à la hache, par exemple, dit Sleeper.

— Non. Il a fait ça au couteau. Il a coupé les mains comme on désosserait un poulet. Vous pliez l'articulation pour révéler la jointure, et vous cisaillez les ligaments. Comme ça, vous n'avez pas besoin de tailler dans l'os.

Sleeper grimaça.

— Je risque pas de manger du poulet ce soir…

— Quel genre de couteau a-t-il utilisé ? demanda Crowe.

— Ça pourrait être un couteau à désosser, ou un scalpel. Le moignon a été trop rongé par les rats pour qu'on puisse déduire quoi que ce soit des bords de la blessure. On va être obligés de faire bouillir le tout pour éliminer les tissus mous et pouvoir examiner l'aspect des marques de découpe au microscope.

— Ce sera pas non plus du pot-au-feu, ce soir, reprit Sleeper.

Crowe jeta un regard à la bedaine de son coéquipier.

— Tu ferais bien de venir à la morgue plus souvent. Ça t'aiderait à faire fondre un peu ta brioche.

— Ce sera toujours moins con que de soulever de la fonte au Gymnasium, répliqua Sleeper.

Maura le regarda avec étonnement. Même cette bonne pâte de Sleeper finissait par en avoir ras le bol de son coéquipier.

Mais Crowe se contenta de rire de bon cœur, à des années-lumière d'imaginer l'agacement qu'il provoquait chez les autres.

— Hé, quand tu seras prêt à faire de la gonflette ailleurs qu'autour de ta taille, tu seras le bienvenu en salle de muscu !

— Il y a d'autres radios à regarder, coupa Maura, décrochant les clichés avec une efficacité professionnelle.

Yoshima lui tendit les films suivants, qu'elle glissa sous la rainure. Des images du crâne et du cou de Ratwoman apparurent sur la boîte à lumière. La nuit précédente, lorsqu'elle avait regardé la tête du cadavre, elle n'avait vu que de la chair à vif, massacrée par la vermine nécrophage. Mais, sous les lambeaux déchiquetés, les os de la face étaient étrangement intacts, en dehors de la pointe manquante de l'os nasal, qui avait été sectionné lorsque le tueur avait pelé son trophée de chair.

— Les dents de devant manquent, dit Sleeper. Vous croyez que c'est lui qui les a prises aussi ?

— Non. Ça ressemble à des atrophies naturelles. Et c'est ça qui m'étonne.

— Pourquoi ?

— Ce phénomène va souvent de pair avec l'âge et une mauvaise dentition. Mais ça ne colle pas ici, cette femme semble plutôt jeune.

— A quoi voyez-vous ça, maintenant qu'elle n'a plus de visage ?

— Les clichés précédents, ceux de la colonne vertébrale, ne font pas apparaître les symptômes de dégénérescence souvent liés à l'âge. Elle n'a pas de cheveux gris. Pas un poil gris sur le pubis non plus. Et on ne constate pas d'arc sénile sur la cornée.

— Vous lui donneriez quel âge ?

— Pas plus de quarante ans. Et pourtant, poursuivit Maura en regardant la radio accrochée au négatoscope, ces clichés correspondraient davantage à une femme d'âge assez mûr. Je n'ai jamais constaté une résorption osseuse aussi accentuée, et surtout pas chez une jeune femme. On n'aurait jamais pu l'appareiller, même si elle avait eu les moyens de se payer des prothèses. Il est clair que cette femme n'avait même pas accès aux soins dentaires les plus élémentaires.

— Alors il ne faut pas espérer trouver des radios des dents pour comparer ?

— Cette femme n'a pas dû voir de dentiste depuis un paquet d'années.

— Pas d'empreintes, soupira Sleeper. Pas de visage. Pas de radios des dents. On n'arrivera jamais à l'identifier. Ce qui était probablement le but.

— Mais ça ne nous explique toujours pas pourquoi il l'a amputée de ses pieds, dit Maura, le regard toujours rivé sur le crâne anonyme qui brillait sur la boîte à lumière. Je pense qu'il a fait ça pour d'autres raisons. Par désir de puissance, peut-être. Par rage. Lorsque vous arrachez le visage d'une femme, vous lui prenez plus qu'un trophée. Vous lui prenez l'essentiel. Vous lui prenez son âme.

— Ouais, bon, avec elle, il a décroché le gros lot, lâcha Crowe. Qui voudrait d'une femme édentée et avec des plaques de pourriture sur tout le corps ? S'il veut commencer une collection de figures, il aurait pu en trouver une qui ferait moins tache sur le dessus de sa cheminée…

— Peut-être qu'il débute, tout simplement, dit doucement Sleeper. Peut-être que c'est sa première prise.

Maura retourna vers la table.

— Bon, allons-y.

Tandis que Sleeper et Crowe attachaient leur masque, elle retira le drap. Ils furent aussitôt assaillis par un violent remugle de pourriture. Maura avait effectué sur place la mesure du niveau de potassium dans l'humeur vitrée, et le résultat lui avait appris que la victime était morte depuis trente-six heures environ, au moment où on l'avait découverte. La rigidité cadavérique était encore installée et les membres difficiles à manipuler. La scène de crime était une vraie glacière, et pourtant la décomposition était bien amorcée. Les bactéries avaient commencé leur travail, scindant les protéines, investissant le moindre interstice. Le froid n'avait pas empêché le processus de putréfaction. Il l'avait seulement ralenti.

Elle avait déjà vu ce visage ravagé, mais elle eut un choc en le redécouvrant. Tout comme les nombreuses lésions cutanées, qui, là, sous la lumière blafarde, ressortaient sous forme de nodules noirs, virulents, rythmés par les morsures des rats. Sur ce fond de peau ravagée, l'impact de balle semblait anodin – juste un petit trou d'entrée, à gauche du sternum. Les Glaser étaient conçues pour minimiser le risque de ricochet, tout en infligeant des dommages maximaux une fois à l'intérieur du corps. Une pénétration nette, suivie par l'explosion de la grenaille de plomb contenue dans la chemise de cuivre. Cette blessure insignifiante était sans commune mesure avec les dégâts provoqués dans le thorax.

— Alors, qu'est-ce que c'est que ces plaques sur la peau ? demanda Crowe.

Maura se concentra sur les zones épargnées par les dents des rongeurs. Les nodules violacés proliféraient sur le torse et les extrémités, et une croûte noirâtre s'était formée sur certains d'entre eux.

— Je ne sais pas, dit-elle. En tout cas, ça a l'air d'être systémique. Ça peut être une réaction à une substance chimique. Ou une manifestation de cancer... Ça pourrait aussi être d'origine bactérienne, ajouta-t-elle après réflexion.

— Ça veut dire... con... contagieux ? bredouilla Sleeper en reculant d'un pas.

— C'est pour ça que je vous ai conseillé de mettre un masque.

De son doigt ganté, elle grattouilla la croûte d'une des lésions, et quelques écailles blanchâtres se détachèrent.

— Ça ressemble un peu à un psoriasis. Mais ça ne colle pas avec l'allure générale. Le psoriasis s'attaque généralement d'abord aux épaules et aux genoux...

— Hé, il n'y a pas de traitement contre cette saloperie ? demanda Crowe. Ils en ont parlé à la télé. Il paraît que ça pose des putains de problèmes relationnels...

— C'est un dysfonctionnement inflammatoire, donc il réagit aux crèmes stéroïdes. La photothérapie marche aussi. Mais vous avez vu sa dentition. Cette femme n'avait évidemment pas de quoi se payer des traitements et des visites chez le médecin. Si c'est du psoriasis, il y avait sûrement des années qu'elle n'était pas soignée.

Ça devait être épouvantable, d'avoir un tel problème de peau, pensa Maura. Surtout en été. Même par les journées les plus chaudes, elle devait porter un pantalon et une chemise à manches longues pour cacher ses lésions.

— Non seulement elle était édentée, dit Crowe, mais en plus elle devait avoir une tronche à vous refiler des cauchemars !

— Le psoriasis épargne généralement le visage.

— Vous pensez que ça veut dire quelque chose ? Peut-être qu'il a seulement découpé les endroits où la peau était saine...

— Je n'en sais rien, répondit Maura. Je n'ai pas idée des raisons qui pourraient pousser quelqu'un à faire une chose pareille.

Elle ramena son attention sur le moignon du poignet droit. L'os ivoire brillait sous la chair à nu. Les dents des rongeurs s'étaient attaquées aux bords de la plaie, détruisant les marques d'entailles provoquées par le couteau, mais le balayage au microscope électronique de l'os cisaillé révélerait peut-être les caractéristiques de la lame. Elle souleva l'avant-bras de Ratwoman pour examiner le dessous du moignon, et une tache jaune attira son attention.

— Yoshima, est-ce que vous pourriez me passer la pince à épiler, s'il vous plaît ? demanda-t-elle.

— Qu'est-ce qu'il y a ? demanda Crowe.

— Il y a une sorte de fibre qui adhère au bord de la plaie.

Yoshima se déplaça sans bruit, et la pince à épiler apparut comme par magie dans la main de Maura. Elle fit descendre la loupe au-dessus du poignet tranché.

Avec la pince à épiler, elle attrapa le fragment incrusté dans le sang caillé et la chair desséchée, le posa sur un plateau.

A travers le verre grossissant, elle vit un épais enroulement de fils, d'une couleur jaune canari saisissante.

— Ça vient de ses vêtements ? demanda Crowe.

— Ça semble bien grossier, pour une fibre textile…

— Ça viendrait d'un tapis, peut-être.

— Un tapis jaune ? Plutôt rare, non ?

Elle glissa la fibre dans un sachet à échantillons que Yoshima lui présentait déjà, ouvert, et demanda :

— Est-ce qu'il y avait quelque chose sur la scène de crime qui pourrait coïncider avec ça ?

— Il n'y avait rien de jaune, répondit Crowe.

— Une corde jaune ? suggéra Maura. Il lui avait peut-être ligoté les poignets ?

— Et après il aurait coupé les cordes ? Un brave gars, finalement, ironisa Sleeper en secouant la tête.

Maura baissa les yeux sur le corps, aussi petit que celui d'un enfant. Son tortionnaire n'avait sûrement pas eu besoin de lui ligoter les poignets. Ce devait être une victime facile à maîtriser.

Comme ça avait dû être simple de lui ôter la vie ! Des bras aussi frêles ne pouvaient pas résister longtemps à la poigne d'un assaillant ; des jambes aussi courtes ne pouvaient pas le distancer.

Tu as déjà été tellement brutalisée. Tu as tellement souffert, pensa-t-elle. Et maintenant voilà que mon scalpel aussi va laisser sa marque dans ta chair.

Elle s'affaira avec une calme efficacité, sa lame tranchant à travers la peau et le muscle. La cause de la mort apparaissait aussi évidente que les éclats de métal qui brillaient sur les clichés aux rayons X. Et lorsque enfin le torse fut ouvert, lorsqu'elle vit le sac péricardique tendu et les poches d'hémorragie autour des poumons, elle ne fut pas surprise.

La balle Glaser avait crevé le thorax avant d'exploser, disséminant ses éclats mortels dans toute la poitrine. Le métal avait déchiqueté les artères et les veines, perforant le cœur et les poumons. Et le sang s'était déversé dans l'enveloppe qui entourait le cœur, le compressant tellement qu'il ne pouvait plus se dilater, qu'il ne pouvait plus pomper. Ce qu'on appelait une tamponnade péricardique.

La mort avait été relativement rapide.

L'Interphone bourdonna.

— Docteur Isles ?

Maura se tourna vers le haut-parleur.

— Oui, Louise ?

— L'inspecteur Rizzoli est en ligne. Vous pouvez la prendre ?

— D'accord, passez-la-moi.

Maura enleva ses gants et se dirigea vers le téléphone.

— Rizzoli ? dit-elle.

— Salut, doc. Je crois qu'on a besoin de toi, ici.

— Qu'est-ce qu'il y a ?

— On est à la mare. Ça nous a pris un bout de temps pour retirer toute cette glace.

— Vous avez fini le dragage ?

— Ouais. On s'est pas déplacés pour rien.

9

Un vent glacial balayait le champ, faisant voler l'écharpe de laine et les pans du manteau de Maura tandis qu'elle franchissait la porte arrière du cloître et se dirigeait vers la sombre assemblée de policiers qui patientait au bord de la mare. La couche de glace qui s'était formée sur la neige fraîche craquait sous ses bottes comme une croûte de sucre. Elle sentait tous les regards suivre son avance, les religieuses l'épiant depuis la porte, dans son dos, et la police attendant qu'elle les rejoigne, silhouette solitaire progressant à travers ce monde de blancheur. Dans l'immobilité de cet après-midi, le moindre son semblait amplifié, depuis le crissement de ses semelles jusqu'à son propre souffle.

Rizzoli se détacha du petit groupe et vint à sa rencontre.

— Merci d'être venue aussi vite.

— Noni avait donc raison quand elle parlait de la mare aux canards…

— Ouais. Camille passait pas mal de temps par ici, alors pas étonnant qu'elle ait pensé à utiliser la mare. La glace était encore assez fine. Elle n'avait probablement gelé que la veille ou l'avant-veille. On l'a repêché au troisième passage, conclut Rizzoli en se retournant vers la petite mare.

C'était un ovale plat et noir, qui en été devait réfléchir les nuages, le ciel bleu et le passage des oies sauvages. Sur l'une des berges, des ombelles dressaient leurs stalagmites pétrifiées par le givre. Dans tout le périmètre, la neige était complètement piétinée, sa blancheur maculée de boue.

Au bord de l'eau, une petite forme gisait. Une petite forme recouverte d'un carré de tissu. Maura s'accroupit à côté, et un inspecteur Frost à la mine lugubre souleva le drap, révélant un paquet informe prisonnier d'une gangue de boue détrempée.

— Apparemment, il était lesté avec des pierres, dit Frost. C'est pour ça qu'il reposait au fond. On ne l'a pas encore déballé. On se disait qu'il valait mieux vous attendre.

Maura retira ses moufles de laine pour enfiler des gants de latex. Ils ne la protégeaient pas du froid et elle eut rapidement l'onglée tandis qu'elle épluchait la couche extérieure de mousseline, détachant deux pierres de la taille du poing. La couche du dessous était également détrempée, mais moins boueuse. C'était une couverture de laine bleu layette. Une couleur faite pour emmailloter un enfant, pensa-t-elle. Pour le garder bien au chaud et à l'abri.

De ses doigts gelés et maladroits, elle souleva un coin de la couverture, juste assez pour apercevoir un pied. Un tout petit pied, presque comme celui d'une poupée, à la peau d'un bleu crépusculaire.

Elle n'avait pas besoin d'en voir davantage.

Elle rabattit le coin de la couverture et se releva.

— Emmenez-le à la morgue, dit-elle en regardant Rizzoli. On finira de le déballer là-bas.

Rizzoli se contenta d'opiner et regarda en silence le petit balluchon. Le vent glacé commençait déjà à roidir les couches de tissu humide.

Frost prit la parole :

— Comment est-ce qu'elle a pu faire ça ? Balancer son bébé dans l'eau, comme ça ?

Maura retira ses gants de latex et glissa ses doigts paralysés par le froid dans ses moufles de laine. Elle pensa à la petite couverture d'un bleu céleste enroulée autour du nourrisson. De la laine bien chaude, comme ses moufles. Camille aurait pu envelopper l'enfant dans n'importe quoi – des journaux, de vieux draps, des chiffons –, mais elle avait choisi de le nicher dans une couverture, comme pour le protéger, pour l'isoler de l'eau glaciale de la mare.

— Enfin, j'veux dire, noyer son propre enfant… poursuivait Frost. Il faut qu'elle ait perdu l'esprit.

— Peut-être que le nourrisson était déjà mort.

— O.K., ce qui veut dire qu'elle l'aurait tué d'abord. Donc, comme je le disais, c'était quand même de la folie.

— On ne peut préjuger de rien. Pas avant l'autopsie.

Maura se retourna vers l'abbaye. Trois religieuses se tenaient debout, comme des veuves noires, en dessous de l'arcade, et les regardaient. Maura demanda à Rizzoli :

— Est-ce que vous en avez déjà parlé à la mère supérieure ?

Rizzoli ne répondit pas. Son regard était toujours braqué sur ce qu'ils avaient arraché à la mare. Deux mains suffirent pour glisser le petit paquet dans la housse mortuaire beaucoup trop grande, et pour la refermer, d'une traction efficace sur la fermeture à glissière. Le son la fit grincer des dents.

Maura insista :

— Est-ce que les sœurs sont au courant ?

Rizzoli la regarda.

— On leur a dit ce qu'on avait trouvé.

— Elles doivent avoir une idée de qui est le père.

— Elles nient jusqu'au fait qu'elle ait pu être enceinte.

— Pourtant, la preuve est là, sous leurs yeux.

Rizzoli eut un grognement.

— La foi est plus forte que la preuve.

La foi en quoi ? se demanda Maura. En la vertu d'une jeune femme ? Y avait-il un château de cartes plus branlant que le vœu de chasteté ?

Tous se turent tandis qu'on emportait la housse mortuaire. Inutile de faire rouler un brancard dans cette neige. L'ambulancier avait pris le sac dans ses bras aussi tendrement que s'il avait porté son propre enfant, et marchait d'un pas sinistre et déterminé à travers le champ battu par les vents, vers l'abbaye.

La sonnerie du portable de Maura déchira le silence endeuillé. Elle l'ouvrit et répondit tout bas :

— Docteur Isles…

— Je suis désolé d'être parti ce matin sans te dire au revoir.

Elle ne put s'empêcher de rougir et sentit une chaleur envahir tout son corps.

— Victor…

— Je devais aller à mon colloque à Cambridge, et je n'ai pas voulu te réveiller. J'espère que tu n'as pas pensé que je me débinais.

— Eh bien… si.

— On peut se voir plus tard, pour dîner ?

Elle marqua une hésitation, brutalement consciente que Rizzoli la regardait. Consciente, aussi, de sa propre réaction physique à la voix de Victor. De son cœur qui battait la chamade, déjà en fête.

Ça n'a pas traîné, il a réussi à revenir dans ma vie, pensa-t-elle. Je commence déjà à me faire tout un film, là.

Elle se tourna un peu pour échapper au regard de Rizzoli et répondit, d'une voix réduite à un murmure :

— Je ne sais pas à quelle heure je pourrai me libérer. Il se passe tellement de choses en ce moment…

— Tu pourras me raconter ta journée, ce soir, au dîner.

— Ça commence à devenir vraiment glauque, tu sais.

— Tu seras bien obligée de manger, à un moment ou à un autre. Maura, est-ce que je peux t'inviter quelque part ? A ton restaurant préféré ?

Sa réponse fut trop rapide, trop spontanée :

— Tu ne veux pas plutôt qu'on se retrouve chez moi ? J'essaierai d'être rentrée à sept heures.

— Je n'ai pas envie que tu me fasses à dîner.

— Eh bien, tu n'as qu'à faire la cuisine, toi.

Il eut un petit rire.

— La brave petite ménagère de moins de cinquante ans !

— Si je suis en retard, tu pourras entrer par la porte sur le côté du garage. Je pense que tu sais où est la clé.

— Ne me dis pas que tu la caches toujours dans cette vieille chaussure ?

— Personne ne l'a encore jamais trouvée là. A ce soir !

Elle coupa la communication et s'aperçut en se retournant que Rizzoli et Frost la regardaient avec beaucoup d'intérêt.

— Un rendez-vous galant ? demanda Rizzoli.

— A mon âge, un rendez-vous tout court est déjà une aubaine, dit-elle en glissant le téléphone dans son sac. Bon, on se retrouve à la morgue.

Elle retraversa le champ en suivant la trace de neige piétinée, sentant leurs regards vrillés sur son dos. Ce fut un soulagement de pousser enfin la porte du cloître et de se réfugier derrière les murs de l'abbaye.

Elle avait à peine fait quelques pas dans la cour qu'elle entendit qu'on l'appelait par son nom.

Elle se retourna, vit le père Brophy dans l'ouverture d'une porte. Il s'avança vers elle, silhouette solennelle tout de noir vêtue. Sur ce fond de ciel gris, menaçant, ses yeux étaient d'un bleu surprenant.

— Mère Mary Clement voudrait vous parler, dit-il.

— C'est plutôt à l'inspecteur Rizzoli qu'elle devrait s'adresser.

— Mais elle préférerait que ce soit vous.

— Pourquoi ?

— Parce que vous n'êtes pas de la police. Au moins, vous semblez disposée à lui prêter une oreille attentive. A… comprendre.

— A comprendre quoi, mon père ?

Il ne répondit pas tout de suite. Ils restèrent un instant face à face dans le vent qui faisait claquer les pans de leurs vêtements et leur giflait le visage.

— Il ne faut pas tourner la foi en ridicule, dit-il simplement.

C'était pour ça que l'abbesse ne voulait pas parler à Rizzoli, cette athée qui ne pouvait s'empêcher d'afficher son scepticisme. Un sentiment aussi profondément intime que la foi ne pouvait s'accommoder du mépris de quiconque.

— C'est important pour elle, dit le père Brophy. S'il vous plaît…

Elle le suivit dans la bâtisse, le long du couloir sombre, battu par les courants d'air, jusqu'au bureau de l'abbesse. La mère supérieure était assise à sa table de travail. Elle les regarda entrer, ses yeux lançant des éclairs derrière ses épaisses lunettes.

— Docteur Isles, asseyez-vous.

Il y avait des années que Maura avait quitté les Saints-Innocents, mais la vue d'une religieuse en colère avait toujours le don de l'ébranler, et elle obéit docilement, se recroquevillant dans son fauteuil comme une écolière prise en faute. Le père Brophy était planté sur le côté, témoin silencieux du sermon qui s'annonçait.

— Personne n'a pris la peine de nous expliquer la raison de ces recherches, commença mère Mary Clement. Vous avez bouleversé nos vies. C'est une violation de propriété privée. Depuis le début, nous avons coopéré de toutes les façons possibles, et pourtant vous nous avez traitées en ennemies. La plus élémentaire courtoisie commande que vous nous disiez enfin ce que vous cherchez.

— Je crois vraiment que c'est à l'inspecteur Rizzoli que vous devriez parler de tout ça…

— Mais c'est à votre instigation que les recherches ont été lancées.

— Je leur ai seulement dit ce que l'autopsie m'avait appris. Que sœur Camille avait accouché récemment. C'est l'inspecteur Rizzoli qui a décidé de fouiller l'abbaye.

— Sans nous fournir d'explication.

— Les enquêtes de police sont généralement menées dans la plus grande discrétion.

— C'est parce que vous ne nous faites pas confiance, n'est-ce pas ?

Maura soutint le regard accusateur de la mère supérieure et conclut qu'elle lui devait la vérité.

— Nous n'avions pas d'autre solution que de procéder avec circonspection…

Au lieu d'attiser son courroux, cette réponse honnête sembla désamorcer la colère de l'abbesse. L'air soudain abattue, elle se laissa aller contre le dossier de son fauteuil, redevenant la frêle petite vieille qu'elle était jusque-là.

— Dans quel monde vivons-nous, si, même à nous, on ne peut pas se fier ?

— Pas plus qu'à n'importe qui, ma mère.

— Sauf que non, justement, docteur Isles. Nous ne sommes pas comme tout le monde.

Elle avait dit cela sans un soupçon de condescendance. C'était plutôt de la tristesse que Maura entendait dans cette voix. De la tristesse, et du désarroi.

— Nous vous aurions aidés, nous aurions coopéré, si nous avions su ce que vous cherchiez.

— Vous n'aviez vraiment pas soupçonné que Camille était enceinte ?

— Et comment aurions-nous pu le penser ? Quand l'inspecteur Rizzoli m'en a parlé, ce matin, je ne l'ai pas cru. Je ne le crois toujours pas, d'ailleurs.

— Je crains bien que la preuve n'ait été trouvée dans la mare.

L'abbesse sembla se ratatiner encore davantage dans son fauteuil. Son regard tomba sur ses jointures nouées par l'arthrite. Elle resta silencieuse, à regarder ses mains comme si elle ne les reconnaissait pas. Doucement, elle dit :

— Comment aurions-nous pu deviner ?

— Une grossesse peut être dissimulée, effectivement. On connaît des adolescentes qui ont réussi à dissimuler leur situation à leur propre mère. Certaines femmes se la cachent à elles-mêmes jusqu'au moment de l'accouchement. Peut-être que Camille était dans le déni. Moi même, je dois admettre que j'ai été complètement prise au dépourvu par l'autopsie. Ce n'était pas du tout ce que je m'attendais à trouver chez…

— Une religieuse, termina l'abbesse en regardant Maura dans les yeux.

— Ça ne veut pas dire que les religieuses ne sont pas des femmes.

— Merci de le reconnaître, fit mère Mary Clement dans un sourire diaphane.

— Et elle était si jeune…

— Vous pensez que seules les plus jeunes doivent lutter contre la tentation ?

Maura pensa à sa nuit sans sommeil. A Victor, qui dormait à quelques pas de là, au bout du couloir.

— Toute notre vie, nous sommes tentées par une chose ou une autre, reprit l'abbesse. Les tentations changent, bien entendu. D'abord, vous rêvez d'un jeune homme séduisant. Plus tard, de douceurs et de friandises. Et, lorsque vous êtes vieille et usée, de la simple possibilité de rabioter une heure de sommeil, le matin. Tant de petits bonheurs minuscules auxquels nous sommes aussi vulnérables que n'importe qui, même si nous n'avons pas le droit de l'admettre. Nos vœux nous mettent à part. Porter le voile peut être une joie, docteur Isles, mais la perfection est une croix trop lourde à porter pour qui que ce soit.

— Surtout pour une jeune femme.

— Oh, vous savez, ça ne s'arrange pas avec l'âge.

— Camille n'avait que vingt ans. Elle devait avoir des doutes à l'idée de prononcer ses vœux définitifs.

La mère supérieure ne répondit pas tout de suite. Son

regard s'égara vers la fenêtre qui donnait sur un mur nu. Une vue qui devait lui rappeler, chaque fois qu'elle regardait au-dehors, que son monde était ceint de pierres. Elle dit :

— Je n'avais que vingt et un ans lorsque j'ai prononcé mes vœux définitifs.

— Et vous n'aviez pas de doutes ?

— Pas un seul. Je savais, ajouta-t-elle en regardant Maura.

— Et comment ?

— Parce que Dieu m'avait appelée.

Maura ne dit mot.

— Je sais ce que vous pensez, reprit mère Mary Clement. Ce sont les psychotiques qui entendent des voix. Qui entendent les anges leur parler. Vous êtes médecin et vous portez probablement sur tout un regard de scientifique. Vous allez me dire que ce n'était qu'un rêve. Ou un déséquilibre chimique. Une manifestation de schizophrénie. Je connais toutes ces théories. Je sais ce qu'on dit de Jeanne d'Arc : que c'est une folle qu'ils ont menée au bûcher. C'est bien ce que vous pensez, n'est-ce pas ?

— J'ai bien peur de ne pas être très portée sur la religion.

— Mais vous l'avez été, dans le temps ?

— J'ai grandi dans une famille catholique. C'était la foi de mes parents adoptifs.

— Ce qui veut dire que vous connaissez les vies des saints. Beaucoup d'entre eux ont entendu la voix de Dieu. Comment expliquez-vous cela ?

Maura hésita, sachant que ce qu'elle allait dire avait toutes les chances d'offenser l'abbesse.

— Les hallucinations auditives sont souvent vécues comme des expériences mystiques.

La mère supérieure ne sembla pas en prendre ombrage, contrairement à ce que Maura craignait. Elle se contenta de soutenir son regard, l'œil impassible.

— Est-ce que je vous parais folle ?

— Pas du tout.

— Et pourtant je suis là, à vous dire qu'une fois j'ai entendu la voix de Dieu.

Son regard s'égara à nouveau vers la fenêtre. Vers le mur gris dont les pierres luisaient sous le givre.

— Vous n'êtes que la deuxième personne à qui je confie cela, parce que je sais ce que pensent les gens. Je ne l'aurais pas cru moi-même si je n'en avais pas fait l'expérience. Lorsque vous avez dix-huit ans, et qu'Il vous appelle, quelle autre possibilité avez-vous sinon de L'écouter ?

Elle se cala dans son fauteuil et poursuivit doucement :

— J'avais un fiancé, vous savez. Un homme qui voulait m'épouser.

— Oui, répondit Maura. Vous me l'avez dit.

— Il n'a rien compris. Personne n'a compris qu'une jeune femme veuille fuir le monde. C'est le mot qu'il a employé : fuir, comme une lâche. Abdiquer ma volonté devant Dieu. Bien entendu, il a essayé de me faire changer d'avis, comme ma mère. Mais je savais ce que je faisais. Je l'ai su depuis le moment où j'ai été appelée. J'étais debout dans la cour, derrière chez nous, à écouter les grillons quand j'ai entendu Sa voix, aussi claire que le jour. Alors, j'ai su.

Elle dévisageait Maura, qui se tortillait dans son fauteuil, mal à l'aise, impatiente de mettre un terme à cette conversation.

La légiste regarda sa montre.

— Ma mère, je crois qu'il faut que j'y aille.

— Vous vous demandez pourquoi je vous raconte tout ça…

— Oui. A vrai dire, oui.

— Je ne l'ai confié qu'à une seule autre personne. Et vous savez qui ?

— Non.

— Sœur Camille.

Maura fixa les yeux de l'abbesse démesurément grossis derrière ses verres.

— Pourquoi Camille ?

— Parce qu'elle avait entendu la voix, elle aussi. C'est pour ça qu'elle était venue vers nous. Elle avait grandi dans une famille extrêmement aisée. Dans une magnifique demeure de Hyannisport, pas très loin de celle des Kennedy. Mais elle était appelée à cette vie, tout comme moi. Lorsque vous êtes appelée, docteur Isles, vous savez que vous avez été bénie, et vous répondez, le cœur tressaillant de joie. Elle n'avait aucun doute à l'idée de prononcer ses vœux. Elle était complètement dévouée à cet ordre.

— Alors, comment expliquez-vous qu'elle soit tombée enceinte ? Comment cela a-t-il pu arriver ?

— L'inspecteur Rizzoli m'a déjà posé cette question. Mais tout ce qui l'intéressait, c'étaient des noms et des dates. L'identité des ouvriers qui étaient venus ici, la date du jour où Camille était retournée dans sa famille… La police ne s'intéresse qu'aux détails matériels, pas aux choses spirituelles ; pas aux *vocations*.

— Camille est quand même bien tombée enceinte. Soit c'était consenti, soit c'était un viol.

L'abbesse resta un instant silencieuse, son regard retombant sur ses mains. Elle dit tout bas :

— Il y a une troisième explication, docteur Isles.

— Laquelle ? demanda Maura en fronçant les sourcils.

— Vous allez vous moquer, je le sais bien. Vous êtes médecin. Vous ne croyez qu'en vos tests de laboratoire, et à ce que vous pouvez découvrir au microscope. Mais il ne vous est jamais arrivé de voir des choses inexplicables ? Par exemple, un patient qui aurait dû être mort et qui revient soudain à la vie ? N'avez-vous jamais assisté à des… miracles ?

— On a parfois des surprises, en effet. C'est inévitable, dans la carrière d'un médecin…

— Il ne s'agit pas seulement de surprises. Je vous parle de choses stupéfiantes. Des choses que la science ne peut expliquer.

Maura repensa à ses années d'internat à l'hôpital général de San Francisco.

— Il y a eu une femme, une fois, avec un cancer du pancréas…

— Qui était incurable, n'est-ce pas ?

— Oui. Elle était condamnée. Elle n'avait aucune chance de s'en sortir. Lorsque je l'ai vue pour la première fois, on la considérait comme en phase terminale. Elle n'avait plus toute sa tête et elle avait déjà le teint cireux des moribonds. Les médecins avaient décidé de cesser de l'alimenter ; elle avait un pied dans la tombe. Je me souviens des consignes portées sur son dossier, qui se bornaient à des soins palliatifs. C'est la seule chose qu'on peut faire à la fin, adoucir la souffrance. J'étais persuadée que sa mort n'était qu'une question de jours.

— Et elle vous a surprise.

— Elle s'est réveillée un matin, et elle a dit à l'infirmière qu'elle avait faim. Quatre semaines plus tard, elle était rentrée chez elle.

— Un miracle, fit l'abbesse en hochant la tête d'un air entendu.

— Non, ma mère, reprit Maura en soutenant son regard. Une rémission spontanée.

— C'est juste une façon de dire que vous ne savez pas ce qui s'est passé.

— Les rémissions, ça existe. Il y a des cancers qui se résorbent d'eux-mêmes. Ou alors, c'est qu'il y avait eu une erreur de diagnostic au départ.

— Ou bien c'était autre chose. Une chose que la science ne peut pas expliquer.

— Vous aimeriez que je vous dise qu'il s'agissait d'un miracle, hein ?

— J'aimerais que vous envisagiez d'autres possibilités. Bien des personnes qui ont frôlé la mort parlent d'une lumière brillante. Ou disent qu'ils ont vu ceux qu'ils aimaient leur faire signe que leur heure n'était pas encore venue. Comment expliquez-vous que ces visions soient aussi universelles ?

— Ce sont des hallucinations de cerveaux privés d'oxygène.

— Ou la preuve de l'existence de Dieu.

— J'aimerais bien trouver de telles preuves. Ce serait sacrément réconfortant de savoir qu'il y a quelque chose au-delà de cette vie physique. Mais la foi n'est pas un argument. Parce que c'est à ça que vous voulez en arriver, n'est-ce pas ? La grossesse de Camille était une sorte de miracle ? Une nouvelle preuve de l'existence de Dieu ?

— Vous dites que vous ne croyez pas aux miracles, mais vous n'expliquez pas pourquoi votre patiente atteinte d'un cancer du pancréas a survécu.

— On n'a pas toujours une explication sous le coude.

— Parce que la science médicale ne comprend pas complètement la mort. N'est-ce pas ?

— Par contre, on comprend la conception. On sait que ça nécessite du sperme et un ovule. C'est de la pure et simple biologie, ma mère. Je ne crois pas à l'Immaculée Conception. Je pense que Camille a eu un rapport sexuel. Forcé ou consenti. Son enfant a été conçu de façon très prosaïque. Et l'identité du père pourrait bien être en rapport avec son meurtre.

— Et si on ne retrouve jamais le père ?

— Dès que nous aurons l'ADN de l'enfant, retrouver le nom du père sera une formalité.

— Vous avez une confiance aveugle dans votre science, docteur Isles. Pour vous, elle a réponse à tout !

Maura se leva.

— Au moins, ce genre de réponse, je peux y croire.

Le père Brophy suivit Maura hors du bureau et le long du couloir obscur, leurs pas faisant craquer le plancher usé.

— On ferait peut-être aussi bien d'aborder le sujet maintenant, docteur Isles, dit-il.

Elle s'arrêta net.

— De quoi voulez-vous parler ?

Il la regarda.

— Et si cet enfant était le mien ?

Il soutint son regard sans ciller. Ce fut elle qui eut envie de se détourner, pour ne plus voir ses prunelles d'un bleu intense.

— C'est bien la question que vous vous posez ? poursuivit-il.

— Vous comprenez pourquoi, non ?

— Oui. Comme vous venez de le dire il y a un

instant, les lois infrangibles de la biologie exigent un ovule et du sperme.

— Vous êtes le seul homme à avoir un accès régulier à l'abbaye. Vous dites la messe. Vous entendez les confessions…

— Oui.

— Vous connaissez leurs secrets les plus intimes.

— Seulement ceux qu'elles décident de me confier.

— Vous incarnez l'autorité.

— Il y en a qui voient les prêtres de cette façon.

— Pour une jeune novice, c'est sûrement ce que vous devez représenter.

— Et ça fait de moi automatiquement un suspect ?

— Vous ne seriez pas le premier prêtre à enfreindre vos vœux.

Il poussa un soupir, détourna enfin le regard. Non pour éviter celui de Maura, mais pour accompagner un triste hochement de tête.

— Ce n'est pas facile, de nos jours. Le regard que les gens portent sur nous. Les railleries dans notre dos. Quand je dis la messe, j'aperçois tous ces visages dans mon église, et je sais ce qu'ils pensent. Ils se demandent si je tripote les petits garçons, ou si je reluque les petites filles. Ils se posent la même question que vous, en ce moment. Et tout le monde imagine le pire.

— Est-ce que cet enfant est de vous, père Brophy ?

Une fois de plus, ses yeux bleus se rivèrent aux siens. Inflexibles.

— Non. Il n'est pas de moi. Et je n'ai jamais enfreint mes vœux. Jamais.

— Vous comprenez bien que nous ne pouvons pas nous contenter de votre parole…

— Bien sûr. Je pourrais mentir, n'est-ce pas ?

Il n'avait pas haussé le ton, mais elle discerna une

pointe de colère dans sa voix. Il se rapprocha et elle s'obligea à rester absolument immobile, résistant au désir de reculer.

— Je pourrais être homme à cumuler les péchés. Mentir. Abuser d'une religieuse. Et jusqu'où pensez-vous que cette spirale de péchés me mènerait ? Au meurtre… ?

— La police ne peut écarter aucune piste. Elle ne peut exclure personne, pas même vous.

— Et vous allez me demander mon ADN, je suppose ?

— Ça nous permettrait de vous éliminer comme père du bébé.

— A moins que ça ne me désigne comme le principal suspect du meurtre.

— Ce sera soit l'un, soit l'autre. Tout dépendra du résultat.

— Et, à votre avis, que va-t-il en ressortir ?

— Je n'en sais strictement rien.

— Mais vous devez bien avoir une petite idée. Vous êtes là, à me regarder. Est-ce que vous voyez un meurtrier ?

— Je ne crois que les preuves.

— Les nombres, les faits… C'est votre seul credo.

— Exactement.

— Et si je vous dis que je suis parfaitement prêt à me soumettre au test ADN ? A vous donner un échantillon de mon sang, là, tout de suite, si vous avez de quoi le prélever ?

— Je n'ai pas besoin de vous faire une prise de sang. Un simple coton-tige dans la bouche suffira.

— Va pour un coton-tige. Je veux simplement qu'il soit bien clair que je suis tout disposé à coopérer.

— Je le dirai à l'inspecteur Rizzoli. Elle se chargera du prélèvement.

— Est-ce que ça changera votre façon de voir ? Votre regard sur mon éventuelle culpabilité ?

— Comme je vous l'ai dit, je serai fixée quand j'aurai les résultats.

Elle ouvrit la porte et sortit.

Il la suivit dans la cour. Il ne portait pas de manteau, mais semblait ne pas ressentir le froid, toute son attention concentrée sur elle.

— Vous avez dit que vous avez grandi dans une famille catholique, reprit-il.

— J'étais dans une école catholique. Les Saints-Innocents, à San Francisco.

— Et pourtant vous n'accordez foi qu'aux tests sanguins. Qu'à votre science.

— Et, sinon, sur quoi d'autre devrais-je m'appuyer ?

— L'instinct ? La confiance ?

— En vous ? Rien que parce que vous êtes prêtre ?

— « Rien que » ?

Il secoua la tête et eut un petit rire triste, son souffle faisant un nuage de vapeur blanche dans l'air glacial.

— Je suppose que ça répond à ma question.

— Moi, je ne fais pas de suppositions. Je n'ai aucun préjugé en ce qui concerne les êtres humains ; ils réservent trop de surprises.

Ils arrivèrent au portail. Il l'ouvrit devant elle et elle sortit. La grille de fer se referma entre eux, les rejetant brutalement chacun dans son monde.

— Vous vous rappelez, l'homme qui s'est effondré sur le trottoir ? dit-il. Celui à qui on a fait la respiration artificielle ?

— Oui.

— Il s'en est sorti. Je suis allé le voir, ce matin. Il est réveillé et on a un peu parlé.

— Enfin une bonne nouvelle…

— Vous ne donniez pas cher de sa peau.

— Il n'avait pas beaucoup de chances de s'en sortir…

— Alors, vous voyez ? Parfois, les chiffres, les statistiques se trompent.

Elle tourna les talons, prête à repartir.

— Docteur Isles ! appela-t-il dans son dos. Vous avez grandi dans la religion. Ne reste-t-il plus rien de votre foi ?

Elle se retourna vers lui.

— La foi n'exige pas de preuves, répondit-elle. Moi, si.

L'autopsie d'un enfant est une épreuve, un calvaire redouté par tous les médecins légistes.

Maura enfila ses gants et prépara ses instruments en évitant de regarder le petit paquet sur la table, comme pour garder le plus longtemps possible ses distances avec la triste réalité qu'elle était sur le point d'affronter. On n'entendait pas un bruit dans la pièce, en dehors du cliquetis des instruments. Aucun de ceux qui se tenaient autour de la table n'avait le cœur à plaisanter.

Maura avait toujours exigé une attitude respectueuse dans son labo. Lorsqu'elle était interne, elle avait assisté aux autopsies de patients qu'elle avait soignés. Les médecins légistes qui effectuaient l'examen post mortem considéraient leurs clients comme de parfaits étrangers, mais elle avait connu ces patients alors qu'ils étaient en vie et elle ne pouvait pas les regarder, couchés sur la table, sans entendre leur voix ou repenser à la lumière qui avait brillé dans leurs yeux. La morgue n'était pas un endroit pour blaguer ou pour se vanter de son plan cul de la veille au soir, et elle n'aurait pas toléré ce genre de comportement. Un regard glacial de sa part pouvait doucher le plus grossier des policiers. Elle savait qu'ils ne manquaient pas de cœur, que ces fanfaronnades n'étaient qu'un exutoire à la noirceur de leur quotidien, mais elle leur demandait de laisser leur humour au vestiaire, faute de quoi ils pouvaient s'attendre à un rappel à l'ordre saignant.

Rappel à l'ordre qu'elle n'avait jamais à faire lorsqu'un enfant était sur le marbre.

Elle regarda les deux inspecteurs, de l'autre côté de la table. Barry Frost, comme d'habitude, avait sa jolie couleur verdâtre et se tenait un peu en retrait, comme s'il était sur le point de prendre ses jambes à son cou. Aujourd'hui, ce n'était pas la puanteur qui allait rendre l'autopsie pénible ; c'était l'âge de la victime. Rizzoli, debout à côté de lui, affichait son expression résolue, sa petite carcasse flottant dans sa blouse de chirurgien trop grande de trois tailles. Elle avait la hanche appuyée contre la table, les mains dans les poches et une moue qui voulait dire « J'en ai vu d'autres ». C'était une attitude que Maura avait souvent vue chez les étudiantes en chirurgie et qui leur valait d'être traitées de pétasses par les hommes. Mais elle voyait ce qu'elles étaient au fond : des combattantes, qui avaient travaillé tellement dur pour faire leurs preuves dans cette profession de mâles qu'elles avaient bel et bien acquis une dégaine hommasse. Rizzoli avait adopté cette démarche, mais son expression ne coïncidait pas tout à fait avec son attitude déterminée. Elle était blanche et tendue, les yeux cernés de fatigue.

Yoshima avait dirigé la lumière sur le petit balluchon et attendait, debout près du plateau d'instruments.

L'eau boueuse de la mare goutta de la couverture bleue, détrempée, lorsque Maura l'éplucha, découvrant une nouvelle couche de tissu. Le petit pied qu'elle avait vu plus tôt était maintenant à nu, sortant de sous les langes humides. Collée comme un linceul à la forme pitoyable du nourrisson, une taie d'oreiller blanche était maintenue par des épingles de nourrice. Le tissu était constellé d'écailles roses.

Maura prit la pince à épiler, préleva les fragments roses et les déposa sur un petit plateau.

— C'est quoi, ce truc ? demanda Frost.

— On dirait des confettis, hasarda Rizzoli.

Maura glissa la pince à épiler dans un repli humide et en ramena une petite tige.

— Ce ne sont pas des confettis, dit-elle. Ce sont des pétales de fleurs séchées.

La portée de cette découverte provoqua un autre silence dans la pièce. Un symbole d'amour, pensa Maura. De deuil. Elle se souvint combien elle avait été remuée, des années auparavant, lorsqu'elle avait appris que les hommes de Neandertal enterraient leurs morts avec des fleurs. C'était une preuve de chagrin, et donc d'humanité. On avait porté le deuil de cet enfant, se dit-elle. Emmailloté dans du linge fin, recouvert de pétales de fleurs séchées, encoconné dans une couverture de laine. Il n'avait pas été jeté. Il avait été enseveli. C'était un adieu.

Elle se concentra sur le pied, tendu comme celui d'une poupée hors de son linceul. La plante du pied était flétrie par l'immersion dans l'eau glacée, mais il n'y avait pas de trace de décomposition, et la peau n'était pas marbrée. L'eau de la mare était à près de zéro degré, et le corps aurait pu rester quasiment préservé pendant des semaines.

Le moment de la mort sera difficile, voire impossible, à déterminer, songea-t-elle.

Elle reposa la pince à épiler, enleva les quatre épingles de nourrice qui fermaient le fond de la taie d'oreiller. Elles firent une petite musique, assez douce, lorsqu'elle les déposa sur le plateau. Soulevant le linge, elle le tira doucement vers le haut, et deux petites jambes apparurent, les genoux repliés, les cuisses écartées comme une grenouille.

La taille correspondait à celle d'un fœtus arrivé à terme.

Elle découvrit les parties génitales et une longueur de cordon ombilical renflé, noué avec un ruban de satin rouge. Elle se souvint brutalement des religieuses assises à la table du réfectoire, leurs mains noueuses tendues vers des fleurs séchées et des rubans pour en faire des sachets. Un bébé en sachet. Saupoudré de fleurs et attaché avec un ruban.

— Un garçon…, constata Rizzoli.

La voix lui manqua.

Maura releva la tête, vit que Rizzoli avait encore pâli. Elle se retenait maintenant à la table, comme pour ne pas tomber.

— Tu veux sortir ?

Rizzoli déglutit.

— C'est juste que…

— Quoi ?

— Non, rien. Ça va.

— C'est difficile. Je sais. Avec les enfants, c'est toujours plus dur. Si tu veux t'asseoir…

— Ça va, je te dis.

Le pire était encore à venir.

Maura releva la taie d'oreiller jusqu'à la poitrine, en extirpant tout doucement d'abord un bras, puis l'autre, afin qu'ils ne restent pas coincés dans le tissu humide. Les mains étaient parfaitement formées, les petits doigts prêts à se tendre vers le visage d'une mère, à empoigner une mèche de ses cheveux. Juste après le visage, ce sont les mains qui sont le plus humainement reconnaissables, et c'était toujours pénible à regarder.

Maura glissa sa main dans la taie d'oreiller pour soutenir l'arrière de la tête tandis qu'elle retirait le reste du tissu.

Aussitôt, elle sut que quelque chose n'allait pas.

Sa main en coupe soutenait un crâne qui ne semblait pas normal, pas… humain. Elle se figea, la gorge nouée. Prise d'une sorte de terreur, elle enleva le linge, et la tête de l'enfant apparut.

Rizzoli étouffa un hoquet et s'éloigna brutalement du marbre.

— Mon Dieu ! s'exclama Frost. Bon Dieu, qu'est-ce qui lui est arrivé ?

Trop abasourdie pour parler, Maura ne pouvait que fixer avec horreur le crâne béant, le cerveau apparent. Le visage en creux comme un masque de caoutchouc qu'on aurait enfoncé à coups de poing.

Un fracas métallique se fit entendre.

Maura releva les yeux juste à temps pour voir Jane Rizzoli, le visage exsangue, s'effondrer lentement sur le sol, entraînant dans sa chute un plateau de métal chargé d'instruments.

10

— J'irai pas aux urgences !

Maura essuya la dernière goutte de sang et grimaça à la vue de l'estafilade longue de quelques centimètres sur le front de Rizzoli.

— Je ne suis pas chirurgien esthétique. Si je te fais des points, je ne peux pas te garantir qu'il n'y aura pas de cicatrice.

— Tout ce que je te demande, c'est d'arranger ça, d'accord ? J'ai pas envie de passer des heures dans la salle d'attente des urgences d'un hôpital. De toute façon, ils me colleraient probablement entre les pattes d'un étudiant, alors…

Maura nettoya la peau à la Bétadine, puis prit un flacon de lidocaïne et une seringue.

— D'abord, je vais anesthésier la peau. Ça va un peu piquer, mais après tu ne devrais plus rien sentir.

Rizzoli resta parfaitement immobile sur le canapé, les yeux rivés au plafond. Elle ne moufta pas lorsque la pointe de l'aiguille piqua sa peau ; elle serra les poings et les garda fermement crispés pendant l'injection de l'anesthésique local. Pas une plainte, pas un soupir ne franchirait ses lèvres. Elle était déjà suffisamment humiliée d'avoir tourné de l'œil dans la salle d'autopsie. Et encore plus d'avoir été trop groggy pour marcher. Si bien que Frost avait dû la porter comme une jeune mariée dans le bureau de Maura. Maintenant, elle était allongée, les mâchoires contractées, sombrement déterminée à ne plus trahir la moindre faiblesse.

Tandis que Maura enfonçait l'aiguille à suturer dans les bords de la plaie, Rizzoli lui demanda, d'une voix extrêmement calme :

— Alors, tu vas me dire ce qui est arrivé à ce bébé ?

— Il ne lui est rien arrivé du tout.

— Tu te moques de moi ? Bon sang, il lui manque au moins la moitié de la tête !

— Il est né comme ça, dit Maura en nouant le fil et en le coupant.

Recoudre la peau était comme de raccommoder un tissu vivant, et elle faisait là œuvre de couturière.

— Ce bébé était anencéphalique.

— Qu'est-ce que ça veut dire ?

— Son cerveau ne s'est jamais développé.

— Il n'y avait pas que ça. On aurait dit que tout le haut de sa tête avait été décalotté comme un œuf à la coque… Et son visage…

— Tout ça est dû à la même malformation congénitale. Le cerveau se développe à partir d'un faisceau de cellules qu'on appelle le tube neural. Si le sommet du tube ne se referme pas normalement, le bébé naît sans une partie importante du cerveau, du crâne, et même du cuir chevelu. C'est ce qu'on appelle l'anencéphalie. Pas de tête.

— Tu as déjà vu ça ?

— Seulement au musée d'Histoire naturelle. Mais ce n'est pas si rare que ça. Ça arrive dans près d'une naissance sur mille.

— Pourquoi ?

— On ne sait pas.

— Donc ça pourrait… ça pourrait arriver à n'importe quel bébé ?

— Eh oui, dit Maura en serrant le dernier point et en coupant le bout de fil qui dépassait. Cet enfant est né avec une grave malformation. S'il n'était pas déjà mort à la naissance, il n'a pas pu vivre bien longtemps.

— Ce qui veut dire que Camille ne l'a pas noyé…

— Je vais vérifier s'il y a des diatomées dans les reins. Ça nous dira si l'enfant est mort par noyade. Mais je ne pense pas qu'on puisse qualifier ça d'infanticide. A mon avis, il s'agit d'une mort naturelle.

— Dieu merci, souffla Rizzoli. Si cette chose avait vécu…

— Impossible.

Maura finit de coller un bandage adhésif sur la plaie et ôta ses gants.

— C'est bon, inspecteur. Il faudra retirer les points dans cinq jours. Tu n'auras qu'à passer, je te les enlèverai. Mais je pense quand même que tu devrais aller voir un docteur…

— Mais tu es docteur !

— Je suis le médecin des morts. Tu sais bien !

— Mais tu m'as très bien recousue…

— Je ne te parle pas de ces quelques points de suture. Je pense plutôt au reste…

— Qu'est-ce que tu veux dire ?

Maura se pencha en avant et regarda Rizzoli bien en face.

— Tu t'es trouvée mal, tu te souviens ?

— Je n'ai pas déjeuné. Et ce truc… le bébé, là, ça m'a fait un sacré choc.

— On a tous eu un choc. Mais tu es la seule à être tombée dans les vapes.

— Je n'avais jamais rien vu de pareil...

— Jane, tu as vu des kilomètres de trucs terribles dans cette salle d'autopsie. On les as vus ensemble, on les as sentis ensemble. Tu as toujours eu l'estomac bien accroché. Les jeunes flics, je les tiens à l'œil parce qu'ils tombent dans les pommes comme des vierges effarouchées. Alors que, toi, tu as toujours tenu le coup. Sauf aujourd'hui.

— Peut-être que je ne suis pas aussi coriace que tu le penses.

— Non, je crois qu'il y a un truc. Je me trompe ?

— Quel genre de truc ?

— Tu as eu un vertige, il y a quelques jours. Tu te rappelles ?

Rizzoli haussa les épaules.

— Il faudrait que je prenne l'habitude de déjeuner le matin...

— Pourquoi tu ne manges rien le matin ? Ça te donne des nausées ? Et j'ai remarqué que tu filais aux toilettes toutes les dix minutes, ou quasiment. Tu y es allée deux fois pendant que je préparais le labo.

— C'est quoi, toutes ces questions ? T'es de la police ?

— Je te dis que tu devrais aller voir un médecin. Tu as besoin d'un check-up et d'analyses de sang pour exclure une anémie... ou pire.

— J'ai juste besoin de prendre l'air.

Elle se redressa, laissa tout de suite retomber sa tête dans ses mains.

— Ah, putain ! J'ai une de ces migraines...

— Tu t'es cogné le crâne sur le carrelage, tout à l'heure.

— C'est quand même pas la première fois que je prends un coup sur la cafetière !

— Ce qui m'ennuie davantage, c'est que tu te sois évanouie. Tu as vraiment l'air au bout du rouleau.

Rizzoli releva la tête et la regarda. A cette seconde, Maura connut la réponse. Elle s'en doutait déjà, et maintenant elle en avait la confirmation.

— Ma vie est un vrai merdier, murmura Rizzoli.

Maura fut prise de court. C'était la première fois qu'elle voyait Rizzoli pleurer. Elle pensait que cette femme était trop forte, trop coriace pour jamais craquer, et pourtant des larmes ruisselaient sur ses joues. Maura était tellement décontenancée qu'elle resta là, comme pétrifiée, à la regarder sans pouvoir dire un mot.

Un coup frappé à la porte les surprit toutes les deux.

Frost passa la tête dans le bureau.

— Tout va bien, par i…

Sa voix mourut lorsqu'il vit le visage trempé de larmes de sa coéquipière.

— Hé, ça va ?

Rizzoli s'essuya rageusement les yeux.

— Oui, oui, ça va.

— Qu'est-ce qui ne va pas ?

— Je t'ai dit que ça allait !

— Inspecteur Frost, dit Maura. Nous aimerions rester seules un instant. Vous pouvez nous laisser, s'il vous plaît ?

Frost rougit.

— Désolé, murmura-t-il.

Il s'éclipsa, refermant doucement la porte derrière lui.

— Je n'aurais pas dû lui gueuler dessus, dit Rizzoli. Mais il y a des moments où il est tellement lourdingue !

— Il s'en faisait juste pour toi.

— Ouais, je sais, je sais. Au moins, lui, c'est un brave type.

Sa voix se brisa. Ravalant ses pleurs, elle serra les

poings, mais les larmes coulèrent de plus belle, puis vinrent les sanglots. Des sanglots étouffés, embarrassés, qu'elle ne pouvait pas retenir. Déstabilisée, Maura regardait flancher cette femme dont la force l'avait toujours impressionnée. Si Jane Rizzoli pouvait se laisser abattre, alors personne n'était à l'abri.

Rizzoli se tapa soudain sur les cuisses et prit plusieurs inspirations profondes. Lorsque enfin elle releva la tête, les larmes étaient toujours là, mais la fierté avait figé son visage dans un masque rigide.

— C'est ces putains d'hormones. Elles me foutent la tête à l'envers.

— Ça fait combien de temps que tu le sais ?

— Pff, un moment, je crois. J'ai fait un test de grossesse ce matin, chez moi. Mais j'ai l'impression que je le savais depuis des semaines. Je sentais un changement. Et je n'ai pas eu mes règles.

— Tu as combien de retard ?

Rizzoli haussa les épaules.

— Un mois, au moins.

Maura se cala contre le dossier de sa chaise. Maintenant que Rizzoli avait surmonté son émotion, elle pouvait reprendre son rôle de spécialiste. La toubib à la tête froide, prête à donner un avis éclairé.

— Tu as encore le temps de prendre une décision.

Rizzoli renifla et s'essuya le visage avec la main.

— Il n'y a rien à décider.

— Qu'est-ce que tu vas faire ?

— Je ne peux pas le garder. Tu le sais bien.

— Et pourquoi pas ?

Rizzoli lui jeta le regard qu'on réserve aux idiots congénitaux.

— Qu'est-ce que je ferais d'un bébé ?

— Ce que tout le monde en fait.

— Attends, tu me vois en maman ? ricana Rizzoli. Je ferais une mère lamentable. Le gamin ne survivrait pas deux semaines, avec moi !

— Les enfants ont une résilience stupéfiante, tu sais.

— Ouais, d'accord, eh bien, résilience ou pas, c'est pas mon truc.

— Tu étais très bien avec la petite fille, Noni.

— Ouais...

— Non, vraiment, Jane, sans rire. Et elle a bien réagi avec toi. Alors qu'elle m'a ignorée, et qu'elle rentrait la tête dans les épaules devant sa mère. Mais, vous deux, vous avez été copines tout de suite.

— Ça ne veut pas dire que j'aie la fibre maternelle. Les bébés me donnent des boutons. Je ne sais pas quoi en faire, à part les refiler vite fait à quelqu'un. Bon, fin du débat, dit-elle en laissant échapper un profond soupir, comme si le sujet était clos. Je ne peux pas le garder, un point c'est tout.

Elle se leva et traversa la pièce.

— Tu l'as dit à l'agent Dean ?

Rizzoli se figea sur place, la main sur la poignée de la porte.

— Non, bien sûr que non...

— Et pourquoi ?

— C'est dur d'avoir ce genre de conversation alors qu'on se voit à peine.

— Washington n'est pas au bout du monde. C'est dans le même fuseau horaire. Tu pourrais au moins décrocher le téléphone. Il aimerait peut-être bien le savoir.

— Peut-être bien que non. Peut-être que c'est justement un de ces problèmes dont les mecs préfèrent ne pas entendre parler.

Maura soupira.

— Admettons, d'ailleurs je ne le connais pas très bien. Mais, pendant la courte période où nous avons travaillé ensemble, il m'a fait l'impression d'être un homme qui prenait ses responsabilités.

— Ses responsabilités ?

Rizzoli la regarda un long moment, puis :

— O.K., d'accord. C'est ce que je suis devenue : une responsabilité. C'est ce que sera ce bébé. Et l'agent Gabriel est suffisamment boy-scout pour faire sa B.A.

— Oh, tu sais très bien que ce n'est pas ce que je voulais dire…

— Mais tu as complètement raison ! Il fera son devoir. Enfin, merde avec tout ça ! Je ne veux pas devenir une responsabilité, un problème pour un homme. De toute façon, ce n'est pas à lui de décider. C'est à moi. C'est moi qui devrais m'en occuper.

— Tu ne lui laisses même pas une chance…

— Une chance de quoi ? De se mettre à genoux et de me demander ma main ? grinça Rizzoli.

— Mais qu'est-ce que tu t'es mis dans le crâne ? Je vous ai vus tous les deux ensemble, j'ai vu comment il te regardait… C'est plus que l'histoire d'une nuit.

— Ouais. C'était une histoire de deux semaines.

— C'est tout ce que ça représentait pour toi ?

— Qu'est-ce que tu voudrais que ce soit d'autre ? Il est à Washington, et moi je suis ici…

Elle secoua la tête d'un air désabusé.

— Bordel de merde, je n'arrive pas à croire que ça m'arrive à moi ! Aujourd'hui, il faut vraiment être la dernière des connes pour se laisser avoir comme ça…

Elle s'interrompit. Eut un petit rire.

— Alléluia ! Regardez passer la dernière des connes !

— Tu n'es sûrement pas la dernière des connes !

— En tout cas une oie blanche doublée d'une poule pondeuse !

— Très poétique ! Dis-moi plutôt quand tu lui as parlé pour la dernière fois…

— Il y a huit jours. C'est lui qui m'a appelée.

— Et tu n'as pas pensé à le lui dire ?

— Je n'en étais pas encore sûre à ce moment-là.

— Mais maintenant tu l'es…

— Et je ne vais toujours pas le lui dire. C'est à moi de décider ce qui est bon pour moi. A personne d'autre !

— Qu'est-ce que tu as si peur d'entendre ?

— J'ai peur qu'il me persuade de foutre ma vie en l'air. Qu'il me demande de le garder.

— C'est vraiment de ça que tu as peur ? Ou tu as surtout peur qu'il n'en veuille pas ? Qu'il te claque la porte au nez dès que tu auras ouvert le bec ?

— Tu sais quoi, doc ? fit Rizzoli en hochant pensivement la tête. Il y a des moments où tu racontes vraiment n'importe quoi !

Et il y a des moments où je mets en plein dans le mille, songea Maura en regardant Rizzoli sortir de son bureau.

Rizzoli et Frost étaient assis dans la voiture, le chauffage leur soufflant un air glacé en pleine figure et sur les genoux. Des flocons de neige étoilaient le pare-brise. Le ciel boueux faisait écho à l'état d'esprit de Rizzoli. Elle grelottait dans le crépuscule en réduction de la voiture, et chaque flocon qui tombait sur le pare-brise était une petite masse opaque de plus qui lui bouchait la vue. L'enfermait, l'enterrait.

— Ça va mieux ? demanda Frost.

— Pff… A part que j'ai mal à la tête, ça va.

— Tu ne veux pas que je t'emmène aux urgences ?

— J'ai juste besoin d'aspirine.

— Bon, on va te trouver ça…

Il enclencha la marche avant puis changea d'avis, revint sur le « parking » et se tourna vers elle.

— Tu sais, Rizzoli, si tu veux parler, je suis là.

Elle ne répondit pas, détourna le visage vers le pare-brise. Vers les flocons qui formaient une dentelle endeuillée sur la vitre.

— Ça fait quoi, deux ans, qu'on fait équipe ? Je trouve que tu ne me dis quasiment rien de ta vie. Alors que, moi, j'ai l'impression que je te farcis la tête de mes histoires avec Alice. Toutes nos disputes, je t'en gave, que ça te plaise ou non. Tu me dis jamais de la boucler, alors je me dis que ça ne te dérange pas. Mais, tu sais, je viens de réaliser quelque chose. Tu m'écoutes beaucoup, mais tu ne parles presque jamais de toi.

— Pour ce qu'il y a à dire, de toute façon !

Il rumina sa réponse un moment. Puis reprit, d'un ton confus :

— Je ne t'avais jamais vue pleurer avant.

Elle haussa les épaules.

— Bon ben, ça y est, là.

— Ecoute, on ne s'est pas toujours si bien entendus que ça…

— Ah bon, tu trouves ?

Frost s'empourpra. Ce type avait la figure comme un feu de croisement, qui passait au rouge à la première pointe de confusion.

— Ce que je veux dire, c'est qu'on n'est pas, comment dire, vraiment copains…

— Quoi, tu voudrais qu'on soit copains, maintenant ?

— J'aurais rien contre.

— Bon, d'accord, on est copains, maintenant. Allez, démarre, on y va.

— Rizzoli ?

— Ouais, quoi ?

— Je suis, là, d'accord ? C'est tout ce que je voulais que tu saches.

Elle cligna des yeux et se tourna vers la vitre de son côté, afin qu'il ne voie pas l'effet que ces derniers mots avaient sur elle. Pour la deuxième fois en une heure, elle sentait les larmes lui brûler les yeux. Putains d'hormones ! Elle ne voyait pas pourquoi les paroles de Frost la faisaient pleurer. Peut-être que c'était juste le fait qu'il lui témoigne autant de gentillesse. C'est vrai, il avait toujours été sympa avec elle, mais elle était d'une sensibilité exacerbée en ce moment, et une petite part d'elle-même aurait préféré que Frost soit aussi lourd qu'une enclume, et qu'il ignore son trouble. Elle se sentait vulnérable et comme mise à nu, et c'était bien la dernière chose qu'elle voulait. Ce n'était pas une façon de s'attirer le respect d'un collègue.

Elle inspira un bon coup, carra la mâchoire. C'était fini ; les larmes s'étaient taries. Elle réussit à le regarder et parvint à se redonner une contenance.

— Ecoute, on ne va pas y passer la journée, dit-elle. Il faut vraiment que je prenne quelque chose contre le mal de tête…

Il opina du bonnet, enclencha la marche avant. Les essuie-glaces chassèrent la neige du pare-brise, ouvrant une fenêtre sur le ciel et sur les rues uniformément blanches. Dans la canicule de l'été, Rizzoli avait impatiemment attendu l'hiver, la pureté de la neige. A présent, en regardant ce paysage de ville fantôme, elle se disait qu'elle ne maudirait plus jamais la chaleur et la lumière d'août.

Un vendredi soir, on n'aurait pas pu balancer un chat dans le bar de J. P. Doyle sans toucher un flic. Situé pas loin du commissariat de Jamaica Plain et à moins de dix minutes du central de Schroeder Plaza, le bar de Doyle était l'un des endroits de Boston où les policiers qui n'étaient pas en service avaient l'habitude de se retrouver pour boire une bière et discuter.

Lorsque Rizzoli y entra, ce soir-là, pour dîner, elle était sûre de voir une flopée de visages familiers. Mais ce qu'elle n'avait pas prévu, c'était qu'elle tomberait sur Vince Korsak assis au bar, en train de s'envoyer une bière. Korsak était un inspecteur à la retraite du commissariat de Newton, et normalement le bar de Doyle était hors de ses limites territoriales.

A la seconde où elle passa la porte, il l'aperçut et lui fit un signe.

— Hé, Rizzoli ! Ça fait une paye, dis donc ! Qu'est-ce qui t'est arrivé ? demanda-t-il en indiquant le pansement sur son front.

— Bof, rien. J'ai glissé à la morgue et on m'a mis trois points de suture. Qu'est-ce que tu fais dans le secteur ?

— Je m'installe dans le quartier.

— Ah bon ?

— Je viens juste de signer le bail pour un appart, un peu plus loin dans la rue.

— Et ta maison, à Newton ?

— C'est une longue histoire. Ecoute, tu veux dîner, que je te raconte tout ça ? On va essayer de se trouver un coin tranquille, à côté, dit-il en attrapant sa bière. Ces enfoirés de fumeurs me goudronnent les poumons…

— C'est nouveau, ça ! Ça ne t'ennuyait pas tant, avant.

— Ouais, d'accord, mais c'était quand j'étais justement un de ces enfoirés.

Rien de tel qu'un triple pontage pour vous changer un fumeur à la chaîne en farouche adversaire de la cigarette, se dit Rizzoli en prenant le sillage qu'ouvrait dans la foule la grande carcasse de Korsak. Même s'il avait perdu du poids depuis sa crise cardiaque, il était encore pas mal baraqué et aurait pu remplacer un pilier de rugby. En tout cas, c'était ce qu'elle se disait en le regardant tracer sa route, tel un bulldozer, à travers les piliers de bar du vendredi soir.

Dans la salle non-fumeurs, l'air était à peine moins enfumé. Il choisit un box sous le drapeau irlandais. Au mur étaient encadrés des coupures du *Boston Globe* jaunies, des articles sur des maires et des politiciens depuis longtemps morts et enterrés. Les Kennedy, les Tip O'Neill et autres célèbres fils de la verte Irlande, dont beaucoup avaient constitué l'élite de Boston.

Korsak se glissa sur le banc de bois, enchâssant son ample bedaine derrière la table. Il semblait tout de même avoir minci depuis le mois d'août, époque où ils enquêtaient ensemble sur une affaire de crimes en série, se dit Rizzoli. Des images, des impressions lui revenaient. Le bourdonnement des mouches dans les arbres, les horreurs tapies dans les bois, gisant parmi les feuilles. Elle avait souvent des réminiscences de ce mois pendant lequel deux tueurs s'étaient acoquinés pour assouvir leurs terribles fantasmes sur des couples friqués. Korsak était l'une des rares personnes à savoir l'impact que cette affaire avait eu sur elle. Ensemble, ils avaient combattu de véritables monstres. Ensemble, ils avaient survécu. Un lien s'était créé entre eux, que rien ne pourrait défaire.

Et, pourtant, il y avait beaucoup de choses chez Korsak qui n'étaient pas faites pour lui plaire.

Elle le regarda siffler une première gorgée de bière et passer la pointe de sa langue sur la mousse qui lui faisait comme une moustache. Encore une fois, elle fut frappée par son allure simiesque. Ses sourcils broussailleux, son nez épaté, sa façon de marcher, en balançant ses gros bras hérissés de poils noirs, les épaules en avant comme un gorille. Elle savait que son mariage battait de l'aile, et que, depuis sa retraite, il avait vraiment beaucoup de temps libre. En le regardant, elle éprouva un pincement de culpabilité, parce qu'il avait laissé plusieurs messages sur son répondeur, mais elle avait été trop bousculée pour le rappeler.

Une serveuse approcha, reconnut Rizzoli et dit :

— Une Sam Adams, comme d'habitude, inspecteur ?

Rizzoli regarda la chope de Korsak. De la bière avait goutté sur sa chemise, y abandonnant un sillage de taches humides.

— Euh, oh non, dit-elle. Juste un Coca.

— Vous voulez commander ?

Rizzoli ouvrit le menu. Elle n'avait pas envie de bière, ce soir-là, mais elle mourait de faim.

— Je voudrais une salade du chef avec sauce cocktail. Et un fish and chips. Avec un supplément de beignets d'oignons frits. Vous pourriez m'apporter tout ça en même temps ? Oh, et je voudrais aussi du beurre en plus, avec le pain.

Korsak éclata de rire.

— Tu te laisses pas abattre, Rizzoli !

— J'ai faim.

— Tu sais ce que cette boustifaille va faire à tes artères, hein ?

— Bon, eh bien, puisque c'est comme ça, tu peux toujours courir pour que je te donne un de mes beignets d'oignons.

La serveuse se tourna vers Korsak.

— Et pour vous, monsieur ?

— Du saumon braisé, sans beurre. Et une salade vinaigrette.

Tandis que la serveuse s'éloignait, Rizzoli jeta à Korsak un regard dubitatif.

— Depuis quand tu manges du poisson braisé, toi ?

— Depuis que le Grand Manitou, là-haut, m'a envoyé un avertissement en forme d'infarctus.

— Non, mais tu manges vraiment toujours comme ça ? C'est pas pour frimer ?

— J'ai déjà perdu cinq kilos. Et ça, en arrêtant de fumer, donc, tu vois, j'ai vraiment fondu.

Il recula un peu contre son dossier, l'air vraiment content de lui.

— Je fais même du tapis de marche, maintenant.

— Quoi ? Tu rigoles !

— Ah, pas du tout ! Je me suis inscrit à un club de fitness et je fais vraiment du cardio-training. Tu sais, pour contrôler le rythme cardiaque, tenir le palpitant à l'œil. J'ai rajeuni de dix ans, avec ça.

« Tu fais vraiment dix ans de moins », voilà probablement ce qu'il cherchait à lui faire dire, mais elle ne put s'y résoudre, parce que ça n'aurait pas été vrai.

— Cinq kilos ! C'est rudement bien, dit-elle.

— Il faut vraiment que je m'y tienne.

— Alors, qu'est-ce que tu fais là, à boire de la bière ?

— L'alcool, c'est bon, t'as pas entendu ? C'est la dernière trouvaille du *New England Journal of Medicine*. Un verre de vin rouge, c'est bon pour le cœur. Et toi, qu'est-ce que tu fiches avec ce truc-là ? fit-il avec un mouvement de menton vers le Coca que la serveuse venait de déposer devant Rizzoli. D'habitude, tu prends toujours une Adams Ale.

Elle haussa les épaules.

— Pas ce soir.

— Tu vas bien ?

Non. Non, je ne vais pas bien. Je suis en cloque, et je ne peux même pas boire une bière sans avoir envie de dégueuler.

— J'ai pas touché terre depuis des semaines, fut tout ce qu'elle arriva à dire.

— Ouais, j'ai entendu ça. C'est quoi, cette histoire de religieuses ?

— On ne sait toujours pas.

— Il paraît qu'il y en avait une qui avait eu un gamin, non ?

— D'où tu tiens ça ?

— Tu sais, la rumeur…

— Et qu'est-ce que tu as entendu d'autre ?

— Que vous avez repêché un bébé dans une mare.

Il était inévitable que la nouvelle se répande. Les flics bavardent, entre eux. Parlent à leurs femmes. Elle pensa à tous les enquêteurs rassemblés autour de la mare, aux employés de la morgue, aux experts de la police criminelle. Il suffisait d'une langue un peu trop bien pendue, et, très vite, même un flic à la retraite de Newton était au courant des moindres détails. Elle redoutait ce que les journaux ne manqueraient pas d'annoncer dans les prochains jours. Le meurtre fascinait toujours le public. Et, là, il y avait une histoire bien scabreuse, avec tous les ingrédients susceptibles de la maintenir un moment à la une de l'actualité.

La serveuse apporta leurs plats. La commande de Rizzoli occupait une surface impressionnante. Elle attaqua par une frite trop chaude qui lui brûla la bouche et dut se jeter sur son Coca pour éteindre l'incendie.

Korsak, malgré toutes ses belles phrases sur la cuisine allégée, caressait ses oignons frits d'un regard de chien battu. Enfin, il considéra son poisson nature, poussa un soupir et souleva sa fourchette.

— Tu veux deux rondelles d'oignon ? proposa-t-elle.

— Non, ça va, répondit-il d'une voix blanche. Je t'ai expliqué que je changeais de vie. Cet infarctus est peut-être la meilleure chose qui me soit jamais arrivée.

— T'es sérieux, là ?

— Ouais. Je perds du poids. J'ai dit non à la cigarette. Hé, je pense même que j'ai les cheveux qui repoussent.

Il pencha la tête pour lui montrer sa tonsure.

Si tes cheveux repoussent, pensa-t-elle, c'est dans ta tête, pas dessus.

— Ouais, je suis en train de changer, en mieux, conclut-il.

Il devint silencieux et se concentra sur son saumon, mais il n'avait pas l'air emballé. Au comble de la pitié, elle faillit lui pousser son assiette d'oignons sous le nez.

Mais, lorsqu'il releva la tête, c'est elle qu'il regarda, et pas ce qu'elle mangeait.

— Et il y a du changement à la maison, aussi.

Quelque chose dans la façon dont il le dit la mit mal à l'aise ; la façon dont il la regardait, comme s'il voulait lui ouvrir son cœur. Elle frémit d'avance à l'idée de tous les détails sordides qui n'allaient pas manquer de lui dégringoler dessus, et en même temps elle pouvait voir combien il avait besoin de parler.

— Qu'est-ce qui se passe, chez toi ? demanda-t-elle.

Devinant déjà ce qui allait venir.

— Diane et moi… Bon, tu sais comment c'était. Tu l'as vue.

La première fois qu'elle avait rencontré sa femme, c'était à l'hôpital, après l'infarctus de Korsak. Un coup d'œil lui avait suffi pour remarquer ses yeux vitreux et son phrasé traînant. Cette femme était une armoire à pharmacie ambulante, bourrée à craquer de tranquillisants, défoncée aux antidépresseurs – à tout ce qu'elle pouvait soutirer aux docteurs. Korsak lui avait dit qu'elle avait ce problème-là depuis des années, et pourtant il était resté auprès d'elle parce que c'était le devoir d'un mari.

— Comment va Diane ? demanda-t-elle.

— Toujours pareil. Complètement stone, du matin au soir.

— Mais tu viens pas de dire que les choses étaient en train de changer…

— Ben ouais, vu que je l'ai quittée.

Elle savait qu'il attendait sa réaction. Elle lui rendit son regard, ne sachant pas trop ce qu'il espérait d'elle, si elle devait se réjouir ou compatir.

— Enfin, bordel, Korsak… dit-elle enfin. Tu es sûr de ton coup ?

— Je n'ai jamais été plus sûr de quoi que ce soit de toute ma putain de vie. Je déménage la semaine prochaine. Je me suis trouvé une garçonnière ici, à Jamaica Plain. Je vais l'arranger comme j'en ai envie. Tu sais, écran plasma, enceintes énormes, à te péter les tympans…

Il a cinquante-quatre ans, il a fait un infarctus, et il va se jeter dans le grand bain, se dit-elle. Un vrai ado impatient de s'installer dans sa première piaule…

— Elle va même pas remarquer que je suis parti. Tant que je paierai ses médocs, ça ira. Pff, je me demande pourquoi j'ai attendu aussi longtemps. J'ai gâché la moitié de ma vie, mais cette fois, moi je te le dis, c'est pour de bon. A partir de maintenant, je vais profiter de chaque minute.

— Et ta fille, qu'est-ce qu'elle en pense ?

— Comme si elle en avait quelque chose à foutre, dit-il dans un reniflement. Elle ne sait rien faire que de me demander du fric : Papa, j'ai besoin d'une nouvelle voiture… Papa, je veux que tu me paies des vacances à Cancun… Tu crois que j'y vais comme ça, moi, à Cancun ?

Elle resta là, le dos collé à son dossier, à le dévisager par-dessus ses beignets d'oignons qui refroidissaient.

— Tu es vraiment sûr de ce que tu fais ?

— Ouais. Je reprends ma vie en main…

Il s'interrompit puis ajouta, avec une pointe d'amertume :

— Je pensais que tu serais contente pour moi.

— Mais je le suis. Enfin, ouais, je crois…

— Alors, pourquoi tu me regardes comme ça ?

— Et comment je te regarde ?

— Comme si j'avais les couilles à la place du nez. T'as l'air consternée…

— C'est juste qu'il faut que je m'habitue au Korsak New Generation. Je ne te reconnais pas, là.

— Et c'est pas bien ?

— Si. Au moins, tu ne m'envoies plus ta fumée dans les narines.

Ils partirent d'un même rire. Le Korsak New Generation, contrairement à son prédécesseur, n'empuantirait plus la bagnole avec ses clopes.

Il embrocha une feuille de laitue, la porta à sa bouche, la rumina en silence, l'air pénétré, comme si le seul fait de mastiquer exigeait de mobiliser toutes ses cellules grises. Ou comme s'il préparait ce qui allait venir ensuite.

— Alors, comment ça va, entre Dean et toi ? Vous vous voyez toujours ?

Cette question, lâchée l'air de rien, la prit au dépourvu. C'était bien le dernier sujet qu'elle avait envie d'aborder, la dernière question qu'elle s'attendait à l'entendre poser. Il n'avait jamais caché son animosité envers Gabriel Dean. Animosité qu'elle avait elle-même éprouvée lorsque Dean s'était mêlé de leur enquête, ce fameux mois d'août, leur fourrant sa plaque du FBI sous le nez et annonçant qu'il prenait le contrôle des opérations.

Quelques semaines plus tard, elle avait bien changé d'avis.

L'appétit soudain coupé, elle regarda son dîner, auquel elle avait à peine touché. Elle sentait le regard de Korsak peser sur elle comme un semi-remorque. Plus elle attendrait, moins sa réponse serait crédible.

— C'est une affaire qui roule, dit-elle. Tu veux une autre bière ? Je reprendrais bien un Coca, moi.

— Il est venu te voir, récemment ?

— Où est la serveuse ?

— Ça fait combien de temps ? Plusieurs semaines ? Un mois ?

— Pff, je sais pas…

Elle se tourna vers la serveuse, qui esquiva son geste et disparut dans les cuisines.

— Quoi, tu ne sais même plus à quand remonte sa dernière visite ?

— J'ai d'autres chats à fouetter, tu sais, coupa-t-elle.

Le ton de sa voix l'avait trahie, manifestement. Korsak se redressa, braquant sur elle son œil de Sherlock Holmes sur le retour.

— Un beau mec comme ça... Il doit avoir l'habitude de tomber toutes les femmes.

— Qu'est-ce que tu veux dire ?

— Je ne suis pas aussi bête que j'en ai l'air. Je vois bien qu'il y a un truc qui ne va pas. Je l'entends dans ta voix. Et ça m'ennuie, parce que tu mérites mieux. Beaucoup mieux.

— Je n'ai vraiment pas envie d'en parler.

— Je n'ai jamais pu l'encadrer, celui-là. Je te l'ai dit, cet été. Et je crois me rappeler qu'il ne te revenait pas non plus, à l'époque.

Une nouvelle fois, elle fit un geste à l'adresse de la serveuse. Qui l'ignora superbement, une fois de plus.

— Ils ont toujours un côté faux cul, ces gars du FBI. Tous ceux que j'ai rencontrés. Ils sont tout sucre tout miel, et surtout tout sauf réglo. C'est des magouilleurs. Ils se croient meilleurs que les flics. Toute cette ratatouille de grosses légumes fédérales de merde !

— Gabriel n'est pas comme ça.

— Ah bon ?

— Non.

— Tu dis ça parce que tu en pinces pour lui.

— Et pourquoi est-ce qu'on a cette conversation à la con ?

— Parce que je me fais du mouron pour toi. C'est comme si tu tombais d'une falaise et que tu ne tendais même pas la main pour qu'on te rattrape. A mon avis, tu n'as personne avec qui causer de tout ça.

— Mais je te parle, à toi.

— Ouais, sauf que tu ne me racontes rien.

— Et qu'est-ce que tu voudrais que je te dise ?

— Ça fait une paye qu'il n'est pas venu te voir, hein ?

Elle ne répondit pas, ne le regarda même pas. Elle fixait la fresque peinte sur le mur, derrière lui.

— On est tous les deux très occupés, lâcha-t-elle enfin.

Korsak soupira et secoua la tête, l'air franchement navré.

— De toute façon, je ne suis pas amoureuse de lui, alors qu'est-ce que tu veux que ça me fasse ?

Elle s'obligea à rencontrer son regard.

— Tu crois que je vais faire une déprime parce qu'un mec se fout de ma gueule ?

— Ben, j'en sais rien.

Elle rit, mais son rire sonnait faux, même à ses propres oreilles.

— C'était qu'une passade, Korsak. Tu sais comment c'est : t'as une aventure, tu passes à autre chose. Les mecs font ça tout le temps.

— Tu es en train de me dire que t'es pareille qu'un mec ?

— Je t'en prie, me sors pas ces conneries machistes…

— Allez, allez, tu veux dire que t'as pas le cœur brisé. Il s'est barré et tu le vis bien, c'est ça ?

Elle le fusilla du regard.

— Je te dis que ça va.

— Bon, ben tant mieux. Parce qu'il n'en vaut pas la peine, Rizzoli. Il ne mérite pas qu'on verse une larme pour lui. D'ailleurs, je me charge de le lui dire, la prochaine fois que je le verrai.

— Pourquoi tu ferais ça ?

— Quoi donc ?

— Ben, t'en mêler. L'emmerder. J'ai pas besoin de ça. J'ai assez de problèmes.

— Je sais.

— Et tu ne réussirais qu'à faire empirer les choses.

Il la regarda un instant. Puis détourna les yeux.

— Je suis désolé, dit-il doucement, tête basse. Mais, tu sais, j'essaie juste d'être ton ami.

De toutes les choses qu'il aurait pu dire, rien n'aurait pu l'émouvoir davantage. Elle refoula les larmes qui montaient tout en regardant son crâne déplumé. Il y avait des fois où il la dégoûtait, et des fois où il l'exaspérait.

Et puis il y avait aussi des fois où elle entrevoyait un aspect inattendu de cet homme, un type bien, avec un cœur gros comme ça, et elle avait honte d'être aussi dure avec lui.

En silence, ils enfilèrent leurs manteaux, quittèrent le bar enfumé et se retrouvèrent dans la nuit étincelante de neige fraîche. Plus haut, dans la rue, une voiture de patrouille sortait du commissariat de Jamaica Plain, son gyrophare bleu irisant le rideau de flocons. Ils la regardèrent disparaître au bout de la rue et Rizzoli se demanda quel drame l'attendait. Il y avait toujours un drame quelque part. Des couples en crise qui se crêpaient le chignon, des enfants disparus, des conducteurs à l'agonie encastrés dans leur voiture accidentée. Tant de vies dont les fils se nouaient et se dénouaient au gré d'une myriade de hasards. La plupart des gens étaient confinés dans leur petit coin d'univers, alors que les flics avaient accès à tout.

— Et qu'est-ce que tu fais pour Noël ? demanda-t-il.

— Je vais chez mes parents. Mon frère, Frankie, vient pour les fêtes.

— C'est le marine, c'est ça ?

— Ouais. A chaque fois qu'il fait une apparition, toute la famille se croit obligée de l'adorer à genoux.

— Aïe ! Une petite rivalité frère-sœur, là ?

— Nan, j'ai jeté le gant il y a longtemps, maintenant. Frankie est le roi du monde, rien de plus. Et toi,
qu'est-ce que tu fais pour Noël ?

Il haussa les épaules.

— Je sais pas.

Il y avait dans cette réponse un indubitable appel du
pied pour se faire inviter. « Sauve-moi de ce Noël en
solo. Sauve-moi de ma propre vie foutue. » Comme si
elle pouvait le sauver… Elle n'arrivait pas à se sauver
elle-même.

— J'ai plusieurs projets, ajouta-t-il rapidement, trop
fier pour laisser le silence s'éterniser. Peut-être
descendre en Floride, chez ma sœur…

— Ça me paraît pas mal, dit-elle avec un soupir qui
fit un nuage de buée dans l'air glacé. Bon, écoute, il faut
que je rentre. J'ai besoin de dormir.

— Tu veux qu'on se revoie, un de ces quatre ? Tu as
mon numéro de portable, hein ?

— Ouais, je l'ai. Passe un joyeux Noël.

Elle se dirigea vers sa voiture.

— Euh, Rizzoli ?

— Ouais ?

— Je sais que tu en pinces encore pour Dean. Je suis
désolé d'avoir dit ça sur lui. Je pense juste que tu mérites
un type mieux que ça.

Elle rit.

— Comme si les gars faisaient la queue devant ma
porte !

— Eh bien, dit-il, les yeux perdus dans le vide de la
rue, évitant tout d'un coup son regard. J'en connais tout
de même un.

Elle resta parfaitement immobile. Se disant : Pitié, ne
fais pas ça. Ne m'oblige pas à te faire du mal.

Avant qu'elle ait eu le temps de répondre, il avait

brusquement tourné les talons et repartait vers sa voiture. Il esquissa un geste désinvolte de la main tout en faisant le tour du véhicule pour atteindre sa portière et se pencha pour entrer dedans. Elle le regarda tandis qu'il démarrait, ses pneus soulevant une gerbe étincelante de neige.

11

Il était plus de sept heures, ce soir-là, quand Maura rentra enfin chez elle. En s'engageant dans l'allée, elle vit que la maison était éclairée du haut en bas. Ce n'était pas la maigre lueur de quelques ampoules allumées par des minuteries automatiques, mais l'incandescence chaleureuse d'innombrables lampes, comme si quelqu'un l'attendait. A travers les rideaux du salon, elle aperçut une pyramide de lumières multicolores.

Un arbre de Noël.

C'était bien la dernière chose qu'elle s'attendait à voir, et elle s'arrêta dans l'allée, hypnotisée par les lumières clignotantes, se rappela les Noëls où elle avait décoré le sapin pour Victor, sortant délicatement les boules de leurs nids de papier pour les accrocher aux branches. Ce souvenir réveilla en elle l'odeur résineuse des Noëls de son enfance, quand son papa la prenait sur ses épaules pour qu'elle puisse accrocher l'étoile d'argent tout en haut du sapin. Pas une fois ses parents n'avaient failli à cette joyeuse tradition, et, pourtant, elle y avait renoncé sans états d'âme. C'était trop compliqué, trop de travail, apporter un sapin à la maison, le parer, le déshabiller, et pour finir s'en débarrasser, abandonnant sur le trottoir une sorte de vieille

arête de poisson marron toute desséchée que les
éboueurs enlèveraient au petit matin. Les aspects rébar-
batifs de l'affaire l'emportaient largement sur la joie
promise, lui semblait-il alors.

Elle quitta le garage glacé et passa dans la maison, où
une odeur de poulet rôti, d'ail et de romarin lui
chatouilla les narines. Comme c'était agréable d'être
accueillie par les effluves d'un bon dîner, de se sentir
attendue ! Elle entendait la télévision allumée dans la
salle de séjour. Elle enleva son manteau dans le couloir,
entra dans le salon.

Victor était assis par terre au pied du sapin et s'escrimait à démêler un méli-mélo de guirlandes.

— Je ne suis pas meilleur à ce jeu-là que quand on
était mariés, dit-il avec un petit rire penaud.

— Si je m'attendais à tout ça ! dit-elle en parcourant
les lumières du regard.

— Eh bien, voilà, je me suis dit, on est le dix-huit
décembre et tu n'as même pas encore de sapin…

— Je n'ai absolument pas eu le temps de m'en
occuper.

— Pour Noël, on a toujours le temps, Maura.

— C'est un sacré changement. Avant, c'est toi qui
étais toujours trop occupé pour les fêtes…

Il leva les yeux de la pelote de cheveux d'ange et
regarda Maura.

— Et tu comptes me le reprocher jusqu'à la fin des
temps ?

Elle ne répondit pas, regrettant déjà sa dernière
réplique. Ce n'était pas une bonne façon de commencer
la soirée que de remettre sur le tapis de vieilles
rancœurs. Elle se retourna pour accrocher son manteau
dans la penderie. Sans le regarder, elle lui demanda :

— Tu… Je te prépare quelque chose à boire ?

— D'accord. La même chose que toi.

— Même si c'est un truc de gonzesse ?

— J'ai toujours eu un faible pour les trucs de gonzesse, tu sais bien.

Elle eut un petit rire, comme un hoquet, et entra dans la cuisine. Dans le réfrigérateur, elle prit des citrons verts et du jus de canneberge. Elle versa du curaçao triple sec et de la vodka Absolut dans un shaker, y ajouta des glaçons et le secoua vigoureusement au-dessus de l'évier. Sous ses doigts, elle sentait le métal du récipient givrer.

Secoue, secoue, secoue, comme des dés dans un gobelet. Un pari, se dit-elle. Tout n'est qu'un jeu et l'amour est le plus cruel d'entre eux. La dernière fois que j'ai joué, j'ai perdu. Et, cette fois, sur quoi est-ce que je mise ? Sur l'espoir d'arranger les choses entre nous, ou sur une autre occasion de me briser le cœur ?

Elle versa le liquide glacé dans deux verres à Martini et s'apprêtait à les emporter dans le salon quand elle remarqua que la poubelle était pleine d'emballages de plats à réchauffer. Elle ne put retenir un sourire. Bon, Victor ne s'était donc pas transformé comme par magie en cordon-bleu, tout compte fait. Leur dîner de ce soir leur était fourni par le traiteur du New Market.

Quand elle entra dans le salon, elle vit que Victor avait cessé d'accrocher les guirlandes dans le sapin et empilait les boîtes de décorations vides.

— Tu t'es donné du mal, dis donc, fit-elle en posant les verres sur la table basse. Des guirlandes lumineuses, des boules, mazette…

— Je n'ai pas trouvé de décorations de Noël dans ton garage.

— J'ai tout laissé à San Francisco.

— Et tu n'en as jamais racheté ?

— Je n'ai plus jamais refait de sapin.

— En trois ans, Maura ?

Elle s'assit sur le canapé, goûta une gorgée de son cocktail.

— Et toi, la dernière fois que tu as sorti ta boîte de guirlandes électriques, c'était quand ?

Il ne répondit pas, se concentra sur le tas de boîtes vides. Et, lorsqu'il finit par répondre, ce fut sans la regarder :

— Je n'avais pas tellement le cœur à faire la fête, moi non plus.

La télé était encore allumée, le son coupé, et même ainsi les images qui défilaient sur l'écran attiraient le regard. Victor prit la télécommande et éteignit le poste. Puis il s'assit sur le canapé, à une distance confortable, sans la toucher, mais assez près pour laisser la porte ouverte à toutes les possibilités.

Il regarda le verre à cocktail qu'elle lui avait apporté.

— Euh, c'est rose, fit-il avec une note de surprise.

— Un Cosmopolitan. Je t'avais prévenu que c'était une boisson pour gonzesse.

Il trempa ses lèvres dans son verre.

— Quand on goûte ça, on a vraiment l'impression que seules les gonzesses connaissent le sens du mot « plaisir ».

Ils restèrent un moment assis en silence, à siroter leurs verres, les guirlandes de Noël s'allumant et s'éteignant. Une scène banale, confortable, mais Maura se sentait tout sauf détendue. Elle ne voyait pas ce qu'il y avait à espérer de cette soirée et ne savait pas non plus ce que Victor en attendait. Tout en lui était d'une familiarité déconcertante. Son odeur, la façon dont la lumière jouait dans ses cheveux. Et les petits détails qu'elle avait toujours trouvés attendrissants, parce qu'ils reflétaient son manque de prétention : la chemise un peu élimée, le jean délavé. La même vieille Timex qu'il portait déjà, la première fois qu'elle l'avait rencontré. « Je ne peux pas aller dans un pays du tiers-monde et dire "Eh, me voilà, je viens vous aider !", avec une Rolex au poignet », disait-il. Saint Victor, Don Quichotte combattant les moulins à vent de la misère… Elle s'était lassée de ce combat depuis longtemps, mais lui était encore en plein dedans.

Et, pour ça, elle ne pouvait s'empêcher de l'admirer. Il reposa son verre à cocktail.

— J'ai encore entendu parler de tes religieuses, aujourd'hui. Aux infos.

— Qu'est-ce qu'ils ont dit ?

— La police a dragué une mare, derrière le couvent. Qu'est-ce que c'est que cette histoire ?

Elle se cala plus confortablement contre son dossier, la fatigue de ses épaules commençant à se diluer dans l'alcool.

— On a trouvé un bébé dans la mare.

— Celui de la religieuse ?

— On attend les analyses pour le confirmer.

— Mais tu penses que c'est son bébé ?

— Ça ne peut être que le sien. Ou alors cette affaire deviendrait d'une complexité invraisemblable.

— Alors, vous pourrez identifier le père, si vous avez son ADN ?

— Encore faudrait-il qu'on ait un nom. Et, même si on établit la paternité, reste à savoir si la relation sexuelle a été consentie, ou si c'était un viol. Et comment affirmer que c'était l'un ou l'autre sans le témoignage de Camille ?

— Quand même, ça suggère un motif plausible de meurtre.

— Absolument !

Elle but la fin de son verre et le posa. Boire avant le dîner avait été une erreur. L'alcool et le manque de sommeil se liguaient pour lui embrouiller les idées. Elle se massa les tempes dans l'espoir de recouvrer ses esprits.

— Il faut vraiment que je te donne à manger, Maura. On dirait que tu as eu une dure journée.

Elle s'obligea à rigoler.

— Tu connais ce film, avec le petit garçon qui dit « Je vois des gens qui sont morts » ?

— *Le Sixième Sens.*

— Eh bien, moi aussi, j'en vois tout le temps, et je commence à en avoir marre. Ça me sape le moral. Tu vois, c'est Noël et je n'ai même pas pensé à décorer la maison, parce que j'ai toujours les images de la morgue en tête. J'en ai encore le goût dans la bouche. Je rentre chez moi après une journée comme ça, après deux autopsies, et je n'ai pas le cœur à préparer un dîner. Je ne peux même pas voir une côtelette sans penser à des fibres musculaires. C'est tout juste si j'arrive à préparer un cocktail. Et puis je le verse dans le verre, et je sens l'alcool, et tout à coup je me retrouve au labo. L'alcool, le formol, toutes ces odeurs qui piquent le nez…

— C'est la première fois que je t'entends parler de ton travail de cette façon.

— C'est la première fois que j'ai à ce point l'impression d'en être envahie.

— Ça ne ressemble pas à l'Invincible docteur Isles…

— Tu sais que je ne suis pas comme ça.

— En tout cas, tu donnes bien le change. Intelligente et invulnérable. Tu ne t'es jamais rendu compte à quel point tu impressionnais tes étudiants, à la fac ? Ils tremblaient tous devant toi.

Elle secoua la tête en riant.

— La Reine des Morts…

— Pardon ?

— C'est comme ça que m'appellent les flics, ici. Pas devant moi, mais ça m'est revenu aux oreilles quand même. Tu sais comment c'est…

— Hé, j'aime bien, moi. La Reine des Morts…

— Eh bien, moi, je déteste.

Elle se nicha plus confortablement dans les coussins, ferma les yeux.

— Je me fais l'impression d'être une espèce de vampire… Un personnage de film d'horreur.

Elle ne l'entendit pas quitter le canapé et passer derrière elle. Elle fut surprise quand elle sentit ses mains sur ses épaules. Elle se figea, chacune de ses terminaisons nerveuses s'éveillant, s'exacerbant à son toucher.

— Détends-toi, murmura-t-il, ses doigts malaxant ses muscles. Ça, c'est une chose que tu n'as jamais apprise.

— Arrête, Victor.

— Tu ne baisses jamais la garde. Tu ne veux pas laisser voir tes failles.

Ses doigts s'appesantissaient sur ses épaules, à la base de son cou. S'avançaient, comme en éclaireur, envahissants. Ce qui eut pour effet de la crisper davantage.

— Pas étonnant que tu sois fatiguée, dit-il. Tu es toujours sur le qui-vive. Tu n'arrives pas à te laisser aller et à prendre du plaisir quand on te touche…

— *Arrête !*

Elle s'écarta, se releva d'un bond. Elle se retourna vers lui, sentant encore sa peau qui la picotait à l'endroit où il l'avait touchée.

219

— Qu'est-ce que tu cherches, Victor ?

— J'essayais juste de t'aider à te décontracter.

— Je suis suffisamment décontractée, merci.

— Tu es tellement tendue, à bloc… Regarde : on dirait que tu vas te faire une déchirure musculaire.

— Bon, qu'est-ce que tu veux ? Je ne sais pas ce que tu fais là. Je ne sais pas ce que tu veux.

— Et si on essayait au moins de redevenir juste amis ?

— Tu crois que c'est possible ?

— Pourquoi pas ?

Elle tenta de soutenir son regard, se sentit bientôt rougir.

— Parce que les choses sont devenues trop compliquées entre nous. Il y a trop de…

« Attirance » était le mot auquel elle pensait, mais elle le ravala. Et dit seulement :

— Je ne suis pas sûre que les hommes et les femmes puissent être amis, de toute façon.

— C'est triste de penser ça.

— C'est réaliste. Je travaille avec des hommes à longueur de journée. Je sais que je les intimide, et ça me va. Je veux qu'ils voient en moi une incarnation de l'autorité. Un cerveau et une blouse blanche. Parce que, à partir du moment où ils me verront comme une femme, la séduction commencera à pointer son nez dans le tableau.

Il eut un reniflement.

— Et ça interférerait avec tout.

— Exactement.

— Tu sais, quel que soit le genre d'autorité que tu exerces sur eux, tu ne pourras pas empêcher les hommes de te regarder et de voir une femme séduisante. Et ce sera toujours comme ça, à moins que tu ne te mettes un sac sur la tête. Entre les hommes et les femmes, il y a toujours de la séduction dans l'air. Et tu ne peux rien y faire.

— C'est bien pour ça qu'on ne peut pas être juste amis.

Elle prit les verres vides et retourna dans la cuisine.

Il ne la suivit pas.

Debout devant l'évier, elle contempla longuement les verres. Elle sentait encore le goût du citron et de la vodka dans sa bouche. Son odeur à lui vibrait toujours dans sa mémoire. Oui, il y avait bien de la séduction dans l'air. Qui lui jouait des tours, lui envoyait des images qu'elle essayait vainement de ne pas voir. Elle pensa à la nuit où ils étaient rentrés tard du cinéma et où ils avaient commencé à s'arracher leurs vêtements à la minute même où ils avaient refermé la porte derrière eux. Elle se souvint comment ils avaient fait l'amour, avec sauvagerie, brutalement, sur le parquet du couloir, de ses coups de reins, si violents qu'elle s'était sentie baisée comme une chienne. Et combien elle avait aimé ça.

Elle se cramponna à l'évier, haletante, sentit son corps prendre sa propre décision, se rebeller contre la logique qui l'avait recluse dans le célibat tous ces mois.

De la séduction, tu parles !

La porte d'entrée se referma dans un claquement.

Elle se retourna, surprise. Se précipita dans le salon, mais l'arbre de Noël clignotait tout seul. Plus de Victor. Regardant par la fenêtre, elle le vit monter dans sa voiture, entendit le rugissement du moteur.

Elle se rua au-dehors, ses chaussures glissant sur l'allée verglacée tandis qu'elle courait vers lui.

— Victor !

Le moteur s'arrêta net, les phares s'éteignirent. Il

sortit et la regarda, sa tête dessinant une forme sombre au-dessus de la voiture. Le vent soufflait. Elle plissa les paupières pour protéger ses yeux des piques acérées de la neige.

— Pourquoi tu t'en vas ? demanda-t-elle.

— Rentre, Maura. Tu vas prendre froid.

— Mais pourquoi tu t'en vas ?

Son soupir d'exaspération fit un nuage de buée givrée, blanche dans l'obscurité.

— C'est clair, tu ne veux pas de moi dans cette maison.

— Reviens. Reste…

Elle fit le tour de la voiture et se tint face à lui. Le vent transperçait le tissu léger de son chemisier.

Elle attrapa le revers de sa grosse veste de cuir et l'attira à elle. A cet instant, alors qu'il la regardait, elle sut ce qui allait se passer. Et, raisonnable ou non, à ce moment précis, elle voulut que ça arrive.

Elle était déjà dans ses bras, se blottissant dans sa chaleur, sa bouche cherchant la sienne. Des saveurs, des senteurs familières. Leurs corps se retrouvant comme ils l'avaient toujours fait. Elle tremblait, maintenant, d'excitation autant que de froid. Il referma ses bras autour d'elle, la protégeant du blizzard, et c'est ainsi qu'ils retournèrent vers la maison, leurs lèvres scellées, ramenant avec eux un nuage de neige poudreuse qui irisa le sol lorsque Victor enleva sa veste d'un mouvement d'épaules.

Ils n'eurent pas le temps d'arriver jusqu'à la chambre.

Là, dans l'entrée, elle défit fébrilement les boutons de sa chemise, tira les pans hors de sa ceinture. Sa peau, sous ses doigts engourdis par le froid, lui parut brûlante. Elle coula ses mains sous le tissu, assoiffée de sa chaleur, avide de la boire par tous les pores de sa peau.

Le temps qu'ils atteignent le salon, son chemisier était déboutonné, la fermeture Eclair de son pantalon baissée. Elle l'accueillit comme avant, dans son corps, dans sa chair.

Elle était allongée par terre, Victor pesant sur elle de tout son poids, auréolé par les lumières de l'arbre qui clignotaient comme une galaxie multicolore. Elle ferma les yeux, et pourtant elle distinguait encore leur vacillement. Leurs deux corps esquissaient les pas d'une danse familière, celle des amants qui se retrouvent, avec ses mouvements coulés, parfaitement enchaînés. Elle connaissait ses caresses, ses gestes, et, lorsque le plaisir la submergea, elle ne retint pas son cri. Trois années de séparation, balayées dans ce moment d'abandon…

Quand elle rouvrit les yeux, Victor la regardait.

— Tu es le plus beau cadeau que j'aie jamais déballé sous un sapin de Noël, dit-il.

Elle leva les yeux sur une guirlande étincelante qui pendait juste au-dessus de sa tête.

— C'est aussi l'impression que ça me fait, murmura-t-elle. D'avoir été déballée. Mise à nu.

— A t'entendre, on dirait que tu le regrettes.

— Tout dépend de la suite…

— Comment ça ?

— Enfin, qui vivra verra…, soupira-t-elle.

— Qu'est-ce que tu voudrais, toi ?

— Je ne veux plus souffrir.

— Tu as peur que je te fasse du mal…

Elle riva son regard au sien.

— C'est bien ce qui s'est passé, non ?

— On s'est fait du mal tous les deux, Maura. Différemment. C'est ce qui arrive quand on s'aime, même quand on ne le voudrait pour rien au monde.

— Tu as eu cette aventure. Et moi, qu'est-ce que je t'ai fait ?

— Arrête… Ça ne nous mènera nulle part.

— J'ai besoin de savoir, dit-elle. Comment est-ce que je t'ai fait du mal ?

Il s'écarta un peu d'elle, ne la touchant plus, son regard absorbé par la contemplation du plafond. Puis :

— Tu te souviens du jour où je suis parti pour Abidjan ?

— Bien sûr, répondit-elle, avec dans la bouche l'amertume des jours anciens.

— D'accord, je reconnais que ce n'était pas le moment de te laisser, mais je ne pouvais vraiment pas faire autrement. J'étais le seul à pouvoir mener les négociations. Il fallait que j'y aille.

— Le lendemain de l'enterrement de mon père ? J'avais besoin de toi. Besoin de t'avoir à côté de moi.

— One Earth aussi avait besoin de moi. On aurait pu perdre tout ce conteneur de matériel médical. Ça ne pouvait pas attendre.

— Bon, j'en avais pris mon parti, non ?

— C'est exactement ça : tu en avais pris ton parti. Mais je savais que tu m'en voulais à mort.

— Parce que c'était tout le temps pareil. Anniversaires ou enterrements, rien ne pouvait te retenir à la maison. J'étais toujours la cinquième roue du carrosse.

— Alors, c'est à ça que ça se résumait ? Je devais choisir entre toi et One Earth. Et je ne voulais pas choisir. Je ne pensais pas avoir à le faire. Pas alors qu'il y avait tant de choses en jeu.

— Tu ne peux pas sauver le monde à toi tout seul.

— Mais je peux faire plein de choses. Et tu le pensais, toi aussi.

— Sauf que tout le monde finit par s'épuiser, tôt ou

tard. Tu passes ta vie à te démener pour des gens qui meurent aux quatre coins de la planète, et un jour tu te réveilles et tu veux te recentrer sur ta propre existence, pour changer. Tu veux avoir des enfants à toi. Mais, toi, tu n'as jamais eu de temps pour ça.

Elle sentit les sanglots lui nouer la gorge, en pensant aux enfants qu'elle aurait voulus et qu'elle n'aurait sans doute jamais. En pensant, aussi, à Jane Rizzoli, dont la grossesse avait cruellement réveillé son désir d'enfant. Elle prit une profonde inspiration.

— J'en avais marre d'être mariée à un saint. C'est un mari que je voulais, moi.

Un ange passa. Les guirlandes au-dessus d'elle se fondirent en une voie lactée de lumières brouillées.

Il lui prit la main.

— Tu as raison : c'est moi qui ai merdé, dit-il.

Elle ravala ses sanglots et les étoiles redevinrent de bêtes ampoules clignotant sur leur fil.

— On a tous les deux merdé.

Il ne lui lâcha pas la main ; il la garda fermement dans la sienne comme s'il craignait, en la laissant s'échapper, de perdre toute chance de la toucher à nouveau.

— On pourrait parler tant qu'on veut, dit-elle, je ne vois pas ce que ça changerait entre nous.

— On sait ce qui n'a pas marché.

— Ce qui ne veut pas dire qu'on pourrait faire mieux cette fois.

— On n'a pas besoin de *faire*, Maura, dit-il tout bas. On pourrait juste être ensemble. Ce serait déjà un début.

Juste être ensemble. Ça paraissait simple.

Etre couchés côte à côte, avec juste leurs mains qui se touchaient, se dit-elle. Oui, ça je peux le faire. Je peux être assez détachée pour dormir avec toi sans te laisser me faire du mal. Du sexe sans amour – les hommes

225

prennent leur plaisir sans chercher midi à quatorze heures. Pourquoi pas moi ?

Et peut-être que cette fois, lui murmura une petite voix cruelle, *ce sera toi qui auras le cœur brisé.*

12

Le trajet jusqu'à Hyannisport n'aurait pas dû leur prendre plus de deux heures : la Route 3 vers le sud, puis la Route 6 jusqu'à Cape Cod, mais Rizzoli eut besoin de faire deux haltes en cours de route, et ils n'arrivèrent au Sagamore Bridge qu'à trois heures de l'après-midi. Après le pont, ils se retrouvèrent tout à coup au pays des vacances perpétuelles à la mer : la route traversait une succession de petites villes balnéaires qui s'égrenaient, pareilles à un collier de jolies perles, tout autour du cap. Rizzoli était toujours venue à Hyannisport en été, lorsque les routes étaient embouteillées et que des files de vacanciers en shorts et tee-shirts serpentaient comme des colonnes de fourmis devant les marchands de glaces. C'était la première fois qu'elle se retrouvait ici par une froide journée d'hiver, alors que la moitié des restaurants étaient fermés et que seules quelques âmes bien trempées étaient de sortie, le manteau boutonné jusqu'au menton pour lutter contre le vent.

Frost bifurqua sur Ocean Street et murmura, émerveillé :

— La vache ! Tu as vu ces baraques ?

— Tu aimerais vivre ici, toi ? demanda Rizzoli.

— Peut-être, quand j'aurai gagné mes dix premiers millions.

— Dis à Alice qu'elle a intérêt à s'y mettre tout de suite, parce que, vu ton salaire, c'est pas demain la veille !

Suivant les indications qu'on leur avait fournies, ils passèrent devant deux piliers en granit, puis suivirent une large avenue qui menait à une belle demeure au bord de l'eau. Rizzoli sortit de la voiture et s'arrêta, grelottant dans le vent, pour admirer les tuiles argentées par le sel de trois tourelles qui regardaient la mer.

— Tu peux le croire, toi ? grommela-t-elle. Elle a quitté tout ça pour entrer dans les ordres ?!

— Quand tu reçois l'appel de Dieu, j'imagine que tu n'y résistes pas.

Elle secoua la tête.

— Avec moi, il aurait fallu qu'il mette le paquet !

Ils gravirent les marches du porche et Frost appuya sur le bouton de sonnette.

Une petite femme aux cheveux noirs entrouvrit la porte juste ce qu'il fallait pour les regarder.

— Nous sommes de la police de Boston, dit Rizzoli. C'est nous qui avons appelé, tout à l'heure. Nous venons voir Mme Maginnes.

La femme s'effaça pour les laisser entrer.

— Elle est dans la salle de marine. Je vais vous conduire.

Ils la suivirent dans un dédale de pièces et de couloirs, le long d'interminables parquets de teck cirés comme des miroirs, entre des murs ornés de tableaux : des bateaux et des océans en furie. Rizzoli imagina la petite Camille, enfant, dans cette grande maison, courant sur ce sol briqué à mort. Mais courait-elle, d'ailleurs ?

Peut-être n'avait-elle que le droit de marcher, sagement, calmement, dans ce véritable musée.

La femme les conduisit jusqu'à une vaste pièce aux immenses baies vitrées donnant sur la mer. La vue de l'eau grise, fouaillée par le vent, était tellement saisissante qu'elle captiva Rizzoli, qui ne put, d'abord, rien regarder d'autre. Puis, toujours contemplant l'océan, elle prit conscience de l'odeur aigre qui planait dans la pièce. Une odeur d'urine.

Du regard, elle en chercha l'origine. Un homme gisait dans un lit médicalisé à côté des fenêtres, tel un objet vivant exhibé dans une vitrine. Une femme était assise dans un fauteuil à côté de lui. Elle se leva pour accueillir ses visiteurs. Rizzoli ne lui trouva aucune ressemblance avec Camille. Camille était d'une beauté délicate, presque éthérée. Cette femme était éclatante, sophistiquée, avec son casque de cheveux auburn et ses sourcils épilés en forme d'ailes de mouette.

— Je suis Lauren Maginnes, la belle-mère de Camille, dit-elle en tendant la main à Frost.

Certaines femmes ignoraient leurs consœurs et ne s'intéressaient qu'aux hommes de leur entourage ; Lauren Maginnes était de cette espèce. Rizzoli comprit qu'elle n'accorderait son attention qu'à Barry Frost.

— Salut, on s'est parlé au téléphone, intervint-elle. Nous vous présentons nos condoléances pour cette cruelle disparition. Je suis l'inspecteur Rizzoli, et voici l'inspecteur Frost.

Lauren daigna enfin lui accorder un regard.

— Merci.

Elle se détourna.

— Maria, dit-elle à l'adresse de la femme aux cheveux bruns qui les avait amenés là, pourriez-vous dire aux garçons de venir nous rejoindre ? La police est arrivée. Mais asseyez-vous, je vous en prie, poursuivit-elle en désignant un canapé à ses visiteurs.

Rizzoli se retrouva assise tout près du lit médicalisé. La main crispée du malade agrippait le vide, et un côté de son visage paralysé ressemblait à une bougie qui aurait coulé.

Elle repensa aux derniers mois de la vie de son propre grand-père, qui avait fini grabataire dans un mouroir, parfaitement conscient, ses yeux exprimant toute la fureur d'un esprit prisonnier d'un corps qui ne lui obéissait plus. Elle lisait la même lucidité dans le regard de l'homme allongé à côté d'elle, elle reconnaissait le désespoir et l'humiliation qui brillaient dans les prunelles braquées sur elle. L'impuissance d'un homme à jamais privé de sa dignité. Il ne devait pas avoir beaucoup plus de cinquante ans, et déjà son corps l'avait trahi. Un filet de salive brillait sur son menton et coulait sur l'oreiller. Sur une table toute proche était disposé tout l'attirail nécessaire à sa survie : des boîtes de boissons protéinées. Des gants de latex et des lingettes. Un carton de couches pour incontinents. Un simulacre d'existence sur deux mètres carrés, résumé en un dessus-de-table couvert de produits d'hygiène.

— L'infirmière du soir est en retard. J'espère que vous ne voyez pas d'inconvénient à ce que nous restions ici pour que je garde un œil sur Randall, dit Lauren. On l'a installé dans cette pièce parce qu'il a toujours aimé la mer. Maintenant, il a tout loisir de la regarder.

Elle prit une lingette, essuya doucement le filet de bave qui coulait de sa bouche.

— Là, là, voilà, murmura-t-elle avant de se retourner vers les deux inspecteurs. Vous comprenez pourquoi je ne voulais pas faire la route jusqu'à Boston. Je ne veux pas le laisser seul trop longtemps avec les infirmières.

Ça le perturbe. Il ne peut pas parler, mais je sais que je lui manque quand je ne suis pas là.

Lauren réintégra son fauteuil et demanda à Frost :

— Vous avez avancé dans votre enquête ?

Cette fois encore, ce fut Rizzoli qui répondit, bien décidée à gagner l'attention de cette femme, et agacée de voir qu'elle lui échappait sans cesse.

— On a quelques pistes, répondit-elle.

— Vous n'êtes pas venus jusqu'ici rien que pour me dire ça ?

— Non. On est venus parler de choses qu'il nous semblait préférable d'aborder de vive voix.

— Et vous vouliez voir à quoi nous ressemblions, j'imagine.

— On voulait se faire une idée, de visu, de l'environnement de Camille. Connaître sa famille.

— Eh bien, nous voici, dit la femme en englobant le salon dans un ample geste du bras. C'est la maison où elle a grandi. C'est difficile à imaginer, n'est-ce pas ? Pourquoi a-t-elle quitté tout ça pour s'enfermer dans un couvent ? Randall lui donnait tout ce dont une fille peut rêver. Une BMW pour son anniversaire, un poney, une pleine penderie de robes, qu'elle n'a presque jamais portées… Au lieu de ça, elle a décidé de s'habiller en noir jusqu'à la fin de ses jours. Elle a choisi… Nous n'avons toujours pas compris, conclut-elle en secouant la tête.

— Vous avez été tous les deux contrariés de sa décision ?

— Oh, moi, je me serais fait une raison. Après tout, c'était sa vie. Mais Randall ne s'en est jamais remis. Il espérait toujours qu'elle changerait d'avis. Qu'elle se lasserait de ce qu'on fait toute la journée dans un couvent, quoi que ça puisse être. Et qu'elle finirait par revenir ici.

Elle regarda son mari, allongé, muet, dans son lit.

— Je crois que c'est pour ça qu'il a eu cette attaque. C'est sa seule enfant, et il n'arrivait pas à croire qu'elle l'abandonnerait.

— Et la maman de Camille, madame Maginnes ? Vous m'avez dit au téléphone qu'elle était morte.

— Camille n'avait que huit ans quand c'est arrivé.

— Quand quoi est arrivé ?

— Eh bien, elle a fait une overdose de médicaments. On a dit que c'était accidentel, mais ces choses-là sont-elles jamais vraiment accidentelles ? Randall était veuf depuis plusieurs années quand je l'ai rencontré. Nous sommes une famille recomposée, selon le terme consacré. J'ai deux fils de mon premier mariage, et Randall avait Camille.

— Depuis combien de temps êtes-vous mariés, Randall et vous ?

— Près de sept ans, maintenant.

Elle regarda à nouveau son mari et ajouta, avec une pointe de résignation :

— Pour le meilleur et pour le pire…

— Vous étiez proches, votre belle-fille et vous ? Vous aviez un bon échange, avec elle ?

— Avec Camille ? Pour être vraiment honnête, nous n'avons jamais été très liées, si c'est ce que vous voulez savoir, fit-elle en secouant la tête. Elle avait déjà treize ans lorsque j'ai rencontré Randall, et vous savez comment sont les enfants à cet âge. Les adultes, ils n'en ont rien à fiche. Ce n'était pas qu'elle me traitait comme une méchante belle-mère de conte de fées, ou une marâtre. Comment dire ? C'est juste qu'on n'a jamais *accroché*, toutes les deux. J'ai fait ce que j'ai pu. Vraiment. Mais elle était toujours tellement…

Lauren Maginnes s'interrompit brutalement, comme si elle avait peur de dire une chose qu'elle n'aurait pas dû.

— Quel est le mot que vous cherchez, madame Maginnes ?

Elle sembla réfléchir.

— Etrange, dit-elle finalement. Camille était étrange.

Elle regarda son mari, qui la dévisageait, et dit, très vite :

— Je suis désolée, je sais que c'est dur, Randall, mais c'est la police. Ils veulent connaître la vérité.

— Qu'entendez-vous par « étrange » ? demanda Frost.

— Vous savez bien, dans une soirée, chez des gens, il a dû vous arriver de remarquer quelqu'un qui ne se mêlait pas aux autres. Quelqu'un qui fuyait votre regard. Elle était toujours toute seule dans son coin, ou enfermée dans sa chambre. Ce qu'elle faisait là-haut ne nous serait jamais venu à l'idée : elle priait ! Elle était à genoux et elle priait. Elle lisait ces livres qu'on lui avait donnés dans son école de curés. Nous ne sommes même pas catholiques, nous sommes presbytériens. Mais voilà, elle était comme ça, terrée dans sa chambre. Elle se flagellait avec une ceinture, vous vous rendez compte ? Pour se purifier. Où vont-ils chercher tout ça ?

Dehors, le vent chassait vers les vitres les embruns chargés de sel. Randall Maginnes émit une plainte sourde. Rizzoli remarqua qu'il la dévisageait. Elle lui rendit son regard, se demandant ce qu'il comprenait de cette conversation.

La plus grande malédiction serait qu'il la comprenne

parfaitement, pensa-t-elle. Qu'il sache tout ce qui se passe autour de lui, et que sa fille, sa fille unique, est morte. Que sa femme porte comme une croix les soins qu'elle lui prodigue. Qu'on ne peut échapper à la terrible odeur qui émane de lui.

Elle entendit un bruit de pas et se tourna vers deux jeunes garçons qui venaient d'entrer dans la pièce. Les enfants de Mme Maginnes. Ils avaient les mêmes cheveux feuille morte, les mêmes traits harmonieux. Habillés sans recherche particulière, d'un jean et d'un pull ras du cou, ils réussissaient pourtant, comme leur mère, à donner une impression de classe et d'assurance.

Des bêtes de race, se dit Rizzoli.

Elle leur serra la main. Avec fermeté, pour établir son autorité.

— Je suis l'inspecteur Rizzoli, dit-elle.

— Mes fils, Blake et Justin, fit Lauren Maginnes. Ils sont rentrés à la maison pour les vacances.

Mes fils, avait-elle dit. Pas *nos* fils ; dans cette famille, la recomposition n'avait pas complètement lissé les liens affectifs. Après sept ans de mariage, ses fils étaient encore les siens. Et la fille de Randall était la sienne.

— Ce sont les deux avocats en herbe de la famille, dit Mme Maginnes. Avec toutes les disputes auxquelles ils ont assisté autour de la table du dîner, ils ont eu amplement l'occasion de se préparer à plaider dans un tribunal.

— Des litiges, maman, rectifia Blake. On dit des litiges.

— J'ai parfois du mal à faire la différence.

Les garçons s'assirent avec l'aisance fluide des athlètes et dévisagèrent Rizzoli comme s'ils attendaient le début d'une représentation théâtrale.

— Vous allez à la fac, alors ? dit-elle. Dans quelle université ?

— Je suis à Amherst, répondit Blake. Et Justin à Bowdoin.

L'un comme l'autre facilement accessibles en voiture de Boston.

— Et vous voulez être avocats ? Tous les deux ?

— Je suis déjà pris à la fac de droit, répondit Blake. Je pense au droit du spectacle ; peut-être aller travailler en Californie. Je suis déjà en option cinéma, et je crois que j'ai des bonnes bases dans ce domaine.

— Ouais, ce qu'il veut surtout, c'est sortir avec de jolies actrices, ironisa Justin.

Remarque qui lui valut une bourrade amicale dans les côtes.

— Si, si, je vous assure !

Rizzoli se demanda fugitivement comment deux frères pouvaient se balancer des vannes, le cœur léger, alors que leur demi-sœur gisait, tout juste refroidie, sur une dalle, à la morgue.

— Quand avez-vous vu votre sœur pour la dernière fois ? demanda-t-elle.

Blake et Justin se regardèrent et répondirent, presque à l'unisson :

— A l'enterrement de grand-mère.

— C'était en mars ? Lorsque Camille est revenue vous voir ? demanda-t-elle en se tournant vers leur mère.

Celle-ci acquiesça.

— Nous avons dû faire des démarches auprès de l'archevêché pour qu'ils la laissent rentrer à la maison. Autant demander la libération sur parole d'un prisonnier ! Je n'ai jamais compris qu'ils ne l'aient pas autorisée à revenir, en avril, quand Randall a eu son attaque… Son propre père ! Et, elle, elle a accepté leur décision. Sans discuter. On se demande ce qui se passe, dans ces couvents, pour qu'ils aient aussi peur de les laisser sortir… On se demande vraiment ce que ça cache. Enfin, c'est peut-être ce qui lui plaisait, là-bas.

— Qu'est-ce qui vous fait penser ça ?

— Elle adorait ça. La punition. La douleur.

— Camille ?

— Je vous l'ai dit, inspecteur, elle était bizarre. Une fois, à seize ans, elle a retiré ses chaussures et elle est sortie pieds nus, dans la neige. En janvier. Par moins dix ! C'est la bonne qui l'a trouvée comme ça. Bien sûr, après, tout le voisinage était au courant. On a dû l'emmener à l'hôpital pour soigner ses engelures. Elle a raconté au docteur qu'elle avait fait ça parce que les saints avaient souffert, et qu'elle voulait ressentir leur souffrance, elle aussi. Elle pensait que ça la rapproche-rait de Dieu…

Lauren Maginnes secoua la tête.

— Qu'est-ce que vous voulez faire avec une fille comme ça ?

L'aimer, pensa Rizzoli. Essayer de la comprendre.

— J'ai insisté pour qu'elle aille voir un psychiatre, mais Randall ne voulait pas en entendre parler. Il n'a jamais, jamais admis que sa propre fille puisse être…

Elle laissa sa phrase en suspens.

— Vas-y, maman, crache le morceau, dit Blake. Elle était cinglée. C'est ce qu'on pensait tous.

Le père de Camille laissa échapper une plainte étouffée.

Lauren Maginnes se releva pour essuyer un filet de bave sur son menton.

— Mais qu'est-ce qu'elle fiche, cette infirmière ? Elle devait être là à trois heures !

— Lorsque Camille est venue vous voir, en mars, combien de temps est-elle restée ? demanda Frost.

Lauren le regarda, l'air ailleurs.

— Une semaine, à peu près ; elle aurait pu rester plus longtemps, mais elle a préféré rentrer au couvent.

— Pourquoi ?

— Selon moi, elle n'aimait pas se retrouver au milieu de tant de gens. Beaucoup de mes proches étaient venus de Newport pour l'enterrement.

— Vous nous avez dit qu'elle était renfermée.

— C'est peu dire.

— Elle avait beaucoup d'amis, madame Maginnes ? demanda Rizzoli.

— Si c'était le cas, elle ne les a jamais invités à la maison pour nous les présenter.

— Elle devait bien avoir des copines d'école ? demanda Rizzoli en regardant les deux garçons.

Justin répondit, avec une rudesse inutile :

— Des copines fadasses.

— Des petits copains ?

Leur mère partit d'un rire surpris.

— Des petits copains ? Alors que tout ce dont elle rêvait, c'était de devenir la petite fiancée du Christ ?

— C'était une jolie jeune fille, dit Rizzoli. Peut-être que ça ne vous a pas frappée, mais je suis sûre qu'il y a eu des garçons pour le remarquer. Pour s'intéresser à elle.

Elle regarda les fils de Lauren Maginnes.

— Personne n'aurait voulu sortir avec elle, dit Justin. Tout le monde aurait été mort de rire.

— Et quand elle est revenue, en mars ? Est-ce qu'elle a passé un moment avec des amis ? Vous n'avez pas remarqué si un homme lui a témoigné un intérêt particulier ?

— Pourquoi cette question ? s'étonna Lauren Maginnes.

Rizzoli ne voyait pas comment elle pouvait éviter de leur révéler la vérité.

— Je suis au regret de vous l'apprendre, mais, très peu de temps avant son assassinat, Camille a accouché. D'un bébé mort-né.

Elle regarda les deux frères.

Ils lui rendirent son regard avec la même expression abasourdie.

L'espace d'un instant, on n'entendit plus que le vent qui fouaillait la mer, les embruns qui crépitaient sur les vitres.

Lauren Maginnes dit enfin :

— Vous n'avez pas lu les journaux ? Toutes ces choses terribles que les prêtres font entre eux ? Elle a passé les deux dernières années de sa vie dans un couvent. Elle était sous leur autorité, leur surveillance. C'est eux que vous devriez interroger…

— Nous avons déjà questionné le seul prêtre qui avait accès au couvent. Il nous a volontairement donné un échantillon d'ADN. Le test est en cours.

— Alors vous ignorez encore si ce n'est pas lui le père. Pourquoi cet interrogatoire ?

— Le bébé a dû être conçu vers le mois de mars, madame Maginnes. Pendant la période où elle est rentrée ici pour l'enterrement.

— Et vous pensez que c'est chez nous que ça s'est passé ?!

— Votre maison était remplie d'invités…

— Qu'est-ce que vous me demandez de faire ? D'appeler tous les hommes qui nous ont rendu visite cette semaine-là ? « Oh, à propos, vous n'auriez pas couché avec ma belle-fille ? »

— Nous avons l'ADN de l'enfant. Avec votre aide, nous pourrions identifier le père.

Elle se leva d'un bond.

— Ecoutez, maintenant, je crois que ça suffit !

— Votre belle-fille est morte. Vous ne voulez pas nous aider à retrouver son assassin ?

— Vous cherchez au mauvais endroit.

Elle s'approcha de la porte et appela :

— Maria ! Veuillez reconduire ces personnes !

— L'ADN nous apporterait une réponse, madame Maginnes. Il suffirait de quelques prélèvements pour écarter tous les soupçons.

Lauren Maginnes se retourna et la dévisagea.

— Eh bien, commencez par les prêtres. Et laissez ma famille tranquille.

Rizzoli se glissa dans sa voiture et claqua la portière. Tandis que Frost laissait chauffer le moteur, elle détailla la maison et se souvint combien elle avait été impressionnée en la voyant la première fois.

Avant de rencontrer ses occupants.

— Maintenant, je comprends pourquoi Camille est partie de chez elle, dit-elle. Tu te vois grandir dans cette baraque ? Avec ces frères ? Avec cette belle-mère ?

— Ils avaient l'air beaucoup plus ennuyés par nos questions que par la mort de Camille.

Tandis qu'ils franchissaient les piliers de granit, Rizzoli jeta un dernier regard à la maison, derrière elle. Elle imaginait une jeune fille glissant comme un spectre parmi ces immenses pièces. Une fille ignorée par sa belle-mère, raillée par ses demi-frères. Une fille dont les espoirs et les rêves étaient tournés en ridicule par ceux qui auraient dû l'aimer. Chaque journée, dans cette maison, devait lui apporter une nouvelle blessure à l'âme, plus douloureuse que la morsure du gel lorsqu'elle marchait pieds nus dans la neige.

Tu voulais être plus proche de Dieu, connaître l'inconditionnelle chaleur de Son Amour. Et, à cause de ça, ils se moquaient de toi, ou ils te regardaient de haut, ils te disaient que tu étais mûre pour l'asile…

Pas étonnant que les murs de cette austère abbaye lui aient semblé si accueillants.

Rizzoli soupira et regarda la route qui s'étendait devant eux.

— On rentre, dit-elle.

— Je dois dire que je n'en suis pas revenue, dit Maura.

Elle avait étalé une série de clichés digitalisés sur la table de conférence. Des images répugnantes de peau bouffée par les rats et de nodules virulents. Ses quatre collègues ne cillèrent même pas devant ces images. Ils en avaient vu d'autres, dans la salle d'autopsie. Ils semblaient beaucoup plus intéressés par les muffins aux myrtilles tout frais que Louise avait apportés ce matin-là, offrande que les docteurs enfournaient voracement, tout en contemplant les photos. Ceux qui travaillent avec les morts apprennent à ne pas se laisser couper l'appétit par les odeurs et les images de leur quotidien, et, parmi les pathologistes réunis là, il y en avait un qui était particulièrement connu pour être un grand amateur de foie gras, penchant que n'altéraient en rien les journées passées à disséquer des entrailles humaines. A en juger par son ample bedaine, rien ne pouvait entamer l'appétit du docteur Abe Bristol, et il mastiquait

240

joyeusement son troisième muffin lorsque Maura reposa la dernière image.

— C'est ton inconnue ? demanda le docteur Costas.

Maura acquiesça.

— Une femme entre trente et quarante-cinq ans, avec une blessure par balle à la poitrine. On l'a trouvée à peu près trente-six heures après sa mort, dans un bâtiment abandonné. Elle a subi une exérèse post mortem du visage, ainsi qu'une amputation des mains et des pieds.

— Joli. Encore un pervers de première…

— Ce sont les lésions qui me laissent perplexe, dit-elle en désignant l'étalage de photos. Les rongeurs ont fait des dégâts, mais il reste assez de peau intacte pour voir grossièrement l'aspect de ces lésions sous-cutanées…

Le docteur Costas prit l'une des photos.

— Je ne suis pas un expert, dit-il d'un ton grave et solennel, mais je dirais que c'est un cas classique d'éruption cutanée aiguë.

Tout le monde éclata de rire. Faute de pouvoir expliquer certaines lésions cutanées, les médecins se rabattaient souvent sur leur simple description, sans chercher plus loin. Les pustules rouges pouvaient avoir été provoquées par n'importe quoi, depuis une infection virale jusqu'à une maladie immunodéficitaire, et rares étaient les problèmes dermatologiques qui permettaient un diagnostic immédiat.

Le docteur Bristol s'arrêta de mâchonner le temps d'indiquer l'une des photos et dit :

— On note des ulcérations, là.

— Oui, certains des nodules présentent une ulcération superficielle avec formation croûteuse. Et, sur quelques-uns, on remarque les écailles argentées qu'on constate dans les cas de psoriasis.

— Et les cultures bactériennes ?

— Elles n'ont rien montré d'anormal. Juste des *Staph. epidermidis.*

Une bactérie cutanée très répandue. Bristol se contenta de hausser les épaules.

— Contagieux.

— Que donnent les biopsies de la peau ? demanda Costas.

— J'ai regardé les diapos hier, répondit Maura. Visiblement, il y a eu des changements inflammatoires aigus. Œdème, infiltration par des granulocytes. Des microabcès profonds. Et aussi des changements inflammatoires dans les vaisseaux sanguins.

— On a des cultures bactériologiques ?

— Les tests de Gram et de Fite Farco sont négatifs aux bactéries. Ce sont des abcès stériles.

— Tu connais déjà la cause de la mort, hein ? avança Bristol, sa barbe noire étoilée de miettes de muffin. Est-ce qu'il est vraiment important de savoir ce qui a provoqué ces nodules ?

— Je n'aime pas l'idée que nous sommes peut-être en train de passer à côté de quelque chose d'important. Nous n'avons pas identifié la victime. Nous ne savons rien d'elle, en dehors de la cause du décès et du fait qu'elle était couverte de ces lésions.

— Bon, quel est ton diagnostic, alors ?

Maura contempla les horribles pustules pareilles à une rangée d'escarboucles sur la peau de la victime.

— *Erythema nodosum*, dit-elle.

— La cause ?

Elle eut un haussement d'épaules.

— Idiopathique.

Autant dire, tout simplement, qu'on n'en savait rien.

Costas partit d'un bon rire.

242

— C'est le diagnostic fourre-tout, quoi.

— Je ne sais pas comment qualifier ça autrement.

— Nous non plus, apparemment, dit Bristol. Va pour *Erythema nodosum*.

De retour à son bureau, Maura revit le rapport d'autopsie de Ratwoman, qu'elle avait dicté un peu plus tôt, et le signa avec un sentiment d'insatisfaction. Elle connaissait la cause et l'heure approximative de la mort de la victime. Elle savait qu'elle devait être très pauvre, et que son aspect physique avait dû lui valoir bien des humiliations.

Elle baissa les yeux sur la boîte de lames de microscope, étiquetées sous le nom « INCONNUE » assorti d'un numéro de dossier. Elle prit l'une des biopsies, la glissa sous la lentille du microscope et fit le point sur des tourbillons roses et violacés dus à la coloration à l'hématoxyline et à l'éosine. Elle vit les pointillés sombres des cellules en proie à une inflammation aiguë, le cercle fibreux d'un vaisseau sanguin envahi par des globules blancs, autant de signes que le corps se défendait, envoyant ses cellules immunitaires au combat, comme de bons petits soldats, luttant contre… contre quoi ?

Quel était l'ennemi ?

Elle se cala contre son dossier en repensant à ce qu'elle avait vu lors de l'autopsie. Une femme sans mains ni visage, mutilée par un tueur qui l'avait privée de son identité en même temps que de sa vie.

Mais les pieds ? Pourquoi prendre ses pieds ?

C'est un tueur qui semble opérer avec une logique froide, pensa-t-elle, pas un pervers en pleine crise de démence. Il tire pour tuer, avec une balle d'une mortelle efficacité. Il dépouille la victime, ne la viole pas. Il l'ampute de ses mains et de ses pieds et lui pèle le visage. Puis il laisse le corps à un endroit où sa peau sera rapidement rongée par les prédateurs.

On en revenait toujours aux pieds. Cette amputation n'était pas logique.

Elle reprit l'enveloppe où se trouvaient les radios de Ratwoman et glissa les clichés des chevilles sur le négatoscope. Une fois de plus, elle fut choquée par la vision de cette chair tranchée net, mais ne vit rien de nouveau, aucun indice susceptible d'expliquer ce qui avait motivé le tueur.

Elle récupéra les films et les remplaça par les vues latérales et frontales du crâne. Elle resta debout à détailler les os de la face de Ratwoman, essayant d'imaginer ce qu'avait pu être son visage.

Pas plus de quarante-cinq ans, pensa-t-elle, et, pourtant tu as perdu toutes tes dents à la mâchoire supérieure. Tu as déjà la tête d'une vieille femme, les os de ton visage pourrissent de l'intérieur, ton nez s'affaisse, se transforme en un cratère qui va en s'élargissant. Et, disséminés sur ton torse et tes membres, il y a ces horribles nodules. Le seul fait de te regarder dans la glace devait t'être insoutenable. Alors, sortir de chez toi, voir ton reflet dans les yeux des autres...

Elle regarda les os qui luisaient sur la boîte à lumière.

Eurêka ! Je sais pourquoi le tueur t'a tranché les pieds.

On n'était plus qu'à deux jours de Noël, et lorsque Maura s'engagea sur le campus de Harvard, elle le trouva presque désert. C'était une vaste étendue de blancheur, à peine déparée par de rares empreintes de pas. En remontant l'allée principale, avec sa mallette et une grande enveloppe de radios, elle sentit dans l'air l'odeur métallique qui annonçait une nouvelle chute de neige. Quelques feuilles mortes tremblotaient sur les arbres dénudés. D'aucuns auraient trouvé la scène digne d'une carte postale de Noël barrée par la mention *Meilleurs Vœux*, mais elle ne voyait que des gris monotones, n'entendait que les sanglots longs d'un hiver dont elle avait déjà largement sa dose.

Le temps qu'elle atteigne le musée Peabody, un filet d'eau glacée s'était insinué dans ses chaussures et le bas de son pantalon était trempé. Elle tapa du pied pour débarrasser ses semelles de la neige accumulée dessous, entra dans le musée d'archéologie et descendit au sous-sol par un escalier de bois aux marches fatiguées.

La première chose qu'elle remarqua en entrant dans le bureau crépusculaire de Julie Cawley, ce fut les crânes humains – une douzaine au moins, alignés sur les étagères. Une pauvre petite lucarne, située tout en haut du mur, à moitié obstruée par la neige, laissait passer une maigre lumière d'hiver qui tombait directement sur la tête du docteur Cawley. Une belle femme, aux cheveux gris comme de l'étain relevés en chignon.

Elles échangèrent une solide poignée de main.

— Merci de me recevoir, dit Maura.

— En fait, j'ai hâte de voir ce que vous avez à me montrer.

Le docteur Cawley alluma une lampe. Dans la lumière jaune, la pièce sembla soudain plus chaleureuse, plus accueillante.

— J'aime bien travailler dans le noir, dit-elle en désignant l'écran de l'ordinateur portable allumé sur son bureau. Ça favorise la concentration, je trouve. Mais j'ai les yeux qui fatiguent, maintenant.

Maura posa sa mallette et en sortit un dossier dévolu d'ordinaire aux empreintes digitales.

— Ce sont les photos que j'ai prises de la morte. J'ai peur qu'elles ne soient pas très agréables à regarder…

Le docteur Cawley ouvrit le dossier et marqua une pause, absorbée par la photo du visage mutilé de Ratwoman.

— Ça fait une paye que je n'ai pas assisté à une autopsie. Je dois dire que je n'ai jamais trop aimé ça. Les os sont tellement plus propres et nets, dit-elle en se rasseyant à son bureau. Moins humains, d'une certaine façon. C'est la vue de la chair que je trouve rebutante.

— J'ai aussi apporté ses radios, si vous préférez les regarder avant.

— Non, je préfère voir les photos d'abord, s'il vous plaît. J'aimerais savoir à quoi ressemble la peau.

Doucement, elle passa à la photo suivante. Elle se raidit et ouvrit de grands yeux horrifiés.

— Dieu du ciel, murmura-t-elle. Qu'est-il arrivé à ses mains ?

— On les lui a coupées.

Cawley lui jeta un regard incrédule.

— Qui a pu faire un truc pareil ?

— Le tueur, semble-t-il. Il l'a amputée des pieds et des mains.

— Le visage, les mains… Ce sont les premières choses que je regarderais pour procéder à une identification.

— Ce qui pourrait expliquer pourquoi il les a pris. Mais il y a d'autres photos là-dedans qui pourraient peut-être vous aider. Celles des lésions cutanées.

Cawley passa à l'autre série de clichés.

— Oui…, murmura-t-elle en les faisant lentement défiler. Ça pourrait bien être…

Le regard de Maura remonta vers la rangée de crânes, sur l'étagère, et elle se demanda comment Cawley pouvait travailler dans ce bureau, sous le regard vide de toutes ces orbites braquées sur elle. Elle pensa à son propre bureau, avec ses plantes en pots et ses peintures florales…

Cawley avait décidé de s'entourer de preuves de sa propre mortalité. En tant que professeur d'histoire médicale, à la fois docteur et historienne, elle était bien placée pour savoir quel lot de misères pouvaient laisser leur marque dans les os des morts. Quand elle regardait les crânes posés sur son étagère, c'était la douloureuse histoire de leur vie qu'elle lisait. Une vieille fracture, une dent de sagesse incluse ou une mâchoire infiltrée par une tumeur osseuse… Longtemps après que la chair fut redevenue poussière, les os continuaient à raconter leurs souffrances. Et, à voir le nombre de photos que le docteur Cawley avait prises sur des sites de fouilles archéologiques dans le monde entier, il y avait des dizaines et des dizaines d'années qu'elle traquait ces mémoires d'outre-tombe.

Cawley releva les yeux d'une photo des lésions cutanées.

— Quelques-unes présentent une ressemblance avec le psoriasis. Je comprends que ce soit l'un des diagnostics envisagés. Il pourrait aussi s'agir d'infiltrations leucémiques. Mais ce sont des manifestations très trompeuses. Ça pourrait être n'importe quoi. Je suppose que vous avez fait des biopsies de la peau ?

— Oui, et nous avons aussi fait des colorations pour les bacilles alcolo-acido-résistants.

— Alors ?

— Alors on n'en a pas trouvé.

Cawley haussa les épaules.

— Elle a peut-être été traitée. Auquel cas, il n'y aurait plus de bacilles présents dans la biopsie…

— C'est pour ça que je suis venue vous voir. Faute de symptômes de maladie active et de bacilles à identifier, je ne sais plus à quel saint me vouer pour faire ce diagnostic.

— Je pourrais voir les radios ?

Maura lui tendit la grande enveloppe de clichés. Le docteur Cawley les plaça sur un négatoscope mural. Dans ce bureau bourré de vestiges du passé – crânes, vieux livres et paquets de photos prises sur des décennies –, la boîte à lumière tranchait comme une manifestation d'un modernisme brutal.

Cawley sélectionna rapidement quelques radios et en choisit finalement une qu'elle glissa sous les clips.

C'était une image du crâne vu de face. Sous les tissus mous mutilés, la structure osseuse du visage était restée intacte et brillait, tête de mort blanche sur fond noir, tel le pavillon d'un bateau pirate. Cawley étudia un instant le cliché, le décrocha et mit à la place une vue latérale du crâne.

— C'est bien ça, murmura-t-elle.

— Quoi donc ?

— Vous voyez, là, à l'endroit où devrait se trouver l'épine nasale antérieure ?

Cawley suivit du doigt ce qui aurait dû être le tracé du nez.

— On constate une atrophie avancée de l'os. En fait, l'épine nasale est presque complètement oblitérée. Regardez, je vais vous montrer un exemple, dit-elle en allant prendre un crâne sur une étagère. Ce crâne a été exhumé sur un site funéraire médiéval, au Danemark. La tombe se trouvait dans un endroit retiré, éloigné du cimetière qui jouxtait l'église. Vous voyez, ici : des modifications inflammatoires ont tellement détruit le tissu osseux qu'il n'y a plus qu'un trou béant à la place du nez. Si vous faisiez bouillir le crâne de votre victime pour en retirer les tissus mous, là... il ressemblerait beaucoup à celui-ci, dit-elle en désignant la radio.

— Ce n'est pas une dégradation post mortem ? L'épine nasale n'aurait pas pu être broyée quand le visage a été excisé ?

— Ça n'expliquerait pas l'ensemble des dégradations qu'on observe sur les radios. Et ce n'est pas tout...

Le docteur Cawley reposa le crâne et revint au cliché.

— Vous avez là une atrophie et une récession de l'os maxillaire tellement sévères que les incisives supérieures, ébranlées, sont tombées.

— Je pensais que c'était dû à un manque de soins dentaires...

— Ça a sûrement joué. Mais il y a autre chose. Ce n'est pas qu'une maladie avancée des gencives.

Elle regarda Maura.

— Vous avez effectué les autres clichés dont je vous ai parlé ?

— Ils sont dans l'enveloppe. Nous avons effectué une tomographie spiralée, ainsi qu'un panoramique dentaire, afin de mettre en évidence les alvéoles maxillaires.

Cawley plongea la main dans l'enveloppe et en sortit d'autres radios. Elle accrocha un cliché qui montrait le plancher de la cavité nasale. Pendant un moment elle ne dit rien, le regard rivé sur le reflet blanc de l'os, comme si elle était hypnotisée.

— Il y a des années que je n'avais pas vu un cas comme ça, murmura-t-elle enfin, ébahie.

— Les radios vous permettent d'établir un diagnostic ?

Le docteur Cawley sembla sortir de sa transe, se retourna, prit le crâne sur son bureau.

— Là, dit-elle en retournant le crâne pour lui montrer la face inférieure palatine. Vous voyez comme le récessus alvéolaire du maxillaire est grêlé et atrophié ? L'inflammation a littéralement dévoré cet os. Les gencives se sont tellement rétractées que les dents de devant sont tombées. Mais l'atrophie ne s'est pas arrêtée là. L'inflammation a continué à ravager l'os, ne détruisant pas seulement le palais, mais aussi la crête turbinale, là, au niveau du nez. Le visage a été complètement rongé de l'intérieur, jusqu'à ce que la voûte palatine, perforée, s'effondre.

— Alors cette femme devait être complètement défigurée ?

Cawley se retourna et regarda les radios de Ratwoman.

— Au Moyen Age, elle aurait sûrement inspiré de l'horreur.

— Vous voulez dire…

Le docteur Cawley hocha la tête.

— Cette femme avait certainement la maladie de Hansen.

13

Le terme pouvait paraître anodin pour quiconque n'en comprenait pas le sens. Mais cette maladie avait un autre nom, un nom dont les terribles échos répandaient l'horreur depuis la nuit des temps : la lèpre. Ces deux syllabes ressuscitaient des visions médiévales d'intouchables, au visage dissimulé sous un capuchon, de proscrits condamnés à mendier misérablement. Elles évoquaient le cliquètement des crécelles qu'on agitait pour prévenir le voisinage de la venue des monstres.

Des monstres qui étaient simplement la proie d'un envahisseur microscopique, le *Mycobacterium leprae*, un bacille à croissance lente qui, en se multipliant, défigure sa victime, cloquant sa peau d'horribles nodosités, détruisant les nerfs de ses mains et de ses pieds, laissant bientôt le malade incapable de ressentir la moindre douleur, de se préserver des blessures, livrant ses membres aux brûlures, aux mutilations et aux infections. Peu à peu, le mal s'étend. Les nodules se nécrosent, l'arête nasale s'effondre, les pieds et les orteils, sans cesse blessés, commencent à se désagréger. Jadis, lorsque le malheureux finissait par mourir, on ne l'enterrait pas dans le cimetière de l'église, mais on le rejetait loin de ses murs.

Jusque dans la mort, le lépreux était honni.

— Il est rarissime de voir, aux Etats-Unis, un patient à un stade aussi avancé de la maladie, dit le docteur Cawley. Les traitements modernes auraient arrêté la progression du mal bien avant qu'il ne provoque une telle défiguration. Une trithérapie peut venir à bout même des pires cas de lèpre lépromateuse.

— Je n'ai vu aucun bacille actif dans ses biopsies cutanées, dit Maura. Je suis convaincue que cette femme a été traitée.

— Oui, mais trop tard, apparemment. Regardez ces déformations. La perte des dents et l'effondrement des os de la face… Il y avait un certain temps qu'elle était infectée – probablement des dizaines d'années – lorsqu'on l'a soignée.

— Pourtant, même le patient le plus pauvre de ce pays aurait reçu un traitement…

— On peut l'espérer… La maladie de Hansen est un problème de santé publique.

— Ce qui veut dire que cette femme était probablement une immigrée.

Cawley acquiesça.

— On peut encore trouver des cas de lèpre parmi les populations rurales, un peu partout dans le monde. Mais la majorité de ces cas est essentiellement concentrée dans cinq pays : le Brésil, le Bangladesh, l'Indonésie, la Birmanie, et l'Inde, bien sûr.

Le docteur Cawley reposa le crâne sur l'étagère puis rassembla les photos sur son bureau.

Maura était à peine consciente de ce que faisait l'autre femme. Absorbée par les radios de Ratwoman, elle pensait à une autre victime, à une autre scène de crime. A du sang répandu, dans l'ombre d'un crucifix.

A l'Inde. Sœur Ursula avait travaillé en Inde.

L'abbaye de Graystones semblait plus froide et plus désolée que jamais lorsque Maura franchit le portail, cet après-midi-là. La vieille sœur Isabel la précédait dans la cour, ses snow-boots L. L. Bean dépassant de façon incongrue sous l'ourlet de son habit noir. Quand l'hiver devenait trop âpre, même les religieuses succombaient aux sirènes du Gore-Tex.

Sœur Isabel conduisit Maura jusqu'au bureau vide de l'abbesse, puis disparut dans le couloir sombre, le bruit flasque de ses pas suivi d'un écho décroissant.

Maura palpa le radiateur de fonte à côté d'elle ; il était glacé. Elle n'enleva pas son manteau.

Elle attendit, si longtemps qu'elle commença à se demander si on se souvenait seulement de sa présence, si la vieille et vénérable sœur Isabel ne s'était pas simplement évanouie dans le couloir, l'oubliant un peu plus à chaque pas. Ecoutant les craquements du bâtiment, les bourrasques qui ébranlaient la vitre, Maura s'imagina ce qu'aurait été sa vie ici, entre ces murs. Des années de silence et de prière, de rituels éternellement recommencés.

Il doit y avoir un certain confort là-dedans, se dit-elle. La facilité de savoir, chaque matin que Dieu fait, ce que sera la journée. Pas de surprises, pas de vagues. Tu te lèves de ton lit, tu enfiles les mêmes vêtements, tu t'agenouilles pour faire les mêmes prières, tu traverses les mêmes couloirs crépusculaires pour prendre ton petit déjeuner. Hors les murs, les jupes peuvent être plus ou moins courtes, les voitures changer de forme et de couleur, et la galaxie mouvante des stars de Hollywood apparaître et disparaître sur les écrans des salles obscures. Mais ici, à l'intérieur de cette enceinte, les rites se succèdent, immuables, tandis que ton corps s'affaiblit, que tes mains se mettent à trembler et que ton ouïe baisse, t'enfermant dans un silence chaque jour un peu plus grand.

Consolation. Consolation et satisfaction.

Oui, c'étaient autant de bonnes raisons de se retirer du monde, des raisons qu'elle comprenait.

Elle n'entendit pas mère Mary Clement arriver, et découvrit avec surprise que l'abbesse la regardait, debout dans l'encadrement de la porte.

— J'ai comme l'impression que vous avez encore des questions à me poser...

— C'est à propos de sœur Ursula.

L'abbesse entra dans la pièce et s'assit derrière son bureau. Elle avait l'air gelée, elle aussi. Sous son voile, elle portait un pull de laine grise brodé d'une farandole de petits chats blancs. Elle croisa les mains sur son bureau et braqua sur Maura un regard sévère. Rien à voir avec le visage bienveillant avec lequel elle l'avait accueillie au matin du premier jour.

— Après avoir tout fait pour bouleverser nos vies et souiller la mémoire de sœur Camille, vous voulez maintenant vous attaquer à sœur Ursula ?

— Elle trouverait sûrement normal qu'on recherche son agresseur.

— Et quels sont les terribles secrets que vous la soupçonnez de cacher, docteur Isles ? Quels péchés aimeriez-vous jeter sur la place publique ?

— Il ne s'agit pas forcément de péchés.

— Il y a quelques jours à peine, vous vous focalisiez entièrement sur Camille...

— Au point d'en oublier de nous intéresser de plus près au passé de sœur Ursula.

— Vous n'y trouverez aucune matière à scandale.

— Mais je ne cherche pas de scandale. Seulement les motivations de l'agresseur.

— Pour tuer une vieille religieuse de soixante-huit ans ? Je ne peux pas croire qu'il y ait un motif rationnel à une pareille abjection, fit la mère supérieure en secouant la tête.

— Vous avez dit vous-même que sœur Ursula avait servi dans une mission à l'étranger. En Inde.

Le brusque changement de sujet sembla déconcerter Mary Clement. Elle recula sur son siège et s'appuya à son dossier.

— Et quel est le rapport ?

— Je voudrais que vous me disiez ce que vous savez sur cette période qu'elle a passée en Inde.

— Je ne suis pas sûre de bien comprendre où vous voulez en venir…

— Elle a suivi une formation d'infirmière ?

— Oui, pendant cinq ans environ. Elle a travaillé dans un petit village, pas loin d'Hyderabad.

— Et elle est rentrée à Graystones l'an dernier ?

— En janvier.

— Elle vous a un peu raconté ce qu'elle faisait, là-bas ?

— Non.

— Elle y est restée cinq ans, et elle ne vous en a jamais parlé ?!

— Nous apprécions le silence, ici. On ne parle pas pour ne rien dire.

— Je ne pense pas que vous raconter sa mission à l'étranger, ce soit parler pour ne rien dire.

— Avez-vous déjà vécu à l'étranger, docteur Isles ? Pas dans un bel hôtel pour touristes, où des femmes de chambre changent vos draps tous les jours. Je veux parler de villages où les égouts se déversent au milieu de la rue, où les enfants meurent du choléra. Son expérience là-bas n'était pas un sujet de conversation spécialement agréable.

— Vous nous avez dit qu'elle avait connu une expérience particulièrement violente, en Inde. Que le village où elle travaillait avait été attaqué…

Le regard de l'abbesse tomba sur ses mains rouges et crevassées, qu'elle avait croisées sur son bureau.

— Ma mère ? insista Maura.

— Je ne connais pas tous les détails de l'histoire. Elle ne s'en est jamais ouverte directement. Le peu que j'en sais, je le tiens du père Doolin, de l'archidiocèse d'Hyderabad. Peu après ces tristes événements, il a appelé d'Inde pour me dire que sœur Ursula retournait à Graystones. Qu'elle souhaitait revenir à la vie monastique. Bien sûr, nous l'avons accueillie à bras ouverts. C'est ici qu'est sa maison, le foyer où elle est venue trouver le réconfort, après…

— Après quoi, ma mère ?

— Après le massacre. Dans le village de Bara…

Secouée par une bourrasque, la vitre trembla brutalement. Dehors, tandis que disparaissaient peu à peu les couleurs du jour, les murs sombres de l'abbaye se perdaient dans la grisaille qui tombait du ciel.

— C'est le village où elle était ? demanda Maura.

L'abbesse hocha la tête.

— Dans un endroit reculé, tellement pauvre qu'il n'y avait ni téléphone ni électricité. Près d'une centaine de personnes vivaient là, coupées du monde. Mais c'était la vie que notre sœur avait choisie, pour servir les êtres les plus meurtris en ce monde.

Maura pensa à l'autopsie de Ratwoman. A son crâne, déformé par la maladie. Elle dit, doucement :

— C'était un village de lépreux ?

Mary Clement acquiesça.

— En Inde, ils sont considérés comme les plus impurs de tous. Méprisés et redoutés, rejetés par leurs familles, ils vivent retirés de la société, dans des villages isolés, où ils n'ont pas à cacher leur visage. Où tout le monde est aussi monstrueux. Et pourtant, poursuivit-elle en regardant fixement Maura, même cette exclusion ne les protège pas de la violence. Aujourd'hui, le village de Bara a été rayé de la carte…

— A la suite de ce massacre ?

— C'est le terme qu'a utilisé le père Doolin. Un massacre collectif.

— Organisé par qui ?

— La police n'a jamais identifié les responsables. On a peut-être affaire à un massacre de caste. Ou bien à un crime des fondamentalistes hindous, furieux qu'une religieuse catholique vive parmi eux. Il peut très bien s'agir d'une opération montée par les Tamouls, ou n'importe laquelle des dizaines de factions séparatistes qui se font la guerre dans le secteur. Toujours est-il qu'ils ont tué tout le monde, docteur Isles. Les femmes, les enfants. Deux des infirmières du dispensaire, aussi.

— Mais Ursula a survécu.

— Grâce au ciel, elle ne se trouvait pas à Bara, ce soir-là. La veille, elle était partie chercher du matériel médical à Hyderabad. Quand elle est revenue, le lendemain matin, elle a trouvé le village en cendres. Des ouvriers de l'usine voisine étaient déjà sur place, à la recherche de survivants, mais ils n'en ont trouvé aucun. Tous les êtres vivants, y compris les animaux, les poulets, les chèvres, avaient été massacrés et brûlés. Sœur Ursula a été profondément choquée en voyant les corps, et elle a été hospitalisée dans la clinique de l'usine jusqu'à l'arrivée du père Doolin. Elle est la seule survivante de Bara, docteur Isles. Elle a eu de la chance.

Est-ce bien sûr ? songea Maura.

Elle n'avait échappé au massacre que pour rentrer à l'abbaye de Graystones, chez elle, et y être rattrapée par la mort.

Mère Mary Clement regarda Maura droit dans les yeux.

— Vous ne trouverez rien de honteux dans son passé. Seulement une vie au service de Dieu. Laissez notre sœur en paix, docteur Isles. Je vous en conjure, laissez-la tranquille.

Dans le vent cinglant qui s'engouffrait entre les pans de leurs manteaux, Maura et Rizzoli étaient plantées sur le trottoir devant ce qui avait jadis été le restaurant de Mama Cortina. C'était la première fois que Maura voyait les lieux à la lumière du jour : une rue bordée de bâtiments abandonnés et de fenêtres vides.

— Tu traînes dans des quartiers charmants, toi, fit Rizzoli, en levant les yeux vers l'enseigne décolorée du restaurant. Alors, c'est là que tu as trouvé ta Ratwoman ?

— Dans les toilettes des hommes. Elle était morte depuis trente-six heures environ quand je l'ai examinée.

— Et tu n'as pas encore réussi à l'identifier ?

Maura secoua la tête.

— Vu l'état d'avancement de sa lèpre, il y a de bonnes chances pour que ce soit une immigrée de fraîche date. Probablement clandestine.

— Ça me fait penser à *Ben Hur*, murmura Rizzoli en resserrant son manteau. Tu sais, la vallée des lépreux. Sauf que, là, on n'est pas au cinéma… C'est dingue ce que la lèpre peut faire au visage et aux mains…

— Elle provoque parfois des mutilations extrêmement graves. C'est ce qui terrifiait nos ancêtres. C'est

258

pour ça que la seule vue d'un lépreux pouvait les faire hurler d'horreur.

— Bon Dieu, quand on pense qu'on a ça chez nous, à Boston…, dit Rizzoli en frissonnant. On se les gèle ici, on y va ?

Elles s'avancèrent dans l'impasse, leurs semelles crissant sur les rigoles de glace formées par les pas de tous les policiers qui les avaient précédées. Ici, elles étaient protégées du vent, mais l'air prisonnier du puits de ténèbres qui séparait les bâtiments les glaçait jusqu'aux os. Donnant sur la ruelle, l'entrée de la porte de derrière était barrée du ruban jaune de la police.

Maura sortit la clef de sa poche, la glissa dans la serrure. La porte ne s'ouvrit pas.

— Pourquoi est-ce que leurs doigts tombent ? demanda Rizzoli.

— Pardon ? marmonna Maura qui, à genoux dans la neige, tentait vainement de débloquer la serrure gelée.

— Quand on attrape la lèpre, pourquoi est-ce qu'on perd ses doigts ? Est-ce que ça attaque la peau, comme des bactéries qui te boufferaient la chair ?

— Non, ça n'a rien à voir. Le bacille de la lèpre attaque les nerfs périphériques, et les doigts des pieds et des mains deviennent complètement insensibles. On ne sent plus la douleur, qui est notre système d'alarme, une sorte de mécanisme de défense contre les blessures. Sans ça, on pourrait mettre tranquillement nos doigts dans l'eau bouillante et ne même pas sentir qu'on est en train de se brûler. Par exemple, imagine que tu sois lépreuse et que tu te fasses une ampoule au pied. Eh bien, tu ne ferais rien pour la soigner et, à force, tu attraperais plein d'infections. Peut-être même la gangrène…

Maura s'interrompit, excédée : la serrure ne voulait rien savoir.

— Pousse-toi. Laisse-moi essayer.

Sans se faire prier, Maura se releva et se mit de côté, glissant avec satisfaction ses mains gantées dans ses poches pendant que Rizzoli s'escrimait sur la serrure.

— Dans les pays pauvres, reprit Maura, ce sont les rats qui abîment le plus les mains et les pieds.

Rizzoli leva la tête en fronçant les sourcils.

— Les rats ?

— Pendant la nuit, quand tu dors. Ils rampent jusqu'à ton lit et te rongent les doigts et les orteils.

— Tu plaisantes ?

— Et tu ne t'en rends pas compte, parce que, avec la lèpre, tu ne sens rien. Lorsque tu te réveilles, le lendemain matin, tu découvres que l'extrémité de tes doigts a disparu. A la place, tu n'as plus que des moignons sanglants.

Rizzoli la fixa en ouvrant de grands yeux, puis força à nouveau sur la clé.

La serrure céda d'un coup, la porte s'ouvrit à la volée, révélant un camaïeu de gris qui se fondait dans un noir d'encre.

— Bienvenue chez Mama Cortina, dit Maura.

Rizzoli s'arrêta sur le seuil, le faisceau de sa Maglite tranchant les ténèbres.

— Il y a un truc qui bouge, là-dedans, murmura-t-elle.

— Oh, c'est juste des rats.

— Ne me parle plus de ces sales bêtes !

Maura alluma sa torche à son tour et suivit Rizzoli dans l'obscurité qui puait la graisse rance.

— C'est par ici qu'il l'a fait entrer, jusque dans la salle de restaurant, dit Maura, le rayon de sa lampe se promenant sur le sol. Les enquêteurs ont trouvé des traînées dans la poussière, sûrement laissées par les talons de ses chaussures. Le meurtrier a dû la prendre sous les bras et la tirer en arrière.

— Quoi, tu crois qu'il a osé la toucher ?

— A mon avis, il portait des gants. Il n'a laissé aucune empreinte digitale.

— Il a quand même bien fallu qu'il touche ses vêtements. Bonjour les risques de contamination !

— Tu penses comme dans le temps. Comme si, en touchant un lépreux, tu allais te changer en monstre ! Ça ne se transmet pas aussi facilement.

— N'empêche, la contagion, ça existe, et, avant d'avoir eu le temps de dire ouf, tu as le nez et les doigts qui se barrent…

— Mais ça se soigne ! Il y a des antibiotiques, maintenant.

— Je me fous pas mal que ça se soigne, grommela Rizzoli en s'aventurant précautionneusement dans la cuisine. La lèpre, c'est pas rien, quand même. T'as qu'à relire la Bible…

Elles passèrent par les portes battantes qui donnaient sur la salle à manger. Rizzoli fit décrire un cercle à sa Maglite, révélant un amphithéâtre de chaises empilées. La vermine était invisible, mais l'obscurité vibrait de bruits furtifs.

— On va par où ? demanda Rizzoli, d'une voix réduite à un murmure.

Comme si elles venaient de profaner un territoire interdit.

— Tout droit. Il y a un couloir au bout de la salle, à droite.

Le disque jaune de leurs lampes décrivait des arabesques sur le sol. Les dernières traînées laissées par la victime avaient été effacées par le passage de tous les représentants de l'ordre, flics et experts, venus enquêter sur les lieux. La nuit où Maura s'était rendue sur la scène du crime, elle était flanquée des inspecteurs Crowe et Sleeper, et elle savait que les équipes de la police scientifique étaient là, prêtes à intervenir avec leurs appareils photo, leurs instruments de mesure, leur poudre pour relever les empreintes digitales. Cette nuit-là, elle n'avait pas eu peur.

Mais, là, elle se surprenait à haleter, à ne pas quitter Rizzoli d'un pas, angoissée à l'idée qu'il n'y avait personne pour surveiller ses arrières. Réprimant un frisson, elle se concentra à l'extrême sur chaque son, sur le moindre souffle dans son dos.

Rizzoli s'arrêta et braqua sa lampe vers la droite.

— C'est le couloir dont tu me parlais ?

— Les toilettes sont au bout.

Rizzoli avança encore, la lumière de sa lampe se heurtant à un mur, puis à un autre. Elle s'arrêta devant la dernière porte, comme si elle connaissait déjà l'abjection de ce qui l'attendait. Elle éclaira l'intérieur de la pièce, resta un moment en arrêt devant les traces de sang sur le carrelage. Sa lampe glissa rapidement sur les murs, révéla la cabine de WC, les pissotières de porcelaine, les lavabos maculés de rouille. Puis, comme attirée par une force magnétique, elle revint à l'endroit même où le corps avait été couché.

A croire que la mort avait un pouvoir qui s'attardait derrière elle. Longtemps après qu'on avait emmené le corps et nettoyé le sang, le théâtre d'une mort violente gardait encore la mémoire de ce qui s'y était passé. Les échos des cris, l'odeur de la peur. Et, tel un trou noir, il aspirait dans son vortex l'attention des vivants, qui, incapables de se détourner, ne pouvaient résister à la tentation d'entrevoir une parcelle de l'enfer.

Rizzoli s'accroupit pour regarder les carreaux souillés de sang.

— Un tir net et sans bavure, en plein cœur, dit Maura en se baissant à ses côtés. Tamponnade péricardique, avec arrêt cardiaque rapide. C'est pour ça qu'il y a si peu de sang par terre : plus de battements du cœur, plus de circulation. Lorsqu'il a commencé ses amputations, c'est un cadavre qu'il découpait.

Elles restèrent silencieuses, le regard perdu sur les traces brunâtres. Là, dans ces toilettes, il n'y avait pas de fenêtres. On pouvait allumer la lumière sans crainte d'être dérangé : personne ne pouvait vous voir de la rue. Celui qui avait manié le couteau avait pu prendre son temps, s'appliquer sur l'objet de ses attentions. Aucun cri à étouffer, nul risque d'être découvert, il avait pu découper selon son bon plaisir, trancher la peau et disloquer les jointures pour recueillir un à un ses trophées humains.

Et, une fois son travail achevé, il avait laissé le corps sur place, là où régnait la vermine, là où les rats et les cafards se régaleraient, effaçant voracement les reliefs de ce festin de chair.

Maura se redressa vivement, le cœur battant. Malgré le froid de canard qui régnait dans le bâtiment, ses mains transpiraient dans ses gants, et elle sentait son pouls battre à tout rompre.

— Bon, on y va ? demanda-t-elle dans un souffle.

— Attends. Laisse-moi jeter encore un coup d'œil.

— Mais il n'y a plus rien à voir, ici !

— On vient juste d'arriver, toubib.

Maura se retourna vers le couloir obscur et ne put réprimer un frisson. Elle avait perçu comme une étrange variation dans l'air. Soudain, un souffle glacial lui fit dresser les cheveux sur la tête.

La porte ! Nous n'avons pas refermé la porte à clé !

Rizzoli était toujours à croupetons, absorbée dans l'examen des traces de sang, sa Maglite effleurant lentement le sol.

Elle n'a pas l'air de s'en faire, pensa Maura. Pourquoi est-ce que je m'inquiète ? Allons, du calme, du calme.

Elle se rapprocha lentement de la porte. Brandissant sa lumière comme un sabre, elle fouilla l'obscurité du couloir.

Ne vit rien.

— Rizzoli, murmura-t-elle. On s'en va, maintenant ?

Rizzoli sentit la tension dans la voix de Maura et demanda, tout aussi bas :

— Qu'est-ce qu'il y a ?

— Il y a que je ne veux pas rester ici plus longtemps.

— Qu'est-ce qui t'arrive ?

Maura ne pouvait détacher ses yeux des ombres du couloir.

— Il y a un truc bizarre…

— Tu as entendu quelque chose ?

— On fiche le camp d'ici, d'accord ?

— D'accord, répondit enfin Rizzoli en se redressant.

Elle passa devant Maura et s'enfonça dans le couloir. Un instant, elle s'arrêta, comme si elle flairait l'air, à l'affût d'une menace.

L'intrépide Rizzoli, celle qui mène toujours les opérations, se dit Maura en la suivant dans le puits de ténèbres, puis dans la salle de restaurant.

Précédées du rayon lumineux de leurs torches, elles repassèrent par la cuisine.

Et nous voilà sur le parquet grinçant, avec nos lampes pour cibles…

Bientôt, Maura sentit un nouveau courant d'air glacial et s'arrêta net : la silhouette d'un homme se détachait dans l'embrasure de la porte ouverte. Abasourdie, paralysée, elle entendit une voix déchirer le théâtre d'ombres :

— Halte !

— Lâchez votre arme !

— J'ai dit halte, connard ! hurla Rizzoli, accroupie, déjà en position de tir.

— Police de Boston ! Je suis de la police de Boston !

— Putain de merde… !

La lampe de Rizzoli éclaira brutalement le visage de l'intrus. Il plissa les yeux et leva un bras pour se protéger de la lumière. Il y eut un long silence.

Soudain, Rizzoli eut un reniflement écœuré.

— Et merde !

— Ouais, moi aussi j'suis content de te voir, répondit l'inspecteur Crowe. Eh ben, on dirait que c'est le dernier endroit tendance de Boston…

— Tu te rends compte que j'aurais pu t'exploser la tête ? grogna Rizzoli. T'aurais pu prévenir, quand mê…

Elle n'acheva pas sa phrase. Un homme de haute taille qui se déplaçait avec une grâce féline venait de s'avancer devant Crowe et de pénétrer dans le cercle de lumière formé par la lampe de Rizzoli. Un cercle de lumière qui se mit soudain à osciller : la main de Rizzoli tremblait.

— Salut, Jane, dit Gabriel Dean.

Pendant quelques secondes il n'y eut que le silence. Un silence qui, dans cette obscurité, semblait devoir être éternel.

Lorsque, enfin, Rizzoli répondit, ce fut d'une voix étrangement atone. Professionnelle.

— Je ne savais pas que tu étais dans le secteur.

— J'ai pris l'avion ce matin.

Elle rengaina son arme, se redressa de toute sa hauteur.

— Et qu'est-ce que tu fais là ?

— La même chose que toi. L'inspecteur Crowe me fait visiter la scène de crime.

— Comment ça ? Le FBI est dans le coup, maintenant ? C'est quoi, ce cirque ?

Dean scruta du regard les ombres alentour.

— J'aimerais autant qu'on parle de ça ailleurs… au chaud, par exemple. Et j'aimerais bien que toi aussi tu m'expliques ce que tu fais ici, Jane.

— D'accord, mais ce sera donnant donnant, maugréa Rizzoli.

— Bien sûr.

— Et cartes sur table.

Dean hocha la tête.

— Je te dirai tout ce que je sais, promis !

— Ecoutez, coupa Crowe, laissez-moi finir la visite guidée de l'agent Dean, et on se retrouve à la salle de conférences. Au moins, il y aura assez de lumière pour qu'on se voie, et on ne sera pas plantés ici comme des manches, à se peler le cul !

Rizzoli acquiesça d'un ton sec :

— D'accord, rendez-vous à deux heures en salle de conférences.

14

Rizzoli farfouilla dans sa poche à la recherche de ses clés de voiture. Et les fit tomber dans la neige. Elle lâcha un juron, se pencha pour les récupérer.

— Ça va ? demanda Maura.

— Il m'a vraiment prise de court. Je ne m'attendais pas du tout à le voir.

Elle se redressa et exhala un nuage de buée.

— Bordel, mais qu'est-ce qu'il peut bien foutre ici ?

— Son boulot, je suppose.

— Putain, le choc ! Je ne me sens absolument pas prête à retravailler avec lui…

— Tu n'auras peut-être pas le choix.

— Je sais. Et c'est bien ça qui me fout en l'air. Ne pas avoir le choix.

Rizzoli déverrouilla la portière et elles se glissèrent toutes les deux à l'intérieur de la voiture, sur les sièges glacés.

— Tu vas lui dire ? demanda Maura.

Rizzoli mit le contact et répondit d'un ton sombre :

— Non.

— Peut-être qu'il aimerait le savoir.

— J'en suis pas sûre. Je ne suis pas sûre qu'aucun homme le souhaite, d'ailleurs.

— Alors, d'office, tu tires un trait sur un éventuel happy end ? Tu ne lui laisses aucune chance ?

Rizzoli poussa un gros soupir.

— Pour ça, il faudrait peut-être qu'on soit faits autrement, tous les deux…

— Mais, justement, cette histoire n'arrive pas à deux autres personnes. C'est à vous qu'elle arrive.

— Exact. Pas de bol, hein ?

— Attends, pourquoi tu dis ça ?

Rizzoli resta silencieuse un long moment, le regard fixé sur la route.

— Tu sais comment mes deux frères m'appelaient, quand on était petits ? demanda-t-elle enfin, tout bas. La grenouille. Ils disaient qu'aucun prince ne voudrait jamais embrasser une grenouille. Et encore moins m'épouser.

— Les frères sont sans pitié, parfois.

— Peut-être… Mais, parfois, ils disent juste la vérité.

— Quand l'agent Dean te regarde, je ne pense pas qu'il voie une grenouille.

Rizzoli haussa les épaules.

— Qui peut dire ce qu'il voit ?

— Une femme intelligente ?

— Ouais, t'as raison. C'est tellement sexy, une femme intelligente !

— Pour certains hommes, ça l'est.

— Ouais, c'est ce qu'ils disent. N'empêche, j'ai du mal à le croire. Quand ils ont le choix, les hommes préfèrent toujours le cul et les nichons.

Rizzoli se concentra avec une fixité rageuse sur la route tandis que la voiture remontait des rues aux trottoirs encroûtés de neige sale, bordées de voitures au pare-brise blanc de givre.

— Il a bien dû te trouver quelque chose, Jane. Suffisamment pour être attiré.

— Tout ça, c'était à cause de l'affaire sur laquelle on enquêtait. L'excitation de la chasse. Ça te donne vraiment l'impression d'être vivant, tu comprends ? Quand tu commences à toucher au but, tu as une montée d'adrénaline et tout te semble différent, nouveau. Tu fais équipe avec quelqu'un vingt-quatre heures sur vingt-quatre, tu travailles si près de lui que tu reconnais son parfum, tu sais comment il aime boire son café, comment il fait son nœud de cravate. Et puis l'affaire tourne au vinaigre, tu t'énerves avec lui, tu as peur avec lui. Et, rapidement, ça commence à ressembler à de l'amour. Sauf que ça n'en est pas. C'est juste deux personnes embarquées dans une situation tellement extrême qu'elles ne peuvent plus faire la différence entre leur désir et la fièvre de la chasse. Voilà ce qui est arrivé. Enfin, je crois. On s'est rencontrés au-dessus de quelques cadavres, et, au bout d'un moment, même moi j'ai commencé à lui paraître baisable.

— Et lui ? C'est tout ce qu'il était pour toi ? Baisable ?

— Lui, c'est pas pareil…

— Parce que si tu ne l'aimes pas, si tu t'en fous, ça ne devrait pas être aussi compliqué quand tu te retrouves en face de lui, non ?

— J'en sais rien ! coupa Rizzoli, exaspérée. Je ne sais même pas ce que je ressens pour lui.

— Est-ce que ça dépend du fait qu'il t'aime ou pas ?

— Ça, je ne risque pas de le lui demander.

— Au moins, tu aurais une réponse claire et nette.

— Comment on dit, déjà ? « Si tu ne veux pas entendre la réponse, alors ne pose pas la question », c'est bien ça, non ?

— On ne sait jamais. Peut-être que tu serais surprise…

Sur Schroeder Plaza, elles s'arrêtèrent pour prendre des cafés qu'elles remontèrent dans la salle de conférences. En attendant l'arrivée de Crowe et de Dean, Maura regarda Rizzoli farfouiller fébrilement dans ses papiers comme s'ils recelaient un secret qu'elle était avide de découvrir. A deux heures un quart, elles entendirent enfin le lointain *ding* de la porte de l'ascenseur, puis le rire de Crowe dans le couloir.

Rizzoli se raidit. Les voix des deux hommes se rapprochaient, mais son regard restait rivé aux papiers. Lorsque Dean apparut dans l'encadrement de la porte, elle ne leva pas les yeux, comme pour mieux lui dénier le pouvoir qu'il avait sur elle.

Maura avait rencontré l'agent spécial Gabriel Dean pour la première fois au mois d'août, lorsqu'il avait intégré l'équipe de la Criminelle pour enquêter sur une série d'assassinats commis sur des couples fortunés de la région de Boston. C'était un homme flegmatique, à la stature imposante. Il avait rapidement pris la direction de l'équipe et, dès le début, il était apparu inévitable qu'il entre en conflit avec Rizzoli, l'inspecteur en charge du dossier. Maura avait été aux premières loges pour voir la rivalité se muer en attirance. Elle avait perçu les premières étincelles de leur romance, vu leurs yeux se rencontrer au-dessus des cadavres. Elle avait noté la façon dont Rizzoli rougissait, se troublait. Les premières flammes de l'amour n'étaient-elle pas toujours empreintes de confusion ?

Tout comme les derniers feux…

Dean entra dans la pièce, et son regard s'arrêta

aussitôt sur Rizzoli. Il était en costume-cravate, et son allure impeccable tranchait avec le chemisier froissé et les cheveux ébouriffés de Rizzoli. Quand elle leva enfin les yeux sur lui, ce fut presque avec un air de défi.

Eh bien, me voilà. A prendre ou à laisser.

Crowe se dandina nonchalamment vers le bout de la table.

— O.K., maintenant que la fine équipe est au complet, c'est l'heure de se mettre à table, fit-il en regardant Rizzoli.

— On va d'abord écouter ce que le FBI a à nous dire, répondit-elle.

Dean ouvrit l'attaché-case qu'il avait déposé sur la table. Il en sortit un dossier et le fit passer à Rizzoli.

— Cette photo a été prise il y a dix jours, à Providence, sur Rhode Island, dit-il.

Rizzoli ouvrit le dossier. Assise à côté d'elle, Maura voyait bien la photo. C'était le cliché d'une scène de crime, sur lequel on voyait un homme roulé en position fœtale dans le coffre d'une voiture. Le tapis de sol couleur fauve était couvert de sang. La victime avait les yeux grands ouverts. Son visage était étonnamment peu marqué, mais sa peau était violacée : les marques typiques de la lividité cadavérique.

— Cet homme s'appelait Howard Redfield. Cinquante et un ans, blanc, divorcé, originaire de Cincinnati, commenta Dean. Cause de la mort : une blessure par balle, tirée dans l'os temporal gauche. En outre, il présentait des fractures multiples des deux rotules, administrées à l'aide d'un objet contondant, peut-être un marteau. Et aussi des brûlures sévères sur les deux mains, qu'on lui avait attachées dans le dos avec du ruban adhésif d'électricien.

— Il a été torturé, quoi, dit Rizzoli.

— Ouais. Et salement.

Rizzoli se cala soudain contre le dossier de sa chaise, le visage blême. Maura était la seule personne de l'assistance à comprendre sa pâleur, à lire le combat intérieur qui se dessinait sur son visage, à deviner qu'elle luttait pour réprimer une nausée.

— Il a été retrouvé mort dans le coffre de son propre véhicule, continuait Dean. La voiture était garée à deux rues de la gare routière de Providence, à une heure ou une heure et demie d'ici, seulement.

— Mais dans une autre juridiction, remarqua Crowe.

Dean acquiesça.

— C'est bien pour ça que vous n'avez pas été informés de l'affaire. Cela dit, il n'a peut-être pas été tué à Providence ; l'assassin a très bien pu conduire cette voiture jusque-là avec la victime dans le coffre et laisser le véhicule sur place avant de reprendre le bus pour Boston.

— Revenir à Boston ? Mais qu'est-ce qui vous fait dire que c'est de là qu'il est parti ? demanda Maura.

— Simple supposition. Nous ne savons pas où le meurtre a vraiment eu lieu. Nous ne savons rien des déplacements de M. Redfield au cours des dernières semaines. Il vivait à Cincinnati, et on le retrouve mort en Nouvelle-Angleterre. Il n'a pas utilisé sa carte de crédit, et on ne sait pas où il est descendu. On sait seulement qu'il a retiré une grosse somme en liquide de son compte en banque il y a un mois, avant de partir de chez lui.

— Ça m'a tout l'air de quelqu'un qui prend la fuite et ne veut pas laisser de traces derrière lui, dit Maura. Quelqu'un qui a peur ?

Dean regarda la photo.

— Apparemment, il n'avait pas tort.

— Dis-nous-en un peu plus sur la victime, demanda Rizzoli.

Elle avait repris le contrôle d'elle-même et pouvait regarder la photo sans sourciller.

— Avant sa mort, Redfield était vice-président des laboratoires Octagon Chemicals, chargé de leurs activités à l'étranger, continua Dean. Il y a deux mois, il a donné sa démission. Officiellement pour des raisons personnelles.

— Octagon ? répéta Maura. On en a parlé aux infos. Est-ce que ce n'est pas eux qui font l'objet d'une enquête de la SEC ?

— En effet, le Gendarme de la Bourse a intenté une poursuite au pénal contre Octagon, acquiesça Dean. Ils sont accusés de multiples détournements de fonds et de transactions illégales portant sur des milliards de dollars…

— Des milliards de dollars ! répéta Rizzoli. Putain !

— Octagon est une énorme multinationale. Son chiffre d'affaires annuel frise les vingt milliards de dollars. C'est du lourd.

Rizzoli regarda la photo du cadavre.

— Et ce pauvre type était compromis dans ce merdier. A tous les coups, il devait connaître les détails des opérations. Tu crois qu'il en savait trop long sur Octagon ?

— Il y a trois semaines, reprit Dean, Redfield a pris rendez-vous avec des représentants du Département de la Justice.

— Ouais, fit Crowe avec un rire. Il devait vraiment en savoir trop.

— Et il a demandé à rencontrer les gars en question ici, à Boston.

— Pourquoi pas à Washington ? demanda Rizzoli.

— Selon lui, d'autres types avaient des révélations à faire. A Boston. Ce que nous ne savons pas, c'est pourquoi il a jugé bon de s'adresser au Département de la Justice plutôt que directement à la SEC, puisque, a priori, c'était lié à l'affaire Octagon.

— Mais vous n'en êtes pas certains ?

— Non ; il n'est jamais venu au rendez-vous. A ce moment-là, il était déjà mort.

— Hé, hé, ça pue le meurtre commandité…, commença Crowe.

— Qu'est-ce que ça a à voir avec notre Ratwoman ? coupa Rizzoli.

— J'allais justement y venir, répondit Dean en se tournant vers Maura. Vous qui avez fait l'autopsie, dites-nous quelle était la cause de sa mort…

— Une balle tirée en pleine poitrine, fit Maura. Des fragments ont pénétré dans le cœur, provoquant une hémorragie massive dans le péricarde, qui a empêché le cœur de battre. C'est ce qu'on appelle une tamponnade péricardique.

— Et quel type de balle a été utilisé ?

Maura repensa aux radios de la poitrine de Ratwoman. A ces fragments de balle dispersés à travers les poumons comme une galaxie d'étoiles.

— Une balle Glaser blue-tip. Une chemise de cuivre renfermant des plombs de métal. Conçue pour se fragmenter à l'intérieur du corps. Ça pénètre sans ressortir de l'autre côté… C'est particulièrement dévastateur, ajouta-t-elle après une pause.

Dean eut un mouvement de menton vers la photo de Howard Redfield, roulé en boule et baignant dans son sang à l'arrière de sa voiture.

— Redfield a été tué par une Glaser blue-tip.

Une balle tirée par l'arme même qui a tué votre inconnue.

Un ange passa. Puis Rizzoli reprit, d'un ton incrédule :

— Mais tu as présenté ton affaire comme un contrat, comme un meurtre commandité par Octagon pour faire taire quelqu'un de trop bavard... Rien à voir avec Ratwoman...

— L'inspecteur Rizzoli a raison, acquiesça Maura. J'ai du mal à imaginer que notre malheureuse victime ait pu faire l'objet d'un contrat...

— Il n'en reste pas moins que Howard Redfield et votre inconnue ont été tués avec la même arme, rappela Dean.

— C'est même comme ça que l'agent Dean est entré dans la danse, dit Crowe. J'ai demandé une recherche DRUGFIRE sur la balle à chemise de cuivre que vous avez extraite de la poitrine de Ratwoman.

De même que la banque de données nationale AFIS du FBI centralisait les empreintes digitales, le DRUG-FIRE rassemblait toutes les informations sur les armes à feu. Les stries et les rainures des balles trouvées sur chaque scène de crime étaient répertoriées, numérisées, et pouvaient ensuite être recoupées pour identifier l'arme à feu utilisée pour commettre un crime.

— Et le DRUGFIRE a trouvé une correspondance, confirma Dean.

Rizzoli secoua la tête, comme si elle n'en croyait pas ses oreilles.

— Pourquoi ces deux-là ? Je ne vois vraiment pas le rapport.

— C'est pour ça que la mort de votre Ratwoman est tellement intéressante.

Maura n'apprécia pas que Dean utilise le terme

« intéressant ». Comme s'il y avait des morts *inintéres-santes*, qui ne méritaient pas une attention particulière. Les victimes en question auraient apprécié.

Elle revint à la photo, une vilaine flaque de sang étalée sur la table de conférence.

— N'empêche que notre inconnue ne cadre pas dans le tableau.

— Que voulez-vous dire, docteur Isles ?

— L'assassinat de Redfield s'explique facilement. On ne voulait pas qu'il crache le morceau à la SEC. Le fait qu'il ait été torturé montre bien que sa mort n'est pas une simple histoire de vol qui a mal tourné ; le tueur voulait le faire parler, peut-être lui faire payer quelque chose. Mais qu'est-ce que notre victime – qui a priori était une immigrée en situation irrégulière – vient faire là-dedans ? Qui pouvait vouloir sa mort ?

— C'est justement ce qu'on voudrait bien savoir, s'impatienta Dean en fixant Rizzoli. Je crois que tu es sur une autre affaire. Qui pourrait aussi avoir un rapport avec ça.

Elle eut un mouvement nerveux de la tête, comme si son regard l'ébranlait.

— Quel rapport ? Ton affaire n'a rien à voir…

— L'inspecteur Crowe m'a dit que deux religieuses avaient été attaquées dans leur couvent, à Jamaica Plain, poursuivit Dean.

— Peut-être, mais le meurtrier ne s'est pas servi d'une arme à feu. Les religieuses ont été assommées, avec un marteau, probablement. C'est plutôt l'agression bestiale d'un dingue qui doit détester les femmes.

— Ou c'est peut-être ce qu'il voulait vous faire croire. Pour éviter qu'on ne fasse le rapprochement avec les deux autres homicides.

— Ouais, eh bien, ça a marché. Jusqu'à ce que le

docteur Isles découvre que Ratwoman avait la lèpre. Or, l'une des religieuses qui ont été attaquées, sœur Ursula, a travaillé dans un village de lépreux, en Inde.

— Un village qui n'existe plus, précisa Maura.

Dean la regarda.

— Comment ça ?

— On pense qu'il y a eu un massacre pour des motifs religieux. Près de cent personnes ont été exécutées, et le village a été réduit en cendres, poursuivit Maura d'une voix étranglée. Sœur Ursula est la seule survivante de la tuerie.

C'était la première fois qu'elle voyait Gabriel Dean aussi dérouté. D'habitude, c'était lui qui détenait les secrets et distillait les révélations, de préférence au compte-gouttes. Cette information inattendue lui avait cloué le bec.

C'est alors que Maura lui porta l'estocade finale.

— Je crois que notre inconnue pourrait venir du même village.

— Vous m'aviez dit que vous pensiez que c'était une Latino…, s'étonna Crowe.

— Ce n'était qu'une supposition, fondée sur la pigmentation de sa peau.

— Alors, comme ça, vous changez d'hypothèse pour coller aux circonstances, hein ?

— Non, j'en change à cause de ce qu'a révélé l'autopsie. Vous vous souvenez de ce brin de fil jaune qu'on a retrouvé collé à son poignet ?

— Ouais. Nos spécialistes en fibres et cheveux ont dit que c'était du coton. Sûrement un bout de ficelle.

— Porter un bout de ficelle autour du poignet est censé vous protéger du mauvais œil. C'est une coutume hindoue.

— Je vois, fit Dean. L'Inde, toujours…

Maura acquiesça.

— Tout nous ramène à l'Inde, oui.

— Une religieuse et une lépreuse sans papiers ? Comment relier tout ça à un crime commandité ? objecta Crowe en secouant la tête. On n'engage un tueur professionnel que quand il y a beaucoup d'argent à gagner.

— Ou à perdre, répliqua Maura.

— Si ce sont tous des meurtres sous contrat, reprit Dean, vous pouvez êtres sûrs d'une chose : c'est que votre enquête va être surveillée de près. Ne laissez filtrer aucune information sur vos dossiers. Quelqu'un a forcément la police de Boston dans le collimateur.

Et ça vaut également pour moi, pensa Maura en frissonnant.

Elle était fortement exposée, elle aussi. Aux infos nationales, sur les scènes de crime, et même sur le parking, quand elle reprenait sa voiture. Elle était habituée à être sous les feux des projecteurs, sous l'œil des médias. Mais, cette fois, le regard braqué sur elle était d'une tout autre nature. Et elle se souvint de ce qu'elle avait ressenti dans les ténèbres, chez Mama Cortina : l'impression glacée que quelque chose la menaçait. Telle une proie qui se serait sentie tout à coup prise en chasse.

— Il faut que je voie cette autre scène de crime, le couvent où les religieuses ont été agressées, poursuivit Dean en regardant Rizzoli. Tu pourrais m'y emmener ?

Elle ne répondit pas tout de suite. Elle resta immobile, le regard perdu sur la photo de Howard Redfield en position fœtale, dans le coffre de sa voiture.

— Jane ?

Elle prit une profonde inspiration et se redressa,

comme si elle avait soudain trouvé un regain de courage. De force d'âme.

— Allons-y.

Elle se leva, regarda Dean.

— J'ai l'impression qu'on va refaire équipe.

15

Je peux gérer ça. Je peux le gérer.

Rizzoli conduisait vers Jamaica Plain, les yeux rivés sur la route, mais l'esprit absorbé par Gabriel Dean. Il avait resurgi sans crier gare dans sa vie, et elle était encore trop hébétée pour comprendre ce qu'elle ressentait au juste. Elle avait l'estomac noué, les mains moites. Pas plus tard que la veille, elle croyait avoir surmonté le plus dur, le sentiment d'absence, le manque ; elle croyait qu'avec un peu de temps et beaucoup d'activité elle allait pouvoir laisser cette histoire derrière elle. Genre : loin des yeux, loin du cœur.

Et voilà qu'il était de retour dans son champ de vision, et partout ailleurs.

Elle arriva la première à l'abbaye de Graystones. Elle resta assise dans sa voiture et l'attendit, les nerfs tendus à bloc, son anxiété se changeant progressivement en nausée.

Reprends-toi, merde ! Concentre-toi sur le boulot.

Elle vit sa voiture de location apparaître. Il se gara derrière elle.

Elle sortit aussitôt et fut accueillie par de violentes bourrasques en plein visage. Plus le vent serait glacial, mieux ce serait, autant de gifles qui l'aideraient à garder

280

l'esprit clair. Elle le regarda descendre de voiture et l'accueillit avec un signe de tête nerveux, le genre de salut qu'on lance à un de ses collègues.

Puis elle fit demi-tour et tira la cloche du portail. Pas une demi-minute pour entamer une conversation, pour chercher maladroitement ses mots. Se jeter dans le travail à corps perdu, parce que c'était le seul moyen qu'elle avait de gérer cette collaboration. Elle fut soulagée de voir une religieuse sortir du bâtiment et se diriger vers le portail en claudiquant dans la neige.

— C'est sœur Isabel, dit Rizzoli. Crois-le ou non, c'est l'une des plus jeunes de la congrégation.

La sœur leur coula un regard en biais à travers les barreaux de la grille, lorgnant plus spécialement l'homme qui flanquait Rizzoli.

— C'est l'agent Gabriel Dean du FBI, annonça Rizzoli. Je veux juste lui montrer la chapelle. Nous ne vous dérangerons pas.

Sœur Isabel ouvrit la grille et les laissa entrer. Puis elle regagna aussitôt le bâtiment, les plantant là, dans la cour. Seuls, à écouter décroître l'écho du bruit glacial, définitif, fait par le portail en se refermant derrière eux.

Rizzoli rompit immédiatement le silence en se lançant dans un résumé de l'affaire :

— Nous ne savons pas encore avec certitude par où l'assassin est entré. La neige a couvert toutes les empreintes de pas et nous n'avons pas trouvé de branches de lierre cassées indiquant qu'il aurait escaladé un mur. La grille de devant est restée verrouillée tout le temps, alors, s'il est entré par là, il a fallu que quelqu'un à l'intérieur de l'abbaye lui ouvre, en violation des règles du couvent. Ça a dû se passer la nuit, quand personne ne pouvait le voir.

— Il n'y a pas de témoins ?

— Aucun. Nous avons d'abord cru que c'était la plus jeune sœur, Camille, qui avait ouvert la grille.

— Pourquoi elle ?

— A cause de ce que nous avons découvert pendant l'autopsie.

Rizzoli ajouta, en fixant le mur comme pour éviter son regard :

— Elle a accouché récemment. On a trouvé le nouveau-né mort au fond d'une mare, derrière l'abbaye.

— Et le père ?

— Qui que ce soit, c'est le suspect numéro un. On ne l'a pas encore identifié. Les tests ADN sont en cours. Mais il semblerait maintenant, après ce que tu viens de nous apprendre, que nous ayons suivi un mauvais lièvre…

Elle regarda les murs qui les entouraient, la grille qui les séparait du monde, et une séquence d'événements toute différente commença soudain à se dérouler devant ses yeux. Une séquence qui n'avait rien à voir avec celle qu'elle avait imaginée quand elle avait mis les pieds pour la première fois sur la scène du crime.

Et si ce n'est pas Camille qui a ouvert la grille…

— Qui a pu faire entrer l'assassin dans l'abbaye ? demanda Dean, comme s'il lisait dans ses pensées.

Elle regarda la grille en fronçant les sourcils, imaginant la neige qui soufflait sur les pavés.

— Ursula portait un manteau et des bottes…

Elle laissa sa phrase en suspens, tourna sur elle-même pour regarder les bâtiments. Et se les représenter dans les heures les plus sombres de la nuit, juste avant l'aube, quand toutes les fenêtres sont noires, les religieuses endormies dans leurs chambres, et que le seul bruit que l'on entend dans la cour est le hululement du vent…

— Il neigeait déjà quand elle est sortie… Elle était habillée comme pour aller dans le froid. Elle a traversé la cour pour aller vers la grille, où quelqu'un l'attendait…

— Quelqu'un dont elle attendait la venue, renchérit Dean.

Rizzoli acquiesça. Puis elle se tourna vers la chapelle et commença à marcher, ses bottes faisant des trous dans la neige. Dean était juste derrière elle, mais elle n'était plus concentrée sur lui ; elle marchait dans les pas d'une femme condamnée.

Dans les tourbillons de la première chute de neige de l'hiver… C'est la nuit, les pierres glissent sous tes semelles. Tu avances sans faire de bruit parce que tu ne veux pas que les autres sœurs sachent que tu as rendez-vous avec quelqu'un. Quelqu'un pour qui tu es prête à enfreindre la règle.

Mais il fait nuit et il n'y a pas de lampe pour éclairer la grille. Alors tu ne vois pas son visage, tu ne peux pas être sûre que c'est bien le visiteur que tu attends cette nuit…

A la fontaine, elle s'arrêta net, leva les yeux vers la rangée de fenêtres qui donnaient sur la cour.

— Qu'y a-t-il ?

— La chambre de Camille, dit-elle en tendant le doigt. Elle est juste là-haut.

Il leva les yeux vers l'endroit qu'elle lui indiquait. Le vent mordant lui rougissait le visage et lui ébouriffait les cheveux. C'était une erreur de le regarder, parce qu'elle ressentit tout à coup une telle envie de le toucher qu'elle dut détourner le regard et s'enfoncer un poing dans le ventre pour compenser le vide qu'elle ressentait là.

— Elle a dû voir quelque chose de sa fenêtre, suggéra Dean.

— La lumière dans la chapelle. Elle était allumée quand on a retrouvé les corps.

Rizzoli leva la tête vers la fenêtre de Camille, repensa aux draps tachés de sang.

Elle se réveille, sa serviette périodique trempée de sang. Elle se lève, sort de sa chambre pour aller aux toilettes changer de serviette. Et, quand elle retourne se coucher, elle remarque la lumière qui brille derrière les vitraux. Une lumière qui ne devrait pas être là...

Rizzoli se retourna vers la chapelle, comme attirée par l'image spectrale de la jeune Camille sortant du bâtiment principal et suivant la colonnade en grelottant, regrettant peut-être de ne pas avoir mis son manteau pour parcourir la courte distance entre les deux bâtiments.

Rizzoli suivit ce fantôme dans la chapelle.

Elle resta là, debout, dans la lueur crépusculaire. La lumière n'était pas allumée, les bancs n'étaient que des masses sombres. Dean s'approcha silencieusement, tel un spectre, tandis qu'elle regardait la scène finale se dérouler sous ses yeux.

Camille franchit la porte, petite silhouette enfantine, au visage d'une blancheur laiteuse.

Elle baisse les yeux, horrifiée. Sœur Ursula gît, là, à ses pieds, et le sol est éclaboussé de sang.

Camille n'avait peut-être pas compris tout de suite ce qui était arrivé, et elle avait d'abord pensé qu'Ursula avait glissé et s'était cogné la tête. Ou bien elle avait tout de suite su, en apercevant la première goutte de sang, que le Mal avait fait irruption entre leurs murs. Qu'il était là, debout derrière elle, près de la porte, qu'il la regardait.

Et venait vers elle.

Le premier coup la fait tituber. Elle est groggy, mais

elle essaie quand même de fuir. Elle va dans la seule direction qui s'ouvre à elle : le long de l'allée centrale. Vers l'autel, où elle s'écroule. Tombe à genoux, attendant le coup fatal.

C'est fini, la jeune Camille est morte, le meurtrier retourne vers sa première victime, vers Ursula.

Mais il ne finit pas le travail. Il la laisse en vie.

Pourquoi ? se demanda Rizzoli.

Elle regarda les pierres sur lesquelles Ursula était tombée. Elle imagina son agresseur se penchant pour s'assurer qu'il l'avait bien tuée…

Elle se raidit, se souvenant tout à coup de quelque chose que le docteur Isles lui avait dit.

— Le tueur n'a pas senti son pouls, dit-elle.

— Pardon ?

— Sœur Ursula. Elle n'a pas de pouls carotidien du côté droit, dit-elle en regardant Dean. Il a cru qu'elle était morte.

Ils remontèrent l'allée centrale, passant entre les rangées de bancs, marchant sur les derniers pas de Camille. Ils arrivèrent à l'endroit, près de l'autel, où elle était tombée. Et restèrent debout là, sans rien dire, les yeux rivés par terre. Ils ne le voyaient pas dans cette mauvaise lumière, mais des traces de sang s'attardaient sûrement dans les interstices entre les pierres.

Rizzoli eut un frisson. Elle leva les yeux et vit que Dean la regardait.

— C'est tout ce qu'il y a à voir, dit-elle. A moins que tu ne veuilles parler aux autres sœurs.

— C'est à toi que je veux parler.

— Eh bien, je suis là.

— Non, tu n'es pas là. C'est l'inspecteur Rizzoli qui est là. Et, moi, c'est à Jane que je veux parler.

Elle eut un petit rire qui résonna comme un blasphème dans cette chapelle.

— A t'entendre, on dirait que je souffre d'un dédoublement de personnalité, ou je ne sais quoi.

— Ce n'est pas très éloigné de la vérité. Tu te donnes tellement de mal pour jouer les flics que tu enterres la femme. Et c'est la femme que je suis venu voir.

— Tu as attendu longtemps…

— Qu'est-ce que tu me reproches ?

— Mais je ne te reproche rien !

— Tu as une curieuse façon de m'accueillir à Boston.

— C'est peut-être parce que tu n'as pas pris la peine de me dire que tu venais.

Il soupira, exhalant un nuage de buée.

— On ne pourrait pas s'asseoir un moment pour parler ?

Elle s'approcha du banc le plus proche et se laissa tomber dessus. Comme il s'asseyait à côté d'elle, elle garda les yeux braqués droit devant elle, n'osant pas le regarder. Redoutant les émotions qu'il éveillait en elle. Le seul fait de sentir son odeur lui était pénible, à cause du désir qu'elle suscitait. C'était l'homme qui avait partagé son lit, dont le contact, le goût, le rire hantaient encore ses rêves. Le fruit de leur union grandissait dans ses entrailles en ce moment même et elle pressa la main sur son ventre comme pour raisonner la douleur secrète qu'elle ressentait, là, à nouveau.

— Comment va la vie, pour toi, Jane ?

— Ça va, je suis très occupée.

— Et ce pansement sur ta tête ? Qu'est-ce qui t'est arrivé ?

— Oh, ça, fit-elle avec un haussement d'épaules en portant la main à son front. Un petit accident à la morgue. J'ai glissé, je suis tombée.

— Je te trouve l'air fatigué.

— Ben, ça fait plaisir.

— Je te disais ça comme ça.

— Ouais, eh bien, c'est vrai, je suis fatiguée. Bien sûr que je suis fatiguée. Ça a été encore une sacrée semaine. Et Noël qui arrive, et je n'ai même pas commencé à acheter les cadeaux pour ma famille…

Il la regarda un moment, et elle détourna les yeux, ne voulant pas soutenir son regard.

— Tu n'es pas contente de retravailler avec moi, hein ?

Elle ne répondit pas. Ne le démentit pas.

— Et si tu me disais plutôt ce qui ne va pas ? dit-il enfin, avec comme de l'empressement dans la voix.

Elle resta interdite. Dean n'était pas du genre à trahir ses émotions. Dans le temps, ça l'avait vraiment énervée, parce que ça lui donnait toujours l'impression que c'était elle qui était excessive, qui menaçait toujours de péter un plomb. Leur liaison avait commencé parce que c'était elle qui avait fait le premier pas, pas lui. C'était elle qui avait pris tous les risques, et d'abord celui de se ramasser une veste, et où est-ce que ça l'avait menée, au final ? A tomber amoureuse d'un homme qui était un sphinx pour elle, un homme dont les seules manifestations d'émotion étaient la colère, l'emportement… et peut-être ce qu'elle entendait maintenant dans sa voix.

— Inutile de revenir là-dessus, dit-elle. On est obligés de faire équipe. On n'a pas le choix. Mais pour tout le reste… Je ne peux pas gérer ça tout de suite, ce n'est pas le moment.

— Qu'est-ce que tu ne peux pas gérer ? Le fait qu'on ait couché ensemble ?

— Oui.

— A l'époque, ça n'avait pas l'air d'être un problème.

— C'est arrivé, c'est tout. Je suis sûre que ça a aussi peu compté pour toi que pour moi.

Il ne répondit pas.

Vexé ? se demanda-t-elle. Blessé ? Indifférent ?

Il partit d'un grand éclat de rire, qui la prit de court.

— Oh, Jane, tu es un vrai sac de nœuds à toi toute seule !

Elle se retourna et le regarda. Le *regarda* vraiment, et resta le souffle coupé par toutes ces choses qui l'avaient attirée chez lui. La mâchoire carrée, les yeux gris ardoise. L'air sûr de lui. Elle pouvait l'agonir d'injures, elle aurait toujours l'impression que c'était lui qui dominait la situation.

— De quoi as-tu peur ? demanda-t-il.

— Je ne vois pas ce que tu veux dire…

— Que je te fasse du mal ? Que ce soit moi qui tourne la page le premier ?

— De toute façon, tu n'as jamais vraiment été là.

— D'accord, tu as raison. Ce n'était pas possible. Pas avec nos boulots respectifs.

— Et c'est à ça que tout se résume, hein ?

Elle se leva du banc et tapa du pied pour faire circuler le sang dans ses pieds engourdis.

— Tu es à Washington, et moi ici. Tu as ton boulot, que tu ne vas pas laisser tomber. Et moi j'ai le mien. Tout est dit.

— On dirait une déclaration de guerre.

— Non, c'est juste de la logique. J'essaie d'être pragmatique.

Elle fit demi-tour, repartit vers la porte de la chapelle.

— Et tu essaies aussi de te protéger.

— Je ne devrais pas, peut-être ? dit-elle en se retournant vers lui.

— Cesse un peu de croire que le monde entier est ligué contre toi, Jane.

— Parce que je ne lui en donne pas l'occasion !

Ils quittèrent la chapelle. Retraversèrent la cour et passèrent la grille, qui se referma bruyamment derrière eux.

— Ecoute, je ne vois pas pourquoi je devrais m'attaquer seul à cette armure, dit-il. Je suis prêt à faire beaucoup de chemin pour te rencontrer. Mais il faut que tu fasses l'autre moitié. Que tu payes de ta personne, toi aussi.

Il lui tourna le dos et repartit vers sa voiture.

— Gabriel ? appela-t-elle.

Il fit volte-face et la regarda.

— Que croyais-tu qui allait arriver entre nous, cette fois ?

— Je ne sais pas. Je pensais au moins que tu serais contente de me voir.

— Et quoi d'autre ?

— Eh bien... qu'on se remettrait à baiser comme des lapins.

A ces mots, elle laissa échapper un rire et secoua la tête.

Ne me tente pas. Ne me rappelle pas ce qui me manque tant.

Il la regarda par-dessus le toit de sa voiture.

— Je me contenterais de la première partie de la proposition, Jane, reprit-il.

Puis il monta dans sa voiture et claqua la portière.

Elle le regarda s'éloigner et se dit : « Baiser comme des lapins... » C'est très exactement ça, c'est comme ça que je me suis fourrée dans ce merdier.

En grelottant, elle regarda le ciel. Il n'était que quatre heures, et déjà la nuit semblait se refermer, volant les dernières lueurs grisâtres du jour. Elle n'avait pas ses gants, et la bise glaciale lui mordit les doigts tandis qu'elle prenait ses clés et déverrouillait la portière de sa voiture. Elle se glissa au volant et farfouilla pour mettre la clé dans le contact. Elle était tellement gelée que c'est à peine si elle sentait ses mains.

Elle se figea, oubliant tout. Le froid. De démarrer.

Les mains des lépreux, avec leurs doigts réduits à des moignons.

Elle venait de se souvenir, vaguement, d'une allusion aux mains d'une femme. Un détail qu'on avait mentionné devant elle en passant et auquel elle n'avait pas prêté attention sur le coup…

« Elle a dit que j'étais une petite bavarde, parce que je lui avais demandé pourquoi l'autre dame avait plus de doigts. »

Elle descendit de voiture, retourna vers la grille du couvent et tira la cloche à toute volée.

Sœur Isabel apparut enfin. La vieille trogne ridée qui la fixait à travers les barreaux de métal ne semblait pas ravie de la voir revenir.

— Il faut que je parle à la petite, dit Rizzoli. A la fille de Mme Otis.

Noni était assise toute seule dans une ancienne salle de classe au bout du couloir, ses petites jambes robustes se balançant sous sa chaise, un arc-en-ciel de crayons déployé devant elle sur le vieux bureau du maître. Il faisait bien plus chaud dans la cuisine de l'abbaye, où Mme Otis était en train de préparer le dîner des sœurs, et d'où leur parvenait une délicieuse odeur de cookies aux

pépites de chocolat, pourtant Noni avait préféré se réfugier dans cette pièce glaciale, loin de la langue acérée et
des regards réprobateurs de sa mère. La fillette ne
semblait même pas remarquer le froid. Elle tenait un
crayon vert acidulé dans sa petite poigne d'enfant, la
langue tirée par une concentration intense, et dessinait
des étincelles qui jaillissaient de la tête d'un
personnage.

— Elle est prête à exploser, dit Noni. Les rayons
mortels sont en train de lui cuire la cervelle. Ça va la
faire éclater. Comme quand on cuit des choses au micro-
ondes et que ça en met plein partout, exactement pareil.

— Et les rayons mortels sont verts ? demanda
Rizzoli.

Noni leva les yeux.

— Pourquoi, ils sont d'une autre couleur ?

— Je ne sais pas. J'ai toujours pensé que les rayons
mortels devaient être, eh bien, euh, argentés.

— Je n'ai pas de crayon argenté. Conrad me l'a pris à
l'école et il ne me l'a jamais rendu.

— Bon, alors, je pense que des rayons mortels verts
marcheront très bien aussi.

Rassurée, Noni retourna à son dessin. Elle choisit un
crayon bleu et ajouta des pointes à ses rayons, les faisant
ressembler à des flèches qui pleuvaient sur la malheureuse victime. Il y avait beaucoup de malheureuses
victimes sur le bureau. Les dessins exposés représen-
taient des vaisseaux spatiaux qui crachaient le feu et des
aliens bleus qui décapitaient à tour de bras. Rien à voir
avec de gentils E.T.

La petite fille qui était assise là, à crayonner, fit
soudain à Rizzoli l'impression d'être elle-même une
créature venue d'ailleurs, un petit gremlin aux yeux

marron de bohémienne, dissimulé sous les traits d'une gamine, là où personne ne viendrait le débusquer.

Le choix de la planque était particulièrement judicieux. Difficile de trouver plus déprimant. Perdue au fin fond de cette aile sinistre du bâtiment, la salle de classe donnait l'impression de ne pas avoir servi depuis des lustres, avec ses murs austères grêlés par les traces d'innombrables punaises et maculés de bouts de Scotch jaunis. Les vieux pupitres étaient empilés dans un coin, à l'autre bout, laissant à nu le plancher éraflé. La seule source de lumière venait des fenêtres, le tout baignait dans les ombres grises de l'hiver.

Noni venait d'attaquer le dessin suivant de sa série des « Atrocités extraterrestres ». La victime des rayons mortels vert acidulé avait été abandonnée, avec dans la tête un trou béant d'où jaillissaient des grumeaux violacés. Et, dans un phylactère au-dessus d'elle, le cri sans équivoque de celui qui va mourir : *AARRRGGGGHHHH* !

— Noni, tu te souviens de la nuit dont on a parlé ensemble ?

Les boucles brunes furent agitées d'un mouvement de vagues : un vigoureux acquiescement.

— Vous n'êtes pas revenue me voir.

— Oui, bon, j'ai été pas mal débordée…

— Vous devriez arrêter de courir partout comme ça. Vous devriez apprendre à vous asseoir et à vous calmer un peu.

Jane pouvait percevoir les échos d'une voix adulte dans cette tirade. « Arrête donc de courir partout comme ça, Noni ! »

— Et puis, vous ne devriez pas être aussi triste, ajouta Noni en choisissant un nouveau crayon.

Rizzoli regarda sans répondre la fillette dessiner des

éclaboussures rouge vif jaillissant d'une tête explosée façon pastèque passée sous un camion.

Nom de Dieu ! pensa-t-elle. Cette gamine voit vraiment ce qu'elle est en train de dessiner. Ce petit gremlin sans peur voit plus de choses que n'importe qui.

— Tu as de bons yeux, dit Rizzoli. Tu en vois des choses, hein ?

— Une fois, j'ai vu une patate exploser, dans un micro-ondes.

— Tu nous as dit des choses, l'autre jour, au sujet de sœur Ursula. Tu as dit qu'elle t'avait grondée…

— C'est vrai.

— Elle a dit que tu étais une petite bavarde parce que tu avais posé une question à propos des mains d'une dame, tu te souviens ?

Noni leva la tête et, de sous l'amas de boucles, un œil noir se darda sur Rizzoli.

— Je pensais qu'il n'y avait que sœur Camille qui vous intéressait.

— Je voudrais aussi en savoir un peu plus sur sœur Ursula. Et sur la dame qui avait un truc bizarre aux mains. Qu'est-ce que tu voulais dire par là ?

— Elle n'avait pas de doigts.

Noni prit un crayon noir et dessina un oiseau au-dessus de l'homme à la tête explosée. Un vautour galactique, avec d'immenses ailes noires.

— Des vautours, dit-elle. Ils te mangent quand t'es morte.

Et me voilà, pensa Rizzoli, en train d'interroger une gamine qui dessine des exterminateurs venus de l'espace et des rayons de la mort…

Elle se pencha vers elle. Et demanda, doucement :

— Où tu as vu cette dame, Noni ?

Noni reposa son crayon et poussa un soupir excédé.

— D'accord. Puisque vous voulez tout savoir…

Elle sauta de sa chaise.

— Où tu vas ?

— Ben, je vais vous montrer. Là où la dame était.

L'énorme doudoune de Noni la faisait ressembler à une sorte de petit Bibendum se dandinant dans la neige. Blanc sur blanc. Rizzoli mettait ses pas dans les empreintes tracées par les bottes de caoutchouc de Noni, tel un troufion de base suivant un général déterminé à balayer l'ennemi une fois pour toutes.

Noni la conduisit à travers la cour de l'abbaye, de l'autre côté de la fontaine où la neige s'était empilée comme le glaçage d'un gâteau de mariage. Au portail d'entrée, elle s'arrêta et tendit le doigt.

— Elle était là, dehors.

— De l'autre côté de la grille.

— Hm-hm. Elle avait une grande écharpe autour de la figure. Comme si elle allait faire un hold-up dans une banque.

— Donc, tu n'as pas vu son visage ?

La fillette secoua la tête, faisant voltiger ses boucles.

— Est-ce que cette dame t'a parlé ?

— Non. Mais le monsieur, si.

Rizzoli la regarda.

— Il y avait un monsieur avec elle ?

— Il m'a demandé de les faire entrer, parce qu'il fallait qu'ils parlent à sœur Ursula. Mais c'est interdit, et je le lui ai bien dit. Si une sœur ne respecte pas les règles, on la met dehors. Ma maman dit que les sœurs n'ont pas d'autre endroit où aller, alors elles respectent toujours les règles, parce qu'elles ont trop peur de se retrouver dehors.

Noni s'arrêta. Leva les yeux et ajouta, avec une intonation de fierté :

— Mais, moi, je vais dehors tout le temps.

C'est parce que tu n'as peur de rien, pensa Rizzoli. Tu es sans peur.

Noni commença à marcher dans la neige en traînant les pieds, y traçant une ligne droite, ses petites bottes roses s'actionnant comme un soldat mécanique. Elle traça un sillon, fit volte-face et revint sur ses pas, traçant une ligne parallèle.

Elle se croit invincible, pensa Rizzoli. Mais elle est si petite, si vulnérable. Un petit bout de fillette dans une doudoune grosse comme une montgolfière.

— Et après, qu'est-ce qui s'est passé, Noni ?

La fillette revint vers elle en se dandinant comme un canard dans la neige, et s'arrêta net, son regard baissé sur ses bottes couvertes de neige.

— La dame a glissé une lettre à travers la grille.

Noni se pencha en avant et murmura :

— Et c'est là que j'ai vu qu'elle avait pas de doigts.

— Et tu as donné la lettre à sœur Ursula ?

Acquiescement de la fillette, rebondissement de boucles à ressort.

— Et elle est sortie. Tout de suite.

— Elle leur a parlé ?

Un mouvement de dénégation.

— Et pourquoi non ?

— Parce que, le temps qu'elle arrive, ils étaient déjà partis.

Rizzoli se retourna vers le trottoir où les deux visiteurs s'étaient tenus, implorant une moufflette intraitable de les laisser entrer.

Soudain, elle eut la chair de poule.

Ratwoman. Elle est venue ici.

16

Rizzoli sortit de l'ascenseur de l'hôpital, ignora superbement la pancarte : *TOUS LES VISITEURS SONT PRIÉS DE S'ANNONCER*, et fonça droit entre les doubles portes qui menaient à l'unité de soins intensifs. Il était une heure du matin, et les lumières étaient baissées pour ne pas gêner le sommeil des patients. Venant tout droit d'un couloir brillamment éclairé, elle se retrouva dans une salle où les infirmières glissaient, silhouettes sans visage. Un seul box était allumé, et elle se dirigea vers la lumière comme un papillon de nuit attiré par la flamme d'une bougie.

La femme flic noire qui se tenait devant le box reconnut Rizzoli.

— Hé, inspecteur ! Vous avez fait vite.

— Elle a dit quelque chose ?

— Elle ne peut pas parler. Elle est encore intubée. Mais elle est bien consciente. Elle a les yeux ouverts, et j'ai entendu les infirmières dire qu'elle réagissait à ce qu'on lui disait. Tout le monde ici semble vraiment surpris qu'elle ait repris connaissance…

L'alarme du système d'assistance respiratoire couina, attirant le regard de Rizzoli vers le petit groupe de personnel médical qui s'affairait autour du lit, dans le box. Elle reconnut le neurochirurgien, le docteur Yuen, et l'interniste, le docteur Sutcliffe, avec sa queue-de-cheval blonde, qui faisait tache dans ce rassemblement de professionnels graves et sérieux.

— Que se passe-t-il ?

— Je ne sais pas. Une histoire de pression sanguine. Le docteur Sutcliffe est arrivé juste au moment où son état a commencé à se dégrader. Ensuite, le docteur Yuen s'est pointé, et depuis ils s'occupent d'elle. J'ai l'impression que ça ne va pas très fort, ajouta la femme en secouant la tête. Ces machines bipent comme c'est pas possible.

— Et merde ! Ne me dites pas qu'on va la perdre alors qu'elle vient à peine de se réveiller !

Rizzoli s'insinua dans le box, la lumière crue lui fit mal aux yeux. Sœur Ursula disparaissait derrière un mur de blouses blanches, mais on voyait, au-dessus du lit, les moniteurs où le rythme cardiaque ricochait comme une pierre sur un lac.

— Elle essaie d'arracher sa trachéo ! glapit une infirmière.

— Attachez-lui la main !

— Du calme, Ursula. Essayez de vous détendre !

— Systolique à quatre-vingts…

— Pourquoi elle est rouge comme ça ? demanda Yuen. Regardez son visage !

Il jeta un coup d'œil sur le côté, tandis que l'alarme du système d'assistance respiratoire couinait de plus belle.

— Il y a une obstruction des voies aériennes, répondit une infirmière. Elle lutte contre le respirateur.

— Docteur Yuen, la pression chute ! Systolique à quatre-vingts !

— Faites passer un bolus de dopamine dans la perf. Tout de suite !

Une infirmière remarqua tout à coup Rizzoli qui se tenait dans l'entrée du box.

— Madame, je vais vous demander de sortir…

— Elle est consciente ? fit Rizzoli.

— Madame, sortez, s'il vous plaît !

— Je m'en occupe, dit Sutcliffe.

Il prit Rizzoli par le bras et l'entraîna hors du box, d'une poigne ferme. Il referma le rideau, dissimulant la patiente à son regard. Debout dans la pénombre, elle pouvait voir les yeux des autres infirmières qui la dévisageaient, depuis leurs différents postes dans le service.

— Inspecteur Rizzoli, dit Sutcliffe, laissez-nous faire notre travail.

— C'est aussi ce que j'essaie de faire : mon travail. C'est notre seul témoin.

— Et elle est dans un état critique. Nous devons la sortir de là avant qu'on puisse lui parler.

— Elle est consciente, alors ?

— Ouais.

— Elle comprend ce qui se passe ?

Il ne répondit pas. A la maigre lumière des boîtiers de sécurité, elle ne pouvait déchiffrer son expression. Tout ce qu'elle voyait, c'étaient ses larges épaules et, dans ses prunelles, les reflets verts des rangées d'écrans, derrière elle.

— Je n'en suis pas sûr. Franchement, je n'aurais jamais cru qu'elle sortirait du coma…

— Pourquoi sa tension chute-t-elle ? Il y a un problème ?

— Elle a commencé à paniquer il y a un petit moment, sans doute à cause de la trachéo. C'est vraiment angoissant de sentir un tube dans sa gorge. Mais on ne peut pas le lui enlever : elle a besoin d'assistance respiratoire. On lui a donné du Valium quand la pression a commencé à monter en flèche, et puis, tout à coup, elle s'est mise à chuter…

Une infirmière écarta le rideau du box et appela :

— Docteur Sutcliffe ? La tension continue à tomber, même avec la dopamine !

Sutcliffe se rua vers la patiente.

Par l'ouverture, Rizzoli regarda le drame qui se jouait à quelques mètres d'elle. La religieuse se débattait pour se libérer des sangles qui retenaient ses poignets aux montants du lit. Elle avait les poings crispés, les veines de ses bras saillaient comme des cordes tendues à bloc. Son crâne était bandé, sa bouche disparaissait sous le masque endotrachéal, mais son visage était bien visible. Boursouflé, les joues injectées de sang. Prisonnière dans cet amas de bandages qui la momifiait, des tubes partout, Ursula avait les pupilles dilatées par la peur, les yeux d'un animal traqué, se dardant éperdument d'un côté et de l'autre, à la recherche d'une issue. Les montants du lit brinquebalaient comme les barreaux d'une cage tandis qu'elle tirait sur ses entraves. Tout son buste se soulevait du lit, et l'alarme cardiaque se mit soudain à piauler.

Le regard de Rizzoli fut attiré vers le moniteur, qui faisait apparaître un tracé plat.

— Ça va, ça va ! s'exclama Sutcliffe. Elle a juste arraché l'une des électrodes !

Il rebrancha le fil et le rythme réapparut sur l'écran sous la forme d'un *blip-blip-blip* rapide.

— Augmentez la dopamine ! ordonna Yuen. Augmentez la perf !

Rizzoli regarda l'infirmière ouvrir la perfusion à fond, libérant le flux de solution saline dans la veine d'Ursula. Le regard de la religieuse croisa celui de Rizzoli dans un ultime moment de conscience. Juste avant que ses yeux ne deviennent vitreux, avant que ne s'éteigne la dernière étincelle de vie, elle lut dans ce regard une terreur mortelle.

— La pression ne remonte pas ! Elle est toujours à soixante !

Le visage d'Ursula devint atone et ses mains retombèrent, inertes. Sous les paupières mi-closes, les yeux étaient perdus dans le vide. Ne voyant plus rien.

— Extrasystoles ventriculaires ! s'écria l'infirmière. Elle fibrille !

Tous les regards se tournèrent vers le moniteur cardiaque. Le tracé, qui était très rapide, mais traversait régulièrement l'écran, se hérissait maintenant de pics acérés.

— Tachycardie ventriculaire ! dit Yuen.

— Je n'ai pas de pouls ! La perf ne passe pas !

— Abaissez les côtés du lit ! Vite, vite, on va commencer la réa !

Rizzoli fut repoussée en arrière, hors du box, tandis que l'une des infirmières se ruait vers la porte en criant :

— Code bleu ! Code bleu !

A travers la vitre du box, Rizzoli vit un maelström de blouses blanches tourbillonner autour d'Ursula. La tête de Yuen montait et descendait tandis qu'il s'escrimait à pratiquer le massage cardiaque. Elle regarda les drogues passer, l'une après l'autre, dans la perf, les emballages stériles voler à terre.

Rizzoli regarda le moniteur. Un tracé en dents de scie, irrégulier, déchirait l'écran.

— On la choque ! Charge à deux cents !

Dans le box, tout le monde recula alors qu'une infirmière se penchait en avant avec les palettes du défibrillateur. Rizzoli vit nettement les seins dénudés d'Ursula, à la peau rouge et bouffie. Elle trouva quelque peu surprenant qu'une religieuse puisse avoir une poitrine aussi opulente.

Sous la décharge, le torse d'Ursula eut un sursaut, comme une marionnette tirée par des ficelles.

La femme flic qui se tenait à côté de Rizzoli murmura :

— J'ai un mauvais pressentiment. Ça va pas le faire.

Sutcliffe releva les yeux vers le moniteur. Son regard rencontra celui de Rizzoli à travers la vitre et il secoua la tête.

Maura arriva à l'hôpital une heure plus tard. Le coup de fil de Rizzoli l'avait tirée du sommeil, et elle était partie sans même prendre une douche, abandonnant Victor endormi en travers du lit. Dans l'ascenseur qui montait vers le service de réa, elle reconnaissait le parfum de Victor sur sa peau, et elle se sentait encore endolorie par la brutalité de leurs étreintes. Elle exhalait par tous les pores l'odeur musquée du sexe, l'esprit irrésistiblement focalisé sur leurs corps tièdes, à mille lieues du cadavre glacé qui l'attendait. Remplie de la chaleur de la vie, aux antipodes de la mort et des chambres froides. S'adossant à la paroi de l'ascenseur, elle ferma les yeux et s'abandonna un instant encore à la saveur de ses souvenirs, revivant ces moments de plaisir.

L'ouverture de la porte la fit tressaillir. Elle en jaillit comme une fusée en faisant un clin d'œil à deux infirmières qui s'apprêtaient à entrer dans la cabine et s'éloigna en leur tournant le dos, les joues roses.

Ont-elles compris ? pensa-t-elle alors qu'elle filait dans le couloir. Je suis sûre que tout le monde peut lire sur mon visage la radieuse vilenie d'une nuit crapuleuse…

Rizzoli était affalée sur un canapé, dans la salle d'attente du service de réa, en train de couver à deux mains un gobelet de café en plastique blanc. En voyant Maura entrer, elle lui jeta un regard appuyé, comme si, elle aussi, avait remarqué un changement chez elle. La rougeur inconvenante de son visage, peut-être, alors que c'était une tragédie qui les réunissait à nouveau cette nuit-là.

— Ils disent qu'elle a fait un infarctus, dit Rizzoli. Le pronostic n'est pas bon. Elle est dans le coma.

— A quelle heure l'arrêt cardiaque s'est-il produit ?

— Vers une heure. Ils se sont acharnés sur elle pendant près d'une heure et ils ont réussi à faire repartir le cœur. Mais maintenant elle est dans les choux. Elle ne respire plus par elle-même et les pupilles sont non réactives.

Elle secoua la tête.

— Possible que le cerveau ait morflé.

— Que disent les médecins ?

— Bof, tout et son contraire. Le docteur Yuen n'est pas prêt à la débrancher tout de suite. Mais l'autre hippie pense que le cerveau est flingué.

— Le hippie ? Sutcliffe, tu veux dire ?

— Ouais. Le play-boy avec la queue-de-cheval. Il a demandé un EEG pour ce matin, histoire de vérifier l'activité cérébrale.

— Si le cerveau est mort, on aura du mal à justifier qu'on la maintienne artificiellement en vie.

Rizzoli hocha la tête.

— J'étais sûre que tu dirais ça.

— Est-ce que quelqu'un a assisté à l'arrêt cardiaque ?

— Comment ça ?

— Tu dis qu'elle a fait un arrêt du cœur… Est-ce qu'il y avait des gens, du personnel médical, quand c'est arrivé ?

Rizzoli semblait irritée, tout à coup, désarçonnée par les questions terre à terre de Maura. Elle reposa son gobelet, renversant du café sur la table.

— Il y en avait toute une flopée, en fait. Et j'étais là, moi aussi.

— Qu'est-ce qui a provoqué la crise cardiaque ?

— Ils ont dit que sa tension avait commencé à grimper en flèche, et que son pouls s'était affolé. Le temps que j'arrive, la pression artérielle était déjà en train de retomber, et puis le cœur s'est arrêté. Donc, oui, il y a eu des témoins.

Le silence s'installa.

La télé était allumée sur CNN, mais le son coupé. Le regard de Rizzoli fut involontairement attiré par le texte qui défilait en bas de l'écran : *Un employé exaspéré tire sur quatre personnes dans une usine automobile en Caroline du Nord… Des produits chimiques toxiques répandus lors d'une catastrophe ferroviaire dans le Colorado…*

Toute une litanie de désastres se déroulent aux quatre coins du pays, et nous on est là, deux femmes fatiguées qui luttent pour mener leur tâche à son terme.

Maura s'assit sur le canapé à côté de Rizzoli.

— Ça va, Jane ? Tu as l'air flapie.

— Je suis complètement à plat. Comme si ça me pompait toute mon énergie, et que je me retrouvais vraiment vidée.

Elle finit son café d'une gorgée, jeta le gobelet vide dans la poubelle. La loupa. Elle resta simplement là, à le regarder, trop épuisée pour se lever et le ramasser.

303

— La fillette l'a identifiée, dit Rizzoli.

— Quoi ? Qui ?

— Noni.

Elle marqua une pause. Puis :

— Gabriel a été génial avec elle. Il m'a bluffée, là, je dois dire. Je ne m'attendais pas à ce qu'il ait un aussi bon feeling avec les enfants. Tu sais comment il est, tellement réservé. Coincé, quoi. Mais il s'est assis avec elle, et en deux minutes elle lui mangeait dans la main…

Elle détourna le regard, l'air nostalgique, et se secoua.

— Elle a reconnu la photo de Redfield.

— Le type qui est venu à Graystones ? Celui qui était avec notre inconnue ?

— Ils sont venus tous les deux, confirma Rizzoli. Ils voulaient voir Ursula.

Maura secoua la tête.

— Je ne comprends pas… Qu'est-ce que ces trois personnes pouvaient bien avoir à faire ensemble ?

— Ça, seule Ursula pourrait nous le dire.

Rizzoli se leva et enfila son manteau. Elle se dirigea vers la porte puis s'arrêta. Et regarda Maura.

— Elle était sortie du coma, tu sais.

— Sœur Ursula ?

— Juste avant de faire cette crise, elle a ouvert les yeux.

— Tu crois qu'elle était vraiment réveillée ? Consciente de ce qui se passait autour d'elle ?

— Elle a serré la main de l'infirmière. Elle réagissait à ce qu'on lui disait. Mais je n'ai pas eu le temps de lui parler. J'étais debout, là, et elle m'a regardée, juste avant…

Rizzoli s'interrompit un instant, comme ébranlée par cette pensée.

— Je dois être la dernière personne qu'elle aura vue.

Maura entra dans le service de réa, passa le long des batteries de moniteurs sur lesquels défilaient des tracés verts, devant des infirmières qui chuchotaient à l'entrée des box fermés par des rideaux. Lorsqu'elle était interne et qu'elle était amenée, au hasard de ses gardes, à s'occuper de cas critiques, ses visites de nuit en soins intensifs avaient toujours été des moments de grande angoisse – un patient au bout du rouleau, une crise qui exigeait une prise de décision immédiate. Même après toutes ces années, le seul fait d'entrer en pleine nuit dans ce service lui faisait battre le cœur plus vite. Mais ce n'était pas une urgence médicale qui l'attendait cette nuit ; elle arrivait après la bataille.

Elle trouva le docteur Sutcliffe debout à côté du lit d'Ursula, en train de compléter le dossier. Le rythme de son écriture se ralentit, puis il s'arrêta, la pointe du stylo collée sur la page, comme s'il avait du mal à formuler la phrase suivante.

— Docteur Sutcliffe, dit-elle.

Il la regarda. La fatigue avait gravé de nouvelles rides sur son visage bronzé.

— C'est l'inspecteur Rizzoli qui m'a dit de venir vous voir. Elle a dit que vous pensiez débrancher la patiente.

— C'est une habitude, chez vous, de mettre la charrue avant les bœufs ? répondit-il. Le docteur Yuen a décidé de la maintenir sous assistance respiratoire pour le moment. Il veut d'abord voir l'EEG.

Il baissa à nouveau les yeux sur ses notes.

— C'est rigolo, non ? De voir qu'on consacre autant de pages à ses derniers jours sur terre. Alors que toute sa vie tient dans un seul petit paragraphe. Il y a un truc un peu dérangeant là-dedans. Quelque chose d'incongru.

— Au moins, vous, vous avez la chance de connaître

vos patients alors qu'ils sont encore en vie. Moi, je n'ai pas ce privilège.

— Je ne pense pas que j'aimerais faire votre travail, docteur Isles.

— Il y a des jours où j'en ai un peu marre, moi aussi.

— Alors pourquoi avez-vous choisi de faire ça ? Pourquoi préférer les morts aux vivants ?

— Ils méritent toute notre considération. Ils voudraient que nous sachions pourquoi ils sont morts.

Il regarda Ursula.

— Si vous voulez savoir ce qui a cloché, ici, je peux vous répondre. Nous n'avons pas été assez rapides. Nous l'avons regardée paniquer alors que nous aurions dû la sédater tout de suite. Si nous l'avions seulement calmée un peu plus tôt…

— Vous voulez dire qu'elle a fait une crise cardiaque parce qu'elle paniquait ?

— C'est comme ça que ça a commencé. D'abord, un pic de tension et une accélération du rythme cardiaque. Puis la pression est retombée, et l'arythmie a commencé. On a mis vingt minutes à la stabiliser.

— Et l'ECG ? Qu'indiquait-il ?

— Un infarctus du myocarde aigu. Et, maintenant, elle est dans un coma profond. Les pupilles ne sont pas réactives. Elle ne réagit pas à la douleur. Le cerveau a sûrement subi des dégâts irréversibles.

— C'est un peu tôt pour le dire, non ?

— Je suis réaliste. Le docteur Yuen espère la sortir de là, mais c'est un chirurgien. Il veut pouvoir présenter de bonnes statistiques. Tant que la patiente survit à l'opération, il peut la mettre dans la colonne des vivants. Même s'il en a fait un légume.

Elle s'approcha du lit et regarda la patiente d'un air soucieux.

— Pourquoi a-t-elle fait cet œdème ?

— On a fait passer des tas de choses dans la perf pendant qu'elle était en arrêt cardiaque, pour essayer de retrouver le pouls. C'est pour ça que son visage a l'air bouffi.

Maura regarda les bras et vit des boursouflures rouges.

— On dirait un urticaire en voie de résorption, là. Que lui avez-vous administré ?

— Le cocktail habituel dans les situations de ce genre. Des antiarythmiques. De la dopamine.

— Je pense que vous devriez demander une recherche de toxiques.

— Pardon ?

— Elle a fait un arrêt cardiaque inexpliqué. Et, pour moi, cet urticaire ressemble fortement à une réaction à une substance toxique.

— D'habitude, on ne demande pas d'analyse toxico-logique dans les cas d'arrêt cardiaque…

— Dans le cas présent, vous devriez.

— Pourquoi ? Vous pensez qu'on a commis une erreur ? Qu'on lui a administré quelque chose qu'on n'aurait pas dû ? demanda-t-il, sur la défensive, sa fatigue se muant en irritation.

— Elle a été témoin d'un crime, releva Maura. Le seul témoin, même.

— Nous avons passé une heure à essayer de la sauver. Et, maintenant, ces sous-entendus… On dirait que vous nous soupçonnez de je ne sais quoi…

— J'essaie seulement de ne rien laisser au hasard.

— Très bien.

Il referma sèchement le dossier.

— Je vais demander un examen toxicologique, mais

c'est bien pour vous faire plaisir, maugréa-t-il en quittant la pièce.

Elle resta dans le box, à regarder Ursula, qui gisait là, dans la lueur maigre et sépulcrale d'une veilleuse. Elle ne voyait pas les vestiges habituels de la réa : les seringues usagées, les flacons de médicaments et les emballages stériles avaient déjà été balayés. La poitrine de la patiente ne se soulevait que grâce à l'air qui lui était insufflé dans les poumons à chaque sifflement des soufflets en accordéon du système d'assistance respiratoire.

Maura prit un stylo lumineux et braqua le faisceau sur les yeux d'Ursula.

Les pupilles ne réagissaient pas à la lumière.

En se redressant, elle sentit un regard peser sur elle. Elle se retourna et fut surprise de voir le père Brophy dans l'encadrement de la porte.

— Les infirmières m'ont appelé, dit-il. Elles ont pensé que c'était peut-être le moment.

Il avait des cernes sombres sous les yeux, et une barbe de deux jours bleuissait ses joues. Il portait la tenue traditionnelle du prêtre, mais sa chemise était froissée, à cette heure matinale. Elle l'imagina, à peine réveillé, se levant péniblement et remettant ses vêtements de la veille. Prenant, comme un automate, cette chemise avant de quitter la tiédeur de sa chambre.

— Vous préférez que je m'en aille ? demanda-t-il. Je peux revenir plus tard.

— Non, je vous en prie, mon père. Je regardais seulement son dossier.

Il opina du chef, entra dans le box. Dont le volume parut aussitôt exigu, presque trop intime.

Elle attrapa le dossier que Sutcliffe avait laissé en partant. Elle s'assit sur un tabouret, à côté du lit, soudain à nouveau consciente de sa propre odeur, et se demanda si Brophy la sentait aussi. L'odeur de Victor. Du sexe. Tandis que le prêtre commençait à psalmodier une prière, elle s'obligea à se concentrer sur les notes des infirmières.

00 h 15. Signes vitaux : pression sanguine 13/9 ; pouls 80. Yeux ouverts. Fait des mouvements volontaires. Serre la main droite à la demande. Docteurs Yuen et Sutcliffe appelés pour constater la sortie du coma.

00 h 43. Tension : 18/10, pouls 120. Arrivée docteur Sutcliffe. Patiente agitée, essaie d'arracher tube endotrachéal.

00 h 50. Pression systolique redescendue à 11. Rouge et très agitée. Arrivée docteur Yuen.

00 h 55. Systolique 8,5, pouls 180. Perf ouverte au maximum.

Alors que la pression sanguine chutait, les notes devenaient de plus en lapidaires, l'écriture plus fébrile, bientôt réduite à des pattes de mouches à peine lisibles. Elle imaginait la scène qui s'était déroulée dans le box. L'agitation pour trouver les poches de perf et les seringues. L'infirmière qui se précipitait vers la pharmacie et revenait les bras chargés de produits. Les emballages stériles déchirés, les flacons vidés, les dosages calculés dans la frénésie. Tout cela pendant que la patiente se débattait, sa pression sanguine chutant.

01 h 00. Annonce code bleu.

Une écriture différente, à présent. Une autre infirmière était intervenue pour consigner les événements. Les nouvelles notes étaient nettes et méthodiques, celles d'une personne dont la tâche durant la crise était simplement d'observer et de remplir le document.

Fibrillation ventriculaire. Choc à 300 joules. Passage de la lidocaïne augmenté à 4 mg/min.

Choc, 400 joules. Toujours en fibrillation ven-
triculaire.

Pupilles dilatées, mais réactives à la lumière…

Ils n'avaient pas encore renoncé, pensa Maura. Pas tant qu'ils notaient un réflexe pupillaire. Pas tant qu'il y avait encore une chance.

Elle se souvint de la première tentative de réa qu'elle avait supervisée en tant qu'interne, et combien elle avait rechigné à accepter sa défaite, même s'il était clair que le patient était perdu. Sa famille attendait juste devant la porte – sa femme et ses deux grands ados –, et c'était au visage de ces enfants que Maura pensait en appliquant les palettes du défibrillateur sur la poitrine du malade, encore et encore. Les deux garçons étaient presque des hommes, avec leurs pieds énormes et leur face boutonneuse, mais ils versaient des larmes d'enfants, et elle avait poursuivi la tentative de réanimation bien après que cela fut devenu parfaitement inutile, en pensant : Choque-le encore une fois. Juste une.

Elle s'aperçut que le père Brophy s'était tu. Levant les yeux, elle vit qu'il la regardait avec une telle intensité qu'elle se sentit comme envahie.

Et en même temps étrangement excitée.

Elle referma le dossier dans un geste froidement impersonnel pour masquer son trouble. Elle venait juste de sortir du lit de Victor, et voilà qu'elle était là, attirée par cet homme entre tous. Les chattes en chaleur attirent les mâles par leur odeur. Est-ce que c'était le signal qu'elle émettait, un parfum de femelle réceptive ? D'une femme qui était restée si longtemps sevrée de sexe qu'elle ne s'en rassasierait pas de sitôt ?

Elle se leva, attrapa son manteau.

Il fit un pas vers elle pour l'aider à l'enfiler. Et resta près d'elle, dans son dos, le lui présentant afin qu'elle glisse ses bras dans les manches. Elle sentit sa main qui effleurait ses cheveux. C'était un contact involontaire, rien d'autre, mais il lui valut un frisson inquiétant. Elle s'écarta et se boutonna rapidement.

— Avant que vous ne partiez, dit-il, je veux vous montrer quelque chose. Ça ne vous ennuie pas de me suivre ?

— Où ça ?

— En bas, au troisième.

Déconcertée, elle le suivit vers l'ascenseur. Ils entrèrent dans la cabine, partageant encore une fois le même espace clos, qui semblait beaucoup trop étroit. Elle resta plantée là, les deux mains enfoncées dans les poches de son manteau, à regarder stoïquement défiler les numéros des étages, se demandant : Est-ce un péché de trouver un prêtre séduisant ?

Si ce n'était pas un péché, en tout cas, c'était certainement une belle bêtise. Peut-être la plus belle de toutes.

L'ascenseur arriva enfin à l'étage, et elle suivit le père Brophy dans le couloir, franchissant une succession de doubles portes, jusqu'au service de cardiologie. Comme en réa, la lumière était baissée pour la nuit, et il la conduisit dans la pénombre jusqu'à une batterie de moniteurs.

L'infirmière pachydermique assise devant les écrans releva les yeux des tracés cardiaques et dévoila dans un sourire un arc de dents étincelantes.

— Tiens, père Brophy. C'est la ronde de nuit ?

Il toucha l'épaule de l'infirmière, dans un geste familier, sans façon, qui évoquait une franche camaraderie. Maura repensa à la première fois qu'elle l'avait aperçu : il traversait la cour enneigée sous la chambre de Camille, et il avait posé une main réconfortante sur l'épaule de la vieille religieuse qui l'avait accueilli.

C'était un homme qui n'avait pas peur d'offrir la chaleur de son contact.

— Bonsoir, Kathleen, dit-il avec son doux accent traînant d'Irlandais de Boston. La nuit a été calme ?

— Pour l'instant, je touche du bois. Les infirmières vous ont appelé pour aller voir quelqu'un ?

— Pas pour l'un de vos patients. On était en haut, aux soins intensifs. Je voulais que le docteur Isles vienne ici, voir quelque chose.

— A deux heures du matin ?

Kathleen regarda Maura avec un petit rire.

— Il va vous tuer à la tâche. Cet homme ne se repose jamais.

— Se reposer ? releva Brophy. C'est quoi, ça ?

— C'est la chose que nous autres, simples mortels, devons faire pour survivre.

Brophy regarda le moniteur.

— Et comment va notre M. DeMarco ?

— Ah, votre protégé ? Ils ont décidé de le transférer demain dans une chambre sans monitoring. Donc, je dirais qu'il va bien.

Brophy indiqua le moniteur correspondant au lit numéro 6. Un petit point vert traversait tranquillement, régulièrement, l'écran d'ECG dans un *bip-bip* de spoutnik.

— Là, dit-il en effleurant le bras de Maura, son souffle caressant à nouveau ses cheveux. Voilà ce que je voulais vous montrer.

— Pourquoi ? demanda Maura.

— M. DeMarco est l'homme que nous avons sauvé, sur le trottoir, dit-il en la regardant. L'homme dont vous aviez dit qu'il avait peu de chances de s'en remettre. C'est notre miracle. Le vôtre et le mien.

— Ce n'est pas nécessairement un miracle. Il m'est déjà arrivé de me tromper.

— Vous n'êtes pas du tout étonnée que cet homme soit sur le point de quitter l'hôpital ?

Elle le regarda dans l'intimité silencieuse de l'obscurité.

— Il n'y a malheureusement plus grand-chose qui m'étonne, maintenant.

Elle ne voulait pas lui paraître cynique, mais ces paroles lui avaient échappé, et elle se demanda si elle ne l'avait pas déçu. Il donnait l'impression d'attacher de l'importance à ce qu'elle exprime un semblant d'émerveillement, et tout ce qu'elle avait à lui offrir était l'équivalent verbal d'un haussement d'épaules.

Dans l'ascenseur qui redescendait vers le hall d'entrée, elle dit :

— Je voudrais bien croire aux miracles, mon père. J'aimerais vraiment. Mais je suis une vieille cartésienne, et il en faudrait un peu plus pour me faire changer d'opinion, j'en ai bien peur.

Il répondit dans un sourire :

— Dieu vous a donné un esprit acéré et vous avez raison de l'utiliser. Pour poser vos propres questions, et trouver vos propres réponses.

— Je suis sûre que vous vous posez les mêmes questions que moi.

— Tous les jours.

— Et, pourtant, vous acceptez l'idée du divin. Votre foi n'est donc jamais ébranlée ?

Une pause. Puis :

— Ma foi, non. Ça, je peux compter sur elle.

— Alors, sur quoi vous interrogez-vous ? demanda-t-elle, ayant perçu une pointe d'incertitude dans sa voix.

Une fois encore, leurs yeux se rencontrèrent. Pour un

long regard, qui semblait voir clair dans son esprit, et lire les pensées même qu'elle ne voulait pas qu'il voie.

— Sur ma résistance, dit-il doucement. Parfois, je doute de ma propre résistance.

Dehors, seule sur le parking de l'hôpital, elle inspira de profondes goulées d'air glacé, comme pour se punir. Le ciel était dégagé, les étoiles brillaient intensément. Elle grimpa dans sa voiture, resta un moment assise au volant tandis que le moteur tournait, essayant de comprendre ce qui venait de se passer entre le père Brophy et elle. Rien du tout, en fait, mais elle se sentait aussi coupable que s'il s'était passé quelque chose. A la fois coupable et exaltée.

Elle retourna chez elle sur des routes nacrées par un voile de verglas, en pensant au père Brophy et à Victor. Elle était fatiguée lorsqu'elle était partie de chez elle ; maintenant, elle était bien réveillée, tous les sens en alerte, les nerfs vibrants, se sentant plus vivante qu'elle ne l'avait été depuis des mois.

A peine eut-elle quitté le garage pour rentrer dans la maison qu'elle enleva son manteau. Elle avait déjà déboutonné son chemisier lorsqu'elle se retrouva dans la chambre. Victor dormait à poings fermés, inconscient de sa présence juste à côté de lui, en train de faire un strip-tease dans le noir. Depuis quelques jours, il avait passé plus de temps chez elle que dans sa chambre d'hôtel, et maintenant il semblait vraiment avoir pris racine dans son lit. Dans sa vie. En grelottant, elle se glissa sous les couvertures, dans la délicieuse chaleur du lit, et au contact de sa peau glacée il eut un mouvement de recul.

Quelques caresses, quelques baisers plus tard, il était bien réveillé et dans d'excellentes dispositions.

Elle l'accueillit en elle, et, bien qu'elle soit couchée

sous lui, ce n'était pas de la soumission qu'elle ressentait tandis qu'il prenait son plaisir. Au contraire, elle réclama sa part de jouissance, l'obtint dans un cri d'extase, victorieux. Mais, tandis qu'elle fermait les yeux et le sentait s'abandonner en elle, des visages lui vinrent à l'esprit, pas seulement celui de Victor, mais aussi celui du père Brophy. Une image mouvante qui ne voulait pas se stabiliser, se précisait puis redevenait floue, jusqu'à ce qu'elle ne sache plus de quel visage il s'agissait.

Les deux. Et ni l'un ni l'autre.

17

En hiver, les plus belles journées sont aussi les plus froides. Quand Maura se réveilla, le soleil faisait étinceler la neige intouchée, le ciel était d'un bleu éclatant, vierge de tout nuage pour changer, mais le vent n'avait pas abdiqué, et le rhododendron devant sa maison se recroquevillait comme un vieil homme, ses feuilles tremblant et se ratatinant dans les bourrasques.

Elle but son café à petites gorgées tout en conduisant, les paupières plissées à cause du soleil, rêvant de faire demi-tour et de rentrer chez elle. De retourner se coucher avec Victor, de passer la journée entière au lit avec lui, à se réchauffer l'un contre l'autre sous la couette. La veille au soir, ils avaient chanté des chants de Noël – lui de son beau timbre de baryton, elle s'efforçant de dompter sa vilaine voix de fausset. Le résultat avait été désastreux et la soirée s'était achevée dans les rires plus que dans les chants.

Et, ce matin, voilà qu'elle chantait encore, plus faux que jamais, tandis qu'elle passait devant les réverbères habillés de guirlandes, devant les vitrines des grands magasins où les mannequins arboraient des tenues de fête. L'esprit de Noël semblait être partout. Bien sûr, il y avait des semaines que les guirlandes de Noël étaient

accrochées, mais elle ne les avait pas vraiment remar-
quées, jusque-là. Depuis quand la ville n'avait-elle pas
semblé aussi festive ? Depuis quand le soleil n'avait-il
pas aussi joliment brillé sur la neige ?

> *Nuit de Noël, de sapin parfumée,*
> *Partout tu fais naître la joie,*
> *Et au réveillon, pour les amoureux,*
> *Sous le gui les baisers seront permis…*

Elle pénétra dans le bâtiment de médecine légale, sur
Albany Street. Le couloir était barré par une banderole
en grandes lettres de papier métallisé : PAIX SUR LA TERRE.

Louise leva la tête et sourit.

— Vous avez l'air en forme, ce matin.

— C'est tellement génial de revoir le soleil !

— Profitez-en. Il paraît que, demain, il va encore
neiger.

— Mais j'adore la neige le jour de Noël ! lança-t-elle
en prenant une pleine poignée de Chocolate kisses dans
la coupe posée sur le bureau de Louise. Qu'est-ce qu'on
a au programme, aujourd'hui ?

— Il n'y a rien eu, cette nuit. Il faut croire que les
gens n'ont pas envie de mourir juste la veille de Noël.
Le docteur Bristol doit être au tribunal à dix heures, et
après il devrait rentrer directement chez lui, si vous
voulez bien prendre ses appels.

— Si la journée est calme, je pense aussi rentrer de
bonne heure…

Louise eut un froncement de sourcils interrogatif.

— Pour faire un truc sympa, j'espère.

— Gagné ! dit Maura en riant. Je vais faire du
lèche-vitrines.

Elle entra dans son bureau, où même l'épaisse pile de

317

résultats de labo et de comptes rendus d'autopsie attendant qu'elle les relise ne put entamer sa bonne humeur.
Elle passa la matinée à travailler, sauta son déjeuner et
consacra l'après-midi à se gaver de chocolat, en espé-
rant pouvoir s'échapper vers trois heures.

Elle n'avait pas prévu que Gabriel Dean passerait la
voir. Lorsqu'il pointa son nez, à deux heures et demie,
elle ne se doutait pas que cette visite allait complètement
bouleverser sa journée.

Une fois encore, elle le trouva impénétrable, et, une
fois encore, elle fut frappée par l'incongruité d'une
liaison entre la fougueuse Rizzoli et ce sphinx glacial.

— Je rentre à Washington cet après-midi, dit-il en
posant sa mallette. Je voulais avoir votre avis sur
quelque chose avant de repartir.

— Pas de problème.

— Pour commencer, est-ce que je pourrais jeter un
coup d'œil au corps de votre inconnue ?

— Tout est dans mon rapport d'autopsie.

— Je sais. Mais j'aurais bien voulu la voir quand
même.

Maura se leva.

— Je vous préviens, ce n'est pas un spectacle
agréable.

La réfrigération ne peut pas arrêter le processus de
décomposition. Elle se contente de le ralentir. Maura
s'arma de courage, ouvrit la housse mortuaire, bloquant
sa respiration à cause de l'odeur. Dean resta impassible
lorsque les pans de plastique s'écartèrent, révélant de la
chair à vif là où aurait dû se trouver un visage.

— La face était complètement dépecée, dit Maura.
La peau a été découpée au ras du cuir chevelu, au-dessus
du front. Elle a été tirée vers le bas et détachée par une

autre incision sous le menton. Comme si on avait ôté un masque.

— Et il a emporté ce masque ?

— Oui, et ce n'est pas tout.

Maura ouvrit la housse en entier, libérant une telle puanteur qu'elle regretta de ne pas avoir mis de masque et de lunettes. Mais Dean ne lui avait parlé que d'une observation sommaire, pas d'un examen approfondi, et elle avait juste enfilé des gants.

— Il lui a aussi pris les mains, dit-il.

— Elles ont été retirées, comme les pieds. Au début, on a pensé avoir affaire à un collectionneur. Ces morceaux de corps auraient pu être des trophées. On a également pensé qu'il cherchait à effacer l'identité de la victime. Pas d'empreintes digitales, pas de visage. Comme si ces amputations obéissaient à une raison pratique.

— Mais pourquoi lui avoir coupé les pieds ? Il n'y a pas de fichier d'empreintes plantaires…

— Exactement. C'est pour ça que cette hypothèse ne tient pas. Alors je me suis dit qu'il y avait une autre explication… Ces amputations n'avaient pas pour but de masquer l'identité de la morte, mais le fait qu'elle avait la lèpre.

— Et les bubons qu'elle a sur le corps ? Ils sont aussi dus à la lèpre ?

— Cette éruption cutanée est appelée *Erythema nodosum leprosum*. L'érythème noueux lépreux est une réaction aux traitements médicamenteux. Apparemment, elle avait pris des antibiotiques contre la maladie de Hansen. Ce qui explique pourquoi on n'a pas repéré de bactéries actives sur la biopsie de la peau.

— Ce n'est pas la maladie proprement dite qui a provoqué ces lésions ?

— Non. C'est un effet secondaire de certains antibiotiques récents. D'après les radios, la lèpre s'était déclarée depuis pas mal de temps, probablement des années, lorsqu'elle a commencé à recevoir le traitement.

Elle se tourna vers Dean.

— Vous en avez assez vu ?

Il acquiesça.

— Maintenant, à moi de vous montrer quelque chose.

Lorsqu'ils eurent réintégré le bureau de Maura, il ouvrit sa mallette et en sortit un dossier.

— Hier, après notre réunion, j'ai appelé Interpol et j'ai demandé toutes les informations qu'ils avaient sur l'hécatombe de Bara. Voici ce que m'a faxé l'unité d'enquête spéciale de la police indienne. Ils m'ont aussi mailé des images digitales auxquelles j'aimerais bien que vous jetiez un coup d'œil...

Elle ouvrit le dossier et vit la première feuille.

— C'est un rapport de police.

— De l'Etat de l'Andhra Pradesh, où se trouvait le village de Bara.

— Où en est l'enquête ?

— Au point mort. L'affaire remonte à un an, et ils ont si peu avancé que j'ai bien peur qu'elle ne soit jamais résolue. A vrai dire, je doute qu'elle fasse partie de leurs priorités.

— Près de cent personnes ont été massacrées, agent Dean.

— C'est vrai, mais il faut remettre l'événement dans son contexte...

— Un tremblement de terre est un événement. Un tsunami est un événement. Mais un village entièrement massacré, ce n'est pas un événement. C'est un crime contre l'humanité.

— Oui, bien sûr, mais regardez ce qui se passe aussi en Asie du Sud. Au Cachemire, on assiste à des génocides perpétrés aussi bien par les hindous que par les musulmans. En Inde, les Tamouls et les Sikhs s'entretuent allègrement. Sans parler des massacres de caste et des bombardements de la guérilla maoïste-léniniste…

— Mère Mary Clement pense qu'il s'agissait d'un massacre religieux. Une opération dirigée contre les chrétiens…

— On constate en effet des agressions de ce genre, là-bas. Mais la clinique où travaillait sœur Ursula avait été fondée grâce à des capitaux privés. Les deux autres infirmières – celles qui ont péri dans le massacre – n'étaient affiliées à aucune Eglise, et la police de l'Andhra Pradesh ne croit pas à une tuerie pour des motifs religieux. Pour des raisons politiques, peut-être. Peut-être un crime de masse motivé par la haine pure, parce que les victimes avaient la lèpre…

Du doigt, il désigna le dossier.

— Voici les rapports d'autopsie que je voulais vous montrer, et aussi les clichés pris sur la scène du crime.

Elle tourna les pages et regarda les photographies. Abasourdie, muette d'horreur. Incapable d'en détacher ses yeux.

Une vision d'apocalypse.

Des corps calcinés fumaient encore, empilés sur des bûchers. Dans la fournaise, leurs muscles s'étaient contractés, les carcasses étaient comme pétrifiées dans une position de combat. On aurait dit des lutteurs dans une mêlée. Au milieu des cadavres humains, on distinguait des chèvres carbonisées, au pelage noirci par le feu.

— Ils ont tué tout ce qui bougeait, commenta Dean.

Les êtres humains. Les animaux. Même les poules ont été massacrées et brûlées.

Maura dut faire un effort pour regarder la photo suivante.

Elle vit d'autres corps, que les flammes avaient presque achevé de consumer, des piles de cendres et d'ossements calcinés.

— L'attaque s'est produite pendant la nuit, reprit Dean. On n'a trouvé les corps qu'au matin. Les ouvriers d'une usine située non loin de là ont remarqué qu'une épaisse fumée s'élevait du bas de la vallée. Lorsqu'ils sont venus voir de quoi il retournait, voilà ce qu'ils ont trouvé. Quatre-vingt-sept cadavres, dont beaucoup de femmes et d'enfants, et les deux infirmières de la clinique – des Américaines, toutes les deux.

— La clinique où travaillait Ursula…

Dean acquiesça.

— Et, maintenant, voici un détail extrêmement intéressant, dit-il.

Maura leva les yeux, son attention brutalement attirée par le changement de sa voix.

— Quoi donc ?

— L'usine qui se trouvait à côté du village… appartenait à Octagon Chemicals.

Maura se figea.

— Octagon ? Le groupe pour lequel travaillait Howard Redfield ?

Il acquiesça.

— Et sur lequel la SEC est en train d'enquêter. Il y a tant de fils qui relient ces trois victimes que ça commence à ressembler à une gigantesque toile d'araignée. Nous savons que Howard Redfield était vice-président chargé des opérations internationales d'Octagon, qui était propriétaire de l'usine située à côté

322

du village de Bara. Nous savons que sœur Ursula travaillait au village de Bara. Nous savons que notre Mme X était atteinte de la maladie de Hansen, et qu'elle vivait donc peut-être également à Bara…

— Tout semble tourner autour de ce village, fit Maura. Tout nous ramène à lui…

— Au village et au massacre.

— Et qu'espérez-vous que je trouve dans les rapports d'autopsie ?

— Je voudrais que vous me disiez s'il n'y a pas une chose qui aurait échappé aux médecins. Quelque chose qui pourrait nous éclairer sur ce carnage…

Elle regarda les photos des corps calcinés, secoua la tête.

— Ça risque d'être difficile. Le feu détruit trop de choses. Dès qu'il y a incinération, les causes de la mort sont souvent impossibles à déterminer, sauf en présence d'autres indices. Des balles, par exemple, ou des fractures…

— Selon les rapports d'autopsie, un certain nombre de crânes étaient fracassés. On en a déduit que les victimes avaient certainement été matraquées pendant leur sommeil. Les corps ont dû être ensuite traînés hors des taudis et empilés avant d'être incinérés.

Elle prit une autre photo. Une nouvelle vision d'enfer.

— Ça fait tellement de victimes, murmura-t-elle. Et personne n'a pu s'échapper ?

— Ça a dû aller très vite. La maladie avait dû rendre la plupart des victimes impotentes et incapables de courir. Après tout, il s'agissait d'un sanctuaire pour des malades. Le village vivait coupé du monde, isolé au fond d'une vallée, au bout d'une route. Une importante bande d'assaillants pouvait s'y glisser et massacrer sans problème une centaine de pauvres gens. Il n'y avait personne pour les entendre crier.

Maura arriva à la dernière photo du dossier, celle d'un petit bâtiment : un toit de tôle ondulée sur quatre murs blanchis à la chaux que les flammes avaient noircis. Sur le seuil, on voyait un autre fouillis de corps, membres emmêlés, visages carbonisés, méconnaissables.

— Ce dispensaire était le seul bâtiment encore debout, parce qu'il était construit avec des blocs de mâchefer, expliqua Dean. Les cadavres des deux infirmières américaines ont été retrouvés sur ce bûcher. Un expert de la police scientifique a été chargé de les identifier. Il a dit que la calcination était si complète qu'il pensait que les assaillants avaient accéléré la combustion, d'une manière ou d'une autre. Est-ce que vous partagez son avis, docteur Isles ?

Maura ne répondit pas. Son attention n'était plus fixée sur les corps. Elle regardait un détail qu'elle trouvait beaucoup plus dérangeant. Et qui, pendant quelques secondes, la laissa sans voix.

Au-dessus de l'entrée du dispensaire, on voyait un logo bien net : une colombe en vol, aux ailes déployées en signe de protection au-dessus d'un globe bleu azur. Un logo qu'elle reconnut aussitôt.

C'était un dispensaire de One Earth.

— Docteur Isles ? répéta Dean.

Elle leva les yeux, déconcertée, vit qu'il attendait toujours sa réponse.

— Les corps... ne sont pas si faciles à incinérer, dit-elle. Ils contiennent trop d'eau.

— Ils étaient tellement brûlés qu'ils étaient réduits à l'état de squelettes.

— Oui... Vous avez raison, on a dû utiliser un accélérateur.

— De l'essence ?

— L'essence pourrait faire l'affaire. Et c'est sûrement ce qu'il y a de plus facile à se procurer.

Son regard revint aux photos du dispensaire incendié.

— En outre, on distingue clairement les restes d'un bûcher, qui a fini par s'effondrer sur lui-même. Regardez ces branches carbonisées…

— Ça fait une différence, de brûler les corps sur un bûcher ? demanda-t-il.

Elle s'éclaircit la gorge.

— Le fait de les surélever permet à la graisse de s'écouler sur les flammes. Et de maintenir le feu à une température élevée.

Brusquement, elle rassembla les photos, les glissa dans le dossier. Elle se rassit, les mains jointes sur l'enveloppe de papier bulle, sentant sa surface lisse, le cœur meurtri par ce qu'elle contenait.

— Si ça ne vous ennuie pas, agent Dean, j'aimerais bien avoir un peu de temps pour étudier ces rapports d'autopsie. Je vous rappellerai. Je peux garder le dossier ?

— Bien sûr, fit Dean en se levant. Vous savez où me joindre, à Washington.

Elle regardait toujours le dossier, ne le vit pas se diriger vers la porte. Pas plus qu'elle ne remarqua qu'il s'était retourné et la regardait.

— Docteur Isles ?

— Oui ? dit-elle en relevant la tête.

— Je voudrais vous parler d'autre chose. Pas en rapport avec le dossier ; quelque chose de plus personnel. Mais je ne suis pas sûr d'avoir raison d'aborder le sujet avec vous.

— De quoi s'agit-il, agent Dean ?

— Est-ce que vous parlez beaucoup avec Jane ?

— Eh bien, oui, bien sûr. Pendant cette enquête, par exemple…

— Pas du travail. De ce qui la tracasse.

Elle hésita.

Je devrais lui en parler, pensa-t-elle. Il faut que quelqu'un le lui dise.

— Elle est généralement assez tendue, poursuivit-il. Mais il y a autre chose. J'ai l'impression qu'elle est vraiment sous pression.

— Le meurtre de l'abbaye est une affaire pénible…

— Ça n'a rien à voir avec l'enquête. Il y a quelque chose qui la perturbe. Et elle ne veut pas en parler.

— Ce n'est pas à moi qu'il faut poser la question. Vous feriez mieux d'en parler avec elle.

— J'ai essayé.

— Et ?

— Elle ne pense qu'au boulot. Vous savez comment elle est, parfois : une espèce de Robocop.

Il soupira et ajouta, doucement :

— Je pense que c'est fini, entre nous.

— Dites-moi franchement, agent Dean… Vous tenez à elle ?

Il la regarda, manifestement surpris.

— Je n'aurais pas abordé le sujet si ce n'était pas le cas.

— Alors vous devez croire ce que je vais vous dire. Ce n'est pas fini, entre vous. Si elle semble distante, c'est seulement parce qu'elle a peur.

— Jane ? fit-il en secouant la tête. Elle n'a peur de rien. Et surtout pas de moi !

Elle le regarda sortir de son bureau, et pensa : Là, mon vieux, tu te trompes… Nous avons tous peur de ceux qui peuvent nous faire du mal.

Lorsqu'elle était petite, Rizzoli aimait l'hiver. Tout l'été, elle attendait les premiers flocons de neige et le matin où, en tirant les rideaux de sa chambre, elle verrait que tout était blanc. Elle sortirait alors en riant de chez elle, et courrait faire les premières traces de pas sur le tapis blanc, vierge d'empreintes.

Aujourd'hui, dans les embouteillages de l'heure du déjeuner, elle se demandait qui avait volé la magie de Noël.

La perspective du réveillon en famille ne lui remontait pas le moral. Elle savait comment la soirée allait se passer : tout le monde s'empiffrerait de dinde, la bouche trop pleine pour parler. Son frère Frankie, cette grande gueule qui avait le vin mauvais, serait là. Son père, brandissant la télécommande, sélectionnerait une chaîne sportive, le son au max, pour mieux noyer toute possibilité d'une conversation intéressante. Et sa mère, Angela, exténuée par sa journée de cuisine, dodelinerait de la tête dans son fauteuil.

Chaque année, le même cérémonial éculé, mais c'est ce qui fait une famille, pensa-t-elle. Faire les mêmes choses, de la même façon, que cela nous rende heureux ou non.

Elle n'avait vraiment aucune envie de courir les magasins, mais elle ne pouvait plus remettre cette corvée ; hors de question de se pointer à un Noël dans la famille Rizzoli sans l'inévitable fournée de cadeaux. Peu importait qu'ils soient judicieusement choisis ou non, tant qu'ils étaient bien emballés, et que chacun avait le sien. L'an passé, son frère Frankie, cet enfoiré, lui avait offert un crapaud séché du Mexique transformé en porte-monnaie. C'était une façon cruelle de lui rappeler le surnom qu'il avait l'habitude de lui lancer à la figure. Une grenouille pour la grenouille.

Cette année, Frankie allait lui payer ça.

Chez Target, elle se força un passage avec une sombre détermination, traçant sa route dans le sillage de son Caddie entre les rayons surchargés de guirlandes clinquantes, à la recherche d'un truc du même goût que le crapaud desséché, tandis que les haut-parleurs du magasin déversaient toute la panoplie des chants de Noël sur la multitude qui avait envahi les lieux. Pour son père, elle acheta des mocassins fourrés. Pour sa mère, une théière *made in Ireland*, décorée de minuscules boutons de roses. Pour Michael, son frère cadet, un peignoir écossais, et pour Irene, sa nouvelle compagne, des boucles d'oreilles en cristal de Bohême rouge sang. Elle acheta même des cadeaux pour les gamins, des tenues de ski identiques, ornées des mêmes rayures : pas de jaloux.

Pour ce connard de Frankie, en revanche, elle était toujours bredouille.

Elle traversa le rayon des sous-vêtements pour hommes. Elle avait peut-être une chance de trouver là son bonheur. Frankie, le marine macho, en string rose ? Non, quand même trop nase ; elle n'allait pas s'abaisser à ça. Elle continua, passa devant les slips, ralentit en atteignant les boxer-shorts. Soudain, elle ne pensait plus à Frankie, mais à Gabriel, à ses complets gris anthracite et ses cravates austères. Un homme rangé et traditiona-liste jusque dans ses sous-vêtements. Un homme qui pouvait vous rendre dingue, parce que vous ne sauriez jamais comment le prendre, et que vous vous demande-riez toujours si un vrai cœur battait sous ce complet gris.

Elle quitta brusquement l'allée, poursuivit son chemin.

Concentre-toi, merde. Il te faut un truc pour Frankie. Un livre ?

Elle avait en tête quelques titres appropriés, du genre *Guide pour ne pas rester toute sa vie un trou du cul*, par Madame de Grand-Air. Malheureusement, celui-là restait à écrire ; pourtant, il y avait un marché pour ça, non ?

Elle remonta l'allée, prit la suivante, cherchant toujours.

Elle s'arrêta net, la gorge serrée, les doigts gourds à force de se cramponner à son Caddie.

Dans le rayon des vêtements pour bébés.

Elle était cernée par des petits pyjamas en pilou décorés de canards. Des moufles de poupée, des bottines, des bonnets en peluche à pompons. Des piles de couvertures roses et bleues pour emmailloter les nouveau-nés après le bain.

Ce furent les couvertures qui retinrent son attention. Elle se souvenait de la façon dont Camille avait enroulé son propre enfant mort-né dans un lange bleu ciel, avec tout l'amour, toute la détresse d'une mère.

Son téléphone sonna plusieurs fois avant qu'elle ne s'extirpe de sa rêverie. Elle le sortit de sa poche, répondit d'un « Rizzoli » hébété.

— Salut, inspecteur, Walt DeGroot à l'appareil.

Ledit DeGroot travaillait à la section ADN du laboratoire de médecine légale. D'habitude, c'était Rizzoli qui l'appelait, pour le presser de lui donner au plus vite des résultats de tests.

— Alors, quoi de neuf, docteur ? demanda-t-elle, distraite, le regard rivé aux couvertures pour bébés.

— Nous avons identifié l'ADN maternel du gosse que vous avez retrouvé dans la mare.

— Ouais. Alors… ?

— Alors la victime, Camille Maginnes, est bel et bien la mère de l'enfant.

Rizzoli laissa échapper un soupir fatigué.

— Merci, Walt, murmura-t-elle. C'est ce qu'on pensait.

— Attendez. Il y a une cerise sur le gâteau.

— Ouais. Quoi donc ?

— Un truc auquel je ne pense pas que vous vous attendiez. Ça concerne le père du gamin.

Aussitôt, son attention se focalisa entièrement sur la voix de Walt. Sur ce qu'il était sur le point de lui dire.

— Qu'est-ce qu'il y a, avec le père ?

— On sait qui c'est.

18

Rizzoli conduisit tout l'après-midi, jusqu'au crépuscule. Elle voyait la route devant elle à travers un brouillard de colère. Les cadeaux qu'elle avait achetés jonchaient le siège arrière, en vrac parmi les rouleaux de papier cadeau et de ruban fantaisie, mais elle n'avait pas le cœur à la fête. Elle pensait à une jeune fille qui marchait pieds nus dans la neige. Une fille qui recherchait la morsure du gel pour masquer une souffrance encore plus profonde. Mais rien ne pouvait égaler le tourment qui l'habitait ; elle aurait beau prier, se flageller, rien jamais ne ferait taire les hurlements de sa douleur intérieure.

Lorsqu'elle s'engagea enfin entre les piliers de granit, dans l'allée qui menait à la maison des parents de Camille, il était près de cinq heures de l'après-midi, et elle avait les épaules douloureuses d'avoir effectué ce long trajet en proie à une tension extrême. Elle descendit de voiture, avala à pleins poumons une bouffée d'air salé et piquant. Elle monta les marches, sonna à la porte.

La gouvernante aux cheveux noirs, Maria, lui ouvrit.

— Je suis désolée, inspecteur, mais Mme Maginnes n'est pas là. Elle savait que vous deviez venir ?

— Non. Elle revient quand ?

— Elle est sortie faire des courses avec les garçons. Elle devrait rentrer pour dîner. Dans une heure, je pense.

— Bon, je vais l'attendre.

— Je ne sais pas si…

— Je vais juste tenir compagnie à M. Maginnes. Si ça ne vous ennuie pas.

A contrecœur, Maria la fit entrer dans la maison. Une femme habituée à courber l'échine devant tout le monde ne risquait pas de claquer la porte au nez des forces de l'ordre.

Rizzoli n'eut pas besoin qu'elle lui montre le chemin ; elle parcourut les mêmes parquets cirés, passa devant les mêmes tableaux de bateaux et d'océans déchaînés et se retrouva dans la salle de marine. La vue sur le détroit de Nantucket était impressionnante, avec ses eaux soulevées par le vent, mouchetées d'écume blanche. Randall Maginnes était couché sur le côté, dans son lit médicalisé, le visage tourné vers les baies vitrées par lesquelles il pouvait contempler la tempête qui se préparait. Il était aux premières loges pour apprécier la fureur de Dame Nature.

L'infirmière assise à côté de lui se leva à l'entrée de la visiteuse.

— Bonsoir. Euh…

— Inspecteur Rizzoli, police de Boston. Je me suis dit que je pouvais venir voir M. Maginnes, en attendant le retour de sa femme. Comment va-t-il ?

— Oh, toujours pareil.

— Comment se remet-il, depuis son attaque ?

— Nous faisons tout ce que nous pouvons sur le plan médical depuis des mois, maintenant ; mais les dégâts sont assez sérieux.

— Est-ce que c'est irréversible ?

L'infirmière jeta un coup d'œil à son patient, puis fit discrètement signe à Rizzoli de la suivre dans le couloir.

— Je n'aime pas parler de ça devant lui. Il comprend tout ce qu'on dit.

— Qu'est-ce qui vous permet de l'affirmer ?

— Cette façon qu'il a de nous regarder... De réagir à certaines choses. Il ne peut pas parler, mais il est tout à fait conscient. J'ai mis un CD de son opéra préféré, cet après-midi... *La Bohème*. Et j'ai vu des larmes dans ses yeux.

— Ce n'est peut-être pas la musique. C'est peut-être juste de la frustration.

— Il a évidemment toutes les raisons de se sentir frustré. Ça fait huit mois, et il n'a presque rien récupéré. Le pronostic est très sombre. Il ne remarchera sûrement plus jamais. Il sera toujours paralysé d'un côté. Et quant à l'usage de la parole, eh bien... C'était un grave accident cérébral, conclut-elle avec un mouvement de tête navré.

Rizzoli se tourna vers la salle de marine.

— Si vous voulez faire une pause ou vous détendre un peu, je serai ravie de rester auprès de lui un instant.

— Ça ne vous embête pas ?

— A moins qu'il n'ait besoin de soins particuliers...

— Non, vous n'aurez rien à faire. Juste lui parler. Ça lui fera plaisir.

— Ouais, comptez sur moi.

Rizzoli revint dans la salle de marine et tira une chaise à côté du lit. Elle s'assit de façon à voir les yeux de Randall Maginnes. De telle sorte qu'il ne puisse éviter de la regarder, elle.

— Salut, Randall, dit-elle. Vous vous souvenez de moi ? Inspecteur Rizzoli, le flic chargé d'enquêter sur le

333

meurtre de votre fille. Vous savez que Camille est morte, hein ?

Elle vit passer une ombre de tristesse dans ses yeux gris. Le signe qu'il comprenait. Qu'il souffrait.

— C'était une jolie fille, votre petite Camille. Mais vous le saviez déjà, hein ? Comment auriez-vous pu l'ignorer ? Jour après jour, vous la regardiez vivre, ici même, dans cette maison. Vous la voyiez grandir, et devenir une jeune femme… Et, ajouta-t-elle après une pause, vous l'avez vue sombrer.

Les yeux la fixaient toujours, buvant chacune de ses paroles.

— Alors, quand est-ce que vous avez commencé à la baiser, Randall ?

Derrière la baie vitrée, des rafales de vent fouettaient le détroit de Nantucket. Et, même dans la lumière du jour déclinant, les crêtes blanches brillaient, comme illuminées de l'intérieur, petits feux follets turbulents sur la mer d'un noir d'encre.

Randall Maginnes ne la regardait plus. Son regard avait dérivé vers le sol, évitant désespérément les yeux de Rizzoli.

— Camille n'a que huit ans quand sa mère se suicide. Tout à coup, cette petite fille n'a plus personne au monde que son père. Elle a besoin de vous. Elle a confiance en vous. Et vous, qu'est-ce que vous faites ? continua Rizzoli en secouant la tête d'un air dégoûté. Vous savez combien elle est fragile. Vous savez pourquoi elle sort pieds nus dans la neige. Pourquoi elle s'enferme dans sa chambre. Pourquoi elle a fini par se réfugier dans un couvent. C'est vous qu'elle fuyait.

Rizzoli se pencha vers lui. Assez près pour humer un remugle de l'urine qui trempait sa couche de vieillard avant l'âge.

334

— La seule fois où elle est revenue vous rendre visite, elle ne pensait sûrement pas que vous oseriez la toucher ; elle devait se dire que, pour une fois, vous lui ficheriez la paix. La maison était pleine de gens venus pour l'enterrement. Mais ce n'est pas ça qui vous a arrêté, hein ?

Les yeux de Randall, perdus dans le vide, évitaient les siens. Elle s'accroupit à côté du lit. S'approcha si près que, où qu'il regarde, elle était là, juste en face de lui.

— C'était votre bébé, Randall, dit-elle. Nous n'avons même pas eu besoin d'un échantillon de votre ADN pour le prouver. L'enfant est trop proche de sa mère. C'est inscrit noir sur blanc, dans ses gènes. Un enfant de l'inceste. Vous saviez que vous la mettiez enceinte ? Vous saviez que vous détruisiez votre propre fille ?

Elle resta assise sur sa chaise un long moment à le regarder. Dans le silence, elle pouvait entendre son souffle s'accélérer. Les halètements bruyants d'un homme qui aurait désespérément voulu fuir, mais qui ne le pouvait pas.

— Vous savez, Randall, je ne sais pas si je crois beaucoup en Dieu. Mais, à cause de vous, je me dis que j'ai peut-être tort. Parce que, regardez ce qui vous est arrivé : en mars vous baisez votre fille, et en avril vous avez une attaque. Vous ne bougerez plus jamais. Vous ne parlerez plus jamais. Vous n'êtes qu'un cerveau dans un corps mort, Randall. Si ça ce n'est pas de la justice divine, je ne sais pas ce que c'est.

Il gémissait, à présent, comme s'il essayait désespérément de réveiller ses membres réduits à l'impuissance.

Elle se pencha sur lui et lui murmura à l'oreille :

— Vous sentez l'odeur de votre propre déchéance ? Pendant que vous êtes cloué ici, à pisser dans votre couche, qu'est-ce que vous pensez que votre femme, Lauren, est en train de faire ? A tous les coups, elle est en bonne compagnie, sûrement en train de s'envoyer en l'air. Pensez-y. On n'a pas besoin de mourir pour se retrouver en enfer et en baver comme un damné.

Elle se releva avec un soupir de satisfaction.

— Je vous souhaite longue vie, Randall, dit-elle.

Elle quitta la pièce.

Tandis qu'elle se dirigeait vers la porte d'entrée, elle entendit Maria l'appeler :

— Vous partez déjà, inspecteur ?

— Ouais. Je ne vais pas attendre Mme Maginnes, finalement.

— Que dois-je lui dire ?

— Juste que je suis passée. Oh, et puis vous pouvez aussi lui dire ceci, fit elle en jetant un coup d'œil par-dessus son épaule, vers la salle de marine. Je pense que Camille manque énormément à Randall. Vous devriez mettre sa photo devant lui, pour qu'il puisse la voir tout le temps. Il appréciera.

Elle ouvrit la porte et sortit.

Dans le salon, les guirlandes de Noël clignotaient compulsivement.

La porte du garage s'entrouvrit, et Maura vit que la voiture de Victor était garée à l'intérieur, occupant l'emplacement de droite comme si c'était sa place attitrée. Comme s'il était maintenant chez lui. Elle se rangea à côté et coupa le moteur d'un mouvement rageur ; elle attendit un moment que la porte se referme, essayant de se calmer en prévision de la suite.

Elle attrapa son attaché-case, sortit de la voiture.

Dans la maison, elle prit le temps de poser son sac à

main et d'accrocher son manteau. Puis, reprenant son attaché-case, elle se rendit dans la cuisine.

Victor, qui mettait des glaçons dans un shaker, se fendit d'un sourire jusqu'aux oreilles.

— Hé, je suis justement en train de te préparer ton cocktail préféré ! Le dîner est déjà dans le four. J'essaie de te prouver qu'un homme peut vraiment servir à quelque chose dans une maison.

Elle le regarda agiter le shaker et verser le liquide dans un verre à Martini, qu'il lui tendit.

— Pour la jeune cadre dynamique et pleine d'avenir de la maison, dit-il en lui plantant un baiser sur les lèvres.

Elle resta parfaitement immobile.

Il recula lentement, scrutant son visage.

— Qu'est-ce que tu as ?

Elle reposa le verre.

— Il est temps que tu me parles franchement, tu ne crois pas ?

— De quoi ? Qu'est-ce que tu veux que je te dise ?

— Je te renvoie la question.

— Tu parles de ce qui s'est passé il y a trois ans, pourquoi ça a mal tourné ? Des bêtises que j'ai faites...

— Non. Ce n'est pas ça. Je veux parler de maintenant. La moindre des choses serait que tu sois honnête avec moi.

Il ouvrit grands les yeux.

— Qu'est-ce que j'ai encore fait ? De quoi faut-il que je m'excuse ? Parce que je serai ravi de le faire, si c'est ce que tu veux. Merde, je suis même prêt à m'excuser pour des choses que je n'ai pas faites !

— Je ne demande pas des excuses, Victor. Je voudrais juste que tu me parles de *ça*.

Elle fouilla dans son attaché-case et lui tendit le dossier que Gabriel Dean lui avait confié.

— C'est quoi ?

— Un rapport d'Interpol. Concernant un massacre collectif qui a eu lieu l'an dernier en Inde. Dans un petit village, du côté d'Hyderabad.

Il ouvrit le dossier à la première photo. Sans un mot, il passa à la suivante, puis à la troisième.

— Alors, Victor ?

Il referma le dossier et la regarda.

— Qu'est-ce que tu veux que je te dise ?

— Tu étais au courant de ce massacre ?

— Bien sûr que j'étais au courant ! Ils s'en sont pris à un dispensaire de One Earth. On a perdu deux volontaires, là-bas. Deux infirmières. C'est mon boulot d'être au courant.

— Tu ne m'en avais pas parlé.

— C'est arrivé il y a un an. Pourquoi j'aurais mis ça sur le tapis ?

— Parce que ça a un rapport avec notre enquête. L'une des religieuses qui a été tuée à l'abbaye de Graystones travaillait dans ce dispensaire de One Earth. Tu le savais, n'est-ce pas ?

— Attends… Combien crois-tu qu'il y a de volontaires qui travaillent pour One Earth ? On a des milliers de gens qui bossent dans le médical, dans plus de quatre-vingts pays.

— Dis-moi juste une chose, Victor. Tu savais que sœur Ursula travaillait pour One Earth ?

Il se retourna vers l'évier. Et resta là, debout, à regarder par la fenêtre, bien qu'il n'y ait rien à voir, seulement le soir qui tombait.

— C'est tout de même bizarre, reprit-elle. Après

notre divorce, je n'ai plus jamais eu de tes nouvelles. Pas un mot.

— Permets-moi de te dire que tu n'as jamais pris la peine de me faire signe, toi non plus.

— Pas une lettre, pas un coup de fil. Pour avoir des nouvelles de toi, il fallait que je lise la presse people. Sa Sainteté Victor Banks, le « père Teresa » des causes humanitaires…

— Je n'ai jamais eu la grosse tête, Maura. Tu ne peux pas me reprocher ça.

— Et puis, tout à coup, miracle ! Tu débarques à Boston, comme si tu ne pouvais pas te retenir une minute de plus de me voir. Juste au moment où je travaille sur cette affaire d'homicide.

Il se tourna vers elle.

— Tu n'arrives pas à croire que j'avais envie de te voir ?

— Tu as attendu trois ans pour ça ?

— Oui. Trois ans de trop…

— Et pourquoi spécialement maintenant ?

Il scruta son visage, comme s'il espérait y trouver une trace d'indulgence.

— Tu m'as manqué, Maura. Vraiment.

— Mais ce n'était pas la raison première pour laquelle tu es venu me voir, n'est-ce pas ?

Un long silence. Puis :

— Non. En effet.

Soudain épuisée, elle se laissa tomber sur une chaise, devant la table de la cuisine, face au dossier contenant les terribles photos.

— Alors pourquoi es-tu venu ?

— J'étais dans ma chambre d'hôtel, à m'habiller, et la télé était allumée… J'ai entendu parler aux infos des meurtres dans ce couvent. Et puis je t'ai vue, là, au beau milieu de l'écran. Sur la scène de crime.

— C'était le jour où tu as laissé le premier message à ma secrétaire. C'était cet après-midi-là.

Il acquiesça.

— Nom de Dieu ! Tu étais éblouissante à la télé. Toute drapée dans ton manteau noir. J'avais oublié à quel point tu étais belle.

— Mais ce n'est pas pour ça que tu m'as appelée. Je crois plutôt que c'était le meurtre qui t'intéressait ! Et comme j'étais la légiste de l'affaire…

Il ne répondit pas.

— Tu savais que l'une des victimes travaillait pour One Earth. Tu voulais découvrir ce que savait la police. Ce que je savais.

Toujours pas de réponse.

— Pourquoi tu ne me l'as pas demandé, tout simplement ? Qu'est-ce que tu essaies de cacher ?

Il se redressa, la défiant soudain du regard.

— Est-ce que tu as une idée du nombre de vies qu'on sauve tous les ans ?

— N'essaie pas de noyer le poisson !

— Du nombre d'enfants que nous vaccinons ? Du nombre de femmes enceintes qui reçoivent leurs seuls examens prénataux dans nos dispensaires ? Ils n'ont que nous, ils n'ont pas d'autres moyens d'assistance. Et One Earth ne survit que grâce aux dons de ses bienfaiteurs. Notre réputation doit rester impeccable. Un entrefilet négatif dans la presse et on nous coupera les subsides, comme ça ! fit-il en claquant des doigts.

— Je ne vois pas le rapport avec l'enquête…

— J'ai passé ces vingt dernières années à construire One Earth à la force des poignets, mais ça n'a jamais été *pour moi*. Ça a toujours été *pour eux* – ceux dont tout le monde se fout. C'est eux qui comptent. C'est pour ça que je ne peux laisser quoi que ce soit mettre notre financement en danger.

L'argent, pensa-t-elle. Encore et toujours l'argent…

Elle le regarda. Une idée l'avait frappée, comme une évidence.

— La multinationale qui vous finance…

— Et alors ?

— Tu m'en as parlé. Tu m'as dit que vous aviez reçu une gigantesque subvention, l'an dernier, de la part d'une multinationale…

— Nous recevons des dons d'un peu partout…

— Ce n'était pas Octagon Chemicals, par hasard ?

Son air interloqué répondit pour lui. Elle le vit réprimer un mouvement de surprise, comme s'il s'apprêtait à répliquer, mais il reprit sa respiration sans dire un mot. L'inutilité de la discussion le laissait sans voix.

— Je n'aurai pas de mal à en avoir la confirmation, dit Maura. Pourquoi ne me dis-tu pas tout simplement la vérité ?

Il regarda ses pieds. Hocha la tête avec lassitude.

— Octagon est l'un de nos principaux donateurs.

— Et qu'est-ce qu'ils attendent de One Earth en échange ?

— Pourquoi penses-tu que nous devons obligatoirement faire quelque chose ? Notre action parle d'elle-même. Pourquoi crois-tu que nous sommes accueillis à bras ouverts dans tant de pays ? Parce que les gens ont confiance en nous. Nous ne faisons pas de prosélytisme, et nous nous gardons de toute ingérence dans la politique locale. Nous sommes là pour les aider, point final. C'est tout ce qui compte, tu ne crois pas ? Sauver des vies humaines.

— Et la vie de sœur Ursula ? Elle ne comptait pas pour toi ?

— Si, bien sûr !

— Aujourd'hui, elle est sous assistance respiratoire. Encore un électroencéphalogramme et ils la débrancheront probablement. Qui a voulu sa mort, Victor ?

— Mais comment veux-tu que je le sache ?

— Tu as l'air d'en savoir beaucoup plus long que tu n'as bien voulu m'en dire. Tu savais que l'une des victimes travaillait pour ton organisation…

— Je ne pensais pas que ça avait un rapport !

— Tu aurais dû m'en parler quand même.

— Ecoute, tu avais l'air de t'intéresser surtout à l'autre religieuse. La jeune. C'est la seule victime dont tu m'as parlé. Je ne pensais pas que son meurtre avait quelque chose à voir avec Ursula.

— Tu m'as dissimulé des informations.

— Voilà que tu parles comme un putain de flic ! Tu vas bientôt me coller ta plaque sous le nez et me passer les menottes, c'est ça ?

— Je fais justement mon possible pour éviter ça. Pour te laisser une chance de t'expliquer.

— A quoi bon ? Pour toi, les jeux sont déjà faits. Je suis coupable.

— Avoue que tu te comportes comme tel.

Il était parfaitement immobile, évitant son regard, une main cramponnée au plan de travail en granit. Les secondes s'égrenaient en silence. Et, tout à coup, le regard de Maura s'arrêta sur le présentoir à couteaux qui se trouvait juste à portée de main de Victor. Huit couteaux de cuisine, qu'elle prenait bien soin d'aiguiser régulièrement. C'était la première fois que Victor lui faisait peur. Celui qui se tenait là, tout près d'elle et de ses couteaux, était un homme qu'elle ne reconnaissait pas.

Elle dit doucement :

— Tu ferais mieux de t'en aller.

Il baissa les yeux sur elle.

— Qu'est-ce que tu vas faire ?

— Va-t'en, Victor.

Il ne réagit pas tout de suite. Elle l'observait, le cœur battant la chamade, tous les muscles tendus à bloc. Regardant ses mains, guettant son prochain mouvement, se disant : Non, il ne me ferait pas de mal. Je suis sûre qu'il ne me fera pas de mal.

Et se demandant dans le même temps si ces mêmes mains qui l'avaient caressée, lui avaient donné tant de plaisir, n'auraient pas pu empoigner un marteau et fracasser le crâne d'une femme.

— Je t'aime, Maura, dit-il. Mais il y a des choses qui nous dépassent, toi et moi. Avant que tu fasses quoi que ce soit, pense à ce que tu risques de détruire. Au nombre de personnes – d'innocents – à qui tu pourrais nuire.

Elle eut un mouvement de recul alors qu'il s'approchait. Mais il passa à côté d'elle sans s'arrêter. Elle entendit ses pas s'évanouir dans le couloir, la porte d'entrée claquer.

Aussitôt, elle se leva et entra dans le salon. Par la fenêtre, elle vit sa voiture reculer dans l'allée. Elle se précipita vers la porte d'entrée, tourna la clef dans la serrure, puis courut verrouiller la porte qui donnait sur le garage. Enfermant Victor dehors.

Elle revint à la cuisine pour barricader aussi la porte de derrière et, les mains tremblantes, mettre la chaîne de sécurité. Elle se retourna et parcourut du regard une pièce qui lui semblait maintenant étrangère, l'air vibrant encore d'échos menaçants. Le cocktail que Victor lui avait servi attendait sur le plan de travail. Elle prit le verre, où la glace avait fondu, et le versa dans l'évier comme s'il était contaminé.

Elle aussi, maintenant, se sentait contaminée, par son contact, ses caresses, par leurs moments d'amour.

Elle se dirigea ensuite vers la salle de bains, retira ses vêtements, entra dans la douche et resta sous le jet d'eau chaude, essayant d'effacer toute trace de lui sur sa peau. Mais elle ne pouvait en faire autant avec ses souvenirs. Quand elle fermait les yeux, c'était encore son visage qu'elle voyait, ses mains qu'elle sentait sur elle.

Dans la chambre, elle arracha les draps du lit. L'odeur de Victor s'exhala du linge. Elle refit le lit avec des draps propres. Changea les serviettes dans la salle de bains. Elle revint dans la cuisine, jeta à la poubelle le plat tout prêt qu'il avait mis à réchauffer dans le four – une cassolette d'aubergines au parmesan.

Elle ne mangea rien, ce soir-là. Elle se contenta d'un verre de zinfandel qu'elle emporta dans le salon. Elle alluma les fausses bûches dans la cheminée, resta assise à regarder le sapin de Noël.

Fichues fêtes de Noël, pensa-t-elle. Je peux ouvrir une cage thoracique et vider un abdomen de ses organes. Je peux faire des coupes de poumon, les regarder au microscope, diagnostiquer un cancer, une tuberculose ou un emphysème. Mais ce qui se cache à l'intérieur d'un cœur humain restera à jamais hors de portée de mon scalpel.

Le vin assourdissait sa douleur, comme le meilleur des anesthésiants. Elle finit son verre, alla se coucher.

Au milieu de la nuit, elle fut réveillée en sursaut par les craquements de la maison, sur laquelle le vent s'acharnait. Elle haletait, son cœur battait à tout rompre, tandis que les derniers lambeaux d'un cauchemar se dissipaient. Des corps brûlés, empilés sur un bûcher comme des branches noircies, convulsées. Des flammes projetant leurs lueurs sur les silhouettes debout autour ; et elle, tentant de rester dans l'ombre, essayant d'échapper à la lueur du brasier.

Elle tendit la main pour palper les draps glacés à côté d'elle, l'endroit où Victor dormait encore la nuit précédente. Et reçut de plein fouet son absence, si douloureusement qu'elle replia les bras sur sa poitrine pour contenir le vide qu'elle y sentait.

Et si elle se trompait ? Et s'il lui avait dit la vérité ?

A l'aube, elle sortit enfin de son lit, groggy et se sentant plus fatiguée qu'en allant se coucher. Elle alla à la cuisine se faire du café, s'assit à la table et le but à petites gorgées dans la lumière grisâtre. Son regard tomba sur le dossier de photos qui se trouvait toujours sur la table.

Elle l'ouvrit, revit ce qui avait inspiré ses cauchemars de la nuit. Les corps brûlés, les restes de cabanes carbonisées.

Tant de morts, songea-t-elle, tous ces gens tués dans une nuit de violence infernale.

Quelle fureur effroyable avait conduit les assaillants à massacrer jusqu'aux animaux ? Elle regarda les chèvres abattues mélangées aux êtres humains dans un méli-mélo de carcasses calcinées…

Même les chèvres ? Et pourquoi les chèvres ?

Elle rumina la question, essayant de comprendre cette destruction démentielle.

Des animaux morts…

Elle examina la photo suivante. On y voyait le dispensaire de One Earth, ses murs en mâchefer léchés par les flammes, les corps carbonisés entassés juste devant l'entrée. Son attention se focalisa sur le toit de la clinique, avec ses plaques de tôle ondulée encore intactes. Elle n'avait pas vraiment regardé le toit, jusque-là. Son regard s'arrêta sur ce qui semblait être des feuilles mortes. Des taches noires grêlaient la tôle ondulée, trop petites pour qu'on puisse en distinguer les détails.

Elle prit la photo, alla à son bureau, alluma les lumières. En fouillant dans les tiroirs, elle trouva une loupe. A la lumière vive de la lampe, elle étudia les clichés, en se concentrant sur le toit de métal, la lentille grossissante révélant la nature de ce qu'elle avait pris pour des feuilles mortes. Un frisson lui parcourut l'échine. Elle lâcha la loupe et s'assit, abasourdie.

Des oiseaux. C'étaient des oiseaux morts.

Elle retourna dans la cuisine, décrocha le téléphone et appela Rizzoli sur son portable.

— Il y a quelque chose qu'il faut que je te dise, annonça-t-elle.

— A six heures et demie du matin ?

— J'aurais dû le dire à l'agent Dean, hier, avant qu'il ne reparte. Mais je ne voulais pas en parler. Pas avant d'avoir pu en discuter avec Victor.

— Victor ? Ton ex ?!

— Oui.

— Qu'est-ce qu'il a à voir dans tout ça ?

346

— Je pense qu'il sait ce qui s'est passé en Inde. Dans le fameux village.

— Il te l'a dit ?

— Pas encore. C'est pour ça qu'il faudrait que tu le convoques pour l'interroger.

19

Ils étaient assis dans la voiture de Barry Frost, garée juste devant l'hôtel Colonnade, Frost et Rizzoli à l'avant, Maura à l'arrière.

— Laissez-moi lui parler d'abord, dit Maura.

— Franchement, doc, ce serait mieux que vous restiez tranquillement ici, au chaud, répondit Frost. On ne sait pas comment il va réagir.

— Il se montrera plus coopératif si je lui parle.

— Mais s'il est armé…

— Il ne me fera rien, dit Maura. Et je ne veux pas que vous lui fassiez du mal non plus, d'accord ? Ce n'est pas une arrestation.

— Et qu'est-ce qu'on fait s'il décrète qu'il n'a pas envie de venir ?

— Il viendra. J'en fais mon affaire, fit-elle en ouvrant la portière.

Ils prirent l'ascenseur jusqu'au quatrième étage, en compagnie d'un jeune couple qui dut se poser bien des questions sur leur austère trio. Rizzoli et Frost sur les talons, Maura alla frapper à la porte de la chambre 426.

Un instant passa.

Elle s'apprêtait à frapper à nouveau lorsque la porte s'ouvrit, Victor apparaissant dans l'embrasure. Il la regarda. Il avait des yeux de chien battu, cernés, et l'air profondément malheureux.

— Je me demandais ce que tu allais décider, dit-il. Je commençais à espérer que...

Il aperçut Rizzoli et Frost, debout dans le couloir, et eut un petit rire amer.

— Victor...

— Enfin, j'aurais dû m'en douter, dit-il en secouant la tête. Vous n'avez pas oublié les menottes, je suppose ?

— Inutile, dit Maura. Ils veulent juste te parler.

— C'est ça, oui. Juste parler. Est-ce que je dois appeler mon avocat ?

— C'est à toi de voir.

— Non, c'est à *toi* de me le dire. Est-ce que je dois appeler mon avocat ?

— Tu es le seul à pouvoir en juger, Victor.

— C'est un test, hein ? Seuls les coupables insistent pour avoir un avocat.

— Ma foi...

— Alors, pour vous prouver que je n'ai rien à me reprocher, je ne vais pas l'appeler.

Il regarda les deux inspecteurs.

— Il faut que je mette mes chaussures. Si vous n'y voyez pas d'inconvénient, bien sûr.

Il fit demi-tour, se dirigea vers la penderie.

Maura se tourna vers Rizzoli.

— Tu veux bien m'attendre ici un instant ?

Elle suivit Victor dans la pièce, laissant la porte se refermer derrière elle pour un dernier moment d'intimité. Il était assis dans un fauteuil, en train de nouer ses lacets. Elle remarqua que sa valise était posée sur le lit.

— Tu fais tes bagages ? demanda-t-elle.

— Mon vol de retour est à quatre heures. Mais

j'imagine que je vais être obligé de changer ma réservation.

— Je ne pouvais pas faire autrement que de leur dire. Je suis désolée.

— Ben voyons...

— Je n'avais pas le choix.

Il se leva.

— Si, tu avais le choix, et tu as choisi. Je crois qu'on s'est tout dit.

Il traversa la pièce et rouvrit la porte.

— Je vous suis, annonça-t-il.

Il tendit à Rizzoli un porte-clés.

— Je suppose que vous allez vouloir fouiller ma voiture de location. C'est la Toyota bleue qui est garée au troisième sous-sol. Vous ne pourrez pas dire que je n'ai pas coopéré.

Frost escorta Victor dans le couloir. Rizzoli tira Maura par la manche pour la retenir alors que les deux hommes partaient vers les ascenseurs.

— Il vaut mieux que tu restes en dehors de ça, dit Rizzoli.

— C'est moi qui vous l'ai livré.

— C'est justement pour ça qu'il vaut mieux que tu évites de t'en mêler davantage.

— Mais c'était mon mari...

— Exactement. Tu dois te tenir à l'écart et nous laisser gérer l'affaire. Tu le sais bien.

Bien sûr qu'elle le savait.

Elle descendit quand même avec eux jusqu'au rez-de-chaussée. Récupéra sa voiture et les suivit jusqu'à Schroeder Plaza. Elle voyait Victor, assis à l'arrière de la voiture. Il ne se tourna qu'une fois pour la regarder, alors qu'ils étaient arrêtés à un feu. Leurs yeux se frôlèrent, juste un instant. Puis il se détourna et ne la regarda plus.

Le temps qu'elle trouve une place de parking et qu'elle pénètre dans les bureaux de la police criminelle de Boston, ils étaient déjà montés avec Victor dans les étages. Elle prit l'ascenseur jusqu'au premier, marcha droit vers la brigade des homicides.

Barry Frost s'interposa :

— Vous ne pouvez pas entrer, doc.

— L'interrogatoire a déjà commencé ?

— C'est Rizzoli et Crowe qui s'en chargent.

— Oui, mais c'est à cause de moi qu'il est là, nom de Dieu ! Laissez-moi au moins entendre ce qu'il a à dire. Je pourrais juste regarder derrière la vitre sans tain…

— Je vous demande de rester ici. S'il vous plaît, docteur Isles, ajouta-t-il gentiment.

Elle croisa ses yeux compréhensifs. De tous les inspecteurs de la brigade, il était celui qui, par la seule bienveillance de son regard, pouvait faire taire ses protestations.

— Et si vous alliez vous asseoir à mon bureau, là-bas ? dit-il. Je vous apporte un café.

Elle se laissa tomber dans un fauteuil et regarda la photo sur le bureau de Frost. Sa femme, pensa-t-elle. Une jolie blonde aux pommettes aristocratiques. L'instant d'après, il lui apportait son café. Il s'assit en face d'elle.

Elle ne toucha pas à sa tasse. Elle resta assise là, à regarder la photo de Mme Frost, pensant à d'autres mariages. Qui marchaient bien, eux aussi.

Rizzoli n'aimait pas Victor Banks.

Il était assis à la table de la salle d'interrogatoire,

buvant à petites gorgées, calmement, un gobelet d'eau, les épaules détendues, dans une position presque désinvolte. Un mec à belle gueule, et qui le savait. Une trop belle gueule. Elle zyeuta la veste de cuir vintage, le pantalon kaki, songea à un Indiana Jones de salon, en plus bourge et sans le fouet. Et, par-dessus le marché, un toubib qui donnait dans l'humanitaire. Ah ouais, bien des filles devaient craquer pour lui. Même Maura, toujours si calme et sûre d'elle dans sa salle d'autopsie, était tombée dans le panneau.

Et, toi, tu l'as trahie, fils de pute !

Darren Crowe était assis à la droite de Rizzoli. Comme ils en étaient convenus, c'était elle qui mènerait l'interrogatoire. Jusque-là, Victor s'était montré coopératif, sans plus, fournissant aux questions préliminaires les réponses lapidaires d'un homme qui espérait en finir rapidement avec cette histoire. Un homme que la police n'impressionnait pas.

Quand elle en aurait fini avec lui, il la regarderait autrement, elle s'en fit la promesse.

— Alors, monsieur Banks, vous êtes à Boston depuis combien de temps ? demanda-t-elle.

— Docteur Banks, si vous voulez bien. Et, je vous l'ai dit, il y a neuf jours que je suis là. Je suis arrivé dimanche dernier, en fin d'après-midi.

— Vous dites que vous êtes venu à Boston pour affaires ?

— J'avais rendez-vous avec le doyen de l'Ecole de santé publique de Harvard.

— Et on peut connaître les raisons de ce rendez-vous ?

— Mon organisation a des partenariats travail-études avec de nombreuses universités.

— Votre organisation ? C'est-à-dire One Earth ?

— Oui. Nous sommes une ONG médicale internationale. Nous avons des dispensaires partout dans le monde. Ce qui veut dire que nous accueillons tous ceux et toutes celles qui font des études pour être médecins ou infirmiers et qui sont prêts à travailler pour nous. Les étudiants en retirent une véritable expérience de terrain. Et nous, en échange, nous bénéficions de leurs compétences.

— Et qui a organisé ce rendez-vous à Harvard ?

Victor haussa les épaules.

— Ce n'était qu'une visite de routine.

— Qui a appelé qui, plus précisément ?

Un silence.

Là, je t'ai eu, petit bonhomme.

— C'est vous, n'est-ce pas ? reprit-elle. Vous avez appelé Harvard il y a deux semaines. Vous avez dit au doyen que vous veniez à Boston, et que vous pourriez en profiter pour passer le voir.

— Le relationnel fait également partie de mon travail.

— Pourquoi êtes-vous venu à Boston, en réalité, docteur Banks ? Est-ce qu'il n'y avait pas une autre raison ?

Il marqua une pause. Puis :

— Oui.

— Et quelle était cette raison ?

— Mon ex-femme vit ici. Je voulais la voir.

— Alors que vous ne lui aviez pas parlé depuis, quoi… près de trois ans ?

— Apparemment, elle vous a déjà tout dit. Quel besoin avez-vous de m'interroger ?

— Et tout à coup vous avez tellement envie de la voir que vous traversez le pays sans même savoir si elle acceptera de vous rencontrer ?

— Aimer, c'est parfois prendre des risques. C'est une question de confiance. De croire en quelque chose qu'on ne peut ni voir ni toucher. Il faut juste faire le saut.

Il la regarda droit dans les yeux.

— N'est-ce pas, inspecteur ?

Rizzoli sentit qu'elle rougissait et resta un instant sans voix. Victor venait de renverser les rôles, retournant la situation de telle sorte qu'elle avait brutalement l'impression que c'était elle qu'on interrogeait.

« Aimer, c'est parfois prendre des risques. »

Crowe rompit le silence :

— Hé, c'est une belle plante, votre ex-femme, croassa-t-il, pas d'un ton hostile, mais d'un air entendu, d'homme à homme, tous deux ignorant Rizzoli. Je comprends que vous ayez fait tout ce trajet pour essayer de raccrocher les wagons. Alors, résultat des courses ?

— On commençait à recoller les morceaux, tous les deux.

— Ouais, j'ai entendu dire que vous étiez chez elle, ces derniers jours. Eh ben, on dirait que vous avez su vous montrer convaincant…

— Bon, les gars, si on en revenait à nos moutons ? coupa Rizzoli.

— Quels moutons ?

— La vraie raison de votre venue à Boston.

— Si vous me disiez plutôt ce que vous voulez entendre, ça nous éviterait d'y passer la nuit…

Rizzoli plaqua un dossier sur la table.

— Regardez ça.

Il l'ouvrit, reconnut les photos du village dévasté.

— Je les ai déjà vues, dit-il en refermant le dossier. Maura me les a montrées.

— Ça n'a pas l'air de tellement vous intéresser.

— Ce n'est pas spécialement agréable à regarder.

— C'est pas fait pour ça. Regardez-les mieux.

Elle rouvrit le dossier, en extirpa l'une des photos et la remit sur le dessus avec un claquement sec.

— Celle-ci en particulier.

Victor regarda Crowe comme s'il cherchait un allié contre cette harpie, mais Crowe lui répondit simplement d'un haussement d'épaules qui voulait dire « J'y peux rien, elle est comme ça ».

— La photo, docteur Banks, insista Rizzoli.

— Qu'est-ce que vous voulez que je vous dise, au juste ?

— Il y avait un dispensaire de One Earth dans ce village ?

— Qu'est-ce que ça a de si étonnant ? Nous allons là où les gens ont besoin de nous. Ce qui veut dire que parfois nous nous retrouvons dans des situations délicates, voire dangereuses…

Toujours sans regarder la photo, il poursuivit :

— C'est le prix à payer quand on est dans l'humanitaire. Nous prenons les mêmes risques que nos patients.

— Qu'est-il arrivé, dans ce village ?

— C'est pourtant assez clair.

— Regardez la photo.

— Tout est dans le rapport de police, j'en suis persua…

— Regardez cette putain de photo ! Dites-moi ce que vous voyez.

Enfin son regard se posa sur le cliché. Au bout d'un moment, il dit :

— Des corps brûlés. Alignés devant notre dispensaire.

— Comment sont-ils morts ?

— On m'a dit que c'était un massacre.

— Et vous, qu'en pensez-vous ?

355

Il releva vivement les yeux sur elle.

— Je n'y étais pas, inspecteur. J'étais chez moi, à San Francisco, lorsque j'ai reçu l'appel d'Inde. Donc, ne comptez pas sur moi pour vous fournir des détails précis.

— Comment savez-vous que c'était un massacre ?

— C'est ce que nous avons appris par le rapport de police de l'Andhra Pradesh. Qu'il s'agissait d'une attaque, pour des raisons politiques ou religieuses, et, comme le village était assez isolé, il n'y a pas eu de témoins. Les gens ont tendance à éviter les contacts avec les lépreux.

— Ils ont tout de même brûlé les corps. Vous ne trouvez pas ça bizarre ?

— Qu'est-ce que ça aurait de bizarre ?

— Les corps ont été entassés sur des bûchers avant d'être incinérés. On aurait plutôt tendance à penser que personne ne toucherait un lépreux. Alors pourquoi avoir pris la peine d'empiler les cadavres les uns sur les autres ?

— Pour les brûler tous ensemble ? Par souci d'efficacité ?

— Efficacité ?

— Ben, j'essaie de trouver une explication logique.

— Et pour quelle raison logique aurait-on bien pu vouloir les brûler, déjà ?

— Par fureur ? Sous l'emprise d'une folie irrépressible ? Qu'est-ce que j'en sais ?

— Tout ce boulot, déplacer des cadavres... faire venir des jerricans d'essence... ériger des bûchers... Avec, pendant tout ce temps, suspendu comme une épée de Damoclès, le risque de se faire surprendre ?

— Où voulez-vous en venir ?

— Ce que je suis en train de vous dire, c'est que les corps *devaient* être brûlés. Pour détruire tout indice.

— Indice de quoi ? C'est un massacre, un point c'est tout. Les incinérer n'allait pas dissimuler ça.

— Mais ça pouvait dissimuler le fait qu'il ne s'agissait pas d'un massacre.

Elle ne fut pas surprise de le voir baisser les yeux, soudain peu désireux de soutenir son regard.

— Je ne vois pas pourquoi vous me posez toutes ces questions, marmonna-t-il. Pourquoi mettez-vous en doute le rapport de police ?

— Parce que soit ils se sont trompés, soit on leur a graissé la patte.

— Et votre opinion est faite, c'est ça ?

Elle tapota la photo.

— Regardez mieux, docteur Banks.

— Vous y tenez absolument ?

— Il n'y a pas que des cadavres d'êtres humains calcinés ici. Les chèvres ont été sacrifiées et brûlées, elles aussi. Tout comme les poules. Quel gâchis ! Tous ces animaux, toute cette bonne viande… Pourquoi tuer des chèvres et des poulets, pour les brûler ensuite ?

Victor laissa échapper un rire sarcastique.

— Parce qu'ils avaient peut-être la lèpre, eux aussi ? Je n'en sais rien, merde !

— Et les oiseaux, ils avaient la lèpre, eux aussi ?

Victor secoua la tête.

— Qu'est-ce que vous racontez ?

Rizzoli désigna le toit de tôle ondulée du dispensaire.

— Je parie que vous n'aviez même pas remarqué ça. Mais le docteur Isles, si. Ces taches noires, sur le toit, là. Au premier coup d'œil, on dirait des feuilles mortes. Mais vous ne trouvez pas curieux qu'il y ait des feuilles mortes à cet endroit, alors qu'il n'y a apparemment pas d'arbres aux alentours ?

Victor ne répondit rien. Il était assis, parfaitement immobile, la tête inclinée de telle façon qu'elle ne pouvait pas déchiffrer son expression. Son langage corporel à lui seul lui disait qu'il se préparait au coup qui allait venir.

— Ce ne sont pas des feuilles, docteur Banks, ce sont des oiseaux morts. Une variété de corbeaux, j'imagine ; il y en a trois, ici, au bord de la photo. Comment expliquez-vous ça ?

Il eut un mouvement d'épaules évasif.

— Ils ont pu être tirés par un chasseur…

— La police n'a pas mentionné de coups de feu. Il n'y avait pas d'impacts de balles sur le bâtiment, on n'a pas retrouvé de douilles sur place, ni de traces de balles dans aucun des corps. Par contre, ils ont constaté qu'il y avait plusieurs cadavres dont le crâne avait été fracturé, ce qui les a amenés à penser que les victimes avaient été assommées pendant leur sommeil.

— C'est ce que j'en déduirais aussi.

— Mais alors, comment expliquer les oiseaux morts ? Ces oiseaux n'attendaient sûrement pas sur le toit que quelqu'un grimpe là-haut et les estourbisse à coups de gourdin…

— Je ne vois vraiment pas où vous voulez en venir. Qu'est-ce que les oiseaux morts ont à voir dans cette histoire ?

— Mais tout ! Ils ont tout à y voir ! Ils n'ont pas été assommés, et on ne leur a pas tiré dessus.

Victor eut un reniflement.

— Ils ont respiré la fumée des brasiers ?

— Au moment où le village a été incendié, les oiseaux étaient déjà morts. Tout était mort. Les oiseaux.

Le bétail. Les hommes. Plus rien ne bougeait ; il n'y avait plus âme qui vive. La zone était stérilisée. Toute vie y avait été anéantie.

Il ne répondit pas.

Rizzoli se pencha vers lui et le regarda droit dans les yeux.

— Docteur Banks, combien Octagon Chemicals a-t-il donné à votre organisation, cette année ?

Victor porta son gobelet à ses lèvres et prit son temps pour le vider.

— Combien, docteur ?

— Euh… dans les… quelques dizaines de millions.

Il regarda Crowe.

— Je pourrais avoir encore un peu d'eau, s'il vous plaît ?

— Des dizaines de millions ? releva Rizzoli. Que diriez-vous de quatre-vingt-cinq millions de dollars ?

— Bon, c'est possible.

— Et, l'année d'avant, il ne vous avait rien donné. Alors, que s'est-il passé ? Est-ce qu'Octagon aurait brutalement attrapé le virus de l'humanitaire ?

— C'est à eux qu'il faudrait le demander.

— En attendant ce moment qui ne saurait tarder, c'est à vous que je le demande.

— Je voudrais vraiment un verre d'eau.

Crowe soupira, prit le gobelet vide et quitta la pièce. Rizzoli et Victor se retrouvèrent seuls.

Elle se pencha encore un peu plus, faisant délibérément intrusion dans son espace.

— C'est une question d'argent, c'est ça ? dit-elle. Quatre-vingt-cinq millions de dollars, ça fait un sacré tas de pognon. Octagon devait avoir beaucoup à perdre. En tout cas, on peut dire que vous avez beaucoup gagné en coopérant avec eux.

— En quoi aurais-je coopéré ?

— En vous taisant. En gardant leur petit secret.

Elle prit un autre dossier et le jeta sur la table, devant lui.

— C'était une usine de pesticides qu'ils avaient là-bas. A deux kilomètres du village de Bara. Octagon y stockait des dizaines de tonnes d'isocyanate de méthyle. Ils ont fermé les installations l'an dernier, vous le saviez, n'est-ce pas ? Juste après que le village de Bara a été rayé de la carte, Octagon a fermé cette unité de production. Ils ont emmené tout le personnel et passé le site au bulldozer. Par peur d'une attaque terroriste, selon la version officielle. Mais vous n'y croyez pas vraiment, n'est-ce pas ?

— Je n'ai rien à dire là-dessus.

— Le village n'a pas été détruit par un massacre. Ni par une attaque terroriste…

Elle fit une pause et ajouta calmement :

— Il s'agissait d'une catastrophe industrielle.

20

Victor resta assis sans bouger. Evitant soigneusement de regarder Rizzoli.

— Est-ce que le nom de « Bhopal » vous dit quelque chose ? demanda-t-elle.

Sa réaction se fit attendre un moment.

— Bien sûr, répondit-il enfin.

— Dites-moi ce que vous en savez ?

— Bhopal est en Inde. L'Union Carbide y a provoqué un accident en 1984.

— Vous savez combien de personnes sont mortes dans cette catastrophe ?

— Il y en a eu… des milliers, je suppose.

— Six mille personnes. L'usine de pesticides d'Union Carbide a accidentellement laissé échapper un nuage toxique qui s'est répandu pendant la nuit sur la ville de Bhopal. Le lendemain matin, il y avait six mille morts. Et des centaines de milliers de gens avaient été intoxiqués. Avec tant de survivants et tant de témoins, la vérité ne pouvait pas être étouffée.

Elle baissa les yeux sur les photos.

— Par contre, à Bara…

— Je ne peux que répéter ce que je vous ai dit. Je n'y étais pas, je n'ai rien vu.

— Mais je suis sûre que vous pouvez deviner ce qui s'est passé. Nous attendons seulement qu'Octagon nous fournisse la liste des employés qui travaillaient dans cette usine. L'un d'eux finira bien par cracher le morceau. Par le confirmer. C'était l'équipe de nuit, et il arrive que des employés surmenés commettent des négligences. Ou qu'ils s'endorment sur une manette, et boum ! ça vous envoie dans l'air un nuage de gaz mortel que le vent emporte...

Elle marqua une pause.

— Vous savez ce qu'une exposition directe à l'isocyanate de méthyle provoque sur un corps humain, docteur Banks ?

Bien sûr qu'il le savait. Il devait le savoir. Mais il ne répondit pas.

— C'est un gaz corrosif, et un simple contact peut brûler la peau. Alors imaginez l'effet que ça peut produire sur les muqueuses de l'appareil respiratoire, sur les poumons. On commence par tousser, on a la gorge en feu, des vertiges, et on n'arrive pas à reprendre son souffle, parce que le gaz vous bouffe littéralement de l'intérieur. Des fluides se répandent dans vos poumons. C'est ce qu'on appelle un œdème pulmonaire. Vous vous noyez dans vos propres sécrétions, docteur Banks. Mais je suis sûre que vous connaissez tout ça par cœur ; vous n'êtes pas médecin pour rien.

Il baissa la tête dans une attitude résignée.

— Les responsables d'Octagon étaient aussi au courant, poursuivit Rizzoli. Il ne leur a pas fallu longtemps pour comprendre qu'ils avaient fait une terrible bourde. L'isocyanate de méthyle est plus lourd que l'air. Ils savaient qu'il allait stagner dans les creux du terrain. Alors ils se sont grouillés d'aller voir au village de lépreux, dans la vallée, en contrebas de l'usine. Le village de Bara ! Et qu'est-ce qu'ils ont découvert ? La ruine et la désolation. Les hommes, les animaux, tous les êtres vivants étaient morts. Ils se sont retrouvés devant les cadavres de près de cent personnes, et ils ont compris qu'ils étaient responsables de leur mort. Ils étaient dans une sacrée merde. Ils allaient être poursuivis pour homicide et il y aurait des arrestations. Alors, que pensez-vous qu'ils ont fait, docteur Banks ?

— Je n'en sais rien.

— Ils ont paniqué, bien sûr. Qu'auriez-vous fait, à leur place ? Ils ne voulaient pas avoir de problèmes. Ils devaient faire disparaître toute trace de la catastrophe. Mais que faire des cadavres ? Ils ne pouvaient pas cacher cent corps. Faire disparaître tout un village. Sans compter qu'il y avait deux Américaines, dans le tas. Deux infirmières. Et que leur mort n'allait pas passer inaperçue.

Elle étala les photos sur la table, afin qu'elles soient toutes visibles. Trois clichés, des tas de cadavres.

— Ils les ont brûlés, dit-elle. Ils ont dû avoir un sacré boulot pour faire disparaître toute trace de leur foutue connerie. Peut-être même qu'ils ont fracassé quelques crânes pour entraîner les enquêteurs sur une fausse piste. Ce qui s'est passé à Bara était un accident, au début, docteur Banks. Mais, cette nuit-là, c'est devenu un crime.

Victor recula sa chaise.

— Est-ce que je suis en état d'arrestation, inspecteur ? Parce que, sinon, il faudrait que j'y aille. J'ai un avion à prendre.

— Vous étiez au courant depuis le début. Depuis un an, n'est-ce pas ? Mais vous avez gardé le silence parce que Octagon vous a payé. Un désastre de cette ampleur leur aurait coûté des centaines de millions de dollars, avec les poursuites, les procès, sans compter la chute des actions… Les aurait coulés, en fait. Vous acheter était de très loin la solution la moins coûteuse.

— Vous ne vous adressez pas à la bonne personne, je me tue à vous le dire. Je n'y étais pas.

— Mais vous étiez au courant.

— Je n'étais pas le seul.

— Qui vous l'a dit, docteur Banks ? Comment l'avez-vous appris ?

Elle se pencha à nouveau vers lui, le dévisageant par-dessus la table.

— Et si vous nous disiez simplement la vérité, maintenant ? Peut-être que vous aurez encore le temps de prendre votre avion pour San Francisco…

Il resta un moment silencieux, le regard perdu sur les photos placées devant lui.

— C'est elle qui m'a appelé, dit-il enfin. D'Hyderabad.

— Sœur Ursula ?

Il acquiesça.

— C'était deux jours après… le drame. A ce moment-là, j'avais déjà été informé par les autorités indiennes qu'il y avait eu un massacre dans le village. Que deux de nos infirmières avaient été tuées dans ce qu'ils supposaient être une attaque terroriste.

— Est-ce que sœur Ursula vous a dit autre chose ?

— Oui, mais je n'ai pas su quoi faire après son appel. Elle avait l'air paniquée, épouvantée. Le docteur de l'usine lui avait donné des tranquillisants, et je pense que les drogues n'avaient pas arrangé les choses.

— Qu'est-ce qu'elle vous a dit, au juste ?

— Qu'ils déconnaient complètement, avec l'enquête. Que les gens ne disaient pas la vérité. Elle avait aperçu des bidons d'essence vides dans un des camions d'Octagon.

— Elle en a parlé à la police ?

— Imaginez dans quelle situation elle se trouvait. Lorsqu'elle était arrivée à Bara, ce matin-là, il y avait des corps calcinés partout – tous les gens qu'elle connaissait étaient morts. Elle était la seule survivante, au milieu des employés de l'usine. Quand la police est arrivée, elle a pris un flic à part et lui a montré les bidons d'essence, persuadée qu'ils allaient enquêter.

— Mais il ne s'est rien passé.

Il acquiesça.

— C'est là qu'elle a commencé à avoir peur. Qu'elle s'est demandé si elle pouvait se fier à la police. Ce n'est que lorsque le père Doolin l'a ramenée à Hyderabad qu'elle s'est sentie suffisamment en sécurité pour me téléphoner.

— Et qu'est-ce que vous avez fait, après ? Après son appel ?

— Que vouliez-vous que je fasse ? J'étais à l'autre bout du monde.

— Allons, docteur Banks. Je ne crois pas que vous soyez resté assis à bayer aux corneilles dans votre bureau de San Francisco en attendant que les choses se tassent. Quand une bombe éclate, comme ça, vous n'êtes pas du genre à rester les bras croisés.

— Et qu'est-ce que j'aurais dû faire ?

— Ce que vous avez fini par faire.

— C'est-à-dire ?

— Allons, docteur ! Je n'ai qu'à vérifier vos remontées d'appel ; ça ne sera pas long à trouver. Vous avez téléphoné à Cincinnati. Au siège d'Octagon Corporate.

— Bien sûr que je les ai appelés ! Je venais

d'apprendre que leurs gars avaient incendié un village avec tous ses habitants, et deux de mes volontaires, par-dessus le marché !

— A qui avez-vous parlé, à Octagon ?

— Un type. Une sorte de vice-président…

— Vous vous souvenez de son nom ?

— Non.

— Ce n'était pas Howard Redfield, par hasard ?

— Je ne me souviens pas.

— Que lui avez-vous dit ?

Victor jeta un coup d'œil vers la porte.

— Il en met du temps, à revenir, avec mon verre d'eau…

— Que lui avez-vous dit, docteur Banks ?

Victor soupira.

— Je lui ai dit qu'il y avait des rumeurs au sujet du massacre de Bara. Que les employés de leur usine étaient peut-être impliqués. Il m'a dit qu'il n'était pas au courant et m'a promis de vérifier.

— Et que s'est-il passé ensuite ?

— Environ une heure plus tard, j'ai reçu un appel du P-DG d'Octagon, qui voulait savoir comment j'avais eu vent de cette histoire.

— Et c'est à ce moment-là qu'il a offert à votre asso-ciation un pot-de-vin de plusieurs dizaines de millions de dollars…

— Ce n'est pas comme ça que ça s'est passé !

— Je ne peux pas vous en vouloir d'avoir négocié avec Octagon, docteur Banks, dit Rizzoli. Après tout, le mal était fait. On ne ramène pas les morts à la vie, alors autant essayer de tirer quelque chose de positif de cette tragédie…

Elle baissa la voix et poursuivit, sur le ton de l'inti-mité, de la compréhension presque :

— C'est comme ça que vous avez vu les choses ? Plutôt que de laisser des centaines de millions de dollars engraisser les avocats, pourquoi ne pas utiliser tout cet argent pour une bonne œuvre ? Ça se défend. Vraiment.

— Ça, inspecteur, ce n'est pas moi qui le dis, c'est vous.

— Et comment ont-ils acheté le silence de sœur Ursula ?

— C'est à l'archevêché de Boston que vous devriez poser la question. Je suis sûr qu'il y a eu un arrangement avec eux aussi.

Rizzoli ne répondit pas, pensant soudainement à l'abbaye de Graystones. Le nouveau toit, les rénovations. Comment une communauté de bonnes sœurs fauchées comme les blés pouvait-elle entretenir et restaurer une telle bâtisse ? Elle se souvint de ce que lui avait dit la mère supérieure : un généreux donateur était venu à leur rescousse.

La porte s'ouvrit et Crowe entra avec un gobelet d'eau fraîche qu'il posa sur la table. Victor se jeta dessus avec avidité. Cet homme, si calme quelques heures plus tôt, presque insolent, semblait maintenant lessivé, toute sa belle assurance réduite en charpie.

Le moment était venu de lui faire cracher les dernières bribes de vérité.

Rizzoli se rapprocha encore un peu plus pour porter le coup de grâce.

— Docteur Banks, en réalité, pourquoi êtes-vous venu à Boston ?

— Je vous l'ai dit. Je voulais voir Maura…

— C'est Octagon qui vous a demandé de venir, n'est-ce pas ?

Il avala une autre gorgée d'eau.

— C'est bien ça, n'est-ce pas ?

— Ils étaient emmerdés. Ils faisaient l'objet d'une enquête de la SEC, la commission des opérations de Bourse. Ça n'avait rien à voir avec ce qui s'était passé en Inde. Mais, à cause de l'importance de la donation qu'avait reçue One Earth, Octagon avait peur de se retrouver dans le collimateur de la SEC. Qu'elle se mette à fourrer son nez dans leurs affaires. Ils voulaient s'assurer qu'on était sur la même longueur d'onde, qu'on raconterait la même histoire…

— Ils vous ont demandé de mentir ?

— Non, non. Juste de ne rien dire, c'est tout. Juste de ne pas… mettre l'Inde sur le tapis.

— Et si on vous avait demandé de témoigner ? Si on vous avait posé des questions précises ? Est-ce que vous auriez dit la vérité, docteur Banks ? Que vous aviez reçu de l'argent pour aider à couvrir un crime ?

— Ce n'est pas un crime. C'est un accident industriel.

— Est-ce que c'est pour ça que vous êtes venu à Boston ? Pour convaincre Ursula de garder le silence, aussi ? Pour qu'elle leur serve le même mensonge ?

— Il ne s'agissait pas de mentir. Juste de ne rien dire. Ce n'est pas la même chose…

— Et, là, c'est devenu soudain très compliqué. Un vice-président d'Octagon appelé Howard Redfield décide de vendre la mèche et de parler au Département de la Justice. Et, non content de ça, il produit un témoin qu'il a ramené d'Inde. Une femme qu'il a fait venir pour témoigner.

Victor releva la tête, regarda Rizzoli avec une profonde stupéfaction.

— Quel témoin ?

— Elle était là-bas, à Bara. Une lépreuse qui a survécu. Ça vous surprend ?

— Je n'ai entendu parler d'aucun témoin…

— Elle a vu ce qui s'est passé dans son village ; elle a vu les hommes de l'usine empiler les cadavres et allumer les bûchers. Elle les a vus briser les crânes de ses amis, de sa famille. Ce qu'elle avait vu, ce qu'elle savait, pouvait mettre Octagon à genoux.

— Je n'étais pas au courant de tout ça. Personne ne m'a jamais parlé de survivant…

— Ça aurait bien fini par se savoir. L'accident, le maquillage en massacre. Les pots-de-vin. Vous étiez peut-être prêt à mentir à ce sujet, vous, mais qu'en était-il de sœur Ursula ? Comment convaincre une bonne sœur de mentir sous serment ? C'était ça, le problème, hein ? Une honnête religieuse pouvait tout foutre par terre. Elle ouvre la bouche, et, aussi sec, envolés les quatre-vingt-cinq millions de dollars, *pfuit*, comme ça ! Et le monde entier aurait vu saint Victor se casser la gueule de son piédestal…

— Bon, moi, j'en ai assez entendu pour aujourd'hui, dit-il en se levant. J'ai un avion à prendre.

— Vous aviez l'occasion. Vous aviez le mobile.

— Le mobile ? fit-il avec un rire incrédule. Pour assassiner une religieuse ? Autant accuser l'archevêché, parce que je suis sûr qu'ils ont dû palper, eux aussi !

— Qu'est-ce qu'Octagon vous a promis ? Une rallonge si vous veniez à Boston régler le problème à leur place ?

— D'abord, vous m'accusez de meurtre, et maintenant vous dites qu'Octagon a fait de moi son exécuteur des basses œuvres ? Vous imaginez un président de société risquer personnellement une accusation de meurtre juste pour couvrir un accident industriel ?

Il secoua la tête.

— Pas un seul Américain n'a été en taule après

Bhopal. Et pas un seul Américain n'ira en taule pour Bara non plus. Bon, maintenant, vous me laissez partir ou pas ?

Rizzoli jeta un regard interrogateur à Crowe. Il répondit par un haussement de sourcils désabusé. Pendant l'interrogatoire de Victor, des experts de la police scientifique avaient passé sa voiture de location au peigne fin. Ils n'en avaient apparemment rien tiré.

Ils n'avaient rien pour mettre Victor en garde à vue.

— Vous êtes libre de partir, docteur Banks, dit-elle. Pour cette fois. Mais vous voudrez bien nous dire où on peut vous joindre.

— Je rentre directement à San Francisco. Vous avez mon adresse.

Arrivé à la porte, il s'arrêta et se retourna vers Rizzoli.

— Avant de partir, dit-il, je veux que vous sachiez une chose à mon sujet.

— Quoi donc, docteur Banks ?

— Je suis médecin. Souvenez-vous-en, inspecteur. Je sauve des vies. Je n'en supprime pas.

Maura le vit quitter la salle d'interrogatoire. Il approchait du bureau où elle était assise en regardant droit devant lui, sans jeter un coup d'œil dans sa direction.

Elle se leva.

— Victor ?

Il s'arrêta, ne la regarda pas. Comme s'il ne pouvait pas supporter sa vue.

— Que s'est-il passé ? demanda-t-elle.

— A ton avis ? Je leur ai dit ce que je savais. Je leur ai dit la vérité.

— C'est tout ce que j'attendais de toi. Je ne t'en demandais pas davantage.

— Bon, maintenant, j'ai un avion à prendre.

Le portable de Maura sonna. Elle baissa les yeux, en proie à l'envie d'envoyer l'appareil contre le mur.

— Tu ferais mieux de répondre, dit-il d'un ton mordant. Un cadavre a peut-être besoin de toi.

— Les morts méritent aussi qu'on s'intéresse à eux.

— Tu vois, c'est la différence entre toi et moi, Maura. Toi, ce qui t'importe, c'est les morts. Moi, c'est les vivants.

Elle le regarda s'éloigner. A aucun moment il ne se retourna.

Son téléphone avait cessé de sonner.

Elle l'ouvrit, vit que l'appel venait de l'hôpital Saint-Francis. Elle attendait les résultats du second EEG d'Ursula, mais ce n'était pas le moment. Elle n'avait pas encore encaissé l'impact des derniers mots de Victor.

Rizzoli sortit de la salle d'interrogatoire et vint vers elle, l'air navrée.

— Je suis désolée qu'on n'ait pas pu te laisser écouter l'entretien. Tu comprends pourquoi, hein ?

Maura glissa son téléphone dans son sac et dévisagea Rizzoli.

— Non, je ne comprends pas. C'est moi qui t'ai suggéré de l'interroger. C'est moi qui t'ai conduite à la réponse.

— Et il a tout confirmé. Le scénario de Bhopal. Tu avais raison à propos des oiseaux morts.

— Pourtant, vous m'avez empêchée de suivre l'entretien. Vous ne me faites pas confiance ou quoi ?

— C'était pour te protéger.

— De quoi ? De la vérité ? Du fait qu'il s'est servi de moi ? Ça, je le savais déjà.

Elle tourna les talons, s'éloigna.

Remonta en voiture et partit dans la direction de

l'hôpital Saint-Francis dans les tourbillons de neige, tenant le volant d'une main calme et sûre.

La Reine des Morts, en route pour de nouvelles aventures. Le temps qu'elle arrive à sa place de parking, elle était prête à jouer le rôle qu'elle avait toujours si bien incarné, prête à revêtir le seul masque qu'elle laissait voir au public.

Elle sortit de sa Lexus, les pans de son manteau noir volant derrière elle, les talons de ses boots claquant sur le sol tandis qu'elle traversait le parking et se dirigeait vers l'ascenseur. Les lampes au sodium projetaient une lueur inquiétante sur les voitures, elle avait l'impression d'avancer dans un brouillard orangé. La sensation que, si elle se frottait les yeux, la brume se dissiperait. Il n'y avait personne, dehors, elle n'entendait que le bruit de ses pas qui résonnaient sur le béton.

Dans le hall d'entrée de l'hôpital, elle passa devant le sapin de Noël qui clignotait de toutes ses lumières multicolores, et s'arrêta au bureau d'accueil, où une femme entre deux âges était assise, un bonnet de Père Noël crânement perché sur ses cheveux gris. La sono passait un vieux cantique.

L'esprit de Noël se faisait sentir même dans l'unité de soins intensifs, où régnait une bonne humeur paradoxale. Le poste des infirmières était décoré de fausses guirlandes de sapin, et l'infirmière de garde avait de petites boules de Noël dorées accrochées aux oreilles.

— Je suis le docteur Isles, du bureau du médecin légiste, dit Maura. Est-ce que le docteur Yuen est là ?

— On vient de l'appeler aux urgences chirurgicales. Il a demandé au docteur Sutcliffe de le rejoindre et de débrancher l'assistance respiratoire de la patiente.

— Vous m'avez photocopié le tableau clinique ?

— On vous a tout préparé.

L'infirmière de garde désigna une épaisse enveloppée posée sur le comptoir, sur laquelle on avait griffonné la mention *POUR LE MÉDECIN LÉGISTE.*

— Merci.

Maura ouvrit l'enveloppe, en sortit la photocopie d'un bilan. Elle parcourut la déprimante liste de preuves selon lesquelles il n'y avait plus d'espoir pour sœur Ursula : deux EEG distincts faisaient apparaître l'absence d'activité cérébrale, et une note écrite de la main même du neurochirurgien, le docteur Yuen, admettait sa défaite :

La patiente ne réagit pas à la douleur aiguë, et ne respire pas spontanément. Les pupilles restent fixes, en position intermédiaire. Les EEG répétés ne font apparaître aucune activité cérébrale. Les enzymes cardiaques confirment l'infarctus du myocarde. Le docteur Sutcliffe est chargé d'informer la famille de l'état de la patiente.

Diagnostic : coma irréversible consécutif à une anoxie cérébrale prolongée après un arrêt cardiaque.

Elle regarda enfin les résultats des analyses de laboratoire : des colonnes bien nettes de bilans sanguins et d'analyses d'urine. Quasiment normaux.

Quel paradoxe, se dit-elle en refermant le dossier, de mourir alors qu'on pète le feu…

Maura alla au box 10, où l'on procédait à la toilette mortuaire de la patiente. Debout au pied du lit, elle regarda l'infirmière soulever le drap, enlever la chemise de nuit de la patiente, découvrant non pas un corps ascétique, mais celui d'une femme qui ne s'était apparemment privée de rien, aux seins généreux, étalés sur les côtés, aux cuisses blêmes, lourdes, capitonnées par la cellulite. De son vivant, elle devait offrir une image formidable, une silhouette costaude rendue encore plus impressionnante par sa volumineuse robe de religieuse. Maintenant, dépouillée de ses atours, elle était comme n'importe quelle autre patiente. La mort ne faisait pas de discrimination. La Grande Faucheuse emportait les saints et les pécheurs d'un même revers de faux.

L'infirmière tordit le linge avec lequel elle l'avait lavée et lui essuya le torse, laissant la peau luisante et collante. Puis elle commença à passer les jambes à l'éponge, ployant les genoux pour nettoyer l'arrière des mollets. De vieilles cicatrices criblaient les tibias : de vilaines traces de morsures d'insectes infectées. Souvenirs d'une vie à l'étranger. Son travail fini, l'infirmière prit la cuvette et quitta le box, laissant Maura seule avec la patiente.

Qu'est-ce que tu savais, Ursula ? Qu'est-ce que tu aurais pu nous dire ?

— Docteur Isles ?

Elle se retourna. Le docteur Sutcliffe se tenait derrière elle. Son regard était beaucoup plus sombre que lors de leur dernière rencontre. Ce n'était plus le sympathique médecin hippie à queue-de-cheval.

— Je ne savais pas que vous alliez venir, dit-il.

— C'est le docteur Yuen qui m'a appelée. Notre bureau va prendre le corps en charge.

— Pourquoi ? La cause de la mort est assez claire. Vous n'avez qu'à regarder l'EEG.

— Simple routine. La procédure veut que nous réalisions une autopsie dès qu'il y a affaire criminelle.

— Pff, dans le cas présent, c'est vraiment fiche l'argent public en l'air !

Elle ignora son commentaire, regarda Ursula.

— Je suppose que vous avez parlé à la famille, avant de la débrancher.

— Son neveu est d'accord. Nous attendons juste

l'arrivée du prêtre. Les sœurs, au couvent, ont demandé à ce que le père Brophy soit présent.

Elle regarda la poitrine d'Ursula se soulever et retomber au rythme du soufflet de l'assistance respiratoire. Le cœur continuait à battre, les organes à fonctionner. Ils auraient beau prélever tout le sang qu'ils voudraient dans les veines d'Ursula, envoyer tout ça en bas, au laboratoire, aucun de leurs examens, aucune de leurs machines sophistiquées ne révéleraient que l'âme de cette femme avait déjà quitté son corps.

— J'aimerais que vous fassiez suivre les dernières constatations mortuaires à mon bureau, dit-elle.

— Je le dirai au docteur Yuen. C'est lui qui va les dicter.

— Et tous les résultats d'analyses de labo qui pourraient encore venir.

— Ils devraient tous être dans le dossier, maintenant.

— Il n'y a pas de rapport de toxicologie. L'examen a bien été fait, n'est-ce pas ?

— Il aurait dû. Je vais appeler le labo et je vous rappelle avec le résultat.

— Le labo doit m'envoyer le rapport, directement. S'il n'a pas encore été fait, je m'en occuperai à la morgue.

— Vous demandez une recherche de toxiques pour tout le monde ? demanda-t-il en secouant la tête. Là, vraiment, c'est jeter l'argent des contribuables par les fenêtres.

— Nous le faisons seulement quand c'est nécessaire. Je pense à l'urticaire que j'ai constaté la nuit où elle a fait son arrêt cardiaque. Je vais demander au docteur Bristol de faire une recherche de drogues et toxiques, au moment de l'autopsie.

— Je pensais que c'était vous qui la faisiez.

— Non. Je vais transmettre le dossier à l'un de mes collègues. Si vous avez des questions après les fêtes, il faudra vous adresser au docteur Abe Bristol.

Elle fut soulagée qu'il ne lui demande pas pourquoi elle ne procédait pas elle-même à l'autopsie. Et qu'aurait-elle répondu ? « Mon ex-mari est maintenant suspect dans cette affaire criminelle. Je ne peux laisser planer aucun doute sur ma parfaite impartialité. Sur ma rigueur absolue. »

— Le prêtre est là, dit Sutcliffe. Ça va être le moment.

Elle se retourna et sentit ses joues s'empourprer. Le père Brophy se tenait debout dans l'embrasure de la porte. Ils se regardèrent un moment avec une sorte de familiarité, un flash de reconnaissance entre deux personnes qui, en ces heures sombres, avaient soudainement l'impression que le courant passait entre elles.

Maura détourna les yeux tandis qu'il entrait dans le box, l'effleura en sortant, Sutcliffe sur les talons, afin de laisser le prêtre administrer les derniers sacrements.

A travers le hublot du box, elle regarda le père Brophy se tenir au-dessus du lit d'Ursula, ses lèvres marmonnant quelque prière, absolvant la religieuse pour ses péchés.

Et quid des miens, mon père ? se demanda-t-elle en détaillant son profil d'aigle, frappant. Seriez-vous choqué d'apprendre ce que je pense et ce que je ressens pour vous ? Me donneriez-vous l'absolution, me pardonneriez-vous ma faiblesse ?

Il oignit le front d'Ursula et y traça un signe de croix. Puis il releva les yeux.

L'heure était venue pour Ursula de mourir.

Le père Brophy sortit et se plaça à côté de Maura,

derrière la vitre. Sutcliffe et une infirmière prirent sa place dans le box, à côté de la moribonde.

La suite ne fut qu'une formalité d'une choquante simplicité. Quelques interrupteurs baissés, et ce fut tout. Le système d'assistance respiratoire se tut, les soufflets s'immobilisèrent dans un dernier hoquet. L'infirmière vérifia le moniteur cardiaque tandis que les bips s'espaçaient.

Maura sentit le père Brophy se rapprocher d'elle, comme pour la rassurer par sa présence, au cas où elle aurait eu besoin de réconfort. Sauf que ce n'était pas du réconfort qu'il lui inspirait, mais de la confusion. De l'attraction.

Elle garda le regard braqué sur le drame qui se jouait de l'autre côté de la vitre, en pensant : Je tombe toujours sur le mauvais cheval. Pourquoi suis-je immanquablement attirée par les hommes qu'il ne faudrait pas, ou que je ne peux pas avoir ?

Sur le moniteur, le cœur marqua une première défaillance, puis une autre. Privé d'oxygène, il luttait contre la mort de ses cellules. Le tracé se mua en un bégaiement de pulsations qui allèrent en se dégradant, jusqu'aux derniers soubresauts de la fibrillation ventriculaire. Maura dut résister à l'instinct qui la poussait à intervenir, un instinct nourri par des années de formation médicale. Cette arythmie cardiaque ne serait jamais traitée ; ce cœur ne serait pas sauvé.

Le tracé devint plat.

Maura s'attarda près du box, le temps d'assister aux dernières péripéties qui devaient conduire Ursula à la mort. Personne ne perdit de temps à se lamenter ou à philosopher. Le docteur Sutcliffe posa un stéthoscope sur la région du cœur, hocha la tête et sortit du box. L'infirmière coupa le moniteur, ôta les plots collés sur la poitrine de la défunte, retira les intraveineuses afin de préparer son transfert. Déjà, l'équipe d'infirmiers de la morgue était en route.

Maura n'avait plus rien à faire ici.

Elle laissa le père Brophy planté à côté du box et retourna vers le poste d'infirmières.

— J'ai oublié quelque chose, dit-elle à l'infirmière de garde. Pour nos archives, nous allons avoir besoin des coordonnées de la famille. Le seul numéro que j'ai vu dans le dossier était celui du couvent, mais j'ai entendu dire qu'elle avait un neveu. Avez-vous son numéro de téléphone ?

— Docteur Isles ?

Elle se retourna. Le père Brophy était derrière elle et boutonnait son manteau. Il eut un sourire d'excuse.

— Je ne voulais pas être indiscret, mais je peux peut-être vous aider. Nous gardons les coordonnées des familles des sœurs, au bureau de la paroisse. Je vais chercher le numéro et je vous rappellerai pour vous le donner.

— Ah, ce serait gentil. Merci.

Elle prit la photocopie du dossier, s'apprêta à partir.

— Oh, et puis… docteur Isles…

Elle tourna la tête.

— Oui ?

— Je sais que ce n'est peut-être pas le meilleur moment pour vous le dire, mais je tiens à le faire quand même…

Son sourire s'élargit.

— Joyeux Noël.

— Joyeux Noël à vous aussi, mon père.

— Vous repasserez bien pour une petite visite, un de ces jours ? Juste pour dire bonjour.

— Je n'y manquerai pas, répondit-elle.

Sachant, au moment même où elle prononçait ces mots, que c'était un pieux mensonge. Que la chose la plus sensée qu'elle pouvait faire était de tourner le dos et de s'éloigner de cet homme comme si elle avait le diable à ses trousses.

Ce qu'elle fit.

Lorsqu'elle sortit de l'hôpital, une bourrasque d'air glacial la saisit. Elle s'avança bravement dans la morsure du vent, le dossier serré contre sa poitrine. Par cette nuit de fête, elle marchait seule, avec pour unique compagnie la liasse de papiers qu'elle tenait dans ses bras. Elle traversa le parking sans voir personne, n'entendit que l'écho de ses pas qui résonnaient sur le béton.

Elle pressa l'allure, s'arrêta deux fois pour regarder derrière elle et s'assurer qu'elle n'était pas suivie. Lorsqu'elle arriva à sa voiture, son cœur battait à se rompre et elle était à bout de souffle.

J'ai trop souvent regardé la mort en face, pensa-t-elle. Maintenant, je la sens partout.

Elle monta dans sa voiture, regarda à l'arrière et verrouilla les portières.

Joyeux Noël, docteur Isles. On récolte ce qu'on a semé, et, ce soir, tu ne récoltes que de la solitude.

En sortant du parking de l'hôpital, elle plissa les yeux, aveuglée par des phares qui brillaient dans son rétroviseur. Une autre voiture venait de sortir juste derrière elle. Le père Brophy ? Et où pouvait-il aller, ce soir de Noël, sinon chez lui, au presbytère ? Allait-il s'attarder dans son église, pour apporter du réconfort aux brebis esseulées aventurées dans la maison de Dieu par cette nuit de fête ?

Son portable sonna.

Elle l'extirpa de son sac et l'ouvrit.

— Docteur Isles, j'écoute…

— Salut, Maura, dit son collègue, Abe Bristol. Qu'est-ce que j'apprends ? Tu m'envoies une surprise de l'hôpital Saint-Francis ? Un cadeau de Noël ?

— Je ne peux pas procéder à l'autopsie sur ce cas-là, Abe.

— Alors tu me refiles le bébé le soir du réveillon ? Sympa.

— Je suis désolée. Tu sais que ce n'est pas mon habitude de te refourguer mes corvées.

— C'est la religieuse dont j'ai entendu parler ?

— Oui. Mais il n'y a pas le feu. Les constatations post mortem peuvent attendre après Noël. Elle était hospitalisée depuis l'agression, et ils viennent juste de la débrancher. Elle a subi une délicate opération de neurochirurgie.

— Ce qui veut dire que l'examen intracrânien ne sera pas d'une grande utilité ?

— Non. Tu trouveras sûrement des changements postop.

— Cause de la mort ?

— Elle a fait un arrêt cardiaque, hier matin. Infarctus du myocarde. Depuis, elle était sous assistance respiratoire. Comme j'étais déjà sur le cas, je me suis occupée des constatations préliminaires. J'ai une copie du dossier ; je te l'apporterai après-demain.

— Je peux savoir pourquoi tu me confies l'affaire ?

— Je pense qu'il vaut mieux que mon nom ne figure pas sur le rapport.

— Et pourquoi ça ?

Elle ne répondit pas.

— Maura, pourquoi tu te défausses de cette affaire ?

— Pour des raisons personnelles.

— Tu connaissais la patiente ?

— Non.

— Alors, c'est quoi ?

— Je connais l'un des suspects, dit-elle enfin. J'ai été mariée avec lui.

Elle prit congé, coupa la communication, balança le téléphone sur le siège à côté d'elle et se concentra sur sa conduite. Droit vers la maison, où elle serait en sécurité.

Le temps qu'elle arrive devant chez elle, la neige tombait par petits paquets duveteux, telles des boules de coton à démaquiller. C'était un spectacle magique, cet épais rideau blanc, pelucheux, ces voiles argentés qui recouvraient les pelouses. La stase d'une nuit sacrée.

Elle alluma le feu dans la cheminée du salon, se prépara un repas on ne peut plus frugal, soupe à la tomate et fromage fondu sur un toast. Elle se versa un verre de zinfandel et emmena le plateau dans le salon, où les lumières du sapin de Noël clignotaient toujours.

Elle ne put rien avaler. Elle repoussa le plateau et finit son verre de vin en regardant les flammes sans les voir. Elle résista à la tentation de décrocher le téléphone et d'essayer de joindre Victor. Avait-il pris son avion pour San Francisco ? Elle ne savait même pas où il était ce soir, ni ce qu'elle lui dirait.

Nous nous sommes trahis mutuellement, pensa-t-elle. Aucun amour ne peut survivre à ça.

Elle se leva, éteignit la lumière et alla se coucher.

21

Il y avait deux bonnes heures qu'un fond de veau mijotait sur la cuisinière, et le parfum des tomates, de l'ail et du ragoût fondant à souhait l'emportait sur l'arôme plus léger de la dinde rôtie de neuf kilos qui irradiait toute la cuisine de sa splendeur.

Rizzoli, assise à la table de la cuisine, chez sa mère, incorporait des œufs et du beurre fondu à des pommes de terre écrasées à la fourchette.

Chez elle, elle prenait rarement le temps de faire la cuisine, se nourrissant généralement de bricoles exhumées des tréfonds d'un placard ou du congélateur. Chez sa mère, la préparation des repas était un rite sacré, un acte de dévotion, en l'honneur de la nourriture même, quelque modestes que fussent les ingrédients. Chaque étape, qu'il s'agisse de l'épluchage, de l'arrosage ou du mélange, participait d'un rituel solennel jusqu'au feu d'artifice final : la présentation des plats à table, où ils étaient accueillis par des acclamations et des soupirs de bien-être. Pas le moindre compromis, nulle solution de facilité dans la cuisine d'Angela.

Et, donc, Rizzoli prenait son temps pour incorporer la farine dans le saladier de purée, d'œufs battus et de beurre, mélangeant le tout à mains nues. Elle puisait un certain réconfort dans le malaxage régulier de cette mixture tiède, dans l'acceptation tacite du fait que ce procédé ne souffrait aucune précipitation. Il était rare qu'elle fasse preuve d'une telle patience. Elle dépensait dans sa vie trop d'énergie à essayer d'être la meilleure, la plus rapide, la plus efficace. Ça faisait du bien, de s'abandonner au cérémonial immuable de la préparation des gnocchis.

Elle rajouta de la farine en pluie dans le saladier et reprit son pétrissage, les yeux perdus dans la texture soyeuse qui lui glissait entre les doigts. Dans la pièce voisine, où les hommes étaient installés, la télé était branchée sur une chaîne sportive, le volume à fond. Mais ici, protégée par la porte fermée des rugissements de la foule en folie et du baratin des commentateurs, elle s'affairait, en paix avec elle-même, ses mains travaillant la pâte élastique. Sa transe fut rompue par l'intrusion de l'un des jumeaux d'Irene, lequel franchit les doubles portes en trottinant, courut droit vers la table de la cuisine, vint se cogner la tête sur un des pieds et se retrouva assis par terre, à brailler tout ce qu'il pouvait.

Irene accourut et le cueillit d'un bras.

— Angela, vous êtes sûre que je ne peux pas vous donner un coup de main ? demanda-t-elle, apparemment avide de fuir le vacarme du salon.

— Pas question ! Allez vous occuper de vos garçons, répondit Angela, accaparée par la cuisson de cannolis.

— Michael peut s'en occuper. Il n'a rien d'autre à faire que de regarder la télé.

— Non, allez vous détendre dans le salon. On maîtrise la situation, Jane et moi.

— Vous êtes sûre ?

— Oui, oui, je vous assure.

Irene lâcha un soupir et quitta la cuisine, le bambin dans les bras.

Rizzoli commença à faire des boudins avec la pâte à gnocchis.

— Tu sais, maman, je crois qu'elle aurait vraiment préféré nous donner un coup de main…

Angela sortit les cannolis craquants et dorés de l'huile et les mit à égoutter sur du papier absorbant.

— Je préfère qu'elle surveille ses gamins. Tout est sous contrôle, elle ne saurait pas quoi faire dans cette cuisine.

— Ouais. Encore une incapable comme moi ?

Angela se tourna et la regarda, son écumoire dégouttant d'huile.

— Mais bien sûr que non. Tu sais y faire, toi !

— En tout cas, le peu que je sais, c'est toi qui me l'as appris, maman.

— Et ce n'est pas suffisant ? J'aurais dû t'en apprendre davantage ?

— Tu sais que ce n'est pas ce que je voulais dire.

Angela scrutait d'un œil critique sa fille en train de découper le boudin de pâte en tronçons d'un pouce.

— Tu penses que la mère d'Irene lui a appris à faire les gnocchis, à elle aussi ?

— Aucune chance ! Une rousse comme ça ? Elle est irlandaise.

— Raison de plus pour ne pas la laisser mettre les pieds dans la cuisine, fit Angela en partant d'un grand rire.

— Hé, m'man, dit Frankie, déboulant dans la pièce. Y aurait pas d'autres trucs à grignoter ?

Rizzoli leva les yeux sur son grand frère, le rouleur de mécaniques. Le marine dans toute sa splendeur, aussi

384

large que le réfrigérateur dans lequel il disparaissait jusqu'à mi-corps.

— Vous avez déjà tout mangé ? demanda Rizzoli.

— Nan, mais les mômes ont laissé traîner leurs sales pattes dessus. Moi, j'y touche plus.

— Il y a du fromage et du salami tout en bas du frigo, et des poivrons cuits dans le saladier sur le plan de travail, dit Angela. Tu n'as qu'à tout mettre sur un plateau.

Frankie attrapa une bière et la décapsula.

— Tu peux pas t'en occuper, m'man ? Je voudrais pas louper le dernier quart-temps…

— Tu leur prépares, Janie, d'accord ?

— Pourquoi moi ? Il a fait quoi, jusqu'à maintenant ? protesta Rizzoli.

Trop tard, Frankie avait quitté la cuisine et devait déjà être affalé devant la télé, à siroter sa mousse.

Elle se rinça les mains à l'évier, la sérénité qu'elle ressentait quelques instants auparavant désormais évaporée, remplacée par une irritation familière. Elle coupa de fines tranches de salami et des cubes de mozzarella fraîche et crémeuse, disposa le tout sur un plat. Une poignée d'olives et quelques poivrons grillés pour couronner le tout. Pas plus, sinon les hommes n'auraient plus faim au moment de passer à table.

Mon Dieu, je me mets à penser comme maman, maintenant… Qu'est-ce que j'en ai à foutre qu'ils s'empiffrent comme des porcs ?

Elle apporta le plateau au salon, où son père et ses deux frères étaient vautrés sur le canapé, devant la télé, les pattes écartées, la mâchoire pendante, les yeux vitreux. Irene était à genoux à côté du sapin de Noël et ramassait des biscuits apéritif écrasés.

— Je suis désolée, dit-elle. Dougie l'a laissé tomber sur le tapis avant que j'aie le temps de…

— Eh, Janie, gueula Frankie, pousse-toi ! T'es pas transparente !

Elle posa le plat d'antipasti sur la table basse et ramassa le plateau contaminé par les « sales pattes des mômes ».

— T'en fais pas, Irene. C'est pas grave. Quelqu'un pourrait quand même t'aider à surveiller les enfants, non ?

Michael finit par lever les yeux sur elle.

— Hein… Ah ouais…

— Janie, bouge ton cul ! insista Frankie.

— Quand tu m'auras dit merci.

— Pourquoi ?

Elle reprit brusquement le plat d'amuse-gueule qu'elle venait de poser sur la table.

— Puisque tu ne t'en es même pas rendu compte…

— D'accord, d'accord, merde ! Merci.

— Y a pas de quoi !

Elle reposa le plat, violemment, repartit vers la cuisine. Arrivée sur le seuil, elle jeta un œil sur le tableau, dans le salon : sous le sapin de Noël, brillant de mille feux, s'empilait une montagne de cadeaux, comme des offrandes au tout-puissant dieu de la surconsommation. Les trois hommes affalés devant la télé se calaient les joues avec le salami. Les jumeaux couraient dans toute la maison comme deux toupies. Et la pauvre Irene traquait frénétiquement la moindre miette de cracker, queue-de-cheval en bataille.

Merci bien, pensa Rizzoli. Plutôt crever que de me laisser piéger dans un cauchemar pareil !

Elle fila à la cuisine, reposa le plateau. Elle resta là un moment, à respirer profondément, luttant contre une terrible impression de claustrophobie. Consciente, en même temps, de la masse qui pressait sur sa vessie.

Je ne veux pas m'infliger un supplice pareil, pensa-t-elle. Pas question de devenir une Irene, claquée et tirée vers le bas par des petites pattes poisseuses…

— Qu'est-ce qui ne va pas ? demanda Angela.

— Rien, maman.

— Allez ! Je vois bien qu'il y a quelque chose qui cloche.

Rizzoli soupira.

— C'est Frankie. Il me fait vraiment chier, tu sais.

— Tu ne pourrais pas trouver une façon plus élégante de parler de ton frère ?

— Non. C'est vraiment l'effet qu'il me fait. Tu ne vois pas que c'est un con ?

Angela pêcha en silence le dernier cannoli et le mit à égoutter sur le papier absorbant.

— Tu sais qu'il s'amusait à nous poursuivre dans toute la maison avec l'aspirateur, Mike et moi ? Il adorait lui foutre la trouille en lui disant qu'il allait l'aspirer dans le tuyau. Mike gueulait comme un putois, mais tu ne l'as jamais entendu, parce que Frankie se démerdait toujours pour faire ça quand tu n'étais pas là. Tu n'as jamais su quel salaud c'était, avec nous.

Angela s'assit à la table de la cuisine et regarda les petits tas de pâte à gnocchis que sa fille avait préparés.

— Si, je le savais, dit-elle.

— Quoi ?

— Je savais qu'il aurait pu être plus sympa avec vous. Qu'il aurait pu être plus gentil, comme frère.

— Et tu lui passais tout ! C'est ça qui nous emmer-dait le plus, maman. Et, d'ailleurs, ça emmerde toujours Mike que Frankie soit encore ton chouchou.

— Tu ne le comprends pas, Frankie…

— Oh si, je le comprends même très bien ! fit Rizzoli avec un rire amer.

— Allons, Janie, assieds-toi. On va faire les gnocchis. À deux, ça ira plus vite.

Rizzoli soupira et s'assit en face d'Angela. Silencieuse, boudeuse, elle commença à saupoudrer les gnocchis de farine, en appuyant avec le majeur pour faire un creux dans chacun. Quelle marque de fabrique plus personnelle un cuisinier pouvait-il laisser que l'empreinte de son doigt vengeur imprimée dans chaque bouchée ?

— Il ne faut pas lui en vouloir, à Frankie, reprit Angela.

— Pourquoi ? Tu voudrais que je lui baise les pieds, peut-être ?

— Tu ne sais pas ce qu'il a enduré…

— J'en ai jusque-là, des histoires de marines !

— Non, je parle de ce qui lui est arrivé quand il était bébé.

— Quoi ? Qu'est-ce qui lui est arrivé ?

— J'en ai encore le frisson, rien que de repenser à la façon dont sa tête a cogné le plancher.

— Quoi ? Il a été bercé trop près du mur ? ricana-t-elle. Ça pourrait expliquer son QI…

— Arrête, ce n'est vraiment pas drôle. C'était grave, très grave. Papa n'était pas là, et j'ai dû emmener Frankie aux urgences toute seule. Ils lui ont fait des radios, et il avait une ligne de fracture. Juste là…

Angela désigna le côté de sa tête, laissant une traînée de farine dans ses cheveux noirs.

— Ah, tu vois : j'ai toujours dit qu'il était un peu fêlé !

— Il n'y a pas de quoi rire, Jane. Il a failli mourir.

— Mauvaise herbe pousse toujours.

Angela contempla le bol de farine.

— Il n'avait que quatre mois, dit-elle.

Rizzoli s'interrompit, son doigt enfoncé dans la pâte molle. Elle n'arrivait pas à imaginer Frankie enfant. Elle ne pouvait pas l'imaginer impuissant et vulnérable.

— Les médecins ont dû lui faire une ponction dans le cerveau. Ils ont dit qu'il y avait un risque...

Elle s'interrompit.

— Un risque de quoi ?

— Qu'il ne se développe pas normalement.

Une réplique sarcastique vint à l'esprit de Rizzoli, mais elle réussit à la garder pour elle. Ce n'était pas le moment de faire la mariole.

Angela ne la regardait pas ; elle avait les yeux rivés sur ses mains, crispées sur une petite masse de pâte. Evitant le regard de sa fille.

Un bébé de quatre mois, songea Rizzoli. Il y a un truc qui ne colle pas...

S'il n'avait que quatre mois, il ne pouvait pas encore marcher. Il n'avait pas pu sortir de son berceau ou de sa chaise de bébé. La seule façon pour un enfant de cet âge de tomber était qu'on le lâche...

Elle regarda sa mère avec un œil neuf. Elle se demanda combien de nuits Angela s'était réveillée, horrifiée, au souvenir du moment où elle avait relâché son étreinte, où son bébé avait glissé de ses bras. Frankie, l'enfant chéri, presque tué par sa mère indigne...

Elle tendit la main, la posa sur le bras de sa mère.

— Hé, il s'en est bien remis, pas vrai ?

Angela soupira. Elle commença à épousseter et pincer les gnocchis, se mettant soudain à battre des records de vitesse.

— Maman, c'est Frankie le plus costaud de la portée !

— Non, ce n'est pas vrai, fit Angela en posant un gnocchi sur le plateau et en levant les yeux sur sa fille. C'est toi.

— Ouais, tu parles !

— Non, c'est toi, Jane. Quand tu es née, je t'ai regardée et je me suis dit : Cette petite, je n'aurai jamais de souci à me faire pour elle. Elle saura se défendre, quoi qu'il arrive. Mikey, je sais que j'aurais peut-être dû le protéger davantage. Il est moins fort, il a moins de moyens de défense…

— Il a une mentalité de victime, oui. Il aura toujours un comportement de loser.

Un petit sourire retroussa les lèvres d'Angela.

— Alors que toi, non. Quand tu avais trois ans, je t'ai vue te cogner la figure sur la table basse. Tu t'es coupée juste là, sous le menton.

— Ouais, j'ai toujours la cicatrice, d'ailleurs.

— La coupure était si profonde qu'il a fallu te faire des points de suture. Tu avais mis du sang sur tout le tapis. Et tu sais ce que tu as fait ? Vas-y, dis-moi ce que tu as pu faire ?

— J'ai dû chialer un max, j'imagine.

— Non. Tu t'es mise à flanquer des coups sur la table basse. A la boxer, comme ça !

Angela martela la table de son poing, soulevant des nuages de farine.

— Tu étais vraiment en rogne. Tu n'es pas venue te jeter dans mes bras. Tu n'as pas poussé de hurlements en voyant le sang. Tu étais trop occupée à rendre les coups à cette chose qui t'avait fait du mal.

Angela rit et se passa la main sur les yeux, abandonnant une marque blanche sur sa joue.

— Tu étais la plus étrange des petites filles, et, de tous mes enfants, c'est de toi que j'étais le plus fière.

Rizzoli regarda sa mère en ouvrant de grands yeux.

— Je ne le savais pas. Tu ne me l'as jamais dit…

— Ah, les enfants ! Tu n'as pas idée de ce que les parents peuvent endurer à cause de vous. Attends d'avoir les tiens, et tu verras. C'est à ce moment-là que tu comprendras ce qu'on éprouve.

— Et qu'est-ce qu'on éprouve ?

— De l'amour, dit Angela.

Rizzoli regarda les mains noueuses de sa mère et, tout à coup, ses yeux la picotèrent, sa gorge se noua. Elle se leva et alla, à l'évier, remplir un faitout pour cuire les gnocchis.

Elle attendit que l'eau bouille en se disant : Peut-être que je ne sais pas vraiment ce que c'est que d'aimer. Parce que je suis trop occupée à combattre l'amour. Comme je combats tout ce qui pourrait me faire du mal.

Elle laissa le faitout sur le feu et sortit de la cuisine.

A l'étage, dans la chambre de ses parents, elle décrocha le téléphone. Resta un moment assise sur le lit, à tenir le combiné, en essayant de trouver la force de passer son coup de fil.

Vas-y. Tu dois le faire.

Elle commença à composer le numéro.

Le téléphone sonna, quatre fois, puis elle entendit le message, laconique, expéditif : « Vous êtes bien chez Gabriel. Je ne suis pas là pour l'instant. Merci de laisser un message. »

Elle attendit le *bip* en s'appliquant à respirer profondément.

— C'est Jane, dit-elle. J'ai quelque chose à t'annoncer, et je me dis que, finalement, c'est mieux de le faire comme ça, par téléphone. C'est mieux que de t'en parler de vive voix, parce que je ne sais pas si j'ai vraiment envie de connaître ta réaction. Alors voilà. Je me jette à l'eau. Je… j'ai vraiment merdé.

Elle eut un pauvre petit rire.

— Putain, je me sens vraiment idiote. J'ai fait une connerie vieille comme le monde. Je ne me foutrai plus jamais de ces imbéciles de greluches. Ce qui se passe, c'est que… eh bien, voilà, je suis enceinte. De huit semaines, je crois. Ce qui, au cas où ça t'intéresserait, veut dire que c'est bien de toi. Je ne te demande rien. Je ne veux pas que tu te sentes obligé de faire quoi que ce soit. Tu n'es même pas obligé de me rappeler. Mais je pensais que c'était normal que tu le saches, parce que…

Elle s'interrompit, sa voix soudain étranglée par les larmes. Elle se racla la gorge, poursuivit :

— Parce que j'ai décidé de garder le bébé.

Elle raccrocha.

Elle resta un long moment sans bouger, à regarder ses mains, envahie par une tempête d'émotions. Du soulagement. De la peur. De l'anticipation. De la détermination, surtout – elle était absolument sûre de sa décision.

Elle se leva, se sentant brutalement libérée, allégée du fardeau de l'incertitude. Elle avait tant de choses à prendre en compte, tant de changements auxquels se préparer, et, en même temps, c'est avec une légèreté nouvelle qu'elle descendit l'escalier et retourna dans la cuisine.

L'eau, sur le gaz, frémissait. La vapeur qui montait du faitout lui réchauffa le visage comme une caresse maternelle.

Elle ajouta deux cuillerées d'huile d'olive, puis fit glisser les gnocchis dans l'eau. Trois autres casseroles mijotaient déjà sur la cuisinière, chacune exhalant son propre panache d'odeurs ; les arômes de la cuisine de sa mère. Elle s'enivra de ces parfums, en proie à une exaltation poignante : dans cet endroit sacré, la nourriture était amour.

Elle recueillit les petits beignets de fécule qui remontaient à la surface, les déposa sur un plat et versa dessus la tomate à la viande. Elle ouvrit le four et en sortit les cocottes qu'elle avait gardées au chaud : des pommes de terre sautées, des haricots verts, des boulettes de viande, des manicottis. Un festival de bonnes choses, qu'elle porta avec sa mère, triomphalement, dans la salle à manger. Et enfin, bien sûr, la dinde, qui trônait royalement au centre de la table, entourée de ses petits frères italiens. C'était beaucoup plus que la famille ne pourrait jamais en manger, mais c'était justement le but de la manœuvre : faire bombance de nourriture et d'amour.

Elle s'assit en face d'Irene, assista au repas des jumeaux. Il y avait à peine une heure, lorsqu'elle avait regardé Irene dans le salon, elle avait vu une jeune femme à bout, qui traînait déjà sa vie derrière elle, dont la jupe pendouillait à force d'être tiraillée dans tous les sens par des petites pattes de gremlins. Maintenant, en la regardant, elle voyait une autre Irene, qui riait en pelletant de la sauce aux airelles dans leur bec avide. Une femme à l'expression rêveuse et attendrie qui pressait ses lèvres sur leurs petites têtes bouclées.

Je vois une femme différente, mais ce n'est pas Irene qui a changé, pensa-t-elle. C'est moi.

Après dîner, tout en aidant Angela à faire le café et à fourrer les cannolis de crème Chantilly, elle se surprit à porter aussi sur sa mère un regard différent. Elle vit de nouveaux fils d'argent dans ses cheveux, et un visage dont l'ovale commençait à se relâcher.

T'arrive-t-il parfois de regretter de nous avoir eus, maman ? Est-ce qu'il ne t'arrive jamais de t'arrêter et de te dire que tu as fait une erreur ? Ou est-ce que tu étais aussi sûre de ton choix de vie que je le suis maintenant au sujet de ce bébé ?

— Hé, Janie ! beugla Frankie depuis le salon. Ton portable sonne dans ton sac à main !

— Tu peux prendre l'appel ? répondit-elle sur le même ton.

— On regarde le match !

— Ecoute, j'ai de la chantilly plein les mains ! Tu pourrais pas juste prendre la communication ?

Il entra comme une tornade dans la cuisine et lui balança pratiquement le téléphone à la figure.

— C'est un mec.

— Frost ?

— Nan. J'sais pas qui c'est.

Gabriel.

Ce fut sa première pensée.

Il vient de tomber sur mon message.

Elle alla vers l'évier, prit le temps de se rincer les mains. Lorsque, enfin, elle attrapa le téléphone, elle réussit à répondre d'un ton calme :

— Allô ?

— Inspecteur Rizzoli ? Ici le père Brophy.

Sa tension retomba d'un coup. Elle s'affala sur une chaise. Sentant que sa mère la regardait, elle essaya de masquer sa déception :

— Oui, mon père ?

— Je suis désolé de vous appeler le jour de la naissance de Notre-Seigneur, mais je n'arrive pas à joindre le docteur Isles, et... eh bien, je ne sais pas si c'est important, mais je viens d'apprendre quelque chose...

— Quoi donc ?

— Le docteur Isles voulait les coordonnées d'un proche de sœur Ursula, et je lui ai proposé de m'en occuper. Mais il faut croire que les annuaires de la paroisse datent un peu. Nous avons le numéro de téléphone de son frère à Denver. Et le numéro n'est plus attribué.

— Mère Mary Clement m'a dit que son frère était mort.

— Vous a-t-elle dit que sœur Ursula avait aussi un neveu, qui vivait dans un autre Etat ?

— Non. Elle ne m'en a pas parlé.

— Apparemment, il aurait été en contact avec les médecins. C'est ce que les infirmières m'ont dit…

Elle regarda l'assiette de cannolis tout prêts, déjà détrempés par leur remplissage de crème fouettée.

— Où voulez-vous en venir, mon père ?

— Je sais que ça peut sembler un peu ridicule de chercher la trace d'un neveu qui n'est même pas venu voir sa tante depuis des années. Et je sais combien il est difficile de localiser quelqu'un qui vit hors du Massachusetts, quand on ne connaît même pas son nom de famille. Mais l'Eglise dispose de réseaux dont même la police ne dispose pas. Un bon prêtre connaît ses ouailles, inspecteur. Il connaît les familles et les noms de leurs enfants. Alors j'ai appelé le prêtre de la paroisse de Denver, où vivait le frère de sœur Ursula. Il s'en souvient très bien. C'est lui qui s'est occupé de sa messe d'enterrement, c'est vous dire !

— Vous lui avez demandé s'il connaissait d'autres membres de sa famille ? Son neveu, par exemple ?

— Oui, je lui ai demandé.

— Et… ?

— Il y a pas de neveu, inspecteur. Et il n'y en a jamais eu.

22

Maura rêvait de bûchers funéraires.

Elle regardait, tapie dans l'ombre, les flammes orange lécher les corps entassés comme des bûches, la chair griller dans la fournaise. Des silhouettes qu'elle voyait en ombres chinoises entouraient les cadavres calcinés, cercle d'observateurs silencieux dont elle ne distinguait pas les visages. Pas plus qu'ils ne pouvaient la voir, elle, parce qu'elle était cachée dans les ténèbres, hors de leur vue.

Des flammèches jaillissaient du bûcher alimenté par l'effroyable combustible humain, et montaient en spirale dans le ciel d'un noir d'encre. A la lueur des étincelles qui trouaient la nuit, elle distingua un détail insoutenable : les corps *remuaient*. Leurs membres noircis se convulsaient dans la fournaise.

L'un des hommes qui composaient ce cercle d'horreur se retourna lentement et la regarda. Dans son visage, ses yeux étaient vides, sans âme. Pourtant, elle le reconnut.

Victor.

Elle se réveilla en sursaut, sa chemise de nuit trempée de sueur, son cœur battant à se rompre. Un coup de vent ébranla la maison et elle entendit le bruit des fenêtres qui claquaient, le gémissement des murs. Paniquée, s'efforçant de chasser les dernières bribes de son cauchemar, elle resta parfaitement immobile, tous ses sens en éveil, la transpiration commençant à geler sur sa peau. Etait-ce seulement le vent qui l'avait réveillée ? Chaque grincement de la maison résonnait comme un bruit de pas. Comme un intrus qui se rapprochait.

Soudain, elle se raidit, alertée par un son différent. Un grattement, ou un bruit de griffes. On aurait dit qu'un animal essayait d'entrer.

Elle regarda les chiffres lumineux de son radioréveil. Minuit moins le quart.

Elle se leva, la pièce lui parut glaciale. Elle chercha sa robe de chambre à tâtons, sans allumer la lumière afin de préserver sa vision nocturne. Elle s'approcha de la fenêtre et vit qu'il ne neigeait plus. Le sol brillait, tout blanc, sous la lune.

Ça recommençait – un bruit de frottement... contre un mur ?

Elle se colla au bord de la vitre et entrevit une ombre qui bougeait au coin de la maison. Un animal ?

Elle sortit de sa chambre et, pieds nus, s'avança à tâtons dans le couloir, jusqu'au salon. Contournant le sapin de Noël, elle jeta un coup d'œil par la fenêtre.

Son cœur eut un raté.

Un homme montait les marches du porche.

Elle ne pouvait pas voir son visage, caché dans l'ombre. Comme s'il avait senti qu'on le regardait, il se tourna vers la fenêtre derrière laquelle elle se tenait, et elle vit sa silhouette. Ses larges épaules. Sa queue-de-cheval.

Elle s'écarta de la vitre, et se glissa contre les branches piquantes de l'arbre de Noël, essayant de comprendre ce que Matthew Sutcliffe faisait là, à sa porte. Pourquoi était-il venu chez elle, à cette heure, sans avoir téléphoné d'abord ? Elle était encore engluée dans les derniers lambeaux de son cauchemar, et cette visite, à cette heure indue, la mettait mal à l'aise. Pour l'heure, elle avait perdu l'envie d'ouvrir sa porte en pleine nuit, même à un homme dont elle connaissait le nom et le visage.

Le coup de sonnette la fit sursauter.

Elle heurta une boule de Noël qui tomba du sapin et explosa sur le parquet.

Dehors, l'ombre s'approcha de sa fenêtre.

Elle ne bougea pas, se demandant fébrilement ce qu'elle devait faire.

Je vais faire la morte, se dit-elle. S'il ne voit pas de lumière, il finira bien par laisser tomber et me fiche la paix.

Il y eut un deuxième coup de sonnette.

Va-t'en, pensa-t-elle. Va-t'en et rappelle-moi demain matin.

Elle poussa un soupir de soulagement en entendant le bruit de ses pas qui redescendaient les marches du porche. Elle coula un regard au-dehors, il avait disparu. Elle ne voyait pas non plus de voiture garée devant la maison. Où était-il passé ?

C'est alors qu'elle entendit un bruit de pas, de grosses semelles écrasant la neige, sur le côté de la maison.

Mon Dieu, mais qu'est-ce qu'il fabrique ? Il fait le tour de la maison ?!

Il cherche un moyen d'entrer.

Elle sortit de derrière le sapin et se mordit les lèvres pour retenir un cri de douleur. Elle avait marché sur la boule cassée, et un éclat de verre s'était enfoncé dans son pied nu.

La silhouette de l'intrus apparut soudain à une fenêtre

de côté. Il scrutait l'intérieur, essayant de percer l'obscurité de la pièce.

Elle recula dans l'entrée en boitant à chaque pas, la plante du pied trempée de sang.

La police. Il faut que j'appelle la police.

Elle alla vers la cuisine à cloche-pied, tâtonna le long du mur, à la recherche du téléphone. Dans sa précipitation, elle fit tomber le combiné de son support. Elle le ramassa, le porta à son oreille.

Pas de tonalité.

Le téléphone de la chambre, pensa-t-elle. Est-ce qu'il est décroché ?

Elle raccrocha dans la cuisine et revint, toujours boitillant, vers l'entrée, l'éclat de verre toujours dans le pied, remontant la piste de sang qu'elle avait laissée par terre. De retour dans sa chambre, elle plissa les yeux dans l'espoir de percer les ténèbres, sentit la moquette sous ses pieds, avança jusqu'à ce que son tibia heurte le lit. Toujours à tâtons, elle suivit le matelas jusqu'à la tête de lit. Décrocha le combiné sur la table de nuit.

Pas de tonalité.

La terreur explosa en elle comme un vent glacé.

Il a coupé la ligne téléphonique.

Elle lâcha le combiné et resta debout, aux aguets, s'efforçant désespérément de deviner ce qu'il s'apprêtait à faire. La maison craquait et grinçait dans le vent, masquant tous les sons à l'exception des battements du sang à ses tempes.

Où est-il ? Où est-il ?

Soudain, elle pensa : Mon téléphone portable.

Elle se précipita vers la penderie où elle avait laissé son sac. Elle fouilla dedans, à la recherche de l'appareil. Elle en sortit son portefeuille, ses clés, ses stylos et sa brosse à cheveux.

Mon portable, où est ce foutu portable ?

Dans la voiture ! Je l'ai laissé sur le siège passager…

Un soudain bruit de verre cassé lui fit brusquement tourner la tête.

Venait-il du devant de la maison, ou de derrière ? Par où allait-il entrer ?

Elle se rua hors de la chambre, dans le couloir, ne sentant plus la douleur provoquée par les éclats de verre qui lui entraient de plus en plus profondément dans le pied. La porte qui menait au garage était juste à côté, dans le couloir. Elle l'ouvrit à la volée, se faufila dans l'embrasure, juste au moment où elle entendait un autre bruit de verre brisé, qui s'écrasait par terre.

Elle referma la porte derrière elle. Recula vers sa voiture, le souffle haletant, le cœur battant la chamade.

Du calme, ne fais pas de bruit.

Elle souleva doucement la poignée de la portière, grimaça en entendant le *clunk !* du mécanisme. Elle ouvrit précipitamment la portière et se glissa au volant. Elle poussa un soupir étranglé de frustration en se souvenant que les clés de la voiture étaient restées dans sa chambre. Impossible de démarrer et de prendre la fuite. Elle jeta un coup d'œil au siège passager et, à la lueur du plafonnier, elle aperçut son portable coincé entre le siège et le dossier.

Elle l'ouvrit, vit que la batterie était chargée.

Merci, mon Dieu, pensa-t-elle en composant le 911.

— Vous avez appelé la police. Que puis-je faire pour vous ?

— Je suis au 21-30 Buckminster Road ! souffla-t-elle. Quelqu'un essaie d'entrer chez moi !

— Vous pouvez répéter l'adresse ? Je ne vous entends pas.

— 21-30, Buckminster Road ! Un inconnu…

Elle se tut, le regard attiré vers la porte qui donnait sur la maison. Un rai de lumière brillait en dessous.

Il est entré. Il est en train de fouiller la maison.

Elle sortit de la voiture, referma doucement la portière, éteignant le plafonnier, et se retrouva à nouveau dans les ténèbres. Le tableau électrique de la maison, avec ses fusibles, n'était qu'à quelques pas de là, dans le garage, et elle envisagea de couper le disjoncteur afin de plonger la maison dans le noir. L'obscurité lui donnerait un avantage certain. Mais il devinerait certainement où elle était, et se dirigerait immédiatement vers le garage.

Je vais rester là sans bouger. Il se dira peut-être que la maison est vide, que je ne suis pas chez moi.

Et puis elle repensa au sang. Elle avait laissé une traînée de sang par terre.

Elle l'entendait marcher, elle entendait le bruit de ses chaussures sur le parquet. Il suivait sa trace sanglante venant de la cuisine. Une trace brouillée, qui allait et venait dans le couloir.

Il finirait bien par la suivre jusqu'au garage.

Elle se souvint de la façon dont Ratwoman était morte, des éclats d'acier dispersés dans sa poitrine, du sillage dévastateur que laisse dans un corps humain une balle Glaser à chemise de cuivre. L'explosion de la charge de plomb déchirant les organes internes. La rupture des vaisseaux, le sang se déversant dans la cage thoracique…

Cours ! Sors de la maison !

Et après ? Appeler les voisins en hurlant ? Cogner aux portes ? Elle ne savait même pas qui était chez soi ce soir.

Les bruits de pas se rapprochaient.

C'était maintenant ou jamais.

Elle courut vers la porte latérale et l'ouvrit d'un coup. Une bouffée d'air glacé se rua à l'intérieur tandis qu'elle se précipitait dans la cour. Ses pieds nus s'enfoncèrent jusqu'aux chevilles dans la neige.

Sans s'attarder à refermer la porte derrière elle, elle courut tant bien que mal vers le portail du jardin, le trouva bloqué par l'épaisseur de neige accumulée. Alors qu'elle s'escrimait à l'ouvrir, son portable lui échappa. Enfin, elle réussit à entrebâiller le montant juste assez pour passer et se précipita au-dehors.

Pas la moindre lumière aux fenêtres des autres maisons.

Elle courut pieds nus dans la neige, en direction du trottoir, entendit son poursuivant se débattre avec le portail à son tour, obligé de l'ouvrir plus largement.

A cet endroit, la neige était encore plus épaisse. Elle en avait jusqu'aux genoux et dut redoubler d'efforts pour continuer à avancer. Elle ne sentait plus ses pieds engourdis, ses jambes presque paralysées par le froid. Sur la neige, éclairée par la lune, elle faisait une cible facile, silhouette noire bien nette se détachant sur une mer d'un blanc implacable.

Elle tomba en avant, s'enfonça dans une masse blanche, cotonneuse et glacée. Incapable de se relever, le goût de la neige dans la bouche, elle pria pour qu'il ne soit pas en ce moment même en train de la mettre en joue.

Elle commença à ramper, refusant de se rendre. D'accepter la mort. Ses jambes insensibilisées par le froid lui refusant tout service, elle se forait un chemin comme une taupe lorsqu'elle entendit un crissement de pas. Il s'approchait, prêt à lui porter le coup de grâce.

Une lumière troua soudain les ténèbres.

Elle réussit à se redresser, vit le reflet de phares qui approchaient : une voiture.

C'est ma chance.

Avec un sanglot, elle se releva d'un bond, courut vers la rue en agitant les bras et en hurlant.

La voiture s'arrêta dans une embardée, juste devant elle. Le conducteur en sortit, haute et impressionnante silhouette noire qui s'avançait vers elle à travers la blancheur sépulcrale.

Elle ouvrit de grands yeux. Commença lentement à battre en retraite.

— Tout va bien, murmura-t-il. C'est fini, maintenant.

Le père Brophy.

Elle se retourna et regarda vers sa maison, ne vit personne.

Où est-il ? Où est-il passé ?

D'autres lumières arrivaient. Deux autres voitures s'arrêtèrent. Elle vit le gyrophare bleu d'une voiture de police et leva la main pour se protéger les yeux des lumières aveuglantes, essayant de distinguer les formes qui couraient vers elle.

Elle entendit Rizzoli appeler :

— Doc ? Maura ? Ça va ?

— Je m'en occupe ! intervint le père Brophy.

— Où est Sutcliffe ?

— Je ne l'ai pas vu.

— Dans la maison, dit Maura. Il était chez moi.

— Faites-la monter dans votre voiture, mon père, dit Rizzoli. Restez avec elle.

Maura n'avait pas bougé, et elle resta plantée là, sur place, comme une statue de glace, tandis que le père Brophy s'avançait vers elle. Il enleva son manteau, l'emmitoufla dedans. Il passa son bras autour de ses épaules et l'aida à clopiner vers le siège passager de sa voiture.

— Je ne comprends pas, murmura-t-elle. Pourquoi êtes-vous là ?

— Chut. On va d'abord vous mettre à l'abri de ce vent glacé…

Il se glissa à côté d'elle. Alors que le chauffage lui soufflait de l'air chaud sur les genoux et le visage, elle resserra le manteau autour d'elle, essayant de se réchauffer, ses dents claquant si fort qu'elle ne pouvait pas parler.

A travers le pare-brise, elle vit des silhouettes noires qui remontaient la rue. Elle reconnut Barry Frost, qui s'approchait de la porte d'entrée de sa maison, pendant que Rizzoli et un flic en uniforme se dirigeaient, l'arme au poing, vers la porte de côté.

Elle se tourna vers le père Brophy. Elle ne pouvait déchiffrer son expression, mais elle sentait l'intensité de son regard, aussi sûrement qu'elle sentait la chaleur du manteau qu'il lui avait prêté.

— Comment avez-vous su ? murmura-t-elle.

— Comme je n'arrivais pas à vous joindre sur votre téléphone, j'ai appelé l'inspecteur Rizzoli.

Il lui prit la main. La serra entre les siennes, un contact qui lui fit monter les larmes aux yeux. Soudain, elle ne pouvait plus le regarder ; elle se concentra sur la rue, qui devint un brouillard de couleurs, tandis qu'il pressait sa main sur ses lèvres dans un baiser chaud et prolongé.

Elle cligna des yeux pour chasser ses larmes, la rue retrouva sa netteté. Ce qu'elle vit l'inquiéta : des individus qui couraient vers eux. Rizzoli, qui se découpait en ombre chinoise sur les lumières bleues clignotantes alors qu'elle remontait la rue comme une flèche. Frost, brandissant son arme, s'accroupissant derrière la voiture de patrouille.

Pourquoi viennent-ils tous par ici ? Que se passe-t-il ?

— Verrouillez les portières ! s'exclama-t-elle.

Brophy la regarda, déconcerté.

— Pardon ?

— *Verrouillez les portières !*

Rizzoli leur criait quelque chose, et c'étaient des cris d'alarme.

Il est ici. Il est tapi derrière la voiture !

Maura se tortilla sur le côté, ses mains cherchant frénétiquement le bouton de verrouillage de sa portière. Elle n'arrivait pas à le trouver, dans le noir.

L'ombre de Matthew Sutcliffe apparut tout à coup juste derrière sa vitre. Elle eut un mouvement de recul tandis que la portière s'ouvrait en grand et que l'air glacial s'engouffrait dans l'habitacle.

— Toi, le curé, tu dégages ! ordonna Sutcliffe.

Le prêtre resta impavide. Il répondit calmement, tranquillement :

— Les clés sont sur le contact. Prenez la voiture, docteur Sutcliffe. Nous allons descendre tous les deux, Maura et moi.

— Non, elle, elle reste.

— Je ne partirai pas sans elle.

— *Descends de cette putain de bagnole !*

Le canon de l'arme écarta les cheveux de Maura et s'enfonça dans sa tempe.

— Je vous en prie, murmura-t-elle à Brophy. Faites ce qu'il dit. Tout de suite.

— D'accord, répondit Brophy, résigné. J'obéis, je descends…

Il ouvrit sa portière d'un coup d'épaule et sortit de la voiture.

— Tu prends le volant ! ordonna Sutcliffe à Maura.

Tremblante, maladroitement, Maura passa par-dessus le sélecteur de vitesse et s'installa sur le siège du conducteur. Elle jeta un coup d'œil par la vitre latérale, vit que Brophy se tenait toujours à côté de la voiture et la regardait d'un air impuissant. Rizzoli lui criait de dégager, mais il semblait paralysé.

— Démarre ! lança Sutcliffe.

Maura enclencha la marche avant, libéra le frein et appuya sur l'accélérateur avec son pied nu. Puis elle le releva.

— Vous ne pouvez pas me tuer, dit-elle, la pragmatique docteur Isles reprenant le contrôle. Il y a des flics partout. Vous avez besoin de moi comme monnaie d'échange. Et pour conduire la voiture.

Quelques secondes passèrent. Une éternité.

Elle retint un hoquet d'épouvante tandis qu'il abaissait le canon de son arme et le lui enfonçait dans la cuisse.

— Et toi, tu n'as pas besoin de ta jambe gauche pour conduire. Alors, tu veux garder ton genou ou pas ?

Elle déglutit péniblement.

— D'accord, on y va.

Elle appuya sur l'accélérateur.

La voiture commença à rouler lentement, dépassant le véhicule de patrouille derrière lequel Frost était toujours accroupi. La rue s'étendait devant eux, déserte. La voiture continua d'avancer.

Soudain, elle vit le père Brophy, dans le rétroviseur. Il courait derrière eux, illuminé par les éclairs strobo-scopiques des gyrophares bleus. Il attrapa la portière de Sutcliffe et l'ouvrit en grand. Tendant le bras à l'intérieur, il empoigna la manche de Sutcliffe, essayant de le tirer vers l'extérieur.

La déflagration de l'arme envoya le prêtre voler en arrière.

Maura ouvrit la portière de son côté et se jeta hors de la voiture qui roulait toujours.

Elle atterrit sur le bitume glacé et vit trente-six chandelles lorsque sa tête cogna par terre.

Pendant un instant, elle fut incapable de bouger. Elle resta étendue, pétrifiée, piégée dans un endroit obscur, glacial, ne sentant ni douleur ni peur. Seulement consciente du vent qui soufflait une neige plumeuse sur son visage. Elle entendit une voix l'appeler de très loin.

Une voix qui devenait plus forte, qui se rapprochait.

— Doc ? *Doc ? Maura !*

Elle ouvrit les yeux, cligna des paupières, aveuglée par le faisceau de la lampe de Rizzoli. Elle détourna la tête pour se protéger de la lumière et vit la voiture, à une dizaine de mètres de là, le pare-chocs avant en accordéon contre un arbre. Sutcliffe était étalé, face contre terre, sur la chaussée, se débattant pour se relever, les mains menottées dans le dos.

— Le père Brophy, murmura-t-elle. Où est le père Brophy ?

— On a déjà appelé l'ambulance.

Lentement, Maura s'assit, parcourut la rue des yeux et vit Frost, accroupi au-dessus du corps du prêtre. Non, pensa-t-elle. Non...

— N'essaie pas de te mettre debout tout de suite, dit Rizzoli en la retenant.

Maura la repoussa et se leva. Les jambes flageolantes, le cœur au bord des lèvres, elle se traîna vers Brophy. C'est à peine si elle sentait la route gelée sous ses pieds nus.

Frost leva les yeux en la voyant approcher.

— Il a pris une balle dans la poitrine, dit-il doucement.

Elle se laissa tomber à genoux à côté du prêtre, déchira sa chemise, vit l'endroit où la balle avait pénétré. Elle entendit le bruit inquiétant de l'air aspiré dans la plaie. Elle posa ses mains sur sa poitrine, sentit son sang chaud, sa chair palpitante. Il tremblait de froid. Le vent balayait la rue, aussi mordant que des crocs.

Et c'est moi qui ai ton manteau, pensa-t-elle. Le manteau que tu m'as donné pour me tenir chaud.

Entre deux bourrasques de vent, elle entendit le hululement d'une ambulance qui arrivait à toute allure.

Soudain, le regard du père Brophy dériva. Il perdait connaissance.

— Restez avec moi, Daniel, dit-elle. Vous m'entendez ? demanda-t-elle d'une voix brisée. Vous allez vivre.

Elle se pencha sur lui, les larmes ruisselant sur son visage tandis qu'elle lui murmurait à l'oreille, d'un voix implorante :

— Je vous en prie ! Faites-le pour moi, Daniel. Accrochez-vous. Vous devez vivre…

23

Comme d'habitude, la télé de la salle d'attente de l'hôpital était branchée sur CNN.

Maura, assise, les pieds bandés posés sur une chaise, fixait le bas de l'écran, où défilaient les nouvelles, mais elle ne les voyait pas. Elle portait un gros pull en laine et un pantalon en velours côtelé, mais elle avait toujours froid et pensait ne jamais parvenir à se réchauffer.

Quatre heures, songea-t-elle. Quatre heures qu'il est sur le billard.

Elle regarda sa main. Elle voyait encore le sang de Daniel Brophy sous ses ongles. Elle sentait toujours son cœur battre sous sa paume comme un oiseau blessé. Elle n'avait pas besoin de voir une radio pour imaginer les dégâts faits par la balle. Elle avait vu ce que la Glaser avait provoqué dans la poitrine de Ratwoman. Elle connaissait les ravages auxquels les chirurgiens devaient faire face en ce moment. Un poumon lacéré par un projectile explosif. Le sang qui jaillissait d'une dizaine de veines déchirées. La panique qui s'était emparée de l'équipe du bloc lorsqu'ils avaient vu la vie de leur patient s'écouler à gros bouillons, les chirurgiens qui n'arrivaient pas à clamper les vaisseaux assez rapidement…

Elle regarda Rizzoli entrer dans la pièce avec une tasse de café et un téléphone portable.

— On a retrouvé ton téléphone près de la porte du garage, et je t'ai apporté un café. Allez, ça va te faire du bien.

Maura y trempa les lèvres. Il était trop sucré, mais, cette nuit, elle le savourait avec délectation. Comme elle accueillait tout ce qui pouvait ramener de l'énergie dans son corps harassé et meurtri.

— Est-ce que je peux faire autre chose pour toi ? demanda Rizzoli. Tu as besoin d'un truc ?

— Ouais, fit Maura en levant les yeux de son gobelet. Que tu me dises la vérité.

— Je dis toujours la vérité, doc. Tu le sais bien.

— Alors dis-moi… Quel est le rôle de Victor dans ce merdier ?

— Victor n'a rien à voir dans tout ça.

— Tu en es sûre ?

— Sûre et certaine. Ton ex est peut-être un enfoiré de première. Il se peut qu'il t'ait menti. Mais je suis quasiment sûre qu'il n'a jamais tué personne.

Maura se laissa aller contre le dossier du canapé et poussa un profond soupir. Regardant le gobelet fumant, elle demanda :

— Et Matthew Sutcliffe ? Il est vraiment médecin ?

— Eh oui… Diplômé de l'université du Vermont, même. Il a fait son internat à Boston. C'est vraiment drôle, tu sais. Tu mets « docteur en médecine » après ton nom, et t'es parée pour l'avenir. Tu peux te balader dans un hôpital, dire à l'équipe que tu as un patient qui vient d'être admis – personne ne te pose de questions. Il suffit que la famille du patient appelle et étaye ton histoire.

— Un toubib qui travaillerait comme tueur à gages ?

— On ne sait pas si Octagon l'a payé. En fait, je ne

pense pas que la boîte ait grand-chose à voir avec ces meurtres. Il a peut-être agi pour des raisons personnelles.

— Quelles raisons ?

— Pour se protéger. Pour enterrer la vérité, concernant ce qui s'est passé en Inde.

Devant l'air perplexe de Maura, Rizzoli poursuivit :

— Octagon a fini par nous fournir la liste du personnel qui travaillait dans son usine en Inde. Il y avait un médecin attaché à l'usine.

— Et c'était lui ?

— Matthew Sutcliffe, docteur en médecine, confirma Rizzoli.

Maura regarda les images qui défilaient sur l'écran de télévision, mais elle avait l'esprit ailleurs. Elle pensait aux bûchers funéraires, aux crânes sauvagement fracturés. Et elle revit les images de son cauchemar, les flammes qui consumaient ces corps qui bougeaient encore, ces membres qui se convulsaient dans le brasier...

— A Bhopal, six mille personnes sont mortes, dit-elle.

Rizzoli acquiesça.

— Mais, le lendemain matin, il y en avait des centaines de milliers qui étaient toujours en vie. Et qui pouvaient témoigner.

Maura regarda Rizzoli.

— A Bara aussi, il devait y avoir des survivants. Notre Ratwoman n'était sûrement pas la seule.

— Mais, s'il y en avait d'autres, que sont-ils devenus ?

Elles se regardèrent, comprenant enfin ce que Sutcliffe avait désespérément essayé de cacher. Pas l'accident lui-même, mais ce qui avait suivi. Et le rôle

411

qu'il avait joué dans l'affaire. L'horreur qui l'attendait cette nuit-là, lorsque le nuage mortel avait fondu sur le village. Des familles entières gisant, sans vie, dans leur lit. Des corps étalés dehors, figés dans la position où la mort les avait frappés. Il était normal que le médecin de l'usine ait été envoyé le premier pour évaluer l'étendue des dégâts.

Peut-être qu'il n'avait pas compris que certaines victimes étaient toujours vivantes, jusqu'à ce qu'ils prennent la décision de brûler les cadavres. Peut-être était-ce un gémissement qui l'avait alerté, ou le mouvement d'un membre, alors qu'ils traînaient les corps vers les flammes des bûchers…

Tandis que l'odeur de mort et de chair carbonisée montait dans l'air, il avait dû paniquer en découvrant des survivants. A ce moment-là, il était trop tard pour faire demi-tour ; ils avaient franchi la ligne rouge.

C'est ce que tu ne voulais pas que le monde sache : ce que tu avais fait des survivants.

— Pourquoi il t'a agressée, cette nuit ? demanda Rizzoli.

— Je n'en sais rien, répondit Maura en secouant la tête.

— Tu l'as vu à l'hôpital. Tu lui as parlé. Et, ensuite, que s'est-il passé ?

Maura repensa à la conversation qu'elle avait eue avec Sutcliffe. Ils étaient restés debout à regarder Ursula, et ils avaient parlé de l'autopsie. Des examens de labo, du compte rendu post mortem…

Et de la recherche de toxiques.

— Je pense que nous connaîtrons la réponse lorsque nous aurons fait l'autopsie, répondit-elle.

— Et qu'est-ce que tu penses trouver ?

— La raison pour laquelle elle a fait un arrêt

cardiaque. Tu étais sur place, cette nuit-là. Tu m'as dit que, juste avant, elle paniquait. Qu'elle avait l'air affolée.

— Parce qu'il était là…

Maura acquiesça.

— Elle savait ce qui allait se produire, et elle ne pouvait pas parler, avec ce tube dans la gorge. J'ai vu trop d'arrêts cardiaques. Je sais de quoi ça a l'air. Tout le monde se bouscule dans la pièce, dans la plus totale confusion. Une demi-douzaine de drogues passent d'un seul coup dans la perf…

Elle marqua une pause, puis :

— Ursula était allergique à la pénicilline.

— Et ça apparaîtra sur les analyses ?

— Je ne sais pas. Mais c'est ce qu'il devait redouter, tu ne crois pas ? Et j'étais la seule à insister pour qu'on fasse un bilan toxicolo…

— Inspecteur Rizzoli ?

Elles se retournèrent et virent une infirmière du bloc opératoire qui se tenait sur le pas de la porte.

— Le docteur Demetrios tenait à vous informer que tout allait bien. Ils sont en train de le recoudre. Le patient devrait être transféré en soins intensifs d'ici une heure à peu près.

— Le docteur Isles voudrait le voir.

— Il ne peut pas recevoir de visites, pour l'instant. Il est intubé et complètement sédaté. Il vaudrait mieux que vous reveniez plus tard dans la journée. Peut-être après déjeuner.

Maura hocha la tête et se redressa lentement.

Rizzoli l'imita.

— Je te ramène chez toi, dit-elle.

Le temps que Maura arrive chez elle, l'aube se levait déjà. Elle regarda la traînée de sang séché qu'elle avait laissée sur le sol, la preuve du calvaire qu'elle avait enduré. Elle traversa chaque pièce, comme pour les réinvestir. En chasser les ténèbres. Se réaffirmer que c'était toujours chez elle, que la peur n'avait plus sa place entre ces murs. Elle alla dans la cuisine et découvrit que la vitre brisée avait déjà été calfeutrée avec des planches, pour empêcher le froid d'entrer.

Sur ordre de Jane, sans doute.

Quelque part, un téléphone sonnait.

Mon portable, pensa-t-elle.

Elle retourna dans le salon, où elle avait laissé son sac. Le temps qu'elle en extirpe l'appareil, la sonnerie avait cessé. Elle appela sa messagerie.

C'était Victor. En entendant sa voix, elle s'abattit sur le canapé, les jambes coupées.

« Je sais que je t'appelle un peu trop tôt ; et tu te demandes probablement pourquoi tu devrais m'écouter après… pff, qu'est-ce que je peux dire ? Après tout ce qui s'est passé. Mais maintenant tout le monde est au courant ; tu sais que je n'ai rien retiré de tout ça. Alors peut-être que tu me croiras si je te dis combien tu me manques. Tu me manques beaucoup, Maura. Je pense vraiment que ça pourrait marcher entre nous. On pourrait au moins se donner encore une chance. S'il te plaît, donne-moi une autre chance, tu veux bien ? Je t'en prie. »

Elle resta un long moment assise sur son canapé, tenant le téléphone de ses mains gourdes, en regardant l'âtre refroidi.

Certaines flammes ne peuvent pas être ranimées, pensa-t-elle. Il y a des feux qu'il vaut mieux laisser mourir.

Elle remit le téléphone dans son sac ; se leva. Et entreprit de faire disparaître les taches de sang sur le parquet.

Vers dix heures du matin, le soleil avait fini par crever les nuages et, en retournant chez elle, Rizzoli dut plisser les yeux, aveuglée par des reflets éclatants sur la neige qui venait de tomber. Les rues étaient désertes, les trottoirs d'un blanc immaculé. En ce matin de Noël, elle se sentait comme neuve. Lavée de tout doute.

Elle posa la main sur son ventre et pensa : Eh ben, on dirait qu'on va se retrouver seuls tous les deux, bébé.

Elle gara la voiture devant son immeuble, sortit et s'arrêta un instant, sous le soleil glacé, pour inspirer une profonde bouffée d'air cristallin.

— Joyeux Noël, Jane.

Elle se figea, le cœur en bataille. Lentement, elle se retourna.

Gabriel Dean se tenait juste à côté de la porte d'entrée. Elle le regarda marcher vers elle, ne trouva rien à répondre. Jadis, ils avaient été aussi intimes qu'un homme et une femme pouvaient l'être, et voilà qu'ils avaient aussi peu de choses à se dire que des étrangers.

— Je croyais que tu étais à Washington, finit-elle par articuler.

— Je suis arrivé il y a une heure à peu près. J'ai pris le premier vol…

Il s'interrompit.

— Merci de me l'avoir dit, reprit-il doucement.

— Ouais. Eh bien…, fit-elle en haussant les épaules, je n'étais pas sûre que tu veuilles vraiment le savoir.

— Et pourquoi je n'aurais pas voulu le savoir ?

— C'est une complication…

— La vie est faite de complications. Il faut faire avec, au fur et à mesure qu'elles se présentent.

C'était une réponse tellement pragmatique... L'homme au costume gris : c'était la première impression qu'elle avait eue de lui lorsqu'elle l'avait rencontré. Et c'était comme ça qu'elle le revoyait maintenant, debout devant elle, dans son pardessus sombre. Tellement calme et détaché.

— Tu le sais depuis combien de temps ? demanda-t-il.

— Il y a quelques jours encore, j'étais sûre de rien. J'ai fait un de ces tests de grossesse qu'on achète en pharmacie. En fait, je m'en doutais depuis quelques semaines.

— Pourquoi as-tu attendu si longtemps pour me le dire ?

— Je ne voulais même pas te le dire. Je ne pensais pas le garder.

— Et pourquoi ?

Elle eut un petit rire.

— D'abord, je suis nulle avec les marmots ; quand on me tend un bébé, je ne sais jamais quoi en faire. Est-ce qu'il faut lui faire faire son rot ou changer sa couche ? Et comment est-ce que je vais travailler, moi, avec un bébé à la maison ?

— Je ne savais pas que les flics faisaient vœu de ne jamais avoir d'enfants...

— C'est tellement chiant, tu sais. Je regarde les autres mères et j'ignore comment elles font. Je ne sais pas si j'y arriverai.

Elle exhala un nuage de buée et se redressa.

— Au moins, ma famille habite Boston. Je suis quasiment sûre que maman sera ravie de faire du baby-sitting. Et il y a une crèche à quelques rues d'ici. Je vais me renseigner, leur demander à partir de quel âge ils prennent les enfants.

— Alors c'est comme ça. Tu as déjà tout planifié.

— Plus ou moins.

— Tu as même décidé qui allait garder notre bébé.

« Notre bébé. » Elle avala sa salive, pensant à la vie qui grandissait en elle, une part de Gabriel aussi.

— Il reste encore deux ou trois détails à régler.

L'homme au complet gris se tenait parfaitement droit, toujours dans son rôle. Mais, lorsqu'il parla, elle entendit une note de colère qui la surprit :

— Et moi, qu'est-ce que je deviens là-dedans ? demanda-t-il. Tu as fait tous ces plans et tu n'as pas parlé de moi une seule fois. Note que ça ne me surprend pas.

Elle secoua la tête.

— Pourquoi tu as l'air aussi contrarié ?

— C'est toujours le même numéro, Jane. Celui que tu ne peux pas t'empêcher de jouer. Rizzoli qui manage sa vie toute seule. Bien à l'abri derrière son armure. Et qui n'a sûrement pas besoin d'un homme ! Tu fais chier, à la fin !

— Qu'est-ce que tu attends ? Que je te dise : Oh, s'il te plaît, sauve-moi ! Je ne peux pas élever ce bébé toute seule !

— Non, tu y arriverais probablement. Tu trouverais bien un moyen, même si tu devais te tuer à la tâche.

— Alors, qu'est-ce que tu veux que je te dise ?

— C'est toi qui décides.

— Et c'est ce que j'ai fait. Je te l'ai dit, je garde l'enfant.

Elle marcha vers l'entrée de l'immeuble, avançant farouchement dans la neige.

Il lui attrapa le bras.

— Je ne te parle pas du bébé, Jane. Je te parle de nous.

Il ajouta, doucement :

— Choisis-moi, Jane.

Elle se retourna vers lui.

— Qu'est-ce que ça veut dire ?

— Ça veut dire qu'on pourrait faire un bout de route ensemble. Ça veut dire que tu pourrais me laisser fendre l'armure. C'est le seul moyen, si on veut que ça marche. Que tu me permettes de t'atteindre, que tu te laisses atteindre par moi.

— Super. Et on finit tous les deux couverts de cicatrices…

— Ou on finit par se faire confiance, tous les deux.

— C'est à peine si on se connaît, « tous les deux »…

— On se connaissait suffisamment pour faire un bébé.

Elle sentit la chaleur enflammer ses joues. Et, soudain, elle ne put supporter son regard. Elle baissa les yeux sur la neige.

— Je ne dis pas qu'on va réussir, dit-il. Je ne vois même pas encore très bien comment on va faire marcher ça, avec toi ici et moi à Washington…

Il marqua une hésitation, puis lâcha :

— Et pour dire les choses franchement, parfois, Jane, t'es un sacré fléau.

Elle rigola. Se passa la main sur les yeux.

— Je sais, putain ! Je sais.

— Mais à d'autres moments…

Il tendit la main et lui caressa le visage.

— A d'autres moments…

A d'autres moments, pensa-t-elle, tu me vois telle que je suis.

Et ça me fait peur. Non, ça me fout carrément la trouille.

C'est peut-être la décision la plus courageuse que tu auras jamais à prendre.

Elle leva la tête et le regarda. Prit une profonde inspiration. Et finit par dire :

— Je crois que je t'aime.

24

Trois mois plus tard

Maura était assise sur un banc de la deuxième rangée dans l'église Saint-Antoine, et se laissait bercer par la musique d'orgue, qui lui rappelait des souvenirs d'enfance : la messe du dimanche avec ses parents, les bancs de l'église, si durs au bout d'une demi-heure. Elle se revoyait se tortillant pour trouver une position moins inconfortable, revoyait son père la soulever pour l'asseoir sur ses genoux, le meilleur siège de tous, parce qu'il était en plus équipé d'une paire de bras protecteurs. Elle regardait les vitraux multicolores, et leurs images effrayantes. Jeanne d'Arc ligotée sur le bûcher. Jésus sur la croix. Les saints, la tête courbée devant le bourreau. Et le sang, tout ce sang répandu au nom de la foi…

Aujourd'hui, l'église semblait beaucoup moins rébarbative. L'orgue jouait une musique pleine de joie. Les allées étaient décorées de guirlandes de fleurs roses. Elle voyait des enfants se trémousser sur les genoux de leurs parents, des enfants que ne troublaient pas les tortures affreuses gravées dans l'arc-en-ciel des vitraux.

L'orgue commença à jouer *L'Hymne à la joie*, de Beethoven.

Deux demoiselles d'honneur en tailleur-pantalon gris perle descendaient l'allée centrale. Maura reconnut des fliquettes de la police de Boston. Les bancs étaient pleins de flics, ce jour-là. Elle jeta un coup d'œil par-dessus son épaule et repéra les inspecteurs Frost et Sleeper sur le banc juste derrière elle, tous les deux l'air heureux et détendus. Trop souvent, quand les flics et leurs familles étaient réunis à l'église, c'était pour enterrer l'un des leurs. Aujourd'hui, ce n'étaient que sourires et jolies robes de toutes les couleurs.

C'est alors que Jane apparut sous l'ombre du faux col éminent de son père. Pour une fois, sa tignasse sombre était domestiquée en un chignon sophistiqué résolument tendance. Toutefois, son tailleur-pantalon de satin blanc avec sa veste trois tailles trop grande ne parvenait pas tout à fait à dissimuler son ventre déjà proéminent. Lorsqu'elle arriva au niveau du banc de Maura, leurs regards se croisèrent furtivement et Maura vit Jane lever les yeux au ciel, comme pour dire : « Tu peux le croire, ça ? », puis reporter son regard vers l'autel.

Vers Gabriel.

Il y a donc des moments, se dit Maura, où les étoiles sont dans le bon alignement, où les dieux sourient et où l'amour a une chance de l'emporter. Juste une chance – ce qui n'est déjà pas mal. Aucune garantie, nulle certitude.

Elle vit Gabriel prendre la main de Jane. Puis ils se tournèrent vers l'autel. Aujourd'hui, ils étaient unis, mais il y aurait sûrement des jours où des paroles de colère fuseraient, où un silence glacial planerait dans la maison. Des jours où l'amour volerait bas, comme un oiseau lorsque le temps est à l'orage. Des jours où le tempérament emporté de Jane et le caractère plus froid

421

de Gabriel les expédieraient chacun dans un coin du ring, faisant vaciller leur couple sur ses bases.

Et puis, il y aurait des jours comme celui-ci. Des jours parfaits.

L'après-midi touchait à sa fin lorsque Maura sortit de Saint-Antoine. Le soleil brillait, et pour la première fois elle sentit un souffle tiède planer dans l'air. Le premier murmure du printemps.

Elle conduisit la vitre ouverte, s'enivrant des odeurs de la ville. Ce soir, elle n'allait pas chez elle, mais dans le quartier de Jamaica Plain. Vers l'église de la paroisse Notre-Dame de la Divine Lumière.

Entrant par le porche monumental, elle trouva l'intérieur obscur et silencieux. A travers les vitraux, sourdaient les dernières lueurs du jour. Elle ne vit que deux femmes assises côte à côte, la tête penchée, comme plongées dans leurs prières.

Elle alla sans bruit dans l'une des chapelles. Là, elle alluma trois cierges pour trois femmes. Un pour sœur Ursula. Un pour sœur Camille. Et un pour une lépreuse sans visage dont elle ne connaîtrait jamais le nom. Elle ne croyait ni au ciel ni à l'enfer ; elle n'était même pas sûre de croire à l'éternité de l'âme. Et, pourtant, elle était là, dans cette maison de prière, elle avait allumé trois petites flammes, et elle en avait tiré du réconfort, parce que, s'il y avait une chose à laquelle elle croyait, c'était au pouvoir du souvenir.

Seuls les gens qu'on a oubliés sont vraiment morts.

En sortant de la chapelle, elle vit que le père Brophy se tenait maintenant auprès des deux femmes et leur murmurait des paroles de réconfort. Il leva la tête. Alors que les derniers joyaux de lumière filtraient à travers les vitraux, leurs yeux se rencontrèrent. L'espace d'un instant, ils oublièrent tous les deux où ils étaient. Qui ils étaient.

Elle leva la main en un geste d'adieu.

Puis elle sortit de son église et revint dans le monde. Son monde à elle.

Remerciements

Mes plus chaleureux remerciements à :

Peter Mars et Bruce Blake, pour leurs informations sur le département de police de Boston ;

Margaret Greenwald, docteur en médecine, qui m'a introduite dans le monde des médecins légistes ;

Gina Centrello, pour son inépuisable enthousiasme ;

Linda Marrow, la directrice littéraire dont rêve tout auteur ;

Selina Walker, mon bon petit diable de l'autre côté de la Mare ;

Jane Berkey, Donald Cleary et la merveilleuse équipe de l'agence Jane Rotrosen ;

Meg Ruley, mon agent, ma championne et ma lumière dans la nuit ; je ne vois pas qui pourrait mieux faire.

Et à Jacob, mon mari, qui reste mon meilleur ami après toutes ces années.

LIEN FATAL

Tess Gerritsen

Face à son double

Maura Isles côtoie la mort au quotidien. Mais voir le corps sans vie de son parfait sosie a de quoi donner des frissons. D'autant plus que la victime a été assassinée devant sa propre maison. Troublante coïncidence. Qui ne sera pas la dernière...

POCKET N° 13966

MAUVAIS SANG

Tess Gerritsen

Créatures monstrueuses

En s'installant avec son fils au bord du lac de Tranquility, le docteur Claire Elliot pensait prendre un nouveau départ. Mais des ossements humains sont découverts tandis qu'une épidémie de violence se propage parmi les jeunes. Lorsqu'un de ses patients, en proie à une crise de folie furieuse, commet l'irréparable, Claire est précipitée au cœur de l'enquête.

POCKET N° 13309

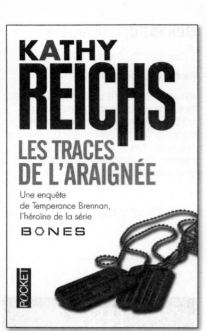

LES TRACES DE L'ARAIGNÉE

Kathy Reichs

Le village des damnés

Un cadavre retrouvé dans un lac. Il s'agit de John Lowery, dit l'Araignée, un militaire décédé en 1968. Deux corps pour un seul mort, c'est trop pour Temperance Brennan. Alors qu'elle mène son enquête, des restes humains sont découvrerts près d'Hawaii, accompagnés d'une plaque identifiant la victime : John Lowery...

POCKET N° 15410

CHARLENE NE REVIENDRA PAS

Lisa Unger

Sombre passé

Dans la petite ville des Hollows, tout le monde se connaît. Un soir, Charlene, adolescente rebelle, ne rentre pas chez elle. Personne ne semble prêt à envisager le pire. Jusqu'au jour ou l'inspecteur Jones établit un parallèle avec la disparition de Sarah, une lycéenne retrouvée morte vingt ans auparavant.

POCKET N° 14941

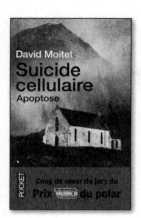

SUICIDE CELLULAIRE

David Moitet

Et si tout recommençait ?

En prenant ses fonctions de chef de la police rurale de Saint-Lary-Soulan, Thomas Galio était loin d'imaginer l'activité qui l'attendait. La découverte d'un cadavre atrocement mutilé réveille des secrets enfouis depuis près de vingt-cinq ans...

POCKET N° 14787

LE CHANT DES ÂMES

Frédérick Rapilly

Dans la fièvre des fêtes électro

Forêt de Brocéliande, Morbihan. La jeune femme retrouvée crucifiée fait la une de l'actualité. Arraché à sa retraite par son ancien patron de *Paris Flash*, Marc Torkan retrouve le goût de l'investigation. Accompagné d'une jeune photographe ambitieuse, il s'oriente bientôt vers une piste négligée. La musique pulse et la fièvre monte...

POCKET N° 15055

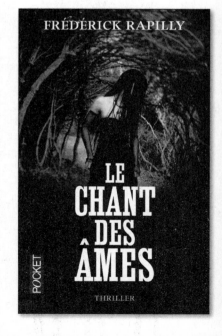

Imprimé en France par

MAURY IMPRIMEUR
à Malesherbes (Loiret)
en octobre 2014

POCKET – 12, avenue d'Italie – 75627 Paris Cedex 13

N° d'impression : 193160
Dépôt légal : juin 2009
Suite du premier tirage : octobre 2014
S18120/05